心灵契约

庄在心 著

作家出版社

第一章

唱诗班在吟唱赞美诗第185首《恭行婚礼歌》时唱道："新郎，新妇，结合为一，一家，一体，一心一意。"潇雨看了看他身边的白智妍，心中很不是滋味，虽然有些怨恨她，但听着赞美诗里这样唱，他心头难免有一些内疚。他是新郎，心里却没有欣喜，反而充满了悲伤。此前，潇雨从未想过关于婚姻的话题，甚至不明白婚姻对他而言意味着什么。他还没来得及思考这一切的时候，婚姻就降临了，这让他有些不知所措。不管他此时有何感想，这场婚姻毕竟是他自己选择的。

潇雨知道白智妍是无辜的，她无奈地选择和他在一起并不会幸福。从见到潇雨的第一眼起直到现在，白智妍没有表现出任何怨恨，甚至在心里对潇雨充满了感恩，她和潇雨的心情完全不同。白智妍和潇雨一样，对这样的婚姻没有任何感觉，不管潇雨和自己结婚的目的是什么，但这场婚礼却能够给母亲最大的宽慰。想到这里，白智妍心里被一阵难以忍受的酸楚腐蚀着。

白智妍受过高等教育，思想并不陈旧，面对母亲白琳安排的这场有些逼迫性质的婚姻，她却无法拒绝。白智妍不知母亲的深意，只是不想让她带着深深的遗憾离开这个世界。参加完她的婚礼之后，母亲就要被执行死刑。为了尽孝，她只能选择顺从。

潇雨用疲倦的眼神看了看白智妍，他的眼圈暗黑，像是刚大哭过一场一样难看。得体的礼服把他衬托得更加挺拔英俊，可僵硬的表情，掩饰不住他糟乱的心情。白智妍也一直在强颜欢笑，她知道自己必须这样做。在别人看来，白色的婚纱让白智妍变得更加美丽，对她来说，那只是提前为母亲穿上了一身“孝服”。

此刻，她只有用笑容回报母亲的爱，她突然发现从来都是母亲无私地爱自己，她却很少用某种行动爱过母亲。当她发现这一切的时候，一切却将宣告结束。所以她无比珍惜每分每秒，似乎只有这样才能分担一些母亲的痛苦。如果此刻愁眉不展，会让母亲牵挂和担心。白智妍深爱着母亲，不忍让她走得不安心，她只能选择在无比的痛苦中强装幸福。

走进教堂，刚看见母亲白琳的一刹那，白智妍突然停了下来，忍不住流下眼泪，深深地向母亲鞠躬。她的眼泪像断线的珠子，怎么也止不住，久久不愿抬头；而潇雨却伫立在原地不动，显得很是木讷。一个站着呆若木鸡，一个流泪鞠躬不止，全场被这一幕惊得鸦雀无声。白琳捂着嘴流泪，情绪激动地回应着女儿。

现场有人被婚礼中的这一幕触动和感染，情不自禁地鼓掌，这掌声有些突兀和寥落，几秒后，全场响起了雷鸣般的掌声。白智妍借着掌声的掩护忍不住哭出了声音，心中的刺痛被哭声稀释了不少。她似乎突然想到了什么，赶紧用手擦了擦满脸的泪水。

潇雨似乎回过神来，向白琳深深鞠躬，白智妍配合潇雨一起向母亲再次深鞠一躬，惹得白琳哭得上气不接下气。当两个人直起身时，白琳马上擦了擦眼泪，平复了一下自己的心情，向他们真诚祝福。只是，潇雨的表情依然僵硬，对于白琳的任何举动，他都无动于衷。慢慢地，两个人转身，开始接着向前走。每走一步，脚步就会越发地沉重，心就会越发地刺痛，精神只会倍受煎熬。

这注定是一场悲伤的婚礼。这婚礼让原本充满绝望的潇雨，将心中对幸福的盼望涤荡一空。他希望千姿能够健康地活下来，与眼睁睁地看着千姿面色煞白地死去相比，他所承受的痛苦是微不足道的。这是他选择这场婚礼付出的代价。就算所有人都反对他和白智妍结婚，他也会誓死坚持，不然千姿就彻底失去活的机会。

当白智妍身披洁白婚纱与潇雨同行的时候，一刹那他精神有些恍惚，仿佛眼前是穿着婚纱的千姿。还没来得及欢喜雀跃，现实便将他的梦想击得粉碎。他在幻梦和现实之间被来回撕扯、来回戏弄、来回嘲笑，压抑着的情绪到了临界点，或许瞬间就会爆发。一想到千姿能活着，一想到千姿在精神上的陪伴，他的心才有了少许的平静。

潇雨看了看身穿婚纱的白智妍，回想起千姿几个月前试穿婚纱时开心的样子，又一阵心如刀绞。那天是千姿25岁的生日，千姿特别开心，因为医生曾断言，她活不过25岁。难道是上帝太忙了，忘了邀请她去天堂？

25岁这一天，对于千姿而言意味着一个新的开始。因为有了潇雨的出现和陪伴，她对生命充满了渴望。她拉着潇雨跑出医院，一路上欢声笑语，无忧无虑，忘却了所有烦恼。他们路过一家婚纱店时，千姿突然停住脚步，盯着橱窗的婚纱出神。

潇雨面带笑容地问千姿，要不要进去看看。千姿站在那儿，既不表态，又不愿离开。潇雨拉着她的手走进婚纱店，她的神情有些恍惚，似乎很不自在。

婚纱店的人非常热情，摄影师竭力向千姿推荐店里新进的一款婚纱，鼓动她试穿一下，拍几张美美的照片。千姿扭头看着潇雨，像是在征求他的意见。潇雨从千姿的眼神里看出了她的渴望和期待，便微笑着鼓励说："你穿上它一定好看。"

摄影师说："小姐，这件婚纱是大师设计的名品，是我们的镇店之宝，试试吗？"千姿像个没主意的孩子，依赖地看着潇雨。潇雨微笑着点点头。千姿接过婚纱，笑着对潇雨说："这可是你让我穿的哟，还没穿我就已经感觉到了幸福。"潇雨笑了笑说："我也很期待。"话虽如此，他却难以体会千姿心中那份悲喜交加的心情。

千姿在店员的帮助下，气喘吁吁地穿上了婚纱，因担心店员害怕，她解释说："我有心脏病。"店员心头一惊，手便迟缓下来，店长马上过来和蔼地说："没关系，慢慢来，慢慢穿，不着急。"

千姿穿好这件美丽的半长尾婚纱，仪态万方地走了出来。潇雨眼睛一亮，赞叹说："新娘子，你真的太美了！"

千姿满眼幸福地看着潇雨，含笑拉了一下他的手。她对着镜子看了又看，面带笑容地看着潇雨，羞涩地笑了。除了摄影师，旁边其他店员都忍不住拿出手机，对着美若天仙的千姿拍照。

千姿心情大好，一双大眼睛忽闪忽闪的，楚楚动人，像是在祈求什么，却什么都没有说，满眼都是幸福。站在她身后的潇雨，走近镜子，两人在镜子里相互深情凝视。千姿有生以来第一次真正感受到了爱情的甜蜜……

潇雨想着往事动了情，不知不觉地停了下来。白智妍问潇雨："你怎么了？出这么多汗，不舒服吗？"潇雨回过神，眼神迷离地看了看身着婚纱的白智妍，心口又是一阵刺痛，摇了摇头。

潇雨无法忍受内心的谴责和愧疚，他觉得自己是在犯罪，是在亵渎神灵，亵渎他和千姿纯真的爱情，亵渎圣洁的婚礼。这样做会遭天谴，也许注定一生都不会幸福。他不由自主地思念起千姿那美丽的脸庞，这思念偶尔能让他淡忘悲伤，可悲伤总是不依不饶地再次快速集结。

潇雨渴望马上见到千姿，但又害怕她真的会出现在自己面前。在心爱的女人垂危之际，娶另一个自己压根儿就不爱的女人，这种滋味是多么痛苦和绝望。如果有将来，他不知道该如何面对千姿真挚的爱，除了无尽的愧疚和自责，他如同行尸走肉。

一转念，想到从此后千姿或许能健康地活下来，不必再忍受心脏病的折磨，不必再忍受叔叔幸灾乐祸的嘲讽，潇雨心头的浓云散去了一些。从出生到现在，千姿都被疾病纠缠和困扰着，如果她有了好的身体，人一定会变得开朗起来，她的世界和前途将充满阳光。为了爱的人牺牲自己的幸福，不也是一种幸福吗？就像此刻教堂里一首首为爱奏响的赞歌，悄然滋润着他的心田。

新娘白智妍既没有浓妆艳抹，也没有刻意化妆，她站在那里像出水芙蓉，有种天然的美丽。在化妆间，白智妍只让化妆师给她盘了盘头发，戴上和婚纱配套的头饰，除此之外再无任何打扮。她很清楚，万一流眼泪弄花了脸，母亲会心疼的。再说她也没有心情装扮，她只是在配合潇雨演一出戏而已。

尽管不爱白智妍，潇雨也无法忽视她的美丽。白智妍和千姿的美各有千秋，在旁人看来，有点像薛宝钗和林黛玉，难分伯仲。可对于潇雨而言，千姿的美如空谷幽兰，刻骨铭心；白智妍美得冷若冰霜，拒人于千里之外。潇雨对千姿爱得真，爱得深，因此不愿多看白智妍一眼。

现场来宾的感受跟潇雨是不同的。当身披婚纱的白智妍出现在教堂的一瞬间，人们仿佛看到了一件艺术品，看到了一幅大师画笔下诞生的美丽油画。“这幅油画”出现在西方哥特式的古老教堂里，让人觉得恰到好处，美不胜收，像是在古老教堂里点燃了一缕平安的烛光，令人眼前一亮，心里愉悦。

白智妍自始至终目不转睛地看着母亲白琳，她近在咫尺，却又远在天边。这种无力又无奈的心痛让人窒息，旁人很难体会。她想给母亲一个安慰，或者一个简单的拥抱，似乎都很难做到。只有让这场戏井然有序地演下去，才能让母亲安心。

白智妍清楚地记得，有一次和母亲参加朋友的婚礼，当新娘把手捧花献给自己的时候，母亲无比开心地笑了。母亲凑到她的耳边说：“宝贝，总有一天，你也会嫁人的，也一定会幸福的。妈妈很想看你穿婚纱嫁人的样子，你是妈妈现在唯一的盼望。”

那天的宴会中，很多人向母亲敬酒，大家尊称她为白总。时过境迁，如今她成了阶下囚，成了人人憎恶的大毒贩。她只能用一场没有爱情的婚礼，来弥补母亲一生最大的遗憾。白智妍知道，此刻要笑得像花一样甜美，表现得幸福而快乐，这样便能减轻母亲心中的苦楚和牵挂。殊不知，自己的心像是平底锅上的鱼，倍受持续叠加的煎熬。

白琳穿着一身灰色的囚服，手上戴着手铐，脚上戴着一对脚镣。警方出于人道主义关怀，同意她来参加女儿的婚礼，她深表感谢。作为一个罪孽深重的死囚，她没有资格提任何要求。

当白琳穿着囚服以新娘母亲的身份出现在教堂时，在场的所有人都感到无比惊讶。白琳很清楚女儿的处境，她既羞愧又难过，曾经想过退缩和逃避。法律无情人有情，狱警大姐劝她珍惜这次难得的机会，别带着遗憾离去。白琳点点头，她曾多么热切地盼望着能在临死之前再看女儿一眼，尤其能含笑看着女儿身披婚纱步入婚姻的殿堂。

尽管她将离开人世，但女儿嫁了宅心仁厚、品学兼优的潇雨，从此有了依靠和呵护，她还有什么不放心的呢？这是她一手策划的，也是她梦寐以求的事情。女人最大的幸福就是嫁一个好丈夫，女儿实现了她最后的心愿，她深感欣慰。

虽然白琳的出现免不了让人指指点点，让潇雨、亲家及亲朋好友难堪，但她相信通情达理的人都会谅解的。潇雨父母的心情极为复杂，可以说是喜忧参半。他们高兴的是，陈家娶了白智妍这样优秀的哈佛高才生，潇雨终于可以从那场恋爱悲剧中解脱出来；担忧的是，潇雨和千姿似乎还藕断丝连，对这场婚姻不抱希望。千姿是个好女孩，可她的身体实在太糟糕了，几次都在死亡线上挣扎，经全力抢救才侥幸活下来，至今还躺在医院里等待心脏移植。潇雨心力交瘁，他们一家也心神不宁。

现在好了，他们可以松一口气了。潇雨结婚后，一个新的美好生活即将开始。亲家白琳是个毒贩，这让他们有些鄙视，颇感难为情，可她女儿白智妍落落大方，聪明懂事，是个难得的好姑娘。不是摊上这档子事，他们还高攀不上呢。对于白琳，他们的原则是礼貌而冷淡，不管怎么样，她都是潇雨的丈母娘。更何况，这个可怜的女人不久后就要走向刑场，今生再难相见。

白智妍并没有感到难堪，她是痛彻心扉地难过，母亲不仅失去了自由，还将被押赴刑场，阴阳两隔留下无尽的悲伤。在警察的羁押下，母亲憔悴的面容上浮现着一份期许，从今天开始她只想让潇雨照顾女儿一辈子。第一次认识潇雨的时候，白琳对他的印象就非常好，她绝没有想到，自己后来会逼着这个男孩儿娶自己的女儿。从某种意义而言，白琳之所以有今天，阴差阳错都是因为潇雨的善良和乐于助人，这似乎是冥冥之中注定的结局。

那天，潇雨看见几个歹徒抢走了白琳的手提包，他见义勇为把包夺了回来，想马上归还失主。可慌乱中求助的白琳却不见了，他只得把包交给警察。警察打开包后发现有大量现金、护照，还有好几张大额汇款凭条。

根据护照上的信息，警察联系到了白琳。当时白琳支支吾吾有些为难，不要包吧，显得很反常；要包吧，便要跟警察打交道，自己隐藏了这么久，万一露出什么马脚就麻烦了。

在潜意识里，犯罪分子最害怕跟警察见面，就像耗子怕遇见猫。这是一种难以逾越的心理障碍。这种感觉让白琳既压抑又忌讳。白琳抱着侥幸心理，鼓起勇气来到派出所，和警察面对面交接的时候，突然产生了一种十分强烈的不好预感。因为忐忑不安，她的心情变得慌乱沉重起来。

在交接过程中，白琳表现得畏畏缩缩，这让一个老民警看出了端倪，警察的天然敏锐嗅觉让他警惕起来。白琳察觉到了警察的怀疑，神情有些紧张。这时，潇雨出现了，向警察说明了当时的情况。白琳暗暗松了一口气，这个阳光帅气的年轻人，眼神里充满了一种极为纯净的光芒，这种光芒有一种向上的力量，让内心黑暗阴郁的白琳有一种自惭形秽的感觉。

潇雨是个善解人意的大男孩，他在心里替失主着急。谁丢了贵重的东西都会着急上火，别急病了才好。可是见到白琳时，他发觉这个女人有点怪。一般失主对拾金不昧的人都是千恩万谢，一脸感激之情，白琳却对他不冷不热，似乎嫌他多事。白琳与警察交谈时，应付得有点虚假，她目光游移不定，躲躲闪闪的，表情极不自然。

老警察让白琳回忆一下那几个抢劫者的面貌特征、高矮胖瘦，是否有什么口音。也许警察的神情有点严肃，白琳紧张得语无伦次，说话前言不搭后语；受白琳情绪的影响，潇雨也紧张起来，顺着她的意思东一句西一句信口就说。

白琳心怀鬼胎，回答警察问题时，虚晃一枪打着埋伏。那几个抢劫者不但跟白琳认识，曾经还是她忠心耿耿的手下。他们铤而走险抢劫白琳，实属迫不得已。因经年累月地贩毒，他们沾染上了毒瘾，沦落到倾家荡产的地步。毒瘾上来，什么都顾不上了，亲娘老子都不认，抢劫白琳风险最小。

白琳并不在乎包里的钱和护照，她最珍惜的是里面的手机。那里面存有心爱女儿从小到大的照片，包括在哈佛大学的生活学习照。女儿是她的希望，是她的生命，她不愿丢失跟女儿有关的任何东西。等警察找上门，事情闹大以后，她才后悔起来。早知如此，当初直接把包给那几个“瘾君子”就好了，何必生出这么多枝节。

潇雨既不知道白琳的身份，更不晓得她顾虑重重的心思。后来，他回忆起那个改变他人生命运的瞬间，唏嘘感叹良久……潇雨碰巧经过一个空旷的篮球场，猛然听见有人呼救，他跑过去一看，几个面色黑瘦的男人正在抢劫。正义感极强的潇雨怎能视而不见？他挺身而出，呵斥着跑了过去。潇雨身高体健，健步如飞，几个抢劫犯不敢与他争斗，扔了包就跑……

白琳从包里拿出一沓现金，递给潇雨表示酬谢，他本能地推开，摇了摇头，不愿意接受。他对白琳笑了笑，朝警察摆一摆手，转身就走了。

白琳看着潇雨渐渐远去的背影，心里充满了感动，拿着钱的手颤颤发抖。她不知道该怎样感谢这个年轻人，一瞬间觉得手里的钱和自己都是那么肮脏。

白琳虽拿回了自己的包，却引起了警方的怀疑。她对几个抢劫犯既不深究，又想草草了事，像是胆小怕事担心报复。老警察经验丰富，眼睛很毒，他从白琳的言谈举止中发现，这个女人很神秘，很不简单。

第二次再见潇雨，已经是几年以后。这时白琳的身份已经彻底发生了改变，她和潇雨不再是求助者和救助者的关系，而是一同被关押在派出所等候处理的犯罪嫌疑人。

这几年，老警察一直暗中调查白琳，逐渐发现了她犯罪的蛛丝马迹。从某种意义上而言，是潇雨间接帮助了警察，铲除了一个深藏多年的贩毒网络。白琳对潇雨并没有任何怨言，这都是自己咎由自取。她认罪，也认命。

白琳知道，是她的贪欲和罪恶使很多原本幸福的家庭变得支离破碎、家破人亡。如果这世界上还有人感激她的话，那一定是潇雨。

这并不是因为她把唯一的女儿许配给了他，而是因为她能救千姿一命，她的心脏是千姿能活下来的希望。

站在教堂的十字架下，新郎潇雨原本该向上帝祈祷婚姻幸福，可是他没有，他在暗暗为千姿的生命和健康而祈祷。婚礼仪式即将正式开始，潇雨觉得这和他没有半点关系，甚至有些多余。

他在心里默念祈祷千姿的手术可以成功，希望她能够健康地活下去。值得庆幸的是，在手术前的检查中，千姿和白琳的各项身体指标基本吻合。尽管如此，潇雨还是很担心会出什么意外，想到这里他心急如焚。自己深爱的人躺在医院的病床上，他却迫不得已在教堂里和另一个刚认识的女人举行婚礼，这听上去是多么荒唐！

潇雨和白智妍的脸上都没有喜悦之色，心里暗藏着各自的伤悲。他俩强颜欢笑，步伐沉重地走到教堂中间的时候，坐在两边木凳上的人一起鼓掌祝福。在掌声的间隙，白智妍隐约听到有人说："她就是那个罪犯的女儿。"

白智妍心如刀割，这掌声像是一记记闪亮的耳光，毫不留情地扇在她的脸上，这是她一生中最大的屈辱。痛苦有千万种，如果拿千万种痛苦和白智妍交换此刻的这种煎熬，她是多么愿意。

白琳站在十字架下面，看着女儿身穿美丽的婚纱走来，喜悦之情溢于言表，她隐隐约约能听见一些人在窃窃私语。白智妍从他们身边走过的时候，有些人对她指指点点。白琳看见女儿脸色苍白，眼含泪花，她焦虑而痛苦，恨不得给那些人跪下来，求他们住口，留点口德。她宁愿自己被扒光衣服遭人唾弃游街，也不愿意听闲人对女儿评头论足，说些伤人的话语。女儿从小到大与她相依为命，在白琳看来，任何对女儿的伤害，她都无法容忍和接受。

作为一个死刑犯，除了忍气吞声地默默承受，白琳能做什么呢？她故作镇定，不想让女儿看到她的悲伤和心痛。大喜的日子，绝不能板着脸，更不能掉眼泪，否则会给女儿带来晦气的。白琳多希望自己能隐身啊，这样众人便能把她当作空气，忽略她的存在。如果因为她，女儿遭受了难以忍受的屈辱，她就是死也不会原谅自己，更不会放过那些伤害女儿的人。白琳突然觉得，活着是一件多么痛苦的事情啊！

听到有人低声议论白智妍，潇雨并没有太多的感触。他很同情白智妍的处境，下意识地看了看她。他从白智妍的眼神里，只能感受到一种柔弱，一种极度渴望被保护的柔弱。此刻白智妍看每一个人的眼神，都好像是在哀求，请嘴下留情，请不要再伤害她们母女。这是一种急切而彷徨的信号，也是母女之间的一种心灵感应。人性不都是善良的，残酷的现实不经意间会把"性本善"蹂躏得支离破碎。

白智妍想泣血哀号，这么大的一个世界，能否给母亲一丁点的尊严，她们母女的境遇还不够凄惨吗？她什么都没有说，也说不出口。因为她知道，任何一个人都会说，母亲的所作所为是咎由自取，罪有应得。人都说，十指连心，她们是母女连心。母亲即将辞世的痛，锥心刺骨，她放声大哭，却哭不出来，就像被一支利箭射穿了喉咙。

白智妍的哀戚无法避免地影响了潇雨的情绪，但是他无暇顾及，因为他也经历着与恋人的生离死别，心头的哀痛一点不比白智妍少。他俩沉浸在各自的痛楚中，根本装不下另一个人的那一份。痛苦的根由虽然不同，但是痛的感觉却是一样的。一人一份，慢慢承受折磨。俊男靓女，才貌相当，人们都认为他们在婚姻的殿堂里享受着人生最幸福的时光，殊不知这对新人心似油煎，忍受着人生中最大的痛苦与屈辱。

在旁人的指指点点和说三道四中，白智妍神色庄严，脚步不紧不慢，配合着唱诗班空灵神圣的婚礼圣歌，走得优雅而沉稳。此刻，她是一个美丽的新娘，尽情享受着自己人生中最重要的时刻。

圣歌暂时使白智妍抛弃了杂念，她慢步拖着婚纱的拖尾，步步生莲，走得仪态万方；拖尾一点点地向前移动，不急不缓的节奏感，让人感觉到一种无法形容的美。不知不觉中，现场不再有人冷言冷语，人们完全沉寂在这美丽庄严的仪式当中。白智妍知道，自己每慢走一秒，就能延迟时间多看母亲一眼。她眼含泪花，面带凄美的微笑看看母亲。母亲依然一动不动，神情平静地用微笑来回应她。只要女儿幸福，即使面对死亡，白琳也能坦然处之。

这种慢节奏让潇雨颇感不耐烦，他有些着急地拖着白智妍往前走，白智妍没有力量控制潇雨的速度。她略带委屈地对潇雨说："求求你了，慢一点好吗？"白智妍哀哀的祈求，让人无法拒绝，潇雨顺从地放慢了脚步，算是对她的一种怜悯吧。

终于走到走廊的尽头，潇雨暗暗松了一口气，终于解脱了。当他看到站在左边的白琳时，突然心生厌恶。就是这个女人，夺走了他的幸福，跟他做了一笔见不得阳光的交易，他真的不想再看见她。

起初，潇雨对白琳的印象非常好。这个女人有气质，知书达理，尽管她为生活所迫，被人拉下水成了毒贩子，涉世不深的潇雨还是对她给予同情。当白琳处心积虑地以拆散他和千姿为前提，来换取自己女儿幸福的时候，他觉得这个女人是如此卑鄙无耻……

潇雨和白智妍走到两排椅子的尽头，潇雨的父母难以掩饰内心的激动，站起来使劲鼓掌。现场的亲朋好友也跟着站起来，掌声如潮，响彻教堂。

白智妍出于礼貌，优雅得体地向各位来宾轻轻颔首鞠躬。趁着抬头的一瞬间，她望向母亲，白琳难以掩饰内心的激动，眼睛湿润地朝女儿点点头，一脸欣慰。

牧师看着潇雨和白智妍说："我蒙你们看重，为你们主持婚礼，我的责任不是只在这一场婚礼。今后你们无论有什么问题，我都愿意为你们负起责任来。盼望你们永远结合。如果婚姻有破裂的可能，请在你们做任何重大决定前，先和我商量。给神一个介入的机会。你们会非常高兴地发现神在你们中间成就了大事，带来了家庭的和睦，帮助你们度过美满的人生。"

牧师说这番话时，潇雨走神了，脑海里始终只有一个名字：夏千姿。

面对牧师，潇雨的心从来没有这般虔诚。他无比渴望地想娶千姿为妻，一生爱她，照顾她，保护她。然而命运就是喜欢捉弄人，此刻站在他身边的不是千姿，却是刚认识不久的白智妍，他无法逃避，只能屈辱地接受这种安排。他不敢往深处想，羞愧吞噬着他的真心。

尽管没有人指责他一句，但他自己心里很清楚，他跟上帝开了一个无法宽恕的玩笑。他的心像是泡沫一般空虚，昔日"海枯石烂不变心"的诺言变得如沙粒一般松散，谁又能帮助他呢？

白智妍的心思都在母亲身上，牧师讲的话她一句也没听进去。她回头看了看母亲，母亲面带微笑，无声地为她的婚姻幸福祈祷。对于一个死刑犯而言，能在死前亲眼见到女儿神圣的婚礼，这既是政府的宽大为怀，也是上帝给予她莫大的恩惠，除了感恩，她没有其他奢望。

白琳把目光投向潇雨，眼神中有祈求，也有提醒，她即将把心脏捐献给千姿，潇雨必须牢记这一点，好好疼爱呵护白智妍，算是对她恩情的补偿。白琳拆散了潇雨和千姿，尽管她心里有些许内疚，但为了女儿的终身大事，她无怨无悔。也许潇雨不爱女儿，他俩的婚姻也不一定会幸福，但她相信日久生情，潇雨一定会爱上她天使一般纯洁美丽的女儿。白智妍和潇雨宣誓时，是白琳最激动、最幸福的时刻。

白智妍没有勇气，也不敢想自己的未来，和母亲诀别，是她今生最大的痛，这种痛苦永远无法消失。她真想奔过去，扑进母亲怀里痛哭一场，跟她做伴，一起离开人世，但这是不可能的。她深深地看着母亲，把她的音容笑貌牢牢刻在心里，永世不忘。

潇雨仿佛看穿了白智妍的心思，忍不住回头看了白琳一眼。此时的她消瘦憔悴，面如白蜡，却有一种无法掩饰的喜悦，这种对女儿真挚无私的爱让潇雨动容。潇雨想起此前白琳向白智妍咆哮着让她嫁给自己，白智妍哭成泪人一样摇头不从。白琳声色俱厉，最后使出撒手锏——以死相逼，才迫使白智妍勉强点头答应，潇雨觉得那时的她简直就是魔鬼。

白琳见潇雨望着她，点点头，报以发自内心的真诚微笑。这既是祝福，也是托付。作为一个将死之人，这是她仅能给予他们的了。

潇雨是个爱憎分明的人，此刻他心里极为矛盾，他责怪自己，为何同情起这个毒贩，是她害得很多人家破人亡，是她逼迫自己离开心爱的千姿。一想到千姿，潇雨一阵锥心般刺痛，尽管只是一瞬间，还是难以忍受，他似乎体验到千姿发病时的感受了。他的痛可以用心情调节，而千姿却要经常忍受这种炼狱般的折磨。

千姿痛苦不堪的情景组成一幅幅画面，在他的脑海里不停地快速回放。他想起千姿曾疼得面无血色、满头大汗地说："潇雨，如果不是因为这世界上还有你，我现在立马就从这楼上跳下去，不再受这份罪。"每当这时，潇雨都眼含泪水、痛彻心扉地想，千姿真不如一下死了，不用再受这份罪。他嘴上却安慰说，坚持一下，会好的……

潇雨知道除了心脏移植，已没有任何其他医疗手段能救治千姿。如果遇不到合适的捐献者，千姿生命的火苗将会慢慢熄灭。千姿的血型特殊，少之又少，很难遇到一个合适的捐献者。潇雨在矛盾焦灼中，陪着千姿一起痛苦。

潇雨思绪万千，有些走神，牧师继续婚礼中最重要的环节，他问潇雨："新郎，你是否愿意娶新娘为妻，按照《圣经》的教训与她同住，在神面前和她结为一体，爱她，安慰她，尊重她，保护她，像你爱自己一样。不论她生病或是健康、富有或贫穷，始终忠于她，直到离开世界？"

潇雨停顿了几秒没有作答，那句"不论她生病或是健康"的话始终萦绕在他的耳边。潇雨心想，在千姿饱受病痛折磨的时候，自己却要离弃她，不管出于什么原因，这是不是一种背叛？

潇雨不止一次想，他愿意和千姿一起离开这个世界，他们可以在天堂相亲相爱。冷静下来后，潇雨清楚愿意和决定是两回事。如果还有一线希望，都不能放弃，他不能自私地剥夺千姿活下来的权利。机会终于来了，要想让千姿好好地活下去，延续她珍贵而脆弱的生命，就得牺牲他一生的幸福，如果让他回答，他会说：我愿意的。

牧师见潇雨没有回答，提高语调，问潇雨："你愿意吗？"他回答说："我愿意。"尽管内心里还在纠结和挣扎。牧师用同样的话问白智妍时，教堂的两扇大门被人缓慢地推开了，一束刺眼的阳光照进了教堂的东南角落，潇雨清楚地看见站在门框中间的正是千姿。

潇雨愣住了，感觉像是瞬间被人在胃里灌满了沙石，一直填到喉咙，他忍不住移动了一下自己的脚步。此刻他多么想冲向她，不愿意多解释一句，抱着她，然后牵着她的手，对着教堂里面所有的人，深深鞠躬，然后挥手告别，就此和她在这个世界里消失，找一片山涧，盖一座木屋，养一条大狗，为她劈柴，为她烧水做饭，每一天看她在摇椅上睡着，为她盖上毛毯，为她把壁炉烧得暖暖的；她睡醒，陪她漫步，一起看书，一起喝茶，重复这样的日子，直到永远。

然而现实是，千姿不进行心脏移植手术，她就得死。潇雨最痛苦的是——不是我不愿意陪你到永远，而是如果我陪你，你就没有永远，甚至没有明天。

千姿的到来让所有在教堂里的人，心理都发生了微妙的变化，有人惊讶，有人满脸充满疑问，交头接耳打听这人是谁，有人无奈地摇了摇头，有人突然感觉一阵心酸的同情，有人觉得气愤……为数不多知道千姿的人，此时更多的情绪是同情。潇雨的父母面面相觑，有些不知所措，复杂的心情中有难为情，也有无奈和心疼。潇雨压抑着自己想不顾一切冲向前拥抱千姿的冲动，却控制不了自己痛苦的泪水……

看见千姿，白琳如雷轰顶，无法像刚才那般故作平静。她乞求似的望着潇雨，双眼布满血丝。尽管她的行为让人不齿，可为了女儿的未来，谁又能去谴责她呢？她也是付出了沉重代价的。

潇雨流着泪像雕塑一样伫立不动，千姿慢步向他走来，每走一步都是煎熬，抬起又落下的每一步都那么艰难，就像赤足踩踏在针板上。千姿呼吸急促，感觉胸前顶着一把剑，锋利的剑尖一点点刺进自己的胸口。

千姿突然停下脚步，她不是怕自己心脏痛，而是怕潇雨的心会痛。潇雨一定很难堪，不知道如何面对自己，他好像哭了，哭得那样绝望，有什么难言之隐吗？千姿开始后悔自己不顾一切、冒冒失失地跑来，惹得潇雨伤心难过。可不来行吗？她是如此爱他。

千姿慢慢地抬起头，神情恍惚地看着潇雨。虽然离得有些远，潇雨还是能感觉到千姿内心的绝望。两个相爱的人，彼此之间会有一种默契，能感应到对方的一个动作、一句语气、一个表情。

千姿脸色苍白，身体战抖着摇摇晃晃，她感觉一把无形的利剑刺入心脏，将她的身体劈成两半。她感觉自己不行了，幻想着爱的人向自己走过来，然后扑倒在他怀里，她含笑离开……

尽管潇雨背叛了她，她却无法做到去恨潇雨。潇雨是她的生命，他弃她而去，她的一生就结束了。

千姿有些不甘心，不认命，她挣扎着又走了几步，离潇雨更近了。她看清了他的脸，看到了他的悲伤和眼泪，看到了他满脸的绝望。千姿好像突然明白了什么。潇雨的悲伤延续到了她的内心，或许因为她的到来，潇雨想起他们相亲相爱的日子，才会伤心难过？千姿听见有人说："她是谁？有什么资格来破坏人家的婚礼？"

千姿想，是啊，她来干什么？是来让潇雨难堪，还是来谴责他？自己从小身体就不好，是一个将死之人，多少次都是从死亡线上爬回来的，有什么资格要求潇雨一直忠于自己？她无比内疚，突然觉得自己就是一个残废，一个巫婆，一个极为恶心的毒妇，是这个世界上最丑陋的女人！自卑让她瞬间变得无比羞愧。千姿再次停下脚步，强忍着眼泪对潇雨笑了笑，祝他幸福。

千姿慢慢转过身向大门走去，她感觉自己的心脏像花瓣在秋风中凋零，一片片花瓣飘落下来。心脏疼得无法呼吸，她打摆子一样颤抖起来……

潇雨看着千姿慢慢离去的背影，像是掉进了冰窖里，冰刀一下下地凌迟着他的身体。心口的疼痛连带着脸上的肌肉，他轻微地抽搐着。潇雨可怜巴巴地看着白琳，希望她能说一句话，只有她能救千姿。此时，白琳对潇雨视而不见，她望着潇雨的母亲，眼神里充满了希冀、嘱托和恳求。作为一个母亲，潇雨妈完全能理解白琳意味深长的眼神，能体会到白琳在这种遭遇下的心情。她对白琳有点同情，下意识地点点头。

此时，千姿承受的这份痛苦，比自己父亲死时多了一百倍。她羸弱纤细的身体无法承受这样的痛，脚步踉跄，挣扎着控制身体颤抖的幅度，尽量使自己不要摔倒……

千姿想有尊严地走出教堂，可是她控制不住悲伤和绝望，她原本软弱到了极致的心像水晶球一样破裂乃至粉碎。她终于支撑不住了，一头栽倒在教堂的大门中间。

潇雨终于不顾一切地向千姿跑去，被冷落在一旁的白智妍见状，终于可以不再忍受委屈，流下了眼泪。这眼泪是为自己而流，也是为母亲而流。

潇雨疾步跑到千姿的身边，蹲下身来把她抱在怀里，连喊了几声，但千姿没有反应，陷入昏迷。这时，很多亲友都围拢过来，有人建议说，赶紧叫救护车，把这个姑娘交给别人照顾；还有人说，潇雨，你无论如何都要将婚礼进行到底，否则婚姻就不会幸福的……

潇雨彻底愤怒了，他抱起千姿，冲着所有人喊："你们都给我走开！"

潇雨把千姿抱上自己的婚车，让司机立刻去医院！

宾客各怀心思，都准备散去，潇雨的父母找各种借口恳求着挽留。大家碍于情面，便坐在教堂里等潇雨回来。每一个人都觉得这一切太过于荒唐，像是一场闹剧。白智妍穿着婚纱来到母亲身旁，眼泪止不住地流，白琳却是强颜欢笑，低声安慰着女儿。此刻，她想起女儿从小到大的样子，女儿成长过程中每一次重要的回忆，不停地在她的脑海里回放。

白智妍用手拖着母亲的头，想要把她抱进怀里，身边的来宾都为之动容。白琳却坚决地挣开了，不愿让白智妍把自己抱得太紧，她不想在女儿和众人面前显得太软弱。白智妍哭得很伤心，白琳用戴着手铐的手，为她擦去眼泪，谆谆教导说：“好孩子，以后好好过日子，要懂得孝顺公婆，懂得相夫教子。丈夫如果发脾气，你不要与他争辩，懂吗?”

众多来宾一脸沮丧，一场好好的婚礼，以这种形式收场，多闹心啊。教堂里除了白智妍悲伤的哭声，一切都出奇地安静。此时，牧师来到白琳的身旁，对她说：“愿上帝祝福你!”这份祝福是什么，没人知道，但白琳还是很激动地谢了牧师。

一个女狱警走过来对白琳说，医院那边来电话了，说夏千姿病情危急，需要马上进行心脏移植手术。白琳马上说：“好吧，我们走。”

白琳推开了白智妍，白智妍哭得更加惨烈地向母亲奔去，女狱警极不忍心地把她们隔开。白琳强忍着泪水，坚强地没有回头。她脚上戴着脚镣，每走一步都费力，步履蹒跚走得很慢。现在她要走了，必须得走了，她无法再掩饰自己。她抱愧忍羞，觉得自己是这世界上最丢脸的母亲；众目睽睽之下，她巴不得快点离开，早点逃离所有人复杂鄙视的眼光。

越是这样，白琳迈出的步伐越着急，脚镣叮当作响，响得她心慌意乱。此时她就像不认识女儿一样，不管白智妍怎么哭喊，她都视而不见。倘若不是为了女儿未来有个依靠，她绝不会演出这样一场闹剧，在这场闹剧里，自己上演的角色，是那般赤裸裸。这会儿，她犹如在众人面前，当着女儿的面被人扒光了衣服，无地自容，无处躲藏。

倘若不是自己的心脏能拯救千姿，此刻她会毫不犹豫地一头撞死。白琳走得很慢，白智妍只要轻轻跑几步就能把母亲抱在怀里，但是她被潇母给紧紧拉住了，上气不接下气地哭着。潇母无疑是在白琳最出丑的时候，唯一愿意用双手为白智妍遮住眼睛的好心人。

对此白琳心中充满了感激，顿然间多了一份安心。

白琳低着头，不敢看任何人，一步一步艰难地向前走着。她突然回头，扑通一下向潇雨的父母跪下。白智妍看见母亲这一跪，痛不欲生，她想要挣开一切去拥抱母亲。白琳看她这样，用戴着手铐的双手撑起自己的身体，在女狱警的搀扶下直起腰，深深地看了潇雨母亲一眼，毅然决然地走了。她穿着囚服的瘦弱背影，渐渐地消失在白智妍泪眼模糊的视线里。

第二章

潇雨抱着奄奄一息的千姿，声音哽咽地呼喊着她的名字。她闭着双眼，呼吸微弱，始终没有回声。潇雨五内俱焚，不知道是否就此要和千姿永别？这种恐惧他曾在心里想过，但又马上选择了回避。这种结果真的发生，他们就要阴阳相隔了。想到这种悲惨结局，潇雨忍不住声嘶力竭地哭起来，他心中乱了方寸，感到绝望和恐惧。

救护车到了医院，丝毫没有耽搁，医生马上开始对千姿进行抢救。昏迷中的千姿有微弱的意识，她看到了一直深深思念的父亲，在一道光亮中，父亲微笑着向她招手；她依稀能听到潇雨呼喊的声音。她站在原地，父亲招招手，她又回头看看潇雨。一时间，她犹豫着不知该走向谁。两个最爱她的男人，同时出现在她的幻梦里，这个梦对于她而言，是忧愁的甜蜜。

千姿的意识瞬间变得清晰，她真真切切地听到潇雨的呼喊。她想起潇雨穿着礼服，在教堂里要和一个穿婚纱的女人结婚。她悲痛欲绝，无比委屈，想要挣扎着走过去，但是身体丝毫不听使唤。她拼命挣扎想使自己能动一下，或者睁开眼再看一眼潇雨，但是很难做到。想起潇雨已经是别人的丈夫，她的希望顿时破灭，求生的欲望土崩瓦解。

千姿不再做任何挣扎，听天由命吧。泪水从她眼角轻轻滑落，身旁的护士轻抚了一下她额头上的头发，用纱布给她擦了擦眼泪。此刻，千姿更加想念起她的父亲。

夏和平是平大集团总裁，千姿是他唯一的女儿。夏和平生前事业如日中天，他的经历和大多数企业家一样，在创业初期举步维艰。在逆境中生存的人能造就两种性格，要么信念比常人更坚定，要么就更薄弱。千姿的母亲属于后者，面对金钱的诱惑，她竟然选择放弃了家庭，和一位年近半百的台商移居到了加拿大。在这个通信发达的世界上，她居然和千姿失联，从此杳无音信。夏和平父女早已淡忘了她的存在。

千姿感到胸口一片冰冷，身体似乎不听她的支配，在微弱的意识里，仅有的一丝力量也即将耗尽。她几次挣扎着想要睁开双眼，却始终睁不开。意识变得模糊，精神无比疲惫，她隐约能听到一阵紧张的脚步声，还有器具和铁盘的碰撞声。除此以外，耳边空旷安静。

慢慢地，慢慢地，她好像只能听到自己呼吸的声音，后来连自己的呼吸声也开始变得微弱。慢慢地，父亲气喘吁吁的呼吸声，又出现在了她的梦里，把她带回到和父亲的回忆中……

夏和平气喘吁吁地坐在公园的石椅上哈哈大笑！刚才放风筝时跑了很远，他们的风筝像一个躺在草坪上打滚的孩子似的不听话，哄不好，看不住。即便如此，父女俩还是很开心地跑着，跑累了就休息。

父亲感慨说："年复一年，转眼又是一个春天啊。"昨夜的一场春雨把春天彻底唤醒，去公园散步踏青是最佳的选择。脱去厚重的棉衣，人们会发自内心地感觉到，原来快乐就是一种轻松简单的事情。

"千姿，你说春天最美的是什么？"夏和平问。

千姿说："我想想，不是花，不是草，不是树。是风。春天的风。"

夏和平绽开了微笑，对千姿的回答很满意，他高兴地说："你说得很对，春风又绿江南岸嘛！做人呀，要让人家感觉如沐春风。对帮助过自己的人，要常怀感恩之心。"

夏和平话音刚落，就听见石椅后传来女人礼貌的声音："不好意思，夏总。我得打扰您一下！"

父女俩同时转头，夏和平不解地问："唐敏！是你啊！有什么事吗？"

唐敏满脸歉意地说："夏总，我不得不打扰您一下，有件事情我认为很有必要马上向您汇报。"场面突然变得严肃，夏和平扬了一下手说："没关系，你不要紧张，慢慢说。"

听了夏和平的话，唐敏才略显轻松地说："夏总，是这样的，上午生产部赵工打电话到库管，让库管把我们库存的一千件型号6507的轴承下午运到生产组准备做最后的成品组装。可库管王部长回话说仓库里根本就没有6507系列轴承，只有6501的，我马上又打电话向分厂了解情况。分厂解释说，总厂下的订单写得很清楚，是6501。"

听完唐敏的话，夏和平眉头紧锁，他的公司年前接到一批来自欧洲的订单，订单是以公开形式招投标的，由于要求交货的时间短，生产技术要求高，国内很多同行都只能望洋兴叹。夏和平深思熟虑并和公司各技术骨干开会研究，大家一致认为只要生产组加班加点，完全有能力拿下这个订单。现在，如果不能按期交货，对公司将是致命的一击！

唐敏担忧地问："夏总，我们现在怎么办？"

夏和平问："离交货时间还有多久？"

唐敏略显慌张地说："只剩下10天了，还有10天欧洲那边就要来验货了。"

正当夏和平全神贯注思考时，"千姿，是你啊"，一声清脆的问候，打破了紧张的气氛。

千姿转过脸一看，是自己的同学郝馨和她的父母。

这女孩性格开朗，正好和千姿相反，两人礼貌地互相和对方家长打招呼，夏和平也和对方家长礼貌性地握了一下手。刚才的压抑气氛，因这突如其来的小插曲不复存在。

郝馨看着唐敏，用羡慕的口气说："千姿，你妈妈真漂亮。"

这句话让在一旁的郝馨的母亲，显得十分不自在。郝馨看着唐敏礼貌地问："阿姨，您从加拿大出差回来了？"

千姿低头不语，夏和平流露出不解的神情。

唐敏应变能力很强，她知道千姿和夏和平相依为命，很小的时候就在某种意义上失去了母亲，所以马上回应说："是呀！咦，你怎么知道，我最近出差了？"她善意地替千姿解了围。

郝馨解释道："刘老师说，全班女同学的妈妈都要参加今晚的家长会，除了千姿的妈妈可以不来。刘老师说您出差了，给她打电话解释过了。"

夏和平算是明白了几分，唐敏看着低头不语的千姿，坐在那里一动不动，脸色发紫。唐敏笑着对郝馨说："今晚的家长会，刚才千姿对我说了。我出差提前回来了，今晚我能去。"

郝馨的母亲抱怨说："现在学校就是喜欢没事找事，搞青春期教育我支持，可是还要我们去学校开会，给我们讲解如何进行青春期教育，我们做妈妈的还能不知道？"说完又愤愤不平地问唐敏："千姿妈妈，你说我说的对不对？"

唐敏客气地说："对，对。"聊了一会儿后，郝馨一家人就离开了，临走前郝馨母亲不忘补充一句："千姿妈妈，我们今晚见。"

这突如其来的插曲，令千姿惊慌失色，自己的"秘密"将要被人当众揭穿，难免会感到难为情，她非常感谢唐敏能替自己解围。看着还不明白原委的唐敏，千姿发自内心地说了一句："唐阿姨，谢谢你！"

说这句话的时候，千姿的鼻音有点重，这个坚强的女孩，努力克制着自己的情绪。夏和平把千姿搂在怀里，他完全明白了女儿的心思。

夏和平言归正传，说："这样，你现在就帮我联系，所有部门经理以上人员，让他们今晚7点准时去公司开会！"夏和平停顿了一下，换了一种委婉的口气对唐敏说："今晚的会议你就别参加了，千姿的家长会就拜托你了！"

通常，一个员工能为老板的家人做事，会比为老板工作更具有热情。唐敏亦然，她面带笑容说："好的，夏总，您放心吧！"

还没到晚上7点，平大集团所有骨干成员，已经全部在会议室入座。虽然夏和平还未到，但是没有一个人私下讨论，这严肃的场面和会议室的色调一样。平大集团严格管理的风格可见一斑。

7点整，夏和平准时走进会议室，会议室的成员全部起立致意，夏和平边走边说："大家请坐。"夏和平习惯在召开重大会议的时候，打一条蓝色领带，以此提醒自己要冷静，这也许是他独有的一种信条。当天的会议也在夏和平的冷静思维中开始。

"首先非常抱歉，我剥夺了各位在周末晚上和家人团聚的时光。会议结束，我会依次打电话联系你们的家人，希望能得到他们的谅解！好！我们进入正题，现在请王部长介绍一下你今天向唐助理反馈的情况！"大家都把目光投向王部长。

王部长有点紧张，刚开口说第一句话，就有一点磕巴，他清了清嗓子，借机镇定了一下，说道："是这样的，今天上午赵工打电话给我，让我向生产组运一千件6507轴承。他说时间紧急，不用等总厂下调度单，总厂的调令周一再补。我问赵工是什么项目，赵工说是欧洲的，上次开会提过，所有部门都要给这个项目开绿灯，听赵工指挥。所以我马上让值班库管清点。

"可库管告诉我，仓库里从来没有存过6507型号的轴承！和6507型号相接近的都没有，只有6501、6203、6105，其中6501型号最多，库存量达到一千多件。

“我以为生产组报错了，回电话向赵工确定型号，得到他的确认，生产组需要的是6507型号的。”

王部长话音刚落，会议室骚动起来，大多数人一下子都不能接受这前所未有的情况。夏和平插话进来才得以安静：“赵工，王部长所说的，你有什么意见？”

赵工是平大集团资格最老的工程师，他说话干脆：“王部长说的没错！是这样的。”说完向夏和平点头致意，表示他的话讲完了。

夏和平又把目光转向了文经理，文经理是分厂的负责人，专门负责公司零配件的生产。“文经理，请你来介绍一下情况！”顿时，所有人都用尖锐的眼光看着文经理，好像都认为是文经理出的错。文经理却不慌不忙地拿出一个档案袋——他来开会之前心中就有数了，他对夏和平说：“夏总，这是总厂下的订单，请过目。”

夏和平接过后审阅，订单上清晰可见的是6501，而并非6507，订单是总助刘亚川下的。这时坐在夏和平身边的夏和臣也看见了订单，他按捺不住火气，猛拍了一下桌子站起来，恶狠狠地问：“刘亚川，你是怎么搞的？”

所有人都把目光从夏和臣身上转向刘亚川。刘亚川是留学归来的高才生，是夏和平在一个经贸论坛上认识并亲自聘请来做自己的总助的。一向英姿飒爽的刘亚川，此时却像被霜打了的茄子，他无法解释这蹊跷的情况，更无法相信自己会犯这么低级的错误。

刘亚川被夏和臣紧紧逼问，却又做不出什么合理的解释。他仔细回忆了一下那天下订单的细节，自己明明写的是6507啊，为什么到分厂就成6501了呢？这令他百思不得其解。

刘亚川战战兢兢地站起来对夏和平说：“夏总，可以让我看看订单吗？”夏和平把订单递给了刘亚川。刘亚川看着订单，脸色更加难看。而夏和臣更加不依不饶地说：“订单你也看了，你还有什么话说？”整个会议室充斥着一种浓烈的火药味。

夏和平此刻的表情异常沉重，他并没有正视喋喋不休的夏和臣，也没有看脸色苍白、一言不发的刘亚川。他觉得夏和臣的做法毫无意义，所以用命令的口吻对两人说："你们先坐下！"他的声音虽然不算大，但是底气特别足，能让人感觉到一种无法抗拒的力量。接下来，他又用带有力量的声音说："不想承担责任的人，才会在出了事情以后，马上要查找这是谁的责任！这不是负责任的表现。如果你们对工作是有责任心的，就去想想眼下解决的办法。赵工，你来谈谈你的想法！在产品技术方面，你的意见是最具权威的！"

赵工眉头紧锁，他思考了片刻说："夏总，坦白讲，现在没有什么太好的解决方案！从我的立场分析，还有不到10天的时间，再想加工出一千件轴承是不可能的！从技术角度分析，6501是可以改造成6507的，主要是要对6501的轴套进行加工，然后焊接，但质量是无法保证的。

"还有夏总，在这里我不得不说的是，不光是一分厂的轴承在配比上出现了大的失误，就连二分厂的法兰接口、三分厂的整流罩也都出现了问题，批量生产出来的型号，全部不能满足欧洲整件的组装要求，甚至……"

赵工迟疑了一下，看了看夏和平。夏和平说："没关系，继续说。"所有人都明白，赵工会继续"爆雷"，弄不好这个雷会炸掉大家的饭碗。赵工沉默片刻，无奈地接着说："所有的配件，互相之间，都不是为一个型号的整件做准备的。"

赵工的话讲完以后，现场的气氛骤然紧张，只有夏和平始终一脸平静。这时候几个分厂的经理马上解释说："我们都是按照总部下发的要求加班加点生产的。"

这么多人都抢着推卸责任，夏和平的脸色逐渐变得凝重，他担忧的不仅仅是产品本身的问题，很明显管理上出了很大的漏洞，所以才让别有用心的人有机可乘，暗地里动了手脚。他若有所思地环视一圈问："下面出现这么大的问题，你们怎么会不知道呢？"

夏和臣忙解释说：“夏总，是这样的，按照我们以往的习惯，组装成品是生产环节当中的最后阶段。这次我们接到了这么大的订单，加上之前仓库里积压的成品还没有转运给第三方，上次开会时我们已经讨论过这个议题。等仓库里把上次已经交易的成品运走，再把配件运到总厂进行统一组装。”

夏和平表情平静如水，可心里却疑虑重重：看来那个处心积虑的人盯着管理上的漏洞已很久了。上次开会的确讨论过这个议题，自己也点头同意了，负有不可推卸的责任。这只是其中的一环，最关键的环节问题出在哪里了？

订单，这是问题的关键所在。每次为了快速有效地生产，都是总部下订单，下面的人接到订单“照方抓药”。别说是生产配件的工人师傅，就算是工程师，也不会对此存在异议。

想到这里，夏和平暗暗自责，关键时刻没有亲自盯着，以致管理上出现一个看似不经意却是致命的漏洞。现在不是追究责任的时候，必须全力以赴把迫在眉睫的问题解决好。

“夏和臣，你来说说我们和欧洲的合同是怎么签的，再向大家介绍一下，我们如果不能按时交货，公司会承受多大的损失。”

夏和臣心里一惊，感到很诧异，哥哥夏和平从来没有在公司里直呼过自己的名字。他忐忑不安地思索着哥哥这反常的行为，没有及时回答他的提问，夏和平严肃地提高声音：“回答我，夏经理！”

夏和臣一听哥哥直呼他的职务，一副公事公办的样子，就更加紧张了。这都是夏和臣心里在作祟，他哥哥并没有什么特别的意思。

夏和臣吞吞吐吐地连说了两声“哦，哦”，然后清了清嗓子说：“按照合约，如果我们不能按时交货，就要赔付对方相当于货款三倍的违约金！”夏和臣话音刚落，夏和平便接茬说：“都听见了吗？三倍！相信你们早就知道了。我之所以提醒你们，是想大家都明白，我们没有退路！”夏和平加重语气，接着说：“从现在开始，要往最坏的结果去打算，不要给我任何带有安慰性而不能解决问题的方案！”

“刘亚川！”夏和平声音洪亮，会议到现在他第一次喊出声，令整个会议室为之一震，使得刘亚川立刻从座位上站了起来。

“你说公司现在该怎么办？刘亚川，你听着，我再重复一次，我现在要解决方案！”在夏和平的威逼下，刘亚川鼓起勇气开始阐述自己的观点：“夏总，我认为，第一我们要拿出诚意，和欧洲人去谈一下，看他们能不能再宽限点时间！”

会议室开始躁动。有人议论说：“刘亚川太天真，作为生意人此时怎么会看着便宜不赚！”夏和平神情严肃地说：“现在开始，任何人不允许私自讨论，刘亚川你接着讲！”

刘亚川听到了反对意见，就进一步解释说：“第一，我们和人家谈或不谈，交货日期之前对我们没损失！如果人家同意最好，不同意我们也只能是按合同日期交货！第二，我们要通过各种手段尽快对外收购6507型号轴承，以及其他所需要的配件。虽然国内生产这些专业性配件型号的厂家少，但是我们也要去试试！第三，既然我们已经认定，此次非亏损不可，那我们就按亏损的计划去打算，尽量把损失降到最低！我们自己的加工厂，也要在机器能承受的运转负荷下，去加班加点生产6507轴承，尽最大可能节省时间！我建议最好以10根左右为运输单位，加工完的成品直接运生产组组装！到时我们虽不能交出全部的货，但是已经生产出来的产品，只要质量不存在问题，他们没有理由不按合同接收！尽量用有限的利润，去弥补庞大的损失！”

夏和臣插话说：“夏总，我有一个想法。”全场所有人都把眼睛盯在了夏和臣的身上，等着他的解决方案。夏和臣说：“我们仓库里现在还有一大部分替国内甲方生产的还没有交货的整件。这些整件在质量上都是没有问题的，只是和欧洲的标准，稍微有些偏差，我们是否能重新将这批货贴上新的标签，然后交给欧洲人呢？”

会议室里有人迎合地点头，认为这不失为是一种办法；反应慢的人，思考他说的话是否妥当；还有几个人既没点头，也没摇头，他们认为夏和臣这个主意是不可行的，只是没有表态反对。

夏和平听完，斩钉截铁地说："不行!"如果这个意见不是夏和臣而是别人提出的，夏和平肯定要把这个人从头到脚骂得体无完肤。这个馊主意违背了他们的企业文化，背离了他们的企业宗旨，玷污了他们的商业信仰。一旦开这个口子，企业就将敲响丧钟了。

夏和臣不再说话，其实他知道哥哥是绝对不会同意的。他出这个主意，当然有其不可告人的目的。他在心中窃喜，事情正在一步步地向他布局的方向发展。

第三章

夏和平环顾四周，不再有人提什么建议性的意见。他看刘亚川有些垂头丧气，心里有点失望，在准备做总结性发言之前，他又问刘亚川：“你还有没有什么意见？”

刘亚川说：“夏总，我的观点只有这些。”

“好！大家还有没有别的意见？”

全场鸦雀无声。

“同意刘总助意见的请举手。”全场仍静悄悄的，无人吱声。

令人诧异的是，夏和臣首先把手举了起来，接着众人也都举起了手。夏和平用审视的目光看了看会议室里的人，他的眼神扫向谁，谁都低头回避。

夏和平迟疑了一下，然后干脆地说：“那就这样定了！明天唐助理会把各部门需要部署的文件发下去！”

夏和平宣布了散会，大家都懒散地离开了会议室，每个人都好像刚经过一场强体力劳动般疲倦。

几乎每个人在离开会议室之前都看了看夏和平，他们脸上都带着一种无法表达的歉疚。

所有人都离开了，只剩下夏和平一个人还坐在会议室里。窗外灯火辉煌，都市夜景美不胜收，可在他心里，现在整个世界都是漆黑一片。他本想把刘亚川留下，多听听他的分析，他知道刘亚川的话只讲了一半，但是他累了，他无力再去装一个强人，无力再让自己伪装出轻松的表情。他知道，在遇见难题的时候，自己需要装轻松，这样就能变相地把员工的压力都接过来，可这一次的事情实在有些困难，大到他都没有完全的信心能够力挽狂澜，他感觉身心疲惫。

“夏总，已经很晚了，你怎么还不回去休息啊?”半躺在转椅上的夏和平，听见有人叫自己。

“哦，是陈姨啊，这么晚了还来收拾会议室?”

陈姨一边把窗户关上，一边说：“外面要下雨了。夏总，你该回去休息了。”

夏和平仍坐在转椅上，精神恍惚，一动不动。

陈姨放下手里刚要拿起的抹布叫了一句：“夏和平!”他才好像从睡梦中惊醒一般，惊恐地问：“陈姨，你叫我?”

“我都叫你好几遍了，你理都不理我。”陈姨装作委屈地埋怨夏和平。

“哦，对不起陈姨，我刚才真的没听见。”

“夏总，能批准我坐下来，陪你说会儿话吗?”

夏和平听了陈姨这假客套，忍不住笑了，他也故意装作一本正经地说：“不行，我不能批准。”

陈姨也笑了：“你小子！小时候你妈妈打你的时候，你硬往我身后躲，那时你怎么没问问我同意不同意?”

两人都笑了。

陈姨在夏和平附近找了个位置坐了下来，轻叹了一口气说：“我提你妈妈，是很不礼貌的，你别生我气啊!”

夏和平抿了一下嘴，摇了摇头。

陈姨伸着大拇指说：“你妈妈，多好的人！你要向她学习，她不管遇见多大的困难，都不会像你现在这样!”

“你们兄弟俩是我一手带大的，但是还真没有一个人像你妈妈的。你像你父亲，夏和臣像他父亲。哎……”陈姨又叹了一口气，好像觉得这件事情太可惜一般。

“陈姨。”夏和平停顿了一下，又接着问，“在你心里，我父亲和夏和臣父亲比，谁更好？”

“傻孩子，当然是你的父亲好。你的父亲才华横溢，是镇上中学里唯一会俄语的老师。那时爱慕他的女孩子不知有多少，可他唯独喜欢你母亲。你母亲长得秀气，性格也直来直去，说出的话却句句在理。你父亲比你母亲大十岁，但是他们志同道合。你外公私下替你母亲物色好了一门亲事，所以找借口说你父亲比你母亲大太多他不能同意。你母亲就当着众多人的面说：‘他比我大，有可能也比我早死几年。但是活着我们就要在一起！’后来你外公就不得不同意喽。”

“夏和臣父亲呢？”

陈姨听夏和平这样问，一时好像无言以对，她遮遮掩掩地说：“你母亲要嫁给他之前，我是知道的。说实话，你母亲对他是没有太深的感情的。你父亲得了心脏病去世没多久，就赶上那动乱的年代，那时候家里没有一个男人做劳力是不行的，你母亲决定嫁给他，其实都是为了你！怕你跟着挨饿。可谁知是那样的结果。”

夏和臣的父亲——他继父，因为拐卖儿童，被枪毙了！

陈姨话题一转，说：“公司现在的情况，我刚才在会议室外面都听见了，你要多学学你母亲的坚强，振作起来！”夏和平点了点头。陈姨起身要走，又叹了一口气说：“也是难为你了！”

夏和平站了起来，走向电话旁，拨通了刘亚川的电话：“刘亚川，你现在代表我联系一下今晚来参加会议的员工的家人，向他们解释情况，让他们谅解这么晚家人还到公司开会。”

这一点，夏和平倒和他的母亲很像，知道关心别人。电话打完没多久，雷声大作，滂沱大雨倾盆而下。

一直静坐思考的夏和平，听到这么大的雷声，怕千姿一个人在家害怕，就顶着大雨赶回了家。回到家以后，他赶紧来到楼上轻轻敲门，没有回声。他轻轻走进去，千姿已经睡着了，床头还亮着灯。他替女儿理一理被子，刚准备关台灯走出房间，却无意间看见了书桌上台灯旁千姿刚写的一篇日记。日记本没有合上，夏和平犹豫了片刻，忍不住一目十行，匆匆把这篇日记看完了。

3月15日　星期天　晴

昨天就和爸爸约好今天去海滨公园，今天天气又特别好，整个上午我都很兴奋。上午爸爸有事情要处理，我们只好等下午出门。

我知道他下午一定会陪我去的，上午看了一会儿书，下二楼冲咖啡时，发现陈姨今天上午也不在，整栋楼就我一个人，还好书没有那么难看，这能让我暂时忘却孤单。

10点钟左右，就听见二楼的厨房开始有动静，我就去餐厅打开电视机看电视，我喜欢看见大家忙来忙去准备午饭、切菜的声音能让人感觉到那是家的旋律。陈姨看我坐在餐厅看电视，就给我拿来一盒糖果，这还是过年时供应商送的，虽然味道不错，但是我只吃了一块哈密瓜味的。中午吃饭时，除了爸爸和我，还有力达的李总和他的小老婆。我讨厌那个做别人“小三”的女人，但是爸爸还是让我保持礼貌称呼她“李太太”，没办法，我还是对这个让我讨厌的“小三”保持了所有礼节性的问候。我打心眼儿里瞧不起她，是因为我知道，我永远都不会成为她那样的女人，去破坏别人的婚姻和家庭。

下午去公园本来挺开心，让人讨厌的赫馨不知道从哪里来的，吓我一跳，还当众把我心里的秘密说了出来。

本来我觉得没什么，老师让妈妈去，我没有，去不了，找老师解释一下就好。还好有唐阿姨替我解围，晚上她还真帮我去开了家长会。家长发言的时候，她说得最好，大家还给她掌声。我太高兴了，这下所有的风言风语以后该停息了。

家长会结束回来的时候，正好赶上司机开车去接公司散会的那些人，我们只好等出租车。谁知突然下雨了，而且下得那么大，唐阿姨把外套脱给我，我本不想要，可是她执意要给。一起等的士的同学家长都在，虽然有很多家长都做了同样的事情，但是我想在所有同学里，眼泪和雨一起淌下脸颊的肯定只有我一个！一直都是，我有的别人没有，别人有的我没有；我有的别人都可能会有，可别人有的，我永远都不会有。可是今天我有了，虽然只有一瞬间，我也很满足。总之，今天太开心了。爸爸还没有回来，本来想和他说晚安的，可现在开始困了，不等他了。停笔就准备睡了。

夏和平把日记轻轻地放回了原处。看着熟睡的女儿，他心里不是滋味。

从千姿的房间走出来，夏和平在客厅点了一支烟，仔细想想这些年女儿一直没有母亲的呵护，自己原以为能从物质上多弥补她，可今天看来，自己错了。连续抽了两支烟，夏和平考虑了很久，还是拨通了唐敏的电话。

“喂，夏总，您好。”

夏和平停顿了一下没有说话，他突然有一种怪怪的感觉，好像突然变得特别紧张，这完全不是他以往的风格。半天没说话，他不知从哪里开始，又怕唐敏等急了，所以慌张地说：“喂，喂，唐助理，你在听吗?”

唐敏客气地说：“夏总，请讲，我在听。”夏和平拖长了声音说：“哦，没事，我就是打电话谢谢你今晚照顾千姿。”

唐敏听到夏和平这样木讷地向自己表示感谢，不由笑了："没事，夏总，都是我应该做的。"

夏和平听到了唐敏爽朗的笑，反而没有那么紧张了。紧张的气氛消解之后，他才切入正题，说："明天中午有时间吗？我想请你吃饭。"

唐敏犹豫了一下说："明天中午啊？晚上可以吗，夏总？"夏和平仔细想了想，问道："对了，我明晚的日程是怎么安排的？"唐敏说："本来的日程安排是，请您的助理小唐吃晚饭。"于是，两人哈哈大笑。

"那好吧，明晚见，下班你不用回避，直接坐我的车就行了。"挂了电话，唐敏以为自己听错了，因为公司条例中处罚较严重的一项清楚写着："上下班所有男员工一律不得以工作为借口，与女员工同车出行。"她不明白一向恪守常规的夏和平这次为什么如此反常。

就在唐敏百思不得其解的时候，电话又响了。她看了一下来电显示是：Vampire，于是接通了电话。

"你在哪里？"

唐敏说："我刚到家。"

"我们可以开香槟庆祝了，以后我们不用再看别人脸色了。"

唐敏冷冷地说："是吗？"这句疑问并不是她怀疑事情没有成功，而是她不明白夏和平什么时候给过他脸色。唐敏有些气愤地说："你这么做，只是为了得到你想要的，和其他任何人都无关。"

"放心，我们计划得这么周全，不会有任何问题。"

唐敏说："下面你还要怎么做？"

"明天你就知道了。我们什么都不需要做，你继续做你的唐助理，做好你本职工作，只需把一份传真，转给你的夏总就行了。"

唐敏说："为什么不按照原计划进行？"

"那你要感谢刘亚川啊，他的几句话使我们离目标更近了。"

唐敏惊讶地问："刘亚川什么时候参与进了这件事？"

"他没有，他这个人油盐不进，我早晚要他走人。"

唐敏停顿了一下没有回话，她不想再去掺和与她无关的事情。电话那头继续说："我在国豪酒店等你。"

唐敏说："夏经理，对不起，今晚不行，我身体不太舒服。"她口气变得温和，并不想激怒夏和臣，她想息事宁人，好好做人。

夏和臣显然不太高兴："那好吧。"然后用阴沉的声音说了一句，"别忘了，明天继续把戏演好。"

挂完电话，唐敏在浴室的喷头下冲了有半个小时，始终无法让自己的心情保持平静，整晚在床上翻来覆去无法入眠。她总感良心不安，像是被五匹骏马拉扯得四分五裂。

第四章

昨晚唐敏睡得很晚，大脑在嘈杂和疲惫不堪的时候，人仿佛昏迷一般。早晨醒来，她觉得脑袋很疼，一看上班的时间，快迟到了，但她并没有因此着急，还是像往常一般有条不紊地准备着出门。她开始极度排斥这种罪恶的生活，她想逃避，哪怕一小会儿。

到了公司，所有人都在忙着每天周而复始的工作。“唐助理，这是今早新收到的传真，请你转交给夏总。”唐敏接过传真，未看一眼，她早已经清楚这张传真的内容。她再一次陷入善与恶的挣扎中，糟糕的心情让她有点精神恍惚，面无表情地就走进了自己的办公室。这让给她送传真的同事小张一头雾水。

进了办公室，唐敏并没有入座，而是倚着门打开传真看里面的内容，这种感觉极像一个重症病人反复看自己的病历。有人敲门，她被惊吓得犹如遭到电击一般。她回身拉开门，开门速度之快让来人吓了一跳，见唐敏脸色难看，那人马上说：“唐助理，不好意思打扰你了，夏总今早进办公室的时候留言给前台，让你一上班就去他办公室。”唐敏瞬间清醒，为失态暗暗自责，她赶忙换上笑脸说：“我知道了，谢谢你。”

不管内心有多么复杂，只要身着一身黑色职业装，唐敏走起路来的声音，总能让人感觉到一个职场女性的自信。她仪态万方地走到夏和平办公室门口时，夏和平的女秘书不自觉地站起来，面带微笑地说："唐助理，夏总正在等你！"唐敏微笑着点点头，算是回答。

"夏总，您找我？"

"哦，你先坐。是这样的，刚才我和刘亚川说过了，他会尽快拟定这次事件的应急方案下发给各部门，并出面负责主抓生产，协调各厂负责组装，现在你抓紧时间通过各种信息渠道对外发布，我们需要大量的6507型号轴承和其他全部配件。当然措辞要斟酌好，即使我们现在很需要，也不能表露出来。"

"夏总，我懂了。"

"那你今天辛苦点，一定要把这件事情落实到位。"

"好的，您放心吧。"

唐敏说完起身要走，夏和平提醒道："你的传真……"

夏和平原想说：别把你要给我的传真忘记了。唐敏笑着说："这份传真，是我要转交给其他部门的。"

夏和平说："哦，那好，你去忙吧。"

唐敏出了门，直奔夏和臣的办公室。

夏和臣在打电话，看见唐敏表情严肃，马上和对方说有事再说吧，然后挂了电话，扭头问道："怎么了？"

唐敏没有说话，把那张传真拍在夏和臣的桌子上愤愤地说："做事情，用点脑子，收购信息还没发出去，你就传真过来了？这不是直接告诉别人是内部人搞的鬼？"

夏和臣赶紧走出去看了看办公室外面没有动静，想对唐敏解释一番，她却转身离开了。夏和臣的错误是愚蠢的，聪明人做出愚蠢的事情，不是因为自作聪明，就是因为得意忘形。夏和臣有些得意忘形了，险些留下致命的证据。

唐敏花了一上午的时间把夏和平安排的工作全部搞定，时近中午，夏和臣通过MSN发了一条信息："中午一起吃饭？"唐敏回复："收购信息已发布。"就没有再给予任何回复。唐敏拨通了一家花店的电话问："请问，昨天我订的花包好了吗？"得到对方的准确答复后，她下班后打车去了那家花店，取了那束早已经订好的白色玫瑰。

唐敏对花没有研究，对花语更不懂，她对白色玫瑰的理解是：洁净。她本想订一束红色的玫瑰送给死去的前男友，又觉得用生命的红，去玷污亡灵的纯净是不应该的。她捧着这束白色的玫瑰，心如刀绞地走向了前男友的墓地。她是来向他告别的，向他们的爱情告别。她无法再承受整日思念他的痛苦。

到了墓地前，她弯下腰，用双手一点一点地拂去墓碑前的灰尘，曾经和男友在大学里的点点滴滴也涌上心头，眼泪断线珠子般滚落下来。在拂去尘土时墓碑留下了灰印，她着急地从包里取出一块湿巾，一点一点地擦去。她想起曾经有一次自己不小心擦伤了，男友也是这样为她小心翼翼搽药的。她失声痛哭，哭得撕心裂肺！声音回荡在空旷的墓场里，直到自己筋疲力尽。

她把花好好理了理，放在墓碑前。放花时，她手扶着墓碑，就像曾经扶着他宽厚的肩膀。她用手小心翼翼地摸了摸墓碑上面的照片，默默流泪。泪所能发挥的作用，就是把痛苦淹没在痛苦中。

看着墓碑上男友生前那如阳光般灿烂的笑容，她也露出了微笑！就像是一次微笑与微笑的重逢，她带着悲凉的笑开始了满心的倾诉："董凯，一别一年了，如果你还活着，我想我们应该已经结婚了，真的，我想嫁给你，做梦都想。如果能嫁给你，即便住小时候那种贫民区，我也心甘情愿。"说到这里，唐敏又是泪流不止。

"你还记得吗？小时候别的女孩儿跳橡皮筋，我也想跳，可我没橡皮筋，她们都不愿意带我玩。你知道以后，就去海边大排档，把别人吃完的蟹壳上用来绑蟹腿的皮圈，一个个解下来，接成一整条很长的皮筋送给了我。那是我收到的最开心的礼物了。

"后来我们家从那个贫民区搬走了，我以为我们再也没有机会见面了。没想到我们又考进了同一所大学……"

回述这段经历的时候，唐敏无比心酸，伴随着哭声和伤心的抽搐。

“那时室友整天都在用爱慕的神情讲述你，我怎么都没有想到，整天让别人幻想的那个人，会是我小时候的哥哥。

“对了，还记得大三那年冬天我拒绝和你回家过年吗？其实我并不是怕父母反对，而是那个寒假我根本就没有回家，我留下来打工了。后来开学我送你的那个二手笔记本电脑，就是那个寒假我做兼职赚钱买的。我听人说，你用室友的电脑查资料，那人说你弄坏了系统，你花钱替人修好后，那人让你以后别再碰了。所以那时，我就决定一定要给你买台笔记本电脑。不管任何时候，我都无法承受让你如此难堪，我想和你一起面对所有的困难。

“其实那年我好想和你一起回去过年，但是我在心里安慰自己，下一年一定和你一起回去。后来，我们却永远没有一起回家过年的机会了。那是我们分别最久的一次，那时候我天天都想你，可越想你，心里的信念就越坚定：我要好好赚钱，一定要给你攒一台电脑的钱。现在我们永远分离了，我会好好活着，你依然是我的信念，你父母我会当自己的父母照顾。前段时间叔叔的手术很成功，医生说等恢复好，他能再站起来。不管做什么我都不在乎，我只在乎我们的亲人能活得好，这是我的信念。董凯，我爱你。永远爱。”

唐敏走了几步，又回头看了一眼男友墓碑上的照片，似乎她要以此再坚定一次自己的信念，正是这股力量让她内心的愧疚在瞬间消失殆尽，不再为之前的罪恶感到羞愧。唐敏为了救董凯的父亲，需要一大笔钱，她向夏和臣妥协，答应他的条件，加入他的计划，但后来唐敏才知道，这计划竟如此卑鄙，后果竟然是如此严重，但唐敏还是无法拒绝。只因为董凯父亲的手术已经不能拖了，这就是为什么那些订单到了分厂，既定的型号就都被改变了。唐敏此刻不想见任何人，特别是夏和平。她的心充满了对所有人的愧疚。

唐敏帮了夏和臣，可在夏和臣看来他的目的并未完全达到。

夏和臣让唐敏去国豪宾馆拿钱。钱就在床头柜上，夏和臣让唐敏把衣服脱了。唐敏二话没说就脱了，她心里流着血，但是还得含着泪呻吟……那叫声让夏和臣无比兴奋，无数次想把唐敏撕成碎片。残忍的并不是夏和臣，脱去女人衣服的不光是男人，还有生活！

离开墓地的唐敏并没有着急打车回公司，她去了一个熟悉的车站，等一辆好久都没坐过的公交车，她想再回忆一次。就在今天，她想把心底那些美好的回忆都翻出来，就算受折磨也不怕。自从董凯的父亲住院到今天，发生了这么多事情，她受尽凌辱和委屈，良知也在无时无刻地拷问她。

她坐在公交车上，看着沿途的风景，虽然身旁不可能再坐着那个人，但是也没关系，这一刻她完全活在记忆里，活在董凯的呵护下。一个可以为了她命都不要的男人，又一次保护着她。她好久没有这种安全感了，这正是今天她需要的。一个女人在最无助的时候，最渴望有一个男人能成为自己的依靠，而唐敏的依靠永远定格在了回忆里。

公交车上很多人都看着精神恍惚的唐敏，他们不明白为什么这个女人的手机一直在响，她却不管不问。坐在她旁边那个人终于忍不住了，就碰了一下她的胳膊说："小姐，你的手机响了。"

那人看她还不明白，以为唐敏是个聋哑人，就指了指唐敏的手提包又重复了一句："你的手机响了。"她顺着那人的手看了一眼自己的包，才恍然回过神来，从包里把手机取出来接通。

"喂，唐助理吗？"唐敏听出夏和平很着急。

"是的，夏总请讲。"

"马上回公司，有紧急情况。" 夏和平说完，电话就挂断了。

这个电话把唐敏又带回到现实生活，她马上下了公交车，打了一辆出租车赶回了公司。

第五章

回到公司，夏和平马上把新收的传真拿给唐敏看，显然夏和平从这张传真中看到了公司还能生存下去的希望，可唐敏心里十分清楚，这恰恰将是厄运的开始。

虽然夏和平处处照顾同母异父的弟弟，但是夏和臣并没有发自内心地把夏和平当亲哥哥一般看待。这源自一份从小就开始的嫉妒，嫉妒是魔鬼埋藏在人心里的根，它能让手足相残。

自小，夏和臣就认为母亲把最好的东西都给了夏和平，包括后来公司所有的股权，这让夏和臣从心底无法接受。其实夏母也是用心良苦：夏和平不同于夏和臣，他没有父爱，所以做母亲的自然要更加关心他；至于遗嘱，夏母心里清楚，夏和臣还小，又不像夏和平那样本性善良，她深知善良的夏和平不会放着夏和臣不管。

夏和臣不但没有领会母亲的苦心，反而心生恶念，他一直在寻找一个占有平大集团的机会。夏和臣心存歹念，而且计划又近乎周全。

一张欧洲的订单，一千件节能环保产品，商品的出口价格是国内的三倍，交付时间是四个月。如果不能按期交货，将赔付给欧洲的违约金，也是货款的三倍。

从这张订单中，夏和臣看到了机遇。中国人认为做成功一件大事，要具备天时、地利、人和，这些夏和臣都看到了，而且他具有不同于一般人的缜密思维，他筹划着怎么才能让生产出来的轴承与型号不符，这才是关键。因为他明白轴承相比于其他零配件，是不可缺少的，而且生产工艺比较复杂。他拟订出的第一个方案就是通过第三方贿赂分厂厂长，让他装作误认为6507是6501，而后大批量生产。还有几个方案也各有优点，但是他仔细回想还是第一个好。

分厂厂长会因此丢掉工作，但夏和臣只需要给他一件出口成品的利润，就顶这厂长干一辈子的。夏和臣已经很自信地认为，他只需要花一点钱，生产出一千根轴承，就能获取一千件成品的利润，至少也不会低于九百件。

在计划刚准备执行的时候，正好唐敏找夏和臣借钱。夏和臣一直在追求唐敏，唐敏误认为他会理所当然地帮她，而夏和臣马上敏锐地又想到了一个方案：篡改订单！如果成功最好，不成功再去贿赂分厂厂长也不晚。如果能成功，整件事情的成本将得到很大的削减。这就是商人。

后来的事情一步步都在夏和臣的掌控中，包括夏和平拿给唐敏看的这张传真。传真内容为："本公司囤积有大量各种型号的轴承，分别是6501、6502、6135、6105、6507，欢迎与贵公司洽谈合作。"落款有公司名称和联系方式。

本来，从这张传真中不难看出猫腻，根本就不会有哪家公司会大量囤积这么多型号的轴承，而且这家公司在业内从来就没有听说过。可此时的夏和平顾不上那么多，他现在急需6507轴承，来挽救一家中国企业在世界同行中的名声。因为他坚信诚信是一家企业的命脉，这一点，动摇不得。

此时，刘亚川也赶了过来，夏和平把传真拿给他看。刘亚川看完传真，没有做任何表态。夏和平坐了下来，用命令的口吻说："刘亚川，你马上去联系这家公司，约定下午洽谈的地点。谈判由你来进行，唐敏和赵工负责给你做谈判助理。"

刘亚川搪塞说："夏总，我现在面临的压力很大，我怕把谈判搞砸了。我看您还是换个人。”

夏和平说：“现在你们都要放下心中的情绪，对你刘亚川，我是充分信任的。你放手去谈，一切以公司利益为重，以大局为重！不要有压力，一切后果由我一个人来承担！”

刘亚川毕竟是一个识大体的人，听完夏和平的话他大受鼓舞，立刻说：“那好，夏总，您放心，我会尽全力和对方周旋。”然后他马上进入状态，对唐敏说：“唐助理，你现在马上去调查一下对方公司的详细情况，谈判前告诉我。”

在工作上，刘亚川是唐敏的直属上司。平大集团总裁夏和平的办公室有三个助理，刘亚川是总助理，工作能力也最强，对他们享有直接调度的权力，三人对刘亚川也一向是言听计从。听到刘亚川的命令，唐敏立即回应说马上去落实，虽然她很清楚这只不过是夏和臣三个月前，租别人的厂房新组建的小型加工厂。

谈判地点定在平大集团总部会议室，时间是下午两点半。直到谈判前，唐敏都没有查到这家公司的任何资料。没办法，刘亚川只好在不知对方任何底细的情况下，坐到了谈判桌前。

谈判开始，刘亚川首先让赵工介绍了关于6507轴承的各种技术参数，赵工搞的是尖端技术设备研发，所以对一个小配件的参数，讲起来当然是游刃有余。刘亚川就是要用这样的方式告诉对方，他们对这样的产品很了解，所以给他们的利润，也只能是在生产成本上象征性地加一点儿。后来，刘亚川总结发言，对方也一直点头表示同意。

事实上，从头至尾对方都很少接话，谈到关键的时间问题，刘亚川请对方报价，对方一位戴着金丝边眼镜，头发整洁、皮肤白净，声音略带磁性的中年男子从文件包里拿出来三份文件，依次递给了刘亚川三人。

三个人刚一看文件就傻眼了，文件里清楚地标注了平大集团收购6507轴承的用途以及向欧方交货的时间，甚至列出了从平大集团拿到订单至今天谈判前，共计投入的生产成本，包括人员工资、公司的电力消耗、缴纳的税收等，连这一千件商品出口后，成本总共多少，将获利多少，都在对方的掌握中。所以，他们在合同下方的要价几乎等于是平大集团利润的全部，只让出了一百万给平大集团，当然这一百万也只是象征性的。

那个戴眼镜的男人开口说话："你们平大集团如果同意，要先付三分之一的定款，其余，可以等出口成品后，在一月内全部付清。好，我看先这样吧！我们电话联系，我方随时可以发货。"然后，不容刘亚川三人辩驳，他就起身离开了。刘亚川三人，彻底傻眼了。

唐敏虽然知道内幕，但是她怎么也没想到，夏和臣会把事情做得这么绝。唐敏对夏和臣的了解，也只不过是刚刚开始。

赵工在会议室里，点了一支烟，唐敏用牙咬着嘴唇，刘亚川依然看着文件发呆。三人的沮丧心情溢于言表。刘亚川准备了一肚子话，还没说，就不得不烂在肚子里，他始终有点不敢相信。这时唐敏拿起文件，对低头抽烟的赵工和一言不发的刘亚川说："我们去向夏总汇报吧。"赵工把烟掐了："我就不去了，我得回生产组。"说完就走了。

刘亚川更没脸去见夏和平，他对唐敏说："你去吧！把这文件拿给夏总看，让我一个人静静。"无尽的失望揉碎了他原本充满期待的心。

夏和平看见唐敏拿着一份文件，马上迎了上去，他本以为这是一份合同，双方谈妥了，就等他签字了。唐敏难以开口解释，夏和平看着文件，表情依然沉着冷静，这让唐敏开始在心里无比地佩服，觉得夏和平是一个真男人。

夏和平拿着文件，回到自己的位置上坐了下来，摊了一下手，问唐敏："你们三个人是什么意见？"

唐敏一时无言以对，她本以为夏和平会发火，或者沮丧，可他还像平时处理一个小问题一样平静。

“我个人认为，这和我们内部人有关。”唐敏说。

夏和平摆了摆手说：“现在先不讨论这个问题。刘亚川在哪里？”

“哦……他在会议室。”唐敏说。

“现在是不是需要我马上答复？”夏和平问。

“没有，对方已经走了。”唐敏说。

“那刘亚川还待在会议室干什么？”夏和平问。

“刘总助，有点心烦，他想静一会儿。”唐敏说。

“他烦什么？我讲过，上班的时候任何人都不许带情绪。”这件事反而让夏和平有点恼火，他按了一下通向门外秘书的语音传输器：“你现在去会议室，让刘亚川马上到我办公室来。”

刘亚川带着一脸沮丧走进了夏和平的办公室：“夏总，对不起。我让您失望了。”刘亚川刚开口说了这句话，夏和平就伸手打断了他。

“刘亚川，你还记得我对你谈过我的理想吗？”夏和平问。

刘亚川说：“记得。”

夏和平问：“我的理想是什么？”

刘亚川说：“您说过，您的理想是创造一个优秀的民族企业。”

夏和平说：“谢谢你还记得。那你告诉我，你认为什么样的企业才算是优秀的民族企业？”

刘亚川嘟囔着说不出，他脑子里装的词语，都是和管理有关的，自己从来没想过这个问题。他摇了摇头，解释不出。

夏和平又看了一眼唐敏，唐敏也急忙摇了摇头，就算她知道，她也不会说出来，毕竟自己的顶头上司都不知道。这是一种礼仪，属于中国人的处世之道，倘若唐敏讲得头头是道，刘亚川的面子往哪儿放？

夏和平对他们感到无奈：“你们先坐下来吧。”他接着说：“一个优秀的民族企业，从字面上，相信你们也知道，是一个能代表民族的企业，不管在世界的哪一个角落，有人看见一件商品，第一个会想到，这件商品的品牌是属于哪个国家的，并由此联想到关于这个国家的一切。这无疑是一家企业的最高荣誉。

“对于一家优秀的民族企业来说，最重要的是什么？你们会认为是质量，或者是品质，等等，但都不是。不能说这些不重要，这些是一家企业的生命，但不是灵魂。一家企业的灵魂是什么呢？是诚信！一家有诚信的企业，是会不顾一切地去履行它的每一次承诺，包括对供应商、供货商、消费者以及自己的员工，这是不容置疑的，也是不容践踏的！这是一种气节，这气节一个人要有，一家企业要有，一个民族要有，一个国家要有。一家没有气节的企业，有什么脸去代表一个民族、一个国家？”

夏和平的声音极为愤慨，他所说的每一个字都十分有力，他希望他说的话，他们永远记住。他带着激动的情绪问：“你刘亚川，知道该怎么做了吧？”刘亚川马上站了起来，对夏和平说：“夏总，我知道了，我知道了。”

夏和平说：“那好，你现在就去联系那家公司，一切按他们所说的办，既然他们都这么了解整件事情了，我们就没必要再去浪费时间谈了。毕竟我们没有亏，少赚一次钱，怕什么？但是质量他们要保证。等一下，我会让赵工从他的部门抽出一个负责验货的临时小组，今天下午，你就带着他们去，其他的你来安排。每个环节，都由你安排。我希望，总厂今晚就开始组装生产。唐助理，你现在去财务那里，和他们一起去办理相关事宜，签完合同一起回公司。刘亚川，今晚你就辛苦一点。我们没时间拖了。”

夏和平的话，让两人都有点热血沸腾，所以他们马上都精神焕发地去忙自己的工作了。唐敏更多的是内疚，对这个她开始崇拜的男人内疚。夏和平让唐敏签完合同就回公司，是因为他并没有忘记和唐敏的约定。

第六章

到了傍晚，夏和平打电话给陈姨，拜托她陪千姿一起吃饭。

唐敏回到公司，整栋办公楼的所有员工都下班了，只有夏和平办公室的灯还亮着。她向夏和平简单汇报了下午的情况，还算顺利。当然了，交易成功了，剩下的无非都是一些寒暄。

夏和平打开衣橱，特地选了一件自己喜欢的黑色西装，以此来表明这个夜晚对自己的重要性，然后对唐敏说："我们走吧。"他们到楼下的时候，和夏和臣打了个照面。夏和臣刚从自己组建的那个轴承厂回来，其实他整个下午都在，他以平大集团经理的身份，当然可以去，但是他也知趣，没有多说话。唐敏看都不多看他一眼。所有的事情，都在夏和臣的绝对掌控中。

"哦，对了，你帮我去联系一下食堂，让他们多加几个菜，等那些验货的员工回来，让他们先吃饭。还有和食堂说，给晚上加班的员工把夜宵做好一点。"夏和平说。

"嗯，好的，我知道了。"夏和臣说。

随后夏和平当着夏和臣的面，带着唐敏开车离开了公司。

此时的夏和臣除了愤怒，更多是疑问：为什么夏和平今天这么反常？他的车里很少会坐女人，开车带一个女下属，更是第一次。难道是夏和平准备开始展开调查？夏和臣又想，唐敏也算是一个参与者，还不至于把自己也给卖了。于是，他的心很是安慰，唐敏不会那么傻去出卖自己，毕竟她和自己是在一条船上的人，而且他手里还握着一张牌。想到这里，他一阵冷笑。

夏和平和唐敏来到了一家叫Hurricane的西餐厅。

那晚夏和平喝了一点红酒——他很少喝酒，他把自己的心事全部向唐敏吐露了出来。他直言不讳地说，想让千姿有一个家，自己也想要一个家。他的话没有过多的修饰，直入主题，想和唐敏组建一个家庭。唐敏沉默了一下，然后点头同意了，这一切似乎显得有些草率，其实不然。虽然没有什么刻骨铭心的爱情，但是两人都愿意在自己未来的生活里去容纳另一个人，这也是很难的。

倘若是另一个男人想娶唐敏，即使他比夏和平更富有，即使他说得天花乱坠，也不会打动这个女人酸楚的心。唐敏是在接纳夏和平的真诚以后，才接纳了他的一切。女人心里有一把锁，男人心里有一把钥匙，强求不来。夏和平这样年纪的男人，当然不会说太多的海誓山盟，他向唐敏表白得直接干脆。聪明的唐敏其实早已经开始感觉到夏和平的心思，她知道夏和平没有多爱自己，甚至没有爱，但她能理解夏和平这类男人。夏和平和她谈了生活，谈了一个丈夫对家庭的责任，很坦白。他承认自己不一定能够完全做好，但是会尽力去做。

唐敏是一个懂爱的人，但是她的爱已经死了，心里很难再容纳第二个人。当有一天，一个男人对她说：我愿意照顾你的生活，履行做丈夫的责任和义务时，如果恰巧，自己能相信这个男人，她是不会也不可能拒绝的。她觉得这也是一种爱，这种爱和之前的爱不会有任何冲突，自己也不会活在内疚或者自责当中。这是爱的一种转折，她把那种专属的爱，给彻底埋葬了，选择另一种爱去继续生活，她觉得这是一种有尊严并且真实纯粹的选择。

这种爱和她死去了的爱，在形式上是有区别的，但是本质上也许相同，都能让她感受到温暖，前者还会给她一个温暖的家。对于唐敏这样理智的女人而言，这一切是很难得的，也是值得珍惜的。

所以她答应了夏和平，有些热泪盈眶，她在心里暗暗发誓，要努力照顾千姿，并且帮助夏和平，同样给他一种温暖的生活。

可很多事情，往往事与愿违。

很快，夏和平和唐敏就举行了一个简单朴素的婚礼，朴素到没有任何仪式，只是两家重要的亲友聚在一起吃了顿饭，对外也没有保密。得知夏和平和唐敏结婚，全公司一片惊异，不过两人却一点儿没有避嫌，公司的人都改口叫唐敏夏太太，唐敏也欣然答应，虽然她还不能完全适应这样的称呼。让她更不能适应的是，她每天都要在公司里面对夏和臣讥讽的眼神。

千姿的心情始终很矛盾，虽然她在自己的日记里写过，她有那样一种想法，但她认为可能是因为那天自己有点大受感动。她虽然不讨厌唐敏，可她毕竟不是自己的亲生母亲，会把父亲对自己的爱分走一半。这种感觉是真实的。后来唐敏对千姿处处关心，并没有把夏和平的爱分走一半，而是把自己的爱更加真诚地奉献给了千姿。慢慢地，双方相处得很融洽。三个人都慢慢开始感受到了家带来的温暖，开始彼此接纳，彼此珍惜。倘若没有后面发生的事情，这一切该会是多么幸福。

第七章

三个月后。

早上八点，在平大集团夏和平的办公室里，刘亚川正准备向夏和平做近期的工作报告，不料却被夏和平打断了：“最近公司的情况我都比较了解，今天我有另一件重要的事情，要和你商量。”

刘亚川说：“夏总，有什么要交代的?”

夏和平说：“前段时间，货单被篡改那件事情，那时我考虑，首先要把事情解决了，其次要先给对手造成一种麻痹的心理。所以，这件事情上我知道你受委屈了。现在是时候了，私下里你给我查，谁都要查，要一查到底，彻查事情真相。我们要把这个内鬼给揪出来!”刘亚川连忙点头：“夏总，我一直有个疑问，为什么这件事公司那么多人怀疑我，您却依然这么信任我?”

夏和平说：“文件是电脑打印的，事后我一直看着电脑键盘，我认为把7打成1这种概率很小，不可能是你工作失误造成的。后来那家公司要向我们提供一千件轴承，显然是有备而来。我就更加坚信，整件事情与你无关。”

刘亚川还是不太明白，夏和平说：“好了，这件事以后再讲。记住一定要私下秘密地查。我昨晚胃疼了一夜，今天要去检查一下身体，上午公司有什么情况，你要及时处理。”

唐敏陪夏和平去了医院，检查身体。近期夏和平一直胃不舒服，但是前段时间太忙，他也没上心。他总是这么忙！忙起来饮食就很不规律。对身体的亏欠，让他付出了最惨重的代价，检查结果：胃癌晚期。

唐敏走出医生办公室，面带笑容地对夏和平说："是受凉了。医生建议喝点暖胃的中药，再多注意休息就行了。"唐敏的笑没有一点异样，就像往常一样，这反而让聪明的夏和平看出了端倪。如果真是这样，唐敏该会责备几句，或是关心几句，总归不会是这种口气，这明显是反常的举动。于是，他对唐敏说："你等我一下，我去一下厕所。"

他趁机去向医生了解情况："医生你好，刚才我太太都告诉我了，我想向你咨询一下，我这种情况采用什么办法会使治疗效果最好呢？"

医生愕然地看着夏和平，然后冷静地说："夏先生，你的情况已经不适合手术了，我们建议你还是放疗，并配合药物辅助治疗。"

夏和平对医生只点了点头，就走出了他的办公室，一句话也没说就上了车，唐敏跟在他后面。一路上，谁也没说话，都不知说什么好。唐敏能感觉出夏和平已经知道了实情，夏和平提出去厕所，她也看出了他的用意，理智告诉她无法阻拦，只好由他去。她明白，他必须得知道，不然这么大的摊子怎么办？

夏和平对司机说回公司，唐敏劝他说，还是回家先休息一下吧。他却执意要去公司，去他奋斗过一生的地方，寻找心灵的寄托和一丝苦涩的安慰。

他一个人在办公室里，看着以前每一张他认为值得回忆的照片。过了许久，唐敏端进来一杯温水给他，他仍然一言不发。唐敏心疼不已，回到自己的办公室大哭了一场。

夏和平拨通了千姿的电话。

"喂，爸爸，我们正在排《天鹅湖》呢，等我们排好了，演出那天你要来看啊。"

夏和平说："好，好。"说完，电话就挂了。

令夏和平牵挂最深的人就是千姿了，他却没有勇气告诉女儿自己出现的状况。他只好一直瞒着女儿，每天都靠着电话和女儿沟通，他很想让女儿从学校回家住些日子，但是每天女儿打电话来，都在说着《天鹅湖》排练的进展情况。听到女儿满心欢喜，夏和平心想还是再等等，他知道这是女儿梦寐以求的排练。他只好私下打算，准备后事。

转眼，夏和平已经有将近一个月没有上班了，每天曹律师都从他的家里走出走进，这让夏和臣开始有所觉察。

夏和平感觉自己的身体有点不能支撑了，他感觉胃里每天都像受到火燎般痛苦，整天吃不下东西。他有点害怕自己日子不多了，病来如山倒，毕竟已经是胃癌晚期，而且癌细胞已经扩散到全身，这让告别被提上了日程。

这一切来得太突然，夏和平对女儿的思念到了极点，他打电话给女儿，希望她晚上能回来。想着再有几个小时就可以见到千姿，夏和平身上的痛楚被掩盖了一些。可这短暂的相聚，父女俩没有等来。

千姿在下午的排练中晕倒了，被马上送到了医院，校方代表院方联系了唐敏让她马上来医院。

医生看见唐敏这么年轻，不禁问："你是千姿的母亲？"

唐敏急切地说："我是。医生，夏千姿的情况怎么样了？"

千姿的老师也走进来说："千姿妈妈，你来了啊。"

这时医生才敢相信，就对唐敏解释说："哦，情况是这样的，夏千姿的心脏出了问题，我们初步检查是心脏瓣膜病。情况不是很乐观，刚才我和学校沟通过了，这名同学已经不能参加正常的学习和体力劳动，更不宜激动。你们家长要做好思想准备，她发病早，如果提前治疗还有希望，不然会很危险，我很难过地告诉你，很多这种类型的病人活不到25岁。当然了，提前治疗还是有希望的。"

唐敏满眼泪水走出了医生的办公室，突然感觉这世间太冷漠，太无情，为什么所有的不幸，都在一瞬间降临到这个家庭。她虽然不是千姿的亲生母亲，但是她已经融入了这个家，她诚心祈祷上苍能可怜可怜他们这家人。

老师走了过来，唐敏赶紧擦了擦眼泪。老师说："千姿妈妈，我们也很难过。千姿在这个芭蕾舞剧上是付出了很大努力的，她一点儿都不怕吃苦。我们的芭蕾舞就要巡演了，她这个主角却不能参加，她本人肯定最难过，你们要多安慰安慰她。对了，还有一件事情我们得告诉你，千姿已经被知名艺术院校提前录取了，我们本想给她一个惊喜，等演出结束再告诉她，现在想想幸亏没告诉她，不然她该多伤心啊。"听到这里，唐敏失声痛哭。

唐敏走进病房去看千姿，这时她刚苏醒过来。千姿看见唐敏，就问："我爸爸来了吗？"唐敏突然想，这时候更没办法告诉她夏和平的情况，不能让她更加伤心激动，就说："你爸爸今天工作忙，走不开。"又说："怎么那么不注意自己的身体？医生说你是累坏了，多休息休息就好了。"

千姿点了点头，感觉很疲倦："我想先睡一会儿了，晚上我能出院吗？"

唐敏说："要听医生的。"

千姿说："爸爸晚上能和你一起来看我吗？"

夏和平总是很忙，千姿早习惯了，更养成了不会主动打扰爸爸的习惯。

唐敏说："你先睡吧，爸爸很忙，你先别打扰他，回去我和他说你生病了，让他晚上来看你。"千姿点了点头，慢慢睡着了。唐敏看着熟睡的千姿无比为难，她不知道该怎么把这一切告诉夏和平，夏和平的情况显然更不能告诉千姿。为此，她倍受折磨。

夏和平的病情越来越严重，保守治疗虽然能够让他的生命得到延续，但他已被病魔折磨得奄奄一息。他心里无比期待能和女儿尽早团聚，可他却不知道女儿的身体这么糟糕。唐敏思来想去，不管怎么样，还是应该把千姿的身体状况告诉夏和平。她离开了医院，决定先开车回家。半路上，她接到了一个电话，这个电话彻底改变了一切。

“嫂子，你在哪里?”夏和臣带着极为讽刺的口气问。

唐敏气愤地说：“我们还有联系的必要吗?”

夏和臣冷笑一声说：“都是一家人了，那么生疏干什么!”

唐敏也冷笑一声：“人和魔鬼还是要保持一定距离才好。”

夏和臣愤怒地说：“你还真能把自己当一回事！我没心思和你闲扯，你马上来国豪宾馆。”

唐敏坚定地说：“你别妄想了，我是不可能去的。”

夏和臣深沉地说：“唐敏，我告诉你，如果在一个小时内我看不到你，明天一个关于你的秘密，将被群发到公司每一名员工的邮箱里。”

夏和臣说完这句话，就把电话挂了。唐敏的心突然被提到了嗓子眼儿，她知道夏和臣这个人很卑鄙，什么事都做得出来。无奈之下她只得掉转车头去了国豪宾馆。

到了夏和臣常住的那个房间，门没锁，夏和臣坐在沙发上不动声色地抽着烟。看见唐敏来了，他就把烟掐了，站起来走到饮水机旁，给唐敏倒了一杯水放到茶几上，然后走到她面前假惺惺地说：“打扰你了，可真不好意思啊。”

唐敏眼睛瞪着夏和臣问：“你想干什么？你到底想怎么样?”

夏和臣说：“我不想怎么样，我只想向你了解一点情况。”

唐敏沉默着没有说话，她知道，这又将是一个阴谋的开始。

夏和臣说：“我哥哥最近为什么没有上班？他怎么了?”

“你又想出什么新花样来害他?”唐敏想起以前夏和臣的所作所为，越想越气，就更加愤慨，“够了，夏和臣，你别太过分了。你哥哥都快死了，你知道吗？他现在已经够惨了，不仅他快不行了，连千姿也活不了多久了。千姿才21岁就患上了心脏病，医生说如果不加紧治疗，她很难活到25岁！”唐敏满眼泪花说了这些话，她本想刺激一下夏和臣，让他能够良心发现，回头是岸。可谁知夏和臣听到这个消息却喜出望外，他连忙问：“你说的这些，是不是真的？”

唐敏说：“你认为我有必要撒这种谎吗？”

夏和臣在嘴里念叨：“好，太好了。”

唐敏听了他的话，气不打一处来，转身就想离开这房间。

夏和臣恶狠狠威胁说：“你想去哪里？你敢出这个房间的门可就别怪我不讲情分。”

唐敏停下脚步，有一种不祥的预感。

夏和臣坐到那张沙发上，打开了墙壁上的液晶电视，电视里出现了前不久夏和臣和唐敏赤身裸体在这房间里的龌龊一幕……

夏和臣冷冷地说：“你可以走了。”

唐敏的心理防线瞬间垮塌，她无法想象这视频如果流出会带来什么后果。那时，自己该怎么面对将死的夏和平，自己还有何颜面做人，怎么面对自己的父母和亲人？

夏和臣说：“你给我听着，你回去，等我通知。千姿的事情不要告诉我哥哥，除了你我知道，不许告诉任何人。”

听到夏和臣的话，唐敏连应声回答的勇气都丧失了，她用颤抖的手，打开了房间的门，然后又小心翼翼地把门关上，好像这房间里正睡着一个在襁褓里的婴儿。房门关上这一刻，她人走了出来，灵魂却永远地被反锁在了这14楼的房间里，这房间犹如地狱，灵魂唯一的出路，只能用脚踩着那布满灰尘的窗沿，跳下去摔个粉碎。如果不跳，就永无出头之日。

失魂落魄的唐敏坐在车里，她感觉到头痛，想法开始越来越偏激。她想到如果这视频被公开，所有人都会怎么看她？特别是董凯曾经的那些朋友。她终于明白，自己只能彻底听从夏和臣的摆布，虽然这一切是那么无奈。

在开车回去的路上，犹如惊弓之鸟的唐敏，收到一条手机信息："上次成功改了订单，我会再给你一笔钱。这次你也要听我安排。我哥哥快死了，你也要为后路做打算。那个视频你放心，我只是把它当成是我们最宝贵的回忆而已。"

夏和臣发来这条信息是希望能稳定一下唐敏的心情，免得她心生绝望，拼个鱼死网破。唐敏看完这条信息刚准备删除的时候，突然有一辆大货车从边道驶来，狂按喇叭，幸亏她及时反应过来，急打方向，要不然差一点就撞了上去。接着，她紧急刹车，把车停在了路边。大货车司机经过她车时伸出头破口大骂，唐敏惊魂未定，吓得心脏怦怦直跳，根本没听见他骂什么。还没有回过神，被她刚才一着急摔出去的手机又响了，她又慌张地把手机从副驾驶座位底下找了出来。

电话是陈姨打来的，她告诉唐敏，夏和平的情况很不好，现正在去医院的路上。唐敏心急火燎地马上发动汽车去了医院。

由于长时间没有进食，夏和平开始虚脱，医生给他注射了营养液，除此之外也束手无策。营养液发挥了一定作用，夏和平比被送进来之前，多了几分气力。陈姨在旁边哭哭啼啼，夏和平也没有什么多余的力气去安慰她，他抬了一下眼皮，看见唐敏走了进来，就问："你派车去接千姿了吗?"唐敏说："一会儿我开车去接。晚上我们一家就在这里吃饭吧！千姿还小，我怕她接受不了这个打击。你的病情，我想了想还是别告诉她。晚饭你要坚持吃一点，别让她看出来。"

夏和平说："我尽量做，好吗?"他说话的口气像个孩子在祈求某件事情一般，让人顿生同情。此时的夏和平，想咽下一口饭都是无比困难的。

唐敏到了千姿住的医院，请示医生要先把她接走，医生坚决反对。唐敏向他解释了夏和平的情况，医生也深感无奈，只好嘱咐让她多穿点衣服不要受凉，不要过于激动。唐敏告诉千姿说：“你爸爸老是饮食不规律，现在得了阑尾炎，需要做一个很小的手术，晚上我们一起去看他。”

阑尾炎虽然不算大病，可千姿的心还是放不下，她要马上去看爸爸。唐敏安慰她说：“别那么紧张，没事的，我还是先带你回家去换一套衣服。”下午千姿晕倒在地，衣服都弄脏了。她看见自己身上脏兮兮的，不好意思地点了点头。

回到家，别墅里空荡荡的。千姿感觉没有亲人，这个家缺失了仅存的温暖。唐敏陪千姿换了一套衣服刚准备出门，突然想起来要给夏和平带一件大衣。唐敏让千姿在客厅等她一下。

唐敏去了三楼，去了她和夏和平新婚不久的新房，顺手把手提包放在了沙发上。手提包里的电话响了，千姿喊唐敏来接电话，唐敏没有应声，或许是没听见。千姿担心是父亲打来的，别是有什么紧急情况，情急之下没想太多，就打开唐敏的包翻出手机。来电已经挂断，可是手机屏幕却还亮着，那条唐敏还没来得及删除的信息，呈现在了千姿的眼前。

虽然这条信息没有显示机主是谁，但是千姿对每一位重要亲友的电话号码，早就熟记于心。她一眼就看出那是夏和臣的号码，她看到的不光是一条信息，她发现了一个惊天秘密！

突然传来一阵脚步声，千姿惊慌地抬头，唐敏脸色苍白地站在了她面前。千姿吓了一跳，本能地把手机藏到了身后。两人脑袋同时嗡的一下，一阵头晕目眩，不知所措木呆呆地看着对方。

房间里笼罩着一种令人压抑的紧张气氛，千姿下意识地把手放在身后，往后退了一小步，她突然觉得眼前的唐敏有点可怕了。

唐敏的表情确实让人心慌，她眼睛红了，脸色铁青，显得有些咄咄逼人。她一步步逼近，让千姿把手机交出来。她可能没有什么恶意，但本能使她想保护自己，想毁灭被人揭穿识破的证据。

千姿的第一反应是，这个阴谋必须得让父亲知道，她要保护好这个证据。千姿把手机藏在身后，死活不肯交出来。她的行为激怒了唐敏，使她深感恐惧。唐敏开始动手抢，千姿闪躲着硬是不给，一来二去，两人便由推推搡搡发展到撕扯扭打。随着冲突的一步步升级，唐敏急红了眼，恼羞成怒，狠狠抽了千姿一个耳光，千姿捂着脸又急又气，胸口一阵剧烈疼痛，呼吸急促，晕了过去。

唐敏累得一下子瘫倒在地，头发被千姿拉扯得乱成一团，再加上精神高度紧张，看上去活像一个精神病院的疯子。她站起来走了两步，鞋子掉了一只也全然不顾。唐敏走到千姿跟前，不再关心她的死活，而是把紧紧握在千姿手里的手机费劲地抠了出来，颤颤巍巍地拨通了夏和臣的电话，语无伦次地说："快来，快。来你哥哥家，马上过来。"说完，她手一抖，电话掉在了地上。看着躺在地上一动不动的千姿，唐敏不由自主地大声号哭。她甚至都没有时间去回想，这一切到底是怎么发生的，可眼前这一切千真万确地发生了，像是一场惊醒的噩梦。

第八章

当时，如果唐敏能带着一颗忏悔的心面对这件事情，也许是另一种结局；而她没有，她选择了投靠夏和臣，选择了一条随时都会跌进万丈深渊的路，一条永远无法回头的路。

夏和臣到了哥哥家的别墅，按了门铃，唐敏马上跑下来开门。夏和臣看见唐敏披头散发的样子吓了一跳，唐敏让他快进来。刚一进门，唐敏就急急慌慌地说："出事了，出大事了。我们的事都败露了。"夏和臣吓了一身冷汗，马上紧张地问："谁知道了？怎么会知道?"

唐敏说："是千姿，千姿全知道了，她看见了我手机里你发的短信。"

夏和臣问："还有谁知道?"

唐敏摇了摇头说："没有了，你快点跟我来。"

唐敏把夏和臣带到了千姿的房间。千姿脸色苍白地躺在地上，夏和臣吃惊地看着唐敏问："千姿怎么啦？你对她做什么了?"

唐敏摇了摇头说："我什么都没有做，她自己晕倒了。"

唐敏和夏和臣之间已冰释前嫌，完全没有隔阂，他俩共同站在了道德的对立面。

夏和臣走向前，把千姿抱到床上。唐敏在一旁催促夏和臣快点想解决的办法。夏和臣详细地询问了整件事情的经过，一时也不知如何是好，唐敏提醒夏和臣，无论如何也不能让千姿见到夏和平。她告诉夏和臣，夏和平已经坚持不了几天了。

此时，夏和臣的电话响了，是夏和平打进来的。

“喂，大哥。”夏和臣接通了电话。

夏和平说：“你来圣安医院内科7楼09号床，我有事情，要交代给你。”

夏和臣说：“大哥，你怎么住院了？”

夏和平说：“你来了再说吧。”

夏和臣接完电话，就开始在脑海里盘算。他马上拨通了一个人的电话，让他马上带几个人，开车到云台别墅区68幢来。不一会儿，那几个人开了一辆别克商务车到了，唐敏一看这正是上次和刘亚川谈判的那个人。夏和臣向唐敏介绍：“这是我的兄弟周飞。”刚要介绍唐敏，周飞就说：“不用介绍了，我认识唐小姐。”

夏和臣没有过多寒暄，他马上对周飞说：“这个女孩儿昏迷了，你们先找个隐蔽的地方把她关起来，她要是醒过来，不能让她离开房间半步。要善待她。”夏和臣皱了一下眉头，表情变得凝重起来：“如果她两天内不能醒过来，夜里就到山上找个地方把她埋了。”

千姿已经苏醒过来，她紧闭双眼，假装还昏迷不醒，夏和臣的话她听得一清二楚。千姿在这一刻长大了，她知道，自己力量微薄，只能找机会脱身。周飞等人把她背上了车，带到山上一个废旧的厂房关了起来。

夏和臣对唐敏说：“你不要梳洗，就这样去医院，告诉我大哥，刚才在路上千姿被绑架了。如果大哥提到遗嘱，你就说千姿还小，让我暂管。”

唐敏同意了。她慌张地到了医院，夏和平看见她披头散发、衣衫不整的样子，费尽全力从床上坐了起来，问她发生什么事情了。

唐敏委屈地哭了起来。夏和平更加着急地问她怎么啦，唐敏向夏和平哭诉："刚才在来的路上，千姿被绑架了。我和他们拉扯，被他们打了一顿，千姿被带走了。"

夏和平身体极度虚弱，听到唐敏这样一说面无血色，这个顶天立地的汉子，彻底被打垮了。他着急地问唐敏："报警了吗？"唐敏这才慌张地说："对对对。我一着急给忘记了，我的手机丢了。"她从夏和平的床头柜里拿了手机，拨通电话报警。

夏和臣来了，一进门看见唐敏就装模作样地寒暄了几句。

夏和平马上擦了擦眼泪，让夏和臣坐下。夏和臣故作关心地问："大哥，你到底怎么啦？"

夏和平说："大哥日子不多了，现在已经是癌症晚期了。"

夏和臣假装吃惊地说："大哥，你怎么不早点告诉我？"

夏和平说："你知道了一起难过，这又何必呢？今天让你来，想和你谈谈遗产分割的事情。母亲临终前让我照顾好你，我没尽到责任，以后都要靠你自己了。"

夏和臣假惺惺地说："大哥，可别这么说啊，这些年多亏了有你照顾我。"

两人客套了一会儿，开始切入正题。夏和平把遗产分配计划，拿给夏和臣看。平大集团股权被分为四份，夏千姿占百分之四十，对平大集团有实际的操控权；夏和臣占百分之三十五，百分之十五归刘亚川，百分之十归唐敏。夏和平暂时任命刘亚川为平大集团新总经理。

夏和臣手里拿着那份文件，看到最后几行，脸色阴沉下来。在他看来，给刘亚川百分之十五的股份，太不合理了。

平大集团完全是夏和平的私人财产，虽然平大集团是从夏母那里接手过来的，但是能从当年的小作坊发展到今天的企业集团，没有夏和平的努力是绝对不可能实现的。千姿是夏和平唯一的女儿，她继承父亲将近一半的遗产，夏和平给夏和臣留下了百分之三十五，这是说得过去的。给唐敏的虽然少，但这百分之十已经足够她这一辈子衣食无忧了。按常理夫妻之间的财产分割有一定的法律程序，他们在结婚之前，双方共同做了财产评估，这还是唐敏提出来的要求。至于刘亚川那百分之十五，夏和平有他自己的理由。

夏和平问夏和臣："有什么意见吗？"夏和臣说："大哥，按说，你的安排我没有理由反对，可平大集团毕竟是我们夏家自己的产业，完全交给别人管理，从内心来讲我无法接受。"

夏和平说："搞企业，要找懂的人搞，要找能搞好的人搞。不是我否认你的能力，现在是高速运转的商业社会，企业与企业之间就像是赛车场的赛车，我们光有一辆好赛车是不行的，我们更需要一名好的赛车手。这辆赛车给刘亚川开，也许能快出别人一秒。但是这一秒决定的是胜败，你懂吗？"

夏和臣低头不语，对企业管理和规划发展，他自知不如刘亚川，于是又问："那为什么非要给他百分之十五的股权呢？我们已经给他比别人高出几倍的工资了，难道这还不够吗？"

夏和平没有为这个问题继续和他争论下去，他觉得这个问题本身就有些肤浅，夏和臣看出来了，再说也是自讨没趣。虽然他心里不痛快，但是表面还是对夏和平的安排点了头。夏和平看了看唐敏，问她有什么意见。唐敏说没有，她提出千姿还小，对企业运作完全不懂，还要多听听二叔的意见，千姿那百分之四十不如让夏和臣暂管。等她大学毕业了，能胜任了，再转给她。

夏和平在脑子里过滤了一下，认为只要签订协议了，到时候就改变不了了。况且这个问题是唐敏提出来的，他对唐敏是足够信任的。他仔细想想觉得唐敏说的也对，千姿还小，突然有这么多钱并不是一件好事情。夏和臣毕竟是自己的弟弟。夏和平无论如何想不到企业的内鬼是同母异父的弟弟，更想不到唐敏和夏和臣之间的苟且勾当。

企业里的内鬼能否挖出来，取决于刘亚川的调查是否能顺利进行。尽管刘亚川很尽心尽力，可他却把相关调查细节透漏给了唐敏，这就等于变相把底牌告诉了夏和臣。唐敏是夏和平的新婚妻子，刘亚川自然不会怀疑她，事无巨细地都和盘托出。夏和臣得到消息后，胆战心惊地害怕事情暴露，他苦思冥想，策划出了一个绝佳的方案。他最后决定，事已至此，不如主动出击。

夏和臣私下找了电脑“黑客”，黑了平大集团所有的办公系统，大家的电脑瞬间出现了问题。夏和臣又以集团的名义赶紧找来了软件公司介入调查，私下里给了软件公司主管一笔钱。那人按照夏和臣的意思给出的结论是，平大集团办公系统出现漏洞。在这半年中，有痕迹显示，平大集团的办公系统多次遭到境外黑客的侵袭，信息被窃取。

夏和臣借此整顿了集团负责信息的部门，以集团的名义和这家软件公司签署了一份合作协议，由他们长期负责维护集团的网络安全，包括办公软件的升级等，保证系统不再遭受任何侵袭和窃取。事后，夏和臣找来了刘亚川，对他动之以情，晓之以理，态度不温不火，批评和勉励双管齐下，弄得刘亚川心服口服，信以为真。

整个公司的办公室事务由刘亚川负责，现在出了这么大的安全问题，夏和臣没有穷追猛打追究他的责任，他还敢多说什么？刘亚川耍了一个小聪明，他赶忙向夏和平写了一份工作报告，隐晦地承认了自己的工作失误，并感谢夏和臣的指导帮助。夏和平虽然很生气，但刘亚川毕竟是自己一手提拔起来的，只是批评了他几句，叮嘱他以后不要再这样粗心，根本就没怀疑这事背后隐藏着的阴谋。整个事情就这样不了了之。夏和臣心里得意扬扬，觉得这件事情做得漂亮极了。

夏和平同意了唐敏的建议，意味着夏和臣在平大集团拥有了绝对的话语权。

夏和平做梦也没想到，千姿被病魔缠身，很难活到25岁。他遗嘱敲定的时间刚好是千姿25岁那年，夏和臣要向夏千姿转交平大集团百分之四十的股权。在此之前，夏和臣拥有了平大集团最多的股权。目前，夏和平仍然是平大集团总裁，是企业决策的最高执行人。夏和臣认为哥哥死后，自己大权在握，如果想铲除刘亚川，不费吹灰之力。

遗嘱敲定了。在即将签署之时，夏和平的胃里突然一阵猛烈灼痛，他猛然惊醒，自己死后千姿就无依无靠了，除了自己对千姿的爱，谁也靠不住。碍于对弟弟的情分，已经谈好的事情，不好改变太多，于是他就让秘书临时在遗嘱里加了一条新的条款："刘亚川担任总经理期间，除了夏千姿以外，没人有权力解除其在集团担任的职务。"

夏和平的想法很简单，他想让千姿在亲情以外，能多一份依靠，也想让刘亚川对千姿多加关照。对此安排，谁也不好插嘴多说什么。遗嘱几方签订好以后，表面看皆大欢喜，其实却正是一场阴谋的开始。

第九章

死亡的阴影笼罩着夏和平，可他不甘心闭上眼睛，每天都在盼望着千姿的消息。警察一时间束手无策，因为绑匪连一个电话都没有，线索全无。

此时，千姿被关在山上一间废弃的厂房内。那几个人对她虽然没什么过分的言行，却绝不允许她离开房间半步。她静静地等待着可以逃脱的机会。

十天过去了。夏和平躺在病床上绝望地等着女儿的消息，刘亚川等人一直陪在他身边。夏和平感觉到自己无力再支撑下去，说话有气无力，声音嘶哑，他吃力地对刘亚川说："我之所以给你百分之十五的股权，是我早已经知道，你一直在无偿资助几个孤儿的生活，这是一个企业家要有的精神。我支持你，你要多赚钱，多为社会做贡献。千姿……我恐怕等不到她来了，我死后你帮我多关心她一点。"

说完这几句话，夏和平的舌头以及身体似乎开始僵硬，眼泪顺着皮包骨的脸颊不停滑落。

次日深夜，夏和平进入休克状态。陈姨嗓子哭哑了，说话很费力，她看夏和平快不行了，就用手比画让唐敏和夏和臣帮他换上寿衣。刚脱下外套，夏和平又苏醒过来，摆手不穿，他吃力地发出声音："不……穿！穿……就走……了，就见……不到千姿了。"

夏和平费尽全力扯着嗓子发出对千姿的呼唤，像一个哑巴被开水烫到般痛苦。陈姨抱着夏和平的头，哽咽着说："听话，穿上。如果你能好，我们再脱下来。你到你妈妈那边，我连件新衣服都不给你穿上，她会怪我的。"夏和平无力再发出任何声音，终于带着对千姿的思念，满含泪水地撒手人寰……

医院走廊里全是夏和平生前下属和好友，听到死讯，瞬间哭声一片。医生马上过来做善后处理，夏和平寿衣还没穿完，护士答应给他穿，但陈姨坚决要自己亲自给他穿上。穿完后，陈姨整个人也瘫了，是刘亚川把她背出了病房。

夏和平闭眼的那一瞬间，千姿从睡梦中惊醒了。醒来以后，她发现看守她的人喝得酩酊大醉，正在呼呼大睡。她把鞋子脱了，拿在手上，慢慢地走到几个人喝酒的客厅。客厅门已经被铁链反锁，她根本找不到钥匙，只好从客厅窗户慢慢往外爬，她先小心翼翼地把鞋子扔了出去，爬出去以后才发现鞋子掉进山涧找不到了，只好赤脚摸着黑往山下走，脚被割破了，她也顾不上。她太想父亲了，脑海里始终被夏和臣发给唐敏的那条信息缠绕："我哥哥快死了，你也要为后路做打算。"她害怕这一切会是真的。

翌日，夏和臣忙着指挥人布置灵堂，电话响了，见是周飞打来的，他就找到一个相对隐蔽的地方接通了电话。

"喂，夏总，那女孩儿昨晚不见了。"

夏和臣咬着牙齿骂周飞："混蛋！你是干什么吃的?"他气得直接把电话挂了，嘴里还念叨着"一帮饭桶"。他走向灵堂，准备把这个消息告诉唐敏。

整个葬礼期间，唐敏的心情都异常沉重，她知道自己是案板上的肉，任人宰割。她怨恨自己的懦弱，除了还拥有悲伤的权利，别的一无所有，她躲在一个角落里，看着夏和平的遗照，默默发呆流泪不止，软弱到都没有勇气哭出声音。

一次为爱守寡，一次被爱守寡，她人在苦海，如果想要逃离，也许比苦海更苦。唐敏突然惊讶地看着夏和臣的身后，夏和臣马上转身往后看，只见千姿手提着裙子，双脚流血地站在门外。显然是被眼前的一幕彻底吓傻了，她看见灵堂上挂着夏和平的照片，惊慌失措。

大家都围向了千姿："夏小姐回来了。你要节哀顺变啊！"这一句"节哀顺变"，让千姿彻底明白了，这一切都是真的！她完全感觉不到自己的脚被划破在流血的疼痛，眼神呆滞地看着父亲的照片，慢慢走向唐敏。大家也都跟着她走了过去。

唐敏看见千姿慢慢走过来，瞬间脸色苍白，心中阵阵剧痛。没等唐敏开口说话，千姿就扇了唐敏一记响亮的耳光。旁人看见千姿这反常的举动，马上把她拉开了，千姿则叫骂唐敏："你这个婊子！你还我爸爸！你还我爸爸！"人们都惊愕地看着千姿，怎么也无法理解这如此下流的叫骂，会出自她的口中。唐敏和千姿在一瞬间全都失声痛哭，两个人的内心都充满了悲伤与委屈。

唐敏的心理防线在一瞬间全部崩塌，她咆哮着的哭声掺杂了所有的无奈。她想上前拥抱千姿，而千姿则用尽所有力气，将她再一次推倒在地。夏和臣见局势有些失控，就赶紧让人把唐敏拉走，唐敏被人拉着走，一边哭一边看着千姿，眼神中充满了乞怜。整个葬礼，唐敏没有再出现过，她一个人躲在角落里，抱着夏和平的照片痛哭、忏悔，但是夏和平显然不会再听见了。话说尽了，眼泪流干了，很多事情也已经不再那么重要。

对千姿来讲，她永远失去了这世界上对她最重要的人。回来以后，警察好几次都来向她询问，让她说说被绑架的情况，她都摇了摇头说记不清了。警察又耐心地问她，是否记得绑架她的是什么人，大概样貌，她也是闭口不谈，只是反复强调，自己什么也记不得了。

第一，她已经知道遗产是如何分割的，也知道父亲死后，实际控制平大集团的是叔叔夏和臣，如果此刻她闹出什么波澜，都将会影响家族企业的命运。从小父亲就教育她要有大局观念。第二，她不愿意在父亲尸骨未寒的时候，就把她知道的一切说出来。目前她没有任何证据指证对方，就算她能说清楚，父亲也将因为这件事被所有人耻笑。这是多么大的丑闻！父亲的一世英名，在他刚死后，就被毁于一旦。第三，她更害怕。说出来不但不能改变什么，也许还反被人认为她心中恶毒，为争夺遗产中伤叔叔和继母。如果自己再被人扣上不孝的罪名，也必然让刚刚死去的父亲蒙羞。所以她闭口不谈。

她在心里孤独地忍受着在她这个年龄原本不该承受的一切，虽然痛苦，但心智却越加成熟，她知道自己将在这个世界上无依无靠地活着。葬礼过后，她由于伤心过度住进了医院，夏和平生前的朋友、下属都时不时来看望她。后来她总是在家里休养一段时间，又得住院。

后来，陈姨死了，刘亚川为她请了保姆照顾一日三餐。时间一长，随着她住院的次数越来越频繁，来探望她关心她病情的人也越来越少了，七年来，走廊里渐渐只剩下千姿一人孤独的身影。

潇雨第一眼看见千姿也是在医院的走廊。走廊的尽头有一扇窗户，窗外的风景每天都是那样单调，窗户的对面是一座沉寂的写字楼，只有在下班的时间，才能感受到一点生气。大部分时间，千姿都是在病床上，每天仅有的空闲，她会来这里呼吸一下没有消毒水味的空气。

走廊里来回穿梭的医护人员让她觉得拥挤，所以她喜欢手扶着窗户内侧的栏杆来回地走动。走廊只有三米宽，她每走几步，就要掉头往回走。她的步伐很慢，也很轻。她穿着一件粉红色的睡衣，习惯把头发顺在左边的肩上，虽没有任何梳妆打扮，却能让人感觉到有一种从内而外散发出的优雅。

她像春天，而这样的春天，仿佛萌发在一个没有人问津的山谷，一块从未归属过任何版图的土地。没有人有勇气想去占有这种美，即使一个念头，都会令人觉得肮脏。她的气质带给人一种莫名的空灵，倘若你在窗户对面的任何一个角落看见了她的脸，你就再也不会觉得这世界还会有一粒尘土。她身后来回穿梭的护士，加上她的身影，会让人觉得窗户里面就是天堂。她这么美，也许只有上帝才能有这样的杰作，这正是让潇雨在后来不顾一切爱着的人！

连续在医院待了这么多天，医院里所看到的，所听到的，都难免让潇雨觉得有些厌烦。千姿的出现好像是行走在沙漠中看到的一座海市蜃楼，虽然美得过于缥缈，却让人过目不忘。

对于一个刚出校园的大学生，在医院陪护大伯的这段时间，让他褪去了心中的那份迷茫。医院里令人压抑的紧张气氛，让他觉得自己已经完全脱离了社会的喧嚣，唯一能感受到的是一种生命深处的寂静，这种静有助于人的思考。潇雨曾无数次思考人生，却很不愿意去思考死亡，更不愿意用死倒序生的角度去审视生命的价值。医院里每一天都有人死去，死者家属撕心裂肺的哭泣，逼着他又不得不在脑海里正视这个问题。

他以前不会这样脆弱，毕竟他生活的大环境里，没人愿意去关心和自己不沾边的事情，更不愿意用从父母那里厚着脸皮要来的钱，去帮助那些不相关的人。他一直被世态炎凉的大环境浸泡着，从未感到过内疚与不安。可在医院里，他的心不由自主地被触动了，这源于一个刚满十岁的小男孩儿。

男孩儿叫黄浩，一家人来自地地道道的农村，可病魔并没有因为他们是本分的农民，就对他们格外仁慈。由于医院的病房紧缺，本该住进儿科病房的他，却被安排到了大伯的相邻病床。小男孩儿虽然小，但是却出奇地懂事。他用家乡话告诉潇雨，自己最害怕抽骨髓化验，实在是太疼了，可他不忍心让爸爸难过，每次都表现得很坚强。这番话让潇雨和整个病房里的人，都格外喜欢和心疼这孩子。

潇雨给黄浩买了一盒巧克力，可他却把巧克力放在枕头下舍不得吃，每次拿出来看看，又掖进枕头下边。黄浩的母亲不知为何离开了医院，有两天的时间，爸爸和比小黄浩大两岁的姐姐，只在食堂里买点馒头，吃着从老家带来的装在饮料瓶里的萝卜干。姐姐黄冉每次都骗弟弟说自己和爸爸刚才在食堂吃了好吃的。黄浩旁边的病号，午饭时打了一个鸡腿，黄浩总会忍不住地对着那人看，等那病号把手里的鸡腿递给他，他却说："叔叔，谢谢你，妈妈告诉我们不许要别人给的东西！"

晚上，潇雨去食堂替大伯打饭，看见黄家父女俩，一直看着鸡腿转，始终很难下决心。把买鸡腿的钱省下来，就够小黄浩吃两顿饭的。后来，黄浩的爸爸说："你弟弟想吃，我们就买吧。"于是打了一只鸡腿。

晚饭时，黄浩爸把鸡腿上面的肉一块块撕下来，装进了碗里拌着米饭，黄冉一口一口喂给弟弟吃。她告诉弟弟，一共买了三只鸡腿，一会儿她和爸爸一起吃。潇雨去水房洗碗的时候，看见父女俩用干馒头蘸着碗里的鸡腿汤吃得有滋有味，黄冉高兴地啃着剩下来的鸡骨头。看见潇雨走了进来，这小女孩儿满脸的快乐，瞬间变成了一脸的羞涩。潇雨只好装没看见很快离开了开水房，但是心里却无比酸楚。

过了两天，小黄浩的母亲从农村老家回来。小黄浩赶紧从枕头下拿出那盒潇雨送给他的巧克力，递给母亲。母亲问他巧克力是从哪里来的，小黄浩马上解释："我没有要别人东西，是哥哥给的，哥哥不是外人。"潇雨被感动了，他暗下决心，要为这个让人心疼的小男孩儿做点什么。

第十章

黄浩的母亲从老家回来以后，一家人整天闷闷不乐。潇雨在楼道里听见黄浩妈焦虑地对丈夫说："回老家没有凑到多少钱，手术费差这么多该怎么办啊？眼看安排好的手术时间就要到了。"

前不久，黄浩骨髓配对成功了，这真是一个天大的喜讯，算是不幸中的万幸，可昂贵的手术费却让这一家人束手无策。

潇雨想帮这可怜的一家人，想为他们分担一点。他向医院打听黄浩整个手术需要的费用，了解到的结果虽然让他咋舌，但他鼓励自己要尽全力，能帮多少就帮多少。

潇雨从银行里取出了自己积攒了几年的钱，变卖了一些用不着的东西，即使这样还是远远不够。他在卖掉电脑之前，在同学的聚会群里，给所有同学都发了一封电子邮件：

各位同窗安好！

毕业典礼后，已有一段时间没和大家见面，大家近来无恙？与各位分别后，昔日点点滴滴已化成美好的回忆，堆积在脑海深处最能触景生情的地方。没有寝室的温暖，没有操场的奔跑，没有草坪上的吉他声……落寞、思念无时无刻不交织在我的心头。但纵使友情的堤坝再坚固，也无法抵挡岁月的奔流。只剩怀念了，那就尽情地怀念吧！

我的大学同学。

实不相瞒，今天写信给各位同学，是我有事相求！近日大伯住院，我做陪护。隔壁床一个叫黄浩的小男孩儿，身患白血病，饱受病痛折磨，可他乐观、坚强的性格令我大为感动。面对死亡，这个只有十岁的男孩表现出来的坚强令我震撼，更加让人心疼。天无绝人之路，最近男孩儿已经找到合适的骨髓捐献者，这算是不幸中的万幸了，可接踵而来的是昂贵的手术费，又让这来自农村、生活拮据的一家人陷入困境。面对这命悬一线的可爱天使，我实在无法做到袖手旁观。但是仅凭我一人之力，能做的实在又太少，所以我不得不向各位寻求帮助。

我想我们只要少去几次餐馆，少买几件名牌货，把我们用来约会的钱拿出来一些，把一些原本无关紧要的事情先放放，一起帮助这个可怜的孩子一次，小黄浩就有活下来的希望！

希望所有同学看见信后，第一时间和我联系，我电话号码未变。也可直接去瑞慈医院三楼29号病床面见小黄浩。各位同学务必抓紧时间。

谢谢大家！

潇雨

2011年11月11日

潇雨这封信发出去以后，一直到小黄浩手术预定日期之前，几乎都没有成效，只有几名同学回复了他的电子邮件，也只是尽表爱莫能助之情，无人主动伸出援手。这让潇雨有些恼火。

潇雨把自己筹措的八千块钱和大伯捐的四千块，共一万二千块交给小黄浩的母亲时，她激动地要给潇雨跪下。潇雨马上跪下把她扶起来，眼含热泪说："别这样啊！我只能帮你们这么多了！"小黄浩的母亲泣不成声。这个无助的农村妇女，只有用这种最真挚的方式，向潇雨表达感激之情。

预定的手术日期眼看快到了，护士时不时提醒黄浩家人抓紧时间把手术费缴纳了，一家人满脸无奈。大伯提醒小黄浩一家，现在农村不都有医疗保险吗？小黄浩母亲无奈地说："有是有，但是要等手术做完了，拿发票去报。手术没做是没有办法拿到钱的。"

听到这消息以后，潇雨仿佛看到了希望，他要黄浩母亲带他去当地有关部门说明情况，寻求帮助。到了有关部门，潇雨得到的答复和黄浩母亲说的一样，无规矩不成方圆，一切必须按章办事。

事情虽然没有办成，但是黄浩的母亲还是很感激潇雨："你尽力了，我们领情。" 他们灰心丧气地回到了医院。

到了手术原定的日期，一早护士又来提醒，如果上午不能缴纳费用，下午的手术只有取消了。情急之下，黄浩母亲去了主治医生的办公室，向医生求情。医生叹气摇着头，说爱莫能助。黄浩的母亲泪流满面，双膝跪地，泣不成声。这个教育自己儿子不许伸手接受别人任何东西的母亲，此刻却哭着向一个陌生人祈求希望。

医生有点措手不及，马上从办公桌前站起来，去扶黄浩的母亲，而她不愿站起来，一直无助地哭求。医生说："你别难为我们，我们也没办法。"这实实在在的一句话，让黄浩的母亲彻底绝望，哭声越发凄惨，引来众多人的围观。

潇雨提着水壶刚走出病房，听到了黄浩母亲的哭声，忙把水壶放到水房的水池里，走到了医生办公室门口，拨开围观的人群。看见黄浩母亲哭得痛不欲生，潇雨的心里十分难受，他上前扶着黄浩母亲，连叫了两声："阿姨，阿姨，我们先起来。"黄浩母亲看是潇雨，止住了哭声。潇雨顺势把她拉了起来，医生马上搬了一张椅子请她坐下，然后驱散了门口围观的人群。

黄浩母亲坐在椅子上抽泣，潇雨坐到了医生的对面，想和医生沟通一下。他请求医院，今天能不能先把黄浩的手术做完，至于手术的费用院方核算好以后，打出发票让家属先拿去报销，等报销的钱下来，再补缴所有的费用，这样是否更合理、更人性化？医生没有表态，潇雨认为有缓和的迹象，进一步说："当然费用没有缴纳之前，我们可以先打一张欠条。"医生有点不耐烦，冷冷地说了一句："这都是不可能的事情，你们还是抓紧时间去把钱准备一下吧！"

潇雨没想到对方会是这样的态度，他想到一个自认为可行的主意，激动地对医生说："那这样，我们先缴一半，先缴一半好不好？"医生又看了一眼潇雨，非常干脆地说了一句："不行！"

潇雨有点恼火，医生反感地请他出去，不要影响自己工作。潇雨不甘心地问医生："先缴纳一半怎么就不可以？"医生板着脸拨通了保安室的电话，让保安抓紧时间过来。保安过来以后，想把潇雨先拉出去，不承想却弄疼了他。这激怒了年轻气盛、血气方刚的潇雨，双方都开始有肢体上的推搡，还好在围观人群的劝解下，才没有出现大的冲突。黄浩母亲神情紧张地把潇雨拉走了。

走到病房门口，潇雨还是不甘心，他让黄浩母亲先进去，说自己有事要处理。说完，他转身径直朝院长的办公室走去。

千姿躺在病床上，刚翻了几页书，就听到门口激烈的争吵，无奈地把书又合了起来，若有所思地坐在病床上发呆。她是一个从来都不喜欢看热闹的人。护士进来要给她打针，她淡淡地问了一句："刚才外面为什么吵啊？"

护士小李一边兑着药水，一边说："一个得了白血病的小孩儿，没钱动手术。他妈妈求医院先把手术做了。"

护士小何说："别说，这家人是挺可怜的！不过，你说也奇怪，那个男的，是不是有病啊？又不是自己家的事情，他那么上心干什么？还和保安打起来！"

"谁知道啊！"小李冷笑一声接着说，"林子大了什么鸟都有！"

小何说：“不过那得病的小男孩儿是挺招人疼的！”

小李感叹说：“哎呀，得这种病，能有什么办法？这病本来就不好治，现在好不容易找到合适的骨髓能做手术了，却又没钱了！这样不彻底没希望了？”

千姿听着两个护士你一言我一语，入神了，连吊针打完都没有意识到。

两个护士收拾了一下器械，刚准备走，千姿问：“那个小男孩儿叫什么名字？住多少号病床？”

小李想了想，说：“叫黄浩，好像住在29床。”

第十一章

走到院长办公室门口，潇雨敲了一下门，院长语气着急地说了一声“进来”。进门以后，潇雨看见院长正在通电话：“好的，夏小姐。你放心吧。我会尽快安排的。”没等千姿把话说完，他解释说：“夏小姐，我现在这边有点事，有时间我去看你。”

放下电话，院长嘴里念叨了一句：“多好的一个姑娘啊，可惜了 。”然后看了一眼潇雨问：“你有什么事吗？”潇雨把黄浩的事情向院长反映了，院长皱着眉头问：“你说的是不是内科三楼29床那个黄浩？”潇雨急忙点头。院长说：“黄浩的手术今天按预定的时间进行啊！”潇雨简直不敢相信自己的耳朵，他怕自己听错了，或者院长理解错了，就试探着问：“那手术的费用怎么办？”

院长说：“他的手术费，不是刚刚缴了吗？夏小姐刚刚帮他缴了。”

潇雨惊讶地问：“夏……夏小姐，哪个夏小姐？”

院长说：“就是住在黄浩同一楼道的夏千姿，夏小姐啊！请问，你是黄浩的什么人？”

潇雨满脑子都是疑问，压根儿没听见院长说什么，只匆匆地说了一声“谢谢 ，再见”，就离开了院长办公室。正当院长一头雾水的时候，电话又响了。电话那头的千姿说：“章院长，不好意思打搅您了，请问您现在说话方便吗？”院长说：“方便，夏小姐请讲。”

千姿说：“章院长，刚才您太忙，我的话没来得及说完。我想和您说，刚才的事情，请您一定要帮我保密。如果病人家属问，您就说是医院免费为他治疗的，千万别提我。至于后续医疗费您放心，都由我来缴。”

院长傻眼了，深感歉意地对千姿说：“夏小姐，对不起，刚才有一个男的过来问我，我已经告诉他实情了！实在不好意思。”

千姿礼貌地说：“章院长，没关系，怪我没说清楚。”

千姿很不习惯被陌生人打扰，她现在有些自闭，在父亲的葬礼上，她的心也已经死了。

潇雨刚走到病房门口，就看见护士推着手术车进了病房，几个护士正围着小黄浩的病床，开始帮他做手术前的准备。潇雨看了一下时间，并没有到手术预定的时间，就问护士：“怎么手术时间提前了?”护士告诉潇雨：“要提前一段时间进行各项术前检查。”潇雨彻底相信了刚刚院长说的话。

小黄浩的手术费用解决了，这让悬在他父母心头的那块巨石落地了，紧绷的神经终于得到了暂时的缓解。他们认定这一切都是潇雨为他们家做的，潇雨就是他们的救命恩人，夫妻俩异常激动地一再表示谢意。潇雨马上解释说：“这不是我的功劳，真不是我帮的忙。等黄浩的手术顺利完成了，我们再说这件事吧。”刚巧这时护士准备把黄浩抬到手术车上，一家人也都跑过去帮忙。

漫长的等待终于过去了，小黄浩的手术进行得很顺利，这让所有关注他的人长长地松了口气，也让小黄浩的父母从痛苦中解脱了出来。黄浩的父母执意要把潇雨捐的钱还给他，潇雨看这家人如此坚持，只好收下。潇雨告诉他们替黄浩缴纳手术费的人，是住在这个楼层的一位夏小姐，好像叫夏千姿。一家人马上和潇雨去护士值班室，询问了千姿的病床号，去见黄浩的恩人。

可千姿却极力否认，她装出了毫不知情的样子。后来，院长亲自过来解释说是院方出的钱，这件事情才平息下来。潇雨很清楚，这不是院方行为，为何千姿不愿意承认呢？然而她越不承认这个事实，潇雨心里越加认定了千姿的这种润物无声的善良。

千姿每天还是一如既往地在空闲时到走廊里来回走一走，潇雨路过走廊的时候，总会情不自禁地多看她几眼。除了外表日渐消瘦以外，千姿的身体没有什么太大的改变。经过小黄浩这件事情，潇雨开始欣赏她。他觉得这女孩儿身上有一种神奇的魔力，时刻都在吸引着他，他从来没有像现在一样，在内心里如此渴望去接近一个人。

入秋的雨水有些贪婪，连续下了好多天。到了中午乌云散去，天空突然转晴了，此时很多能动的病人，都走出病房，去阁楼的阳台呼吸雨后的空气。清爽的空气经阳光晾晒后，似有一种湿漉漉的甜。

阳台上的潇雨，看见千姿也向这里走来，这让他原本平静的心中泛起了涟漪。千姿左手打着点滴，需要右手费力地举着吊瓶，步伐的幅度会加重针眼的疼痛，每当疼痛的那一刻，她会微微皱一下眉头，可很快脸上会再次绽放恬淡的笑容。

阳台上的石椅，早已经坐满了人。潇雨马上从石椅上站了起来，摊手示意请千姿过来坐。千姿想起潇雨正是前几天陪小黄浩父母来感谢自己的那个男孩儿，为了小黄浩的手术和保安发生争执的就是他，她对他并不陌生，也就没有拒绝。她也想多晒一会儿太阳，吊针瓶总不能一直举着。

千姿对潇雨点头微笑，表示感谢。千姿的手似乎够不到椅子上方的吊钩，潇雨把手伸了过去，千姿也很默契地把手里的吊针瓶递给了他。潇雨看见千姿左手插的针头，是留置针，这种针头，是用于那些需要持续长时间挂点滴的病人的，能让病人在一个星期内不用再忍受扎针的痛苦。她手面粘贴留置针的胶布很新，显然是今天新打进去的，因为千姿的皮肤白皙，潇雨清楚地看见，在胶布下有一块发紫的瘀青，瘀青旁一连还有几个发红的针眼。潇雨心里明白一定是千姿的血管太细或者是其他某种原因，让她不能像正常人那样，打点滴时只需扎一次针。

这张石椅能坐两人，潇雨把座位让给千姿。旁边那人以为他俩是朋友，起身对潇雨说，你们坐吧，说完摆摆手走了。这超出了潇雨的思想准备，他虽然经常看见千姿，可当千姿真的离自己这么近的时候，他却不知道说什么好，大脑瞬间一片空白。

情况还不算糟糕，当面对面看着千姿的时候，潇雨内心里那份紧张感却渐渐退去了，反而倍感亲切，这一点确实让人很难理解。千姿看见潇雨傻站在那里，有点不自在，就对潇雨说："你坐啊！"听到千姿的邀请，潇雨终于坐了下来。

千姿对他说完那句话后，就静静地坐在那里看着远方，似乎在思考什么。她的静，是源自于内心的那份孤独，这孤独，散发着一种恬淡的高雅。潇雨想说些什么，但是看见千姿这般严肃，只好把到了嘴边的话收了回去，这让他有种如坐针毡的不自在。

千姿知道，自己快要死了，此时再多交一个朋友，怕只会给人添几分晦气，更是对友谊的一种轻慢。千姿对潇雨之前的所作所为是欣赏的，每个少女心中，都有一个英雄情结。千姿内心还在挣扎的时候，潇雨先开口说："谢谢你帮助了黄浩，让我心里也得到了很多安慰，不然我只会着急难过。"

千姿回头看着潇雨，这是她第一次这么认真地看他，竟然生出了一种莫名的好感，她被潇雨身上那种由内而外所散发出来的正义感和朝气吸引着，体会到一种难以诉说的安全感。她只是看了看他，摇了摇头，什么也没有说。她想说，没有什么，不用客气，但是不知道为何，在他面前，却突然说不出任何话来。

潇雨又说："我经常看见你一个人在医院，没有人照顾你吗？"潇雨的话仿佛触动了千姿最敏感的神经，毕竟她的成长过程中爱和陪伴是缺失的，这也让她养成了自卑的心理，每每谈到这样的话题，她都会选择逃避。千姿心中有些委屈伤感，她知道潇雨这样问，也是无意的，她谅解他，却无法回答他的问题，只能摇了摇头。

潇雨不解地看着千姿，觉得气氛好尴尬。他无法理解千姿对自己冷漠的态度，只好把这一切归为千姿不想理睬他，他有些坐立不安，只能起身告辞。

看着潇雨远去的背影，千姿突然有一种被遗弃的失落，其实两个人都在压抑着对彼此的好感。

潇雨走后，石椅旁很快就坐了一个陌生人。刚才潇雨在的时候，千姿的思绪是那样安逸，她虽然没开口和潇雨说一句话，却觉得不像以往那般孤单。她多想对潇雨说一句："求求你，就坐在我身边不要走，什么都不要说，只要让我知道，坐在我身边的人是你，而不是别人，就足够了！"潇雨怎么知道这个不愿开口说话的姑娘，心里是如此落寞！她不是不想与他交谈，而是因为她有点社交恐惧症。

如果有人问千姿："你叫什么名字？"她就会在心里想：我叫千姿，这名字是我妈妈给我起的，可我已经被我妈妈抛弃了。

如果有人问千姿："你今年多大了？"她就会在心里想：我今年24岁了，可我活不了几年了。

如果有人问千姿："你家是哪里的？"她就会在心里想：我的家？我有一幢依山傍海的别墅，可别墅里只住着我一个人，那算是我的家吗？

她被痛苦缠绕，更深的交流该怎么进行？她下意识地关闭了内心所有的情感。潇雨的出现，让她的内心十分挣扎，可内心越挣扎，表面只能越平静。这份平静是因为千姿对自己命运看得很清楚，认清别人没有什么了不起，认清自己却是一件十分不容易的事情。

千姿的冷漠让潇雨一时摸不着头脑，心生一丝烦闷。他走出住院部，顺着花园走廊无精打采地走着。这一切被坐在五楼的千姿尽收眼底。她又看见了他的背影，对此她很满足，竟微微笑了。潇雨却浑然不知，他漫无目的地徘徊在花园里，哪里都不想去，也不知去哪里能收容自己失落的心情。

很多事情终究是无法改变的，就像刚刚晴朗的天空，此时却又被乌云遮挡，刚才的那一片阳光，似乎只是这场狂风暴雨前的插曲。人们多渴望能多感受一下久违的阳光，可现在天公偏不作美。

突然狂风大作，人们争先恐后寻找可以避雨的地方，阳台上的那些人，看见霎时电闪雷鸣，也都沮丧地离开了，只剩下千姿一人依然坐在阳台上。潇雨见雨快下了，想到了还在阳台上的千姿，就赶紧向住院部狂奔，到了一楼看见电梯门口排满了人，就马上转向楼梯，一步跨三个台阶地向楼顶奔去。当他跑到三楼的时候，就听见外面在一声响雷过后，雨水倾盆而下。

这雨让千姿措手不及，她伸手够不到挂在铁架上的吊针瓶，医院不知是怕铁架在楼顶被风吹跑了，还是怕有些病人家属穷极了，把铁架扛走卖钱，总之铁架是被牢牢焊死的。千姿无可奈何，她顾不上平时打吊针要被扎几次才能扎到血管的疼痛，把胶布撕开，准备把针头拔了。她撕开胶布刚准备拔针的时候，突然听潇雨急喊：“别动！别动！”潇雨气喘吁吁地跑到千姿的面前，马上把早已准备在手里的外衣，披在了千姿的头上，左手捧着她的左手，右手把撕开的胶布又一片片地贴上了。看见千姿已被淋得满身是水，他的心中顿时满是愧疚。

此时，千姿想起了唐敏曾经也在雨里替自己这样披过外衣，可那时自己是平大集团总裁的女儿，现在自己什么都不是了，却又有一个人愿意在这么大的雨里，把外衣披在她的头顶。这次不同，她哭得没有上次那么含蓄，满眼的泪水带着热气争先恐后地滑过脸颊。

到了病房，潇雨让千姿先坐在椅子上，然后出门请护士过来，把千姿的针管从留置针那一段先掐了，好让她换一身干衣服。等千姿换完衣服，潇雨又请护士再稍等一会儿，他提出要用热毛巾把千姿带着瘀青的手给焐一下，护士赞同了他的做法，让潇雨焐好以后，再去叫她。潇雨打来了一盆热水，把毛巾洗好拧干，放在自己手上试了一下后，小心翼翼地放在了千姿的手上。暖流焐散了瘀青，也焐开了千姿冰冻已久的心。

糖有多甜，最好让尝过黄连的人去形容。自从父亲和陈姨离开以后，千姿从未奢望能再有一个人这样关心自己。她不是一个思想极端的人，可唐敏和夏和臣的所作所为伤透了她的心。她住院这段时间，唐敏从来没有过来看过她——其实唐敏也在内疚自责，只是一直没有办法鼓起勇气面对她。夏和臣最大的烦恼就是千姿还活着，所以他更不会来看她。

潇雨说："我知道是你帮了小黄浩，谢谢你!"千姿没有立即否认。她认为现在潇雨起码算是她的朋友，对朋友她做不到继续撒谎，她恳请潇雨保守这个秘密。

潇雨很不解，反问千姿："那你这么做是为什么?"

千姿沉默了一会儿，平静地说："总之你要帮我保守这个秘密，你的衣服也湿了，还是回去换件衣服吧。"潇雨能听出来，这是千姿下的逐客令，他不明白这个女孩儿为什么这般冷漠。

潇雨只好向千姿告别，临出门的时候千姿问："对了，你叫什么名字?"

"我叫潇雨。你呢?"潇雨说。

"我叫夏千姿。"千姿说。

其实他们早已知道彼此叫什么，此时的自我介绍，不再是单纯意义上的一种礼仪。他们似乎都认为，让对方知道自己叫什么，显得尤为重要。至少这能确定他们之间不再是路人甲与路人乙的关系。

第十二章

潇雨失踪了，一连几日都没有出现，千姿去他经常出现的地方等着他，他却始终没有再露面。一开始等潇雨的时候，千姿还有一点紧张，心中总犯嘀咕，反复练习着，好装作只是一次偶遇，借机向他道谢。但一次次在经常遇到他的时间和地点，都看不见他的时候，千姿心里开始有些着急。这份着急，似乎在一点一点拉近他们的距离。千姿一直在等潇雨的出现，然而潇雨却始终没有再出现。

人啊，就是这么奇怪！在相见的时候羞于敞开心扉，等到见不到的时候却恨不得倾诉万语千言。此刻，千姿的心情也大概如此。

午后，天空彻底放晴，雨季的阴霾被阳光扫去，千姿心中杂乱不安地想着潇雨的去处，心里产生了越来越深刻的牵挂。她甚至在心里胡思乱想着潇雨可能遭遇的各种不测，不然潇雨为什么刚开始如此热情，现在这样冷漠呢？她心里越想越急，看见值班护士就问："你们看见潇雨了吗?"护士认识潇雨，也认识千姿，她微笑地摇了摇头。

值班护士随后问同事："你看见潇雨了吗?"这个同事先是迟疑地想了想，好像突然想起来，接着打趣地问："你找人家干什么？是不是看上人家了?"值班护士忙着解释："哪里是我想找，是2号病房的夏小姐找他。"同事好奇地问："夏小姐？夏小姐找他干什么?"

两人的对话恰巧被已到病房门口的刘亚川听见，他是一个十分敏感的人，马上意识到，已经有另一个男人走进了千姿的世界。这让他变得有点紧张。

成为平大集团总经理以后，刘亚川的工作日见成效，却时常受到夏和臣的排挤。在日常工作中，刘亚川不能有一丁点的失误，一旦有一点过失，夏和臣就抓着不放，马上召集董事会成员开会批评他。刘亚川很无奈，每次都是别人批评完了以后，还要进行自我批评，夏和臣每次都要借机羞辱他一番才算罢休。所以刘亚川的压力很大，时常郁郁寡欢，并且慢慢地对夏和臣积怨成恨。

这些恩怨在人的心头长时间堆积，难免会乱人心智。刘亚川知道恨就是一颗毒瘤，盘结在人的心里，如果不尽早摘除，恶念就会越发张狂，不管曾经这颗心有多善良，终究会被它一点点吞噬。他将成为恶念的奴隶，慢慢地不能自拔。他明白，有恨人的心，就会有杀人的心。

他深知倘若千姿死了，夏和臣牢牢握住股权，届时就会立即把自己扫地出门。按照夏和平遗嘱的声明，如果千姿去世了，夏和臣就拥有了绝对的主导权。对此，刘亚川极不甘心，他把仅有的一丝希望放在了千姿的身上，千姿是他唯一的筹码，是他能继续在平大集团生存的根基。他希望千姿能活下来，并且能一直站在自己这一边，当然千姿一直是站在他这一边的。她会靠自己父亲的影响力去帮他筹善款，换句话说，如果没有千姿的帮助，他的慈善事业，也不会取得像今天这样的成就。

千姿对慈善的理解很简单，她认为自己很可怜，所以就要去帮那些比自己更凄苦的人。当她看到孤儿院里那些孤苦伶仃的孩子后，曾不止一次地对刘亚川表示，如果自己能活到25岁，就要把所有属于她的股权卖掉，全部交给刘亚川的慈善机构。说者无心听者有意，不管千姿能不能顺利地拿到这笔遗产，或者是不是真的能全部交给刘亚川，但是这句话，却让刘亚川开始痴痴妄想，如果这份股权真的能到自己的手里，他除了可以稳坐平大集团总经理的位置，还可以钳制夏和臣的野心。

刘亚川对千姿倍加关怀，他希望千姿能够活到25岁，甚至活得更久，这样他就能顺利地拿到股权。他时常在千姿面前提起夏和臣的种种不良举动，希望以此加深千姿对夏和臣的仇恨。千姿虽然对夏和臣和唐敏恨之入骨，可是她已经被病魔折磨得有气无力，心中的怒火也渐渐熄灭了，对他们甚至连一句诅咒都没有，她把人世间的一切似乎都看透了。钱给谁，都不重要，她从未缺过钱，对钱没有过多的概念。

不管怎样，对待一个懵懂的少女，一个而立之年的男人自然能把握好相处的分寸。刘亚川对千姿不光是平时嘘寒问暖，包括生日礼物、圣诞礼物，还有情人节的玫瑰花，都想得很周到。虽然千姿清雅脱俗，让人着迷，但是刘亚川心里明白，这女孩儿的生命犹如昙花一现，不可动真情，不然日后定是自寻烦恼。他把对千姿的情感处理得很恰当，有时像一个哥哥关心妹妹那般疼爱，有时又像一个男友关心女友那般深切，可他从来没有给过千姿一句承诺，总是把一切把握得恰到好处。

不管刘亚川在千姿面前扮演哪种角色，千姿只是把他当成一个朋友，她认为刘亚川对她好，是因为要报父亲对他的知遇之恩。刘亚川能在每年的情人节想起送给她玫瑰，她很感激，认为刘亚川送她玫瑰，也是一种关心，怕她在这一天过于落寞。

千姿知道，玫瑰终归代表不了爱情，顶多起到点缀爱情或者欺骗爱情的作用。这隶属蔷薇科的植物，生来好像就注定要被男人拿去讨女人欢心。女人都说喜欢它们喜欢得要命，所以都希望男人买来送给自己，然后亲眼看着它们一朵朵在自己手里凋谢、枯萎，直至死去，然后随手扔垃圾箱里，这是真的喜欢吗？没人买，它们就不会遭此厄运，还有什么花比在泥土里更美？所以，千姿压根儿不会被这些花花草草打动，当然她对刘亚川的感觉，还是不同旁人的。人毕竟是感情动物，哪能一点感受不到人间冷暖？所以看见刘亚川过来看望自己，千姿这天的心情也显得格外好。

刘亚川已经有些日子没有来了，当然对她的关心却依然如故，隔三岔五都会让保姆带一些营养品过来，时不时也会发短信询问千姿的病情。

刘亚川问："你这里有人来吗？"

千姿说："没有啊。"她突然想起了潇雨，但是又一想，刘亚川不认识潇雨。想到潇雨她不禁笑了，这一笑让刘亚川敏感起来，他马上联想到刚才护士所说的一切。他特别忌讳现在的千姿会和别的男人有过多来往，因为他知道，爱情很容易改变一个人的性格，特别是千姿正处在随时都会坠入情网的年龄。自从夏和平死后，他还没看见千姿笑过，而现在这一笑，显然充满了甜蜜。

刘亚川试探性地问："最近有人来看你吗？"

千姿依然以为刘亚川是问她有没有熟人来过，潇雨当然不算熟人，所以肯定地说："没有啊！我这次住院，没有人来看我。"

刘亚川听了她的回答，以为千姿在故意隐瞒什么，就笑了笑说："哦，可能大家都忙吧！"

千姿也笑了笑，点头同意他的说法，她知道刘亚川在安慰她。其实那些人来不来，她都无所谓，来了她反而嫌麻烦，还要应酬，不来倒也省心。刘亚川沉吟着说："我上网查了一下，一家南方的医院在治疗心脏病方面比较权威，我最近正在联系那边的专家。"

听了这话，千姿的心情突然沉重起来，她说："没事，别再那么费心了，我听医院的人在背后议论，我知道我的病治不好了……"

刘亚川皱着眉头抢过话来说："你不能有这样的心态，你要好好配合医生的治疗，不要听人在背后瞎议论！"

千姿说："我没有什么太大的奢求，只希望多活一年，把爸爸留给我的遗产拿到手。"她并没有表态拿到遗产后，做何打算。

刘亚川说：“不要那么悲观，这样对身体也不好。对了，最近孤儿院里的孩子，都吵着要过来看你，被我拒绝了，带他们哪个来，都不公平，都带来又怕他们吵着病人。等哪天天气好，你去看看他们吧。”

千姿答应只要身体允许就过去。刘亚川刻意在此时提起孤儿院，是想侧面提醒千姿要想想拿到遗产后的计划。

两人又聊了一些无关紧要的话题，临走时刘亚川给千姿留下一张银行卡，卡里存有十万块钱。千姿从不缺钱，但她还是把卡留下了，她想留这笔钱备用，如果有需要可以再次帮助那些急需帮助的人。十万块虽然不是小数目，但千姿只是淡淡地说了一声谢谢，在她看来，钱并不能代表什么，何况她的账户上，定期都有平大的分红。夏和臣已经把给她的钱从账面上压缩到了最少，但数额也十分可观。千姿压根儿就没有记住这些数字，她知道自己死后，这些钱终将与她无关。

刘亚川出了病房，去院长的办公室了解千姿的病情。院长说：“夏小姐的病情很不理想，已经开始恶化，对此我也是心有余而力不足!”

刘亚川说：“院长，你再想想办法，救救她。只要能治好千姿的病，不管花多少钱，我们都能接受。”

院长说：“刘总，夏小姐目前的情况很坏，我还是那句话，要救她或延长她的生命只有心脏移植，别无他法。”

刘亚川沉默了一下：“为什么这么久了，都没有找到合适的?”

“这个我们也没有办法，如果能有合适的，我们肯定会给夏小姐安排手术的。”他摊开双手，表情无奈地说，“捐献者本来就少，而且夏小姐的血型又是Rh阴性型，这种血型很稀少，这让手术难上加难。”

刘亚川只好和院长握手说：“那好吧，院长，这件事情还需要你多费心了。以后只要有合适的捐献者，或者有什么需要我帮助的，希望你第一时间通知我，不管捐献者家属有什么条件，都由我来谈。”

这是刘亚川的工作习惯，他不喜欢在沟通的时候，重复说一件事。就好像在工作中，他要见很多客户，每天的时间都排得很满，处理事情的时候，都是有眉目就握手告别，好更快见另一个客户。这种当机立断的性格，是后天形成的，所以他在和院长聊千姿病情的时候，不像一般家属问得那么详细。

刘亚川走后，千姿终于能腾出时间，可以想念潇雨了。回忆着他为自己所做的一切，甜蜜、苦涩、酸楚也随之涌上心头，犹如生活的种种滋味，在心里翻江倒海后，泛到了嘴里，不由得要慢慢抿嘴品尝。如果光想爱情，不管命运，她是何等幸福！可令千姿最自卑的就是自己的命运，她无法摆脱命运的摆布，所以在仰望幸福的时候，只能谦卑地低下了头。有一次仰望幸福的机会，这本身就无比幸福！

总是不见潇雨在医院里出现，千姿心里开始越发不安。自从那天打发潇雨走后，她已经开始后悔，她也不明白当时为什么要对潇雨那样冷漠。她自我检讨，不管自己有什么顾虑，也不该那样，她越想越自责，所以迫切地想见到潇雨，就算无法开口向他道歉，至少也能有一个说谢谢的机会。

她去了他们第一次邂逅的阳台，虽然秋意绵绵，可是她总想在阳台多坐一会儿，想等潇雨出现，也想在那里寄托自己的思念。如果千姿在隔日就能见到潇雨，此时彼此可能只不过是一笑而过，可现在越是见不到潇雨，她脑子里想要对他说的话就越多。千姿自言自语地模拟和潇雨的种种对话，这让她心神不宁，很是困扰。

千姿从来没有谈过恋爱，她有点羞涩，只好含蓄地向护士打听：“那个叫潇雨的，他陪护的病人出院了吗？”恰好这个护士知道潇雨是谁，她告诉千姿，潇雨的大伯还没出院。千姿喜出望外，这说明潇雨还有再出现的可能。

秋高气爽，晴朗的天空一碧如洗。傍晚日落时，阁楼的阳台上，多是那些晚饭后不能走太远活动的病人，好在上苍对这些病人是眷顾的，总还给了这样美丽的日落。日落日出虽然在欣赏角度上有相似之处，但是欣赏者的心情，是截然不同的，日出让人激动、兴奋、满怀希望，日落则让人沉静、不舍、心存感恩。此时也坐在阳台看日落的千姿，心里更加思念起了潇雨。又是一天要过去了，真不知何时潇雨才会出现，他到底是怎么了？是生我气了吗？正当她疑问重重的时候，听见坐在她旁边椅子上的几个人，提到了潇雨的名字。

一个穿着病号服、梳着背头、略有些白发的男人问：“潇雨的病怎么样了？”他右边穿着夹克衫、皮肤黝黑、文质彬彬的男人回答说：“没事！你别担心他了，他年轻，身体好，恢复得快，没事，没事！”此时坐在这个夹克衫右边的戴着眼镜的一个优雅的中年女人说：“别说这胃肠感冒还真厉害，潇雨第一天呕吐不止，可把我吓坏了！”

她这话一说完，穿着夹克衫的男子对她横了一眼，意指她说这些干什么呢？穿病号服的男人听了她的话，似乎有些心疼，又有些内疚。穿夹克衫的男人马上把话揽过来说：“潇雨这孩子，也不知怎么搞的，都这么大人了，下那么大雨，也不知道躲一躲，那天一回到家，衣服都湿透了。”说完这句话，似乎还有点气不过。

这三个人分别是潇雨的大伯和他的父母。三人的这几句话，让坐在一旁的千姿听得清清楚楚。她知道了潇雨的病是因自己而起，这让她心中顿时无比内疚。三人聊了这几句，就转向了别的话题，而坐在一边的千姿，听不到关于潇雨的消息，心情更加焦急。此时的她很想走向前，打断几人的谈话，仔细问问潇雨的病情，但是她始终鼓不起勇气，她认为这样做太过冒失。正当她犹豫不决的时候，那三人起身要走，只听见潇雨的父母对潇雨的大伯说：“大哥，你不要送我们了。等过两天潇雨身体恢复了，我们过来的时间也就少了，你多见谅啊。”

潇雨大伯说：“没事，你们都忙，我理解，有潇雨在这边陪我，我很开心的。”

潇雨妈妈：“大哥，天冷了，你这边有厚衣服吗？”

潇雨大伯：“有的，你们放心吧。”

潇雨爸爸：“大哥，你有什么需要，就给我们打电话。”

潇雨大伯：“好的。”

三人关系融洽，气氛友好，所以潇雨大伯坚持要送潇雨的父母到住院部楼下，两人也只好同意，不再拒绝。

千姿看见三人离开阳台，心里这才慌了神，生怕三人走远，所以马上起身跟了过去，她已经顾不上心里的紧张，一直追到了电梯口。好在潇雨父母还在等着电梯，千姿客气地问：“请问你们是潇雨的什么人？”

潇雨父母看着这漂亮的姑娘，心中一怔，三个人打量了一下千姿，都觉得很陌生。千姿觉得自己这样问有点唐突，忙解释说：“不好意思，打扰了，我是潇雨的朋友。”

潇雨妈说：“我们是潇雨的父母，请问你有什么事吗？”

“哦，叔叔阿姨，你们好，是这样的，我刚才听你们说潇雨生病了，请问他好点了吗？”问完这句话，千姿紧张的心情才得到一丝缓解。

潇雨妈面带微笑地说：“谢谢你的关心，他现在好多了，只是身体还有点虚弱，再休息休息就好了！”

听了潇雨妈的话，千姿心里松了一口气，却更加想念潇雨。电梯快来了，潇雨妈就抓紧时间问了一句：“姑娘，你叫什么名字啊？回家我好转告潇雨一声。”千姿看电梯就要到了，着急地说：“叔叔阿姨，你们等等我，一定等等我，我去换身衣服，我和你们一起去看看潇雨，可以吗？”说完这句话，没来得及等潇雨父母回答，她就向潇雨父母鞠躬表示感谢，转身疾步走向病房。

等千姿换好衣服走到电梯口，潇雨父母眼前一亮，都觉得这女孩儿换了一身衣服后，显得更加漂亮了。千姿看见潇雨的父母还在等着自己，又鞠了一躬表示感谢。潇雨父母就向潇雨大伯告别，和千姿三人走进了电梯。

第十三章

回到办公室以后，刘亚川想起这天在医院里所发生的一切，有点坐立不安。他打电话问千姿的保姆，想从她那里得到一些线索，可是得到的答复却令他更加失望。千姿和潇雨刚认识，互相之间根本就没有什么来往，保姆对此当然是一无所知。刘亚川迫切想知道，那个神秘的男人究竟是不是千姿的男朋友。

千姿在去潇雨家的路上。潇雨爸开着车，潇雨妈陪千姿一起坐在后面。潇雨妈觉得千姿人长得漂亮又懂礼貌，很让人喜欢，这是母性本能使然。潇雨已经到了谈婚论嫁的年龄，这时一个女孩儿因为他生病，主动要去家里探望他，做父母的理所当然会认为，两个人的关系肯定是非同一般。一路上潇雨妈对千姿询问得很详细，当被问到父母的工作情况时，千姿心中的伤痛又被触及。

她一直对自己的身世过于自卑，从不愿和人过多聊这方面的话题，何况是一个刚刚认识的人。这人毕竟是潇雨的母亲，她很在意，千姿有点不好拒绝，不得已撒谎说，自己的父母是平大集团的普通员工。在她编造的谎言里，自己是一个幸福的三口之家里的公主，这是她曾无数次幻想过的想要拥有的生活。

千姿从未说过谎，现在感觉浑身上下不自在，羞涩的红晕爬到脸上，为她添了几分秀丽。潇雨妈看千姿有点不自在，也就没再过问太多。千姿心里一直很紧张，她并不是没有见过世面的女孩儿，只是害怕自己万一说漏嘴，给潇雨父母留下坏印象。好在不一会儿，车就开到了潇雨家楼下，千姿心里松了一口气。

这次住院后，千姿的病情一直不太稳定，从未敢远离医院。潇雨家住在6楼，电梯在疾速上升，千姿突然觉得心口有点憋闷，电梯到了6楼停下时，她的脚有点开始发飘。电梯里光滑一片，没有东西可扶，她感觉到自己的双腿慢慢开始不听使唤了。潇雨父母从电梯里走出时，并没有刻意关注站在他们身后的千姿，只是这时候电梯门要关起时，千姿用手费力挡了一下。电梯门被触动后发出回缩声，才使潇雨父母注意到千姿还在里面。

潇雨妈回头一看，霎时吓了一跳，刚才还是花容月貌的姑娘，此时脸色苍白，发际边沾满了汗水，像是刚从桑拿房走出一般。千姿强忍胸闷的痛苦，希望自己不要露出什么破绽。她深知没有一个父母希望自己儿子和一个病入膏肓的女孩儿谈朋友。此时，她害怕极了，虽然假装坚定，却无法掩饰无助的眼神。

潇雨爸马上用手挡着电梯门，潇雨妈赶紧上前扶着千姿走出了电梯，一直把她扶坐到家里的沙发上。刚一坐下，千姿就主动解释自己有点贫血，刚才电梯太快所以有点头晕，现在好多了。潇雨妈信以为真地说："那要好好补一补身子了，你看你这么瘦。你们年轻人都喜欢苗条身材，要减肥！减什么呢？健康美才是真的美。"千姿笑了笑，点头表示同意潇雨妈的说法。潇雨妈起身去给千姿倒水，嘱咐千姿不要动，先坐在那里稳一稳。千姿突然感觉到了一种家的温暖，心中瞬间充满了感动。

潇雨躺在床上并没有睡着，前天他穿着被雨淋湿的衣服，一回到家里就感觉浑身发烫，接着就是上吐下泻，现在虽然病好了，毕竟被折磨了一天一夜，整个人还是有点虚脱，有气无力地躺在那里。他也正在想着千姿，思念的蔓延就像这场病一样根本无法阻止，而且更加折磨人。

听到开门声，潇雨周身乏力地从床上爬起来，头发凌乱着，显得整个人憔悴不少。他路过厨房，看见父亲正在冰箱前翻来翻去，心想莫非家里来客人了，就打算去客厅一看究竟。走到客厅，潇雨看见千姿正手捧水杯静静地坐在那里，他简直不敢相信自己的眼睛，这一瞬间，他发自内心地感受到这个世界原来是如此美好。所有曾经的对这个世界的不满，在这一刻全部烟消云散。他曾是一个愤青，此刻心怀感恩，感谢这个世界，包括这世界上的每个人，甚至是一树一木、一花一草。

母亲端着水果盘在潇雨身后说："你杵在那里干什么？夏小姐为了来看你，刚才差点在电梯里晕倒了！"潇雨一时被高兴冲昏了头脑，站在那里不知该干什么好，被母亲这样一说，既感激又心疼千姿。他走到千姿对面的沙发上坐了下来，关心地问："刚才在电梯里是怎么回事？"千姿说："我有点贫血，血压低，坐电梯头会有点晕，没事，现在好多了。"千姿这谎言听上去，像是一些专业的医疗术语，连她自己也不知道，到底有没有这样的说法。

千姿反问潇雨："你的病好点了吗？"

潇雨笑问："我生病，你是怎么知道的？"

千姿对潇雨妈笑了笑，她也微微一笑。聪明的潇雨顿时明白了，笑着说："你们竟然能遇到一起。这太奇妙了！"

潇雨妈让潇雨陪着千姿，自己要去厨房帮潇雨爸的忙，并留千姿晚上一起在家里吃饭，千姿没有拒绝。她渴望能吃一顿带着家的味道的晚饭。

千姿看潇雨妈走后，满带愧疚地说："都是我害你生的病，我还对你那么刻薄。真对不起！"说完这话，眼圈有一点微红。潇雨安慰她："不要难过了，你看我现在不是好好的吗？"潇雨看千姿有点闷闷不乐，就邀请她去参观自己的房间。走进潇雨的房间，千姿觉得虽然这房间从装修的标准上，远远没有自己的房间好，可房间设计紧凑、布局合理，各种挂件和满屋子的饰品也让人感觉到无比温馨。

墙壁上挂着的几幅篮球比赛的照片，吸引了千姿的眼球。潇雨开心地给她讲述这几场比赛的过程，潇雨讲得精彩，千姿也听得入神。潇雨告诉千姿，这只是自己精彩的比赛中的一场，千姿听得意犹未尽。潇雨又打开自己的衣橱，给千姿讲述他和每件球衣之间共同拥有的精彩回忆。

千姿感觉潇雨的球衣很特别，和自己以往看过的都不同，每件球衣背面的号码上方，都有一个签名，例如潇雨拿出的第一件球衣，是红衣黑字，背面签名是“日本向南京道歉”；第二件是黑衣白字，背面的签名是“把爱投进篮筐”；第三件是蓝衣红字，背面的签名是“把蓝色还给大海”……潇雨的球衣有十几件，每件背后都有不同的签名。

千姿看着这些与众不同的球衣，问潇雨：“这些签名都是你自己设计的吗？”潇雨开心地给千姿讲每句签名的来历。

潇雨指着那件红底黑字的球衣说：“这件球衣是我大学期间代表校队和日本的一所大学校队之间打友谊赛时穿的，本来校方不同意我穿这件球衣登场，校领导说这句话太敏感，会影响两校间刚刚建立起来的友谊。劝我还是换一件。

“我对校领导说：‘这句话是有点扎眼，为什么扎眼？是因为现在说这句话的中国人太少了！如果在那场屠杀中死去的人，都能有开口说话的机会，要说这句话的人何止三十万？’

“校领导说：‘我们总要有点风度嘛！要带着真诚，共同面向美好的未来吧！’

“我说：‘我们死了那么多人，不要别的，只要一句道歉，这是何等的风度？对待朋友要真诚，那朋友有不对的地方，我们是不是要提出来？’

“可不管我怎么说，校领导还是不同意我穿这件球衣比赛，后来我只好选择退赛，队友知道了都选择跟随我退赛。后来校方只有妥协。”

千姿听到这里，已是热血沸腾，急切地问潇雨后来的情况，潇雨略带自豪地说：“我们不仅赢得了比赛，还赢得了对手的尊重。比赛结束以后，对方球员要求和我们一起，为在南京大屠杀中所有的遇难者默哀。赛后对方的队长，通过翻译告诉我，如果他是一名中国人，也会这么做！”

千姿听完为潇雨鼓掌，一为肯定潇雨的做法，二为感谢潇雨和自己分享了一个这么精彩的故事。潇雨看见千姿如此开心，心里也美滋滋的。千姿小心翼翼用手摸了摸那件球衣上的字，接着看了看第二件球衣上的签名，问潇雨：“这句是什么意思？”潇雨笑了笑，略显自豪地说：这是自己和队友发起的一个慈善活动，主题叫“把爱投进篮筐”。千姿满脸期待地听潇雨讲述。

“其实这个活动很简单，我们用比赛得到的奖金，做了很多公益性的水杯，送给那些经常来体育馆打球的朋友，水杯上印有中国红十字会短信捐款的号码。领取水杯的时候，我们要求领取者对着红十字会的标志宣誓，一旦加入这个活动，每次打球后，省下买饮料的钱，把一块钱通过短信捐给中国红十字会。这次活动的主题，就叫‘把爱投进篮筐’。”

千姿觉得这个活动很新颖，动情地说：“慈善无所不在，爱无所不在。”潇雨点点头说：“对！爱无所不在。”

两人默契地相视一笑。

千姿问第三件球衣，潇雨说那是一次倡导环保活动的主题，他和队友为那次环保活动进行了一场表演赛，他就把那句话印在了球衣上。潇雨说自己很喜欢每一件球衣背后的故事，穿着这样的球衣比赛，仿佛每一场比赛都更加有意义，仿佛自己背着每一个真理的信条，是为真理而战。

千姿点头同意他的说法，心里对潇雨更加爱慕。她已经确定自己爱上了潇雨。以往她总是刻意地想压抑自己的情感，很难冲开她自己在心里设立的枷锁。千姿本以为这道枷锁，会永远遏制住那些不该有的念头，可当真爱降临的时候，那枷锁仿佛瞬间就被全部氧化了，变成了轻飘飘的尘土，被爱的暖风吹得一干二净。

千姿看着潇雨说："真可惜没机会能在现场看你比赛。"潇雨笑了笑说："以后会有机会的。"

千姿听到潇雨说"以后"两字时，突然眉头一紧。潇雨看出她很失落，以为她是为没能看见自己的比赛而感到遗憾，便说："等等，我拿相册给你看，相册里有很多我在赛场的瞬间。"听潇雨这么说，千姿脸上又浮现满心期待的表情。潇雨从衣橱里拿出两本相册，相册很大，里面装满了照片。

千姿很羡慕潇雨有这么多精彩的回忆，想想自己的照片也很多，但是由于父亲在世时过于繁忙，和父亲的合影只有有限的几张。和母亲的合影自从母亲走后，就再也没在家里看到过。以前千姿和父母的合影很多，但在母亲抛弃父女俩走了以后，陈姨怕夏和平看着难过，都给收起来扔了。想到这里，千姿又是一阵心酸。好在潇雨翻开相册后便兴致勃勃地开始讲述，才把千姿又从伤感的泥潭里给拖了出来。

相册里内容很丰富，不光有照片，还有很多票据、赛事的入场门票、车票，细致到一些用餐后的结账单据，等等。潇雨告诉千姿，这些票据和照片都是同一时期的，他觉得这些票据和照片一样，都特别有纪念意义，值得收藏。

第一本相册，大多是潇雨和同学、朋友之间的照片。他开心地给千姿讲述每张照片背后的故事，还给千姿详细地介绍照片里的每一个人，自己和相册里的那些同学闹出的笑话和一些童年时的恶作剧等，听得千姿心花怒放，她好久都没有像此时这么开心。

到了最后几页，潇雨觉得没有什么好讲的，大概翻了一下，就准备把这本相册收起来，千姿并没有在意。当潇雨把这本相册合上，起身准备把相册放进柜子时，一张门票从相册里掉到了千姿的脚下。千姿弯腰捡起了这张门票。她感觉这张门票特别熟悉，拿到手里细看，是基洛夫芭蕾舞团来华演出的一张门票。

看了这张门票的日期和演出地点，千姿略显激动地问潇雨："这张门票是哪儿来的?"潇雨一时不明白，为什么一张门票能让千姿这么激动。

潇雨说："那场演出是我陪父母一起去看的，回来后我觉得演出特别精彩，就把那天的门票和照片保存在一起了。怎么啦?"

千姿看着手里的门票在嘴里嘟囔："你坐东区八排32号，如果我没记错的话，我好像也坐在那附近。"千姿有点想不起来了，却仍然激动地问潇雨，"你有那场演出的照片吗?"

潇雨想了想，顺势把还在手里的相册打开，那天的演出照片就在这本相册的最后几页。千姿一边看，一边激动地说："对，就是这里。"潇雨还是不太明白千姿为何情绪如此激动。千姿嘴角颤抖着对潇雨说："你知道吗？那天的演出我也在，我也是陪父母去的。"听到千姿这么说，潇雨也觉得太巧了。

这太不可思议了，缘分能奇妙到这般地步。他们看了看彼此凄迷的眼神，心中被一股无法表达的力量彻底震撼。一张泛黄的入场券，像是童话里的仙丹一般，好像让一对在前世约定要继续厮守的情侣，在这一瞬间完全恢复了所有记忆。一种久别重逢的感觉，在两人的心中荡漾。所有的一切都注定无法再受世俗的约束，爱在此刻变成了一种信仰，这信仰无比神圣，神圣到能理解这份感觉的人，终于相爱，而且爱得很深，不同寻常地深。

千姿看着照片，那天的精彩情景还历历在目。她仔细看着每一张照片的角度，深信自己坐的位置一定是离潇雨不远。潇雨母亲年轻时是一位优秀的歌唱演员，艺术品位不同一般，当年这场演出可谓一票难求，要不是潇雨母亲在歌剧院有很多同事，也很难买到票。千姿自小喜欢芭蕾舞，那时候的夏和平并不像后来那般风光，他手里的企业还只是一个小型加工厂而已。他知道女儿特别期待能看到这场演出，为了买到演出的门票，他给厂里的几十名员工放了一天假，并许诺如果谁买到票，就加半个月的工资，重奖之下必出勇夫，后来总算顺利地凑到了三张票。可对这场精彩的艺术盛宴，潇雨那时的热情却远不如千姿，他只是在顺从母亲的安排，所以直到入场观众全部就位，演出即将开始，他还在顽皮地给父母拍照。当时所拍的照片就保留在此时捧在他手中的相册里。

潇雨翻开了一页，说："千姿，你看这是演出之前我给父母拍的。"千姿顺着他手指的方向，看见潇雨父母一脸严肃地坐在那里，而挨着他们而坐的竟然是满带笑容的夏和平。千姿想起那天演出快要开始的时候，父亲问："什么时候我们能来看你演出的《天鹅湖》啊？"千姿说："等小天鹅长大了，老天鹅满头白发的时候。"当时，夏和平哈哈大笑。

谁也没想到这一幕却被拍进了潇雨父母的照片里。千姿用颤抖的手，摸了摸这张照片里父亲满带微笑的脸，当时自己和母亲全部坐在父亲的右边，父亲高大的身材把母女俩完全给遮挡了。相片上父亲的这一笑，似是一个久别的问候，似是在天国给她的祝福。千姿顿时流下了眼泪，这眼泪如此伤心，让一旁的潇雨不知所措，只有屏住呼吸，静静地看着她。

千姿知道作为一个客人，如果在潇雨的家里失声痛哭，就太过失礼了。她强忍着悲伤，用颤抖的手，把这一页照片翻了过去。刹那间心口剧痛，眼泪再也控制不住，泉涌般夺眶而出。

潇雨见她的悲伤稍缓，刚准备安慰她，千姿突然用双手捂住自己的嘴。她看见相册中新打开的这页，只留有一张照片，是潇雨的全家福，在潇雨全家人的后面，是她和母亲一左一右挽着父亲的胳膊在下台阶。如果不细看，旁人会认为这是两家人在一起照的相。照片上，千姿一家人显得比潇雨一家人更开心。千姿记得那天下楼梯的时候，他们一边唱着歌，一边模仿着剧情中的一个动作，一家人兴高采烈地从剧场里往外走。

千姿的情绪完全无法控制，她只能用手捂着嘴，尽量不发出哭声，强忍悲痛。潇雨看着哀伤无助的千姿，心里一阵疼惜，冲动地走过去把她抱到了怀里，轻声说：“在我怀里哭吧，除了我的心没有人能听见。”千姿紧贴潇雨的胸口，眼泪犹如那季节里的一场暴风雨后的河流……

第十四章

潇雨安慰千姿不要哭了，一会儿就要吃饭了。对千姿这反常的情绪，潇雨始终没有过问一句。他虽然满心疑问，但是尊重她的隐私。

千姿调整好自己的心态，向潇雨索要那两张照片，潇雨爽快地答应了。

晚饭的气氛特别好，临走时，潇雨父母邀请千姿经常过来玩。

此时刘亚川接到保姆打来的电话，说给夏小姐送饭，却不见她人影，谁也不知道她去了哪里。刘亚川听后焦急万分，从个人感情上，他不想千姿出事，从大局的角度考虑，当然更不希望千姿有什么意外。他直接开车去了医院，千姿病房里的东西都在，不像是出远门的样子，打电话关机。刘亚川心急火燎，失态地冲值班护士发了脾气，后来连院领导都被惊动了。大家都焦虑地等着千姿回来。

潇雨父母坚持要送千姿坐电梯，千姿心怀感激，不住道谢，电梯门关上的刹那，她闭上眼睛在心里祈祷，刚才那种状况不要再出现。她眼睛刚一睁开，就听见电梯的铃声响了。只见潇雨只是按到了5层，她不解地看着潇雨，潇雨说："不是血压低不能坐电梯吗？那我们一起走楼梯吧。"说完把手递给了千姿。

两人走了5层楼梯下来，默契地往医院的方向走去。幸福的人总觉得时间过得太快，忍受痛苦的人总想让时间过得快一点。时间就是时间，不会为谁而改变，它对谁都是公平的。倘若在每个崭新的一天，我们都把它当作是生命的最后一天去生活，人与人之间还会有无穷无尽的纷争吗?

对潇雨和千姿而言，此时所有的一切都是静止的，他们无暇顾及这世间的一切，只愿能白头偕老。潇雨牵着千姿的手，走在路边高大的梧桐树下，天公作美，今晚路上的行人并不多，他们像是已经认识很久的老朋友，彼此之间话虽不多，但一切都心领神会。两颗备受煎熬等待的心，在此刻彻底融合。

突然，听到远处有人喊潇雨的名字，“潇雨，潇雨”，又有人打趣地喊，“老陈，老陈，看这边”。潇雨抬起头一看，原来路过的是自己以前经常打球的一个球场，喊自己名字的，都是以前打球的一帮兄弟。潇雨对他们挥手，他们都一起喊：“快来啊，我们都输惨了!”千姿突然对潇雨说：“快去，我为你加油!”

潇雨热血沸腾，拉着千姿面带微笑地向球场走去。到了球场，刚刚还是双方对垒的两帮人，都向潇雨围了过来。双方十几个人都盯着千姿看，千姿感到很不好意思，刚才热闹非凡的球场，变得异常安静。有一个负责去捡球过来晚的小个子，对他们喊：“你们看什么呢?”他扒开人群一探究竟。

在球场夜晚的灯光的衬托下，千姿脸上是害羞的红晕，美得让所有人惊呆了。千姿只好点头说：“大家好，大家好。”一帮人仍然不说话，那个小个子嘴里嘟囔着：“我去!我说你们看谁呢，这仙女哪里来的?”潇雨挺身而出说：“看什么，别看了，什么仙女，这是我女朋友。”小个子说：“我说你小子最近都不见人影，原来是重色轻友的家伙啊，都给我揍他!”一帮人起哄：“必须揍!”说完一拥而上，把潇雨推来推去。潇雨喊着：“停，停 ，停，听我解释。”大家又起哄说：“听什么听，把这个小子给扔起来。”不容分辩，潇雨被众人抬起。

千姿站在一边，看着他们这样起哄，捂着嘴微笑，球场上充满了爽朗的笑声，千姿仿佛突然回到了青春快意的学生时代。潇雨被放下来了，所有人都按着篮球场上的规矩，和他接拳，和他击掌，和他跳跃起来撞肩。他们都说：“很想你，兄弟，你不在的日子，我们总是输。”潇雨说：“那我们按照老规矩再来打球啊。”

一个朋友说：“今天规矩要改一改，有女朋友的一伙，没有女朋友的一伙。输了以后，还得认罚，做仰卧起坐100个，俯卧撑100个。”说完以后起哄喊，“没有女朋友的兄弟向后一步”。除了潇雨，其他人都向后一步。那个小个子刚向后一步，就被大家又推了回来。大家起哄说：“不行，你有女朋友！”小个子赶紧解释说：“感情破裂了，刚分手。我失恋了。”他们又起哄：“不行，就你们俩一家。”说完，一行人，都起哄去了前方的半场，留下潇雨和这个小个子。

潇雨像是打了鸡血，斗志昂扬，他头也不回地对那个小个子说：“这是男人的战争！”说完，把左手伸在后面，和小个子击掌。小个子蹦跳着过来和他击掌，潇雨看都没看他，就向球场走去。小个子一蹦一跳地跟着潇雨后面喊：“说的没错，兄弟，好样的，干死他们，干死这帮光棍，以后这球场的女孩子，都是我们的。”潇雨回过头，推了他一把，然后说：“滚！”小个子忙道歉说：“别别别，我至少还能给你传传球呢。”潇雨说：“除了传球，我还希望你能闭嘴。”千姿看到这滑稽的一幕，哈哈大笑。潇雨看了看千姿，伸出右手的大拇指，千姿瞬间褪去羞涩，对潇雨喊：“潇雨，加油！”潇雨对她笑了笑，走到了球场的中间。

球赛开始了，千姿还是第一次看见潇雨热血的一面，虽然结果还是潇雨输了，并被体罚，但是大家都很开心，千姿更开心。

刚走进住院部，潇雨大伯的主治医师就对潇雨说：“老陈的家属，我和你讲一下，老陈后天就可以办理出院手续了。”潇雨连连向医生表示感谢。

千姿说：“这位陈先生是你什么人啊？”

潇雨说：“我大伯。”

千姿说：“明天白天，我和你一起去看望他好吗？”

潇雨微笑着点了点头答应。

千姿和潇雨路过护士站时，护士告诉千姿，刘先生在病房里等她，大家都在到处寻找她。护士们都盯着潇雨看，好像他是罪魁祸首。

潇雨问：“刘先生是谁？”

千姿说：“没关系，是我的一个哥哥，你来吧，我介绍给你认识。”

千姿根本没有多想，只是想通过这样方式告诉刚才瞪着潇雨看的那些护士，自己和潇雨是光明磊落的。她心里已经彻底地爱上了潇雨，虽然彼此没有表白，但是她已经把他看作是自己生命中最重要的人。

到了病房，刘亚川正在和公司的人通电话，千姿让潇雨先坐下。等刘亚川电话挂断以后，千姿马上介绍说，这是潇雨，又指着刘亚川说，这是平大集团总经理刘总。不知为何，两个人互看了对方一眼都说不出话。最后还是刘亚川打破僵局，向潇雨握手问候，其实两个人之间并没有太多的好感。

刘亚川问：“你去哪里了？你病情那么不稳定，怎么可以到处乱跑呢？”

千姿说：“我去潇雨家里做客了。”

听千姿这么一说，刘亚川这才意识到，原来千姿和这个男孩儿已经发展到了一定程度。他想不明白，往日冷若冰霜的千姿怎么会为这个男孩儿改变这么多！他不得不佩服潇雨的魅力，能让千姿有如此大改变，是很难想象的。他对潇雨产生了好奇。

刘亚川问：“肖先生在哪里工作？”

潇雨回答：“不好意思刘总，我不姓肖，我姓陈。你不用客气，叫我潇雨就行了。我大学刚毕业还没有工作。”

“哦，是这样。我孤儿院需要一个统计员，你有兴趣吗？”

潇雨婉言拒绝了刘亚川，理由是他对孤儿院统计员这个词汇很陌生。刘亚川之所以想给潇雨安排工作，是想对他今后的一举一动能够了如指掌。刘亚川让潇雨再想想，同时他提醒潇雨，千姿的身体状态很不稳定，本着对千姿的健康负责的态度，他不希望以后再出现类似于今晚这样的事情。

潇雨同意刘亚川的提醒，千姿心里很愧疚，自己连累潇雨被误会。刘亚川对千姿说：“你想出去散散心，我是不反对的，可总要有医护人员的陪同，我才能放心。明天如果天气好，我陪你去孤儿院看看孩子们吧。”

千姿愉快地点头答应，并转问潇雨：“你明天有时间吗？”潇雨也微笑着点了一下头，这让刘亚川十分反感。他本意是想给自己找个机会陪千姿散散心，让她忘记孤独，好慢慢远离潇雨，没想到千姿居然邀请了潇雨。潇雨觉得去哪里都不重要，他只是想陪着千姿。千姿开始依赖于潇雨的陪伴，她享受这种忘乎所以的感觉。刘亚川毕竟是在商场打拼的人，看见千姿如此坚持，便顺势邀请潇雨一起过去。

这时，刘亚川的电话开始响个不停，不得不向他们告辞，临走前嘱咐千姿，不许再擅自离开医院。

刘亚川走后，潇雨也向千姿告辞。千姿很想留潇雨陪自己再多待一会儿，她感觉潇雨似乎有点难为情，所以也不好再做挽留。潇雨去了大伯的病房，一直到深夜也无法安睡。静悄悄的病房里，只能听到的几个人的呼吸声和墙壁上的一个钟表嘀嘀嗒嗒的声音，潇雨显得很不安，似乎总能听到耳边有一种声音在沙沙作响。思念，让一个人的大脑始终无法平静。

终于，他还是忍不住走出了病房。当他开门的一瞬间，看见千姿正坐在走廊的椅子上。两人会心地微笑，潇雨轻轻地把病房门关上，然后对千姿说："去加件衣服，我们去阳台吧。"千姿点了点头，仿佛她一直就在等着潇雨一般。

阳台上空无一人，微风徐徐，星空浩瀚，月光皎洁得如被清水洗过一般。

潇雨和千姿默契地坐在了他们第一次相识的地方。潇雨对千姿说："我从来没有过这种奇妙的感觉，每天晚上司空见惯的景色，今晚看上去是如此不同。我从来不觉得星星有什么可看的，更不会觉得星星是一种风景，可今晚不知为何，所有的一切，都令人愉悦。"千姿对潇雨微笑，不知该如何回答他的话，只是静静地陪在潇雨的身旁看风景，看浩瀚的夜空中繁星点点。

千姿说："潇雨，谢谢你，你让我忘记许多烦恼、许多病痛，今晚这一切我和你的感受是相同的。"

潇雨说："我从未想过很多问题，我甚至不懂生命的意义，不懂爱的意义。"

千姿说："你不能这样去想，你朝气蓬勃，你的生命热烈似火，你帮助需要帮助的人，你心中也充满了爱。你活得很纯粹。"

潇雨哈哈大笑，说："我哪里有你说的这么伟大，我只是看到一些事情，看不过去，就想着帮别人一把，结果还给别人添乱。幸亏你帮忙，不然都不知道怎么收场。"

千姿清了清嗓子，假装不客气地说："潇雨先生，你要坚持地活出你自己，因为这样的人生并不容易。如果下次需要我帮忙，我一定还会全力相助。"

潇雨说："男子汉大丈夫，怎么能一直依靠一个小女子帮忙，不需要，不需要。"潇雨一边说，一边假客气地摆手。两人哈哈大笑。

这一夜他们聊了很多开心的话题，一直到深夜，潇雨对千姿说："你是病人，不能熬夜，回去休息吧。"千姿只好点头答应。

潇雨陪千姿进了病房，然后离开。失落感再次涌上了千姿的心头。她知道自己的生命已进入倒计时，能见到他的时间有限了，所以她恨不得天天和潇雨在一起。潇雨走后，她依然难以入睡，就把从潇雨家里拿回的那两张照片紧紧握着，放在胸口。这张照片里，有潇雨和他的父母，有她自己和父母。这照片里的每一个人，她都想念，都令她难受。哭得身心疲惫后，她才开始渐渐入睡。

这晚千姿做了一个很奇怪的梦，梦见有一个人牵着她的手，走在漆黑恐怖的山洞里。她一直问那个人是谁，那个人始终一声不吭。不知走了多远，她看见了一个光点，光点越来越大，最后借着光才看清领着自己走的那个人是父亲。父亲的表情依然是那般慈祥。

父女俩相视微笑，千姿问他好不好，他始终不开口。直到走出山洞的时候，她看见叔叔夏和臣站在洞口等着他们。夏和臣把手伸向了千姿，她看了看父亲，父亲微笑地点了点头，千姿就把手递给了夏和臣。走了几步，父亲却把手松开了，转身又准备进那个漆黑的山洞。

千姿马上松开夏和臣的手，要和父亲一起去。父亲走得极快，她跟在后面跑，呼喊着父亲，可父亲连头也没回就进了山洞。千姿也跟了进去，山洞里黑乎乎的什么也看不见。她焦急地喊着父亲，却只能听见自己的回音，直到从梦中惊醒。

醒来后，千姿看了看手里的照片，心有余悸。照片上父亲的笑容那样亲切，仿佛他从未离她而去。这个梦让她很不情愿地想起了一生一世都不愿去想的一个人。

这个人是她唯一的亲人，也是真正让她恨的人。千姿没有任何社会经验，是一个思想单纯的姑娘，但是经过那么多事情，她已经很清楚叔叔夏和臣到底是一个怎样的人。这个工于心计、贪婪奸诈的小人，为达到目的无所不用其极。

夏和臣以前还装模作样地演演戏，故作姿态地关心一下千姿的病情。自从打听到千姿活不过25岁的消息后，他便有了胜券在握的信心，撕下伪装懒得再搭理千姿。他幸灾乐祸地想，千姿现在只能眼睁睁地等着那一天的到来，除了上帝，谁都没有办法阻止死神的降临。

死神的魔爪慢慢伸向了这个善良的姑娘。千姿的病情越来越不稳定，清晨从睡梦中醒来的时候，她明显感觉心悸、胸闷。看着镜子里的自己脸色惨白如纸，她有一种不祥的预感。担心自己吓到别人，她打开化妆盒，给自己化了一个淡妆。千姿曾经是一个出色的芭蕾舞演员，对化妆比一般的女孩儿更精通，只是她平时却很少化妆。再说了，打扮得得体大方，对别人也是一种尊重。

她打电话给保姆，让她在送饭的时候，带一束康乃馨。吃过早饭，千姿就去了潇雨大伯的病房看望，潇雨大伯觉得这女孩儿落落大方，处处叫人喜欢。潇雨解释说今天要和千姿去孤儿院去看望那里的孤儿，大伯嘱咐他们不要担心自己，放心去吧。

路过护士值班室的时候，护士态度很坚决，不同意千姿离开医院。千姿说，自己的身体状态很好，下午就回来，今天早上的药已经吃过了。潇雨意识到了千姿病情的严重性。护士是出于责任心和一片好意，可千姿坚持要出去，谁都无法阻拦。

走出医院的门，千姿觉得放松了许多，难得在这样一个天气晴朗的时候出来走走。千姿打电话联系了刘亚川，刘亚川解释说公司太忙，现在走不开，表示马上派车过去接他们。千姿说不用了，她和潇雨一起走过去。虽然路途不算遥远，但是走到一半的时候，千姿感到有点体力不支，只好和潇雨打车去了孤儿院。

第十五章

恩泽孤儿院在千姿和潇雨所在的城市很有名，由平大集团全额资助。潇雨路过几次孤儿院，从未进去过。孤儿院的保安看见千姿，毕恭毕敬地跟她打招呼。

这是一个阳光灿烂的日子，孤儿院的草坪上，老师正带着孩子们上户外课。很多孩子都还很小，他们坐在小板凳上，听老师给他们讲故事。千姿告诉潇雨，这里很多孩子身体上都有先天性的缺陷，刚出生就被父母遗弃了。

老师看见千姿走过来，忙笑着起身相迎，孩子们也都跟着老师跑了过来。老师喊着让孩子们慢一点，慢一点。千姿被孩子们围在了中间，天真的孩子们争先恐后地问她要礼物，她依次问孩子们最近的表现，孩子们都异口同声地说“好”。千姿蹲下来，抱着面前的一个孩子问：“小轩，最近李妈妈教你们唱什么歌了？”

小轩说：“李妈妈教我们唱《我们的祖国是花园》。”

“那你会不会唱？”千姿问。

小轩就张口唱：“我们的祖国是花园，花园里花朵真鲜艳……”旁边的其他孩子都跟着他开始一起唱。李老师则带着孩子们，拍手打节奏，孩子们也就跟着一边拍手一边唱。千姿展开笑容，跟孩子们一起拍手。

千姿领着孩子们往草坪的方向走，草坪上仍有几十个孩子坐在那里，他们听见千姿和这边的孩子们唱得这么开心，也都开心地笑着跟着鼓掌。一行人离他们越近，他们鼓掌的声音也越热烈。千姿告诉潇雨，这些孩子都看不见，都是盲人。现在孤儿院正在请盲文教师，不过还没有请到，所以这里面有些孩子到了读书的年龄，也都还没有上学。

千姿握着每一个盲孩子的手，问他们最近好吗。她记得每一个孩子的名字，潇雨大受感动。这一群盲孩子中，有一个少女，叫小慧，今年十七岁了，她曾经是一个乞讨者，一个大雪纷飞的冬天，在火车站被好心人发现后，送到了恩泽孤儿院。当时小慧被冻得手和脸都出现了严重的浮肿，千姿就把自己身上的羽绒服脱给了她，过后把自己不穿的衣服都送给了她。孤儿院里孩子的衣服，也都是大班的孩子穿小了，再给小班的孩子穿，一是节省一些资源，二是从小要让孩子养成勤俭节约的习惯。

千姿走到小慧的面前，紧紧地握着她的手，并拥抱了她。她们有太久没见了。此时在场的所有孩子，不再像刚才那般活泼，这一刻难免让人有点触景伤情，千姿一边流着眼泪，一边帮小慧擦着眼泪。

“别哭了，别哭了，一切都会好的。”千姿说。

小慧点了点头，千姿理了理小慧的头发说：“让我看看现在头发有多长了。”小慧也摸了摸千姿的头发，然后高兴地对千姿说：“一样长了，一样长了。”千姿和小慧之间有一个约定，小慧刚进孤儿院的那段时间，千姿身体状况比较稳定，经常过来看她，对她格外关心。她的手消肿以后，裂开了一些口子，都是千姿亲自给她敷的药膏。那时的小慧，由于长时间在社会上漂泊，受尽了苦难，整个人显得有点精神失常，始终不愿和任何人讲话，仿佛在她心里，这个世界上的人全都是坏人。可千姿日复一日的关心，终于打开了她的心扉。

有一次，千姿和小慧要告别的时候，她终于开口说话了：“我想用手摸一摸你的脸，可以吗？”千姿听见她开口说话，开心极了，马上用手小心翼翼地扶着她的手，抚在自己的脸上。小慧对千姿说：“人家都说你长得很漂亮，我却还不知道自己长什么样。”千姿又把手放在了小慧的脸上，让她摸一摸自己。千姿告诉小慧：“你也很漂亮，你以后会比我漂亮，女孩子留长头发才好看，你要把头发留长一点啊。”说完以后把小慧的手放在自己的头发上，顺着发梢慢慢地往下摸，并说：“你看我的头发那么长，等有一天你的头发有我这么长，你就比我漂亮了。”于是，这成了她们之间的约定。

爱美是每个姑娘的天性，千姿想以此给小慧一个信念、一个希望。自那以后，千姿每次来看她，她都要摸一摸千姿的头发。

千姿告诉孩子们，自己今天没有给大家带礼物。这些天真的孩子们听到千姿这样说，知道是千姿在和他们开玩笑，因为千姿每次过来，都会带礼物，即便她一天来一次，也都会带礼物发给大家。对于孩子们来讲，千姿就像是一个圣诞老人，一个可以让他们天天过圣诞节的老人。千姿这样说完以后，孩子们都开心地闹着。

千姿说：“今天我真的没带礼物。”

她说这句话的时候，一脸严肃。所有孩子们都信以为真了，正一脸失望的时候，千姿又莞尔一笑说：“不过呢，今天和我一起来的这个哥哥，给大家带来了好多巧克力。”孩子们又都开始欢呼雀跃了。千姿让孩子们都先去玩，中午吃完饭以后再发巧克力。

潇雨听到千姿这样说，心里有点打怵，他不是一个小气的人，可他清楚自己口袋里的钱，远远不够给这么多孩子买巧克力，这让他觉得有点为难。他们一起去院长办公室的路上，千姿给保姆打了电话，让她去超市买三箱巧克力，送到恩泽孤儿院。潇雨能感到千姿在替自己分担，或者说刚才只不过是和孩子们开了一个玩笑。可以理解为千姿想通过这样的方式，向所有人介绍潇雨。

潇雨感受到了千姿的善良和体贴，在午饭后给孩子们发巧克力时，他彻底地感受到了做一个好人的快乐。原来有能力爱别人的人，才是有福的。潇雨做出了一个决定，他郑重其事地对千姿说："我想为他们做些力所能及的事情。"

千姿说："当然可以啊，刘总讲过，这里需要一个统计员。"

潇雨摇了摇头说："我想这里更需要一个盲文老师。"千姿有点不解，潇雨解释说："虽然他们眼睛看不见，但是他们能听得见，心也能像我们一样去感受，为什么不可以去教他们一些正常人的知识？"

千姿觉得潇雨说得很有道理，就陪潇雨一起找院长商量，院长同意了千姿的提议。刘亚川在电话里对这个提议给予了支持，毕竟潇雨能在孤儿院里工作，就是他想要的结果，他希望对潇雨的举动有所掌握。可往往很多时候，很多事情并不会向着人原本所预想的那个方向发展。

刘亚川由于工作过忙，没有应约陪同千姿来孤儿院，千姿也没有在意他的爽约。现在即使在一个渺无人烟的沙漠，只要能有潇雨陪在她身边，就足够了。潇雨今天陪千姿一起来到孤儿院，他的心被深深地触动了。

中午，孩子们吃饭的时候，丝毫没有大声喧哗的现象，他想想即使是在大学食堂里，也难有这样的秩序。那些盲孩子，在进食堂的时候，都是在其他孩子小心翼翼地搀扶下就座。吃饭的时候，那些能看见的孩子，等盲孩子碗里没有菜的时候，会马上给他们夹菜。他们都还只是孩子，却拥有了很多成人都不曾拥有的东西。

潇雨提出等孩子午睡后，下午就给孩子们上第一课，并邀请千姿过去听。盲孩子听到自己也能像其他孩子一样上课的消息，激动的心情都溢于言表。院方临时在三楼腾出一间唯一可用的教室，院长答应潇雨过几天想办法在一楼腾出一间教室。千姿和潇雨乐此不疲地把孩子们一个接一个地从一楼领进三楼的教室。

等所有孩子都步入教室就座以后，千姿也气喘吁吁地坐了下来，潇雨看见千姿发际边竟带着汗水。他并没有过多在意，毕竟搀扶这些完全看不见的孩子，不是一件很容易的事情，不但要一个台阶一个台阶地提醒，还要用很多力气扶着他们一步一步地上台阶，对千姿这样病情不稳定的人更是一件很不容易的事情。

潇雨问千姿："没事吧?"

千姿强忍心悸、胸闷，告诉潇雨："没事，你继续吧，孩子们都看不见，别让他们等，你开始讲吧。"

潇雨知道这是一堂很特殊的课，他必须提高嗓门，确保每个孩子都能听见。他给孩子们上的第一堂课是"假如给我三天光明"，他详细介绍了这位作家的经历，给他们读了海伦·凯勒的这篇文章。教室里安静极了，孩子们如饥似渴地听着潇雨带给他们的第一堂课，在心灵深处慢慢感受到了一道光亮。

千姿感觉自己的身体支撑不住了，呼吸越来越急促，心悸，胸闷，心如刀割，她无力地看着潇雨。潇雨对她报以微笑，她也轻轻一笑，这一笑似乎用尽了全身仅有的一丝力气，她颓然地趴在了课桌上。千姿是一个病人，潇雨以为她太累了，打算读完这篇文章，就结束这堂课，尽早陪她回医院，他哪里知道千姿病情的严重性。

千姿趴在课桌上，虽然能缓解一点身体的疲惫，可心脏却越来越难受，她感觉潇雨的声音离自己越来越远，直至变得有点模糊。她用顽强的意识和病魔做最激烈的斗争，落于下风，脑海里最后一道光亮慢慢被黑暗掩盖，接踵而来的是一条条不规律的几何图线在飘浮悠荡……潇雨对此却全然不知。

过了一会儿，千姿的意识似乎从病魔的严密包围中顽强地渗透出来一点儿，她又能模糊地听见潇雨的声音。这声音像一个航标，指引着她从黑暗向光明进发，潇雨的声音在她的耳边也越来越清晰。意识慢慢恢复到了正常，可心口依然如刀绞般疼痛，她无助地看着潇雨的背影，像将死一般。

她在想，如果某天死亡降临，能否看见潇雨的背影？她又想，心脏病发作越来越频繁，自己随时都会死去，潇雨该会多么伤心啊！

此时，一个女孩礼貌地举手报告潇雨，要去卫生间。千姿想站起来，陪着这个盲女孩去卫生间。可她这一动，胸口就像被人猛击了一拳，剧烈的疼痛让她无法支撑，潇雨听见千姿费力站起时触碰到课桌椅发出的刺耳声响，便转过身去。他简直不敢相信自己的眼睛，千姿脸色苍白毫无血色，汗水从她的脸颊流到了脖颈，她扶着课桌摇摇欲倒。

心脏病这个恶魔第一拳没有击倒千姿，接是又来了第二拳、第三拳，好像只要千姿不倒下，它就不肯善罢甘休。千姿强撑着一波波的袭击，剧烈震荡的疼痛击垮了千姿，她眼前一黑晕倒在地，头重重地撞在课桌角上，霎时满脸是血。潇雨惊得目瞪口呆，慌忙跑过来抱起千姿，双腿颤抖地从三楼往楼下跑。

潇雨跑到门口冲保安喊："快拦车，快拦车！"保安马上跑出去拦了一辆车。潇雨的嘶喊声惊动了整个教室楼的人，很多人走出教室往外看。大家看着潇雨抱着满脸是血的千姿往外跑，顿时一片骚动。

潇雨把千姿抱进车里，千姿仍然在他的怀里抽搐，这一幕他从未经历过，他害怕极了，用手捂着千姿的伤口，可血依然流个不停。他用左手费力地从右边的口袋里掏出手机，精神慌张地拨通了医院的电话，电话拨通后，他张口结舌，不知该说什么好。

出租车风驰电掣般赶到医院门口，潇雨打开车门把千姿抱了出来，出租车司机向他索要车费。潇雨腾不出手掏钱包，心急火燎地对司机说："我的手机在后面的座位上。"

说完，他抱着昏迷的千姿往病房跑去，千姿的伤口仍血流不止。潇雨精神高度紧张，加上抱着千姿，他呼吸急促，几乎崩溃，急得快要哭出来。

到了住院部，护士们看见千姿头破血流，昏迷不醒，马上推了一台手术车过来，把千姿放到手术车上，潇雨累得一下子瘫倒在地。目睹着千姿被护士推走，他心中泛起了一种从未有过的恐惧，不知为何，他的内心产生了一种要和千姿生离死别的不祥预感。

第十六章

千姿被推进手术室后，院方马上通知了刘亚川。潇雨心乱如麻地来到手术室门口，双手还沾着千姿的血。护士以为他也受伤了，让他去包扎一下，他这才拖着疲惫的身体，去卫生间把手上的血洗掉。洗手时，在镜子里看着自己狼狈不堪的样子，又看着水池里被血染红的水，他声音颤抖地哭了出来。被病魔击倒的不光是千姿，还有潇雨自以为还算坚强的意志。

刘亚川着急地来到手术室外，看见坐在椅子上一言不发的潇雨，心里突然觉得一阵难过。在即将消逝的生命面前，私心杂念瞬间失去了立身之地，此时只剩下了一个哥哥对妹妹的关心和对生命的敬畏。

刘亚川和潇雨沉默地坐在手术室外等候消息。两人坐了很久，几乎没有什么交流。刘亚川站在走廊的窗前，一根烟接着一根烟地猛抽。潇雨不知道千姿到底得了什么重病。

好一会儿，院长走出了手术室，刘亚川和潇雨马上迎上去，院长告诉刘亚川："夏小姐的情况很糟糕，能挺过来实属难得，她心脏已经开始衰竭，情况十分危险。你们要做好思想准备，这是病危通知书，最好让夏小姐的直系亲属过来签一下字。"

刘亚川的伤心无法再掩饰，他攥着拳头，眼圈发红，泪水盈眶。虽然他知道这一天早晚会到来，真的来了还是无法接受。潇雨更加难以接受这个现实，下午还好好的，怎么到晚上就下了病危通知书呢？他后悔不该和千姿一起去孤儿院，恨自己应该早点儿知道这个消息，应该把她抱在怀里、捧在手里、含在嘴里，和她一起被岁月风化了。他心中有太多悔恨，甚至曾经一个对她不友好的眼神都会被放大……他无休止地折磨自己，因为他对千姿没有百依百顺，爱得还不够深。

刘亚川替千姿悲苦的命运而难过。临死之前的病危通知书，让亲人签字，这是再正常不过的事情了，可千姿唯一的亲人却是一直盼望她死的夏和臣。

刘亚川觉得这是邪恶对正义最大的侮辱，他越想越气，心中冲出一股力量，促使他要不顾一切地捍卫正义的尊严。他拿起院长手中的笔，二话没说在病危通知书上签了字，然后对院长说："我就是夏小姐的直系亲属，这字我签就行了！"说完这话似乎还有点气不过，有一种出了一口恶气般的舒坦。

院长看着愤怒的刘亚川，安慰他说："对不起，刘总，我们已经尽力了。夏小姐的病情恶化，我们也很难过。"说完这话就走开了。刘亚川着急地说："章院长，请等等，难道真的没有一点办法了？"

章院长显得很无奈，希望如大海捞针般渺茫，面对病人家属，他有权把病人能活下去的一丝希望如实相告。章院长说："还是那句话，除非心脏移植。你知道夏小姐血型的特殊性，我们医院血库里存有的这种血型的捐献者名单也很有限。这无疑是难上加难，首先要先找到同样的血型，再从血型里找到相吻合的捐献者。"

刘亚川仿佛找到了希望，他马上问："医院血库里存有的同样血型的名单，可以提供给我吗？"

章院长觉得刘亚川有点不可理喻，只好说："我这里没有，你如果需要，去医院血库问。"

刘亚川觉得自己这话问得有点太过唐突，正常的人谁会把心脏捐出来？他在心里自责不已。

千姿被护士从手术室里推了出来，刘亚川和潇雨马上围了上去。护士把两人挡开，不让他们靠得太近。潇雨看着躺在手术车上头裹绷带的千姿，心中自是焦急万分。刚才院长的话，让他彻底明白了千姿的病情，突如其来的一切让他惊慌失措，连魂都被吓飞了。

潇雨步履蹒跚地跟在手术车后到了重症病房门口，护士马上把他挡在了门外，并表示任何人都不许进入。此时他像一个孩子般听话，马上站在了门外，看见护士帮千姿抬到病床上，换了个氧气罩，心中突然觉得自己太渺小。潇雨在重症病房外站了许久，满腹苦楚，一个人失落地回到家里，关起房门，呆滞地看着天花板。

刘亚川始终待在医院不肯离开，不同于潇雨的是，他早已对此有充分的心理准备，他希望能得到关于千姿的最新消息。夏和臣等一群人也到了医院，刘亚川看见夏和臣过来，马上从椅子上站了起来。面对气势逼人的夏和臣，他内心中满是失落与气势上的失败。

夏和臣瞪着刘亚川，手指他的脑壳骂："你算什么东西？你有什么资格在千姿的病危通知书上签字？"敢怒不敢言，是刘亚川心情的真实写照，他只好脸色铁青地对夏和臣说了一句："对不起，刚才我有点鲁莽。"刘亚川表面顺从低头，可内心的恨，正如一根油条在滚烫的油锅里来回翻滚。

刘亚川忍气吞声，夏和臣依然不依不饶，威胁说，会让他滚出平大集团。这是刘亚川最不愿意面对的现实。客观上讲，刘亚川对平大集团的贡献是有目共睹的，他当然不甘心卷铺盖走人。现在千姿已经没救了，自己手里的"王牌"即将失去。这场权力的游戏中，夏和臣很轻松便将取得胜利。

离夏和臣把股权转交给千姿，只剩下两个月的时间，可千姿能活两个月吗？难怪夏和臣颐指气使，得意扬扬，因为他已经从章院长那儿得到肯定的答复，不进行心脏移植手术，千姿肯定撑不过两个月。

刘亚川悔恨平时对千姿的关心太少，想做什么补救都已经显得太晚。千姿住在重症病房里，任何人都进不去。这几天，潇雨带着萎靡不振的心情，在门口费力地往重症监护室里面张望。见千姿依然戴着氧气罩，躺在病床上，他的心一直揪着悬着，没有轻松过一次。

在潇雨心里，不管是爱情，还是生命，都无比脆弱。他不敢再多爱千姿一点，他甚至怀疑，对千姿的感情不是爱，是脑海里为了爱而爱浮现出的最真实的假象。他宁愿不要爱得那般铭心刻骨，宁愿爱得简单一点，挽着手看电影、逛街、听音乐，过这种平凡简单的生活。

他细想，从未给过千姿任何承诺，他为此深感庆幸。如果给了千姿承诺，至少要带着自责度过余生，会让自己变成一个薄情寡义的人。如果此刻让他向躺在病床上的千姿许下承诺，他是万万做不到的。

向一个将死之人表达爱意，需要的不单是勇气，还有沉重的责任。

如果你真的爱她，你忍心让她带着无尽的遗憾离开这世界吗？你能像梁山伯与祝英台那样双双化蝶而舞，能像罗密欧与朱丽叶那样在墓穴里相拥而眠吗？当生命即将终结的时候，爱情可能只不过是一场虚妄的玩笑。

此时潇雨极度害怕面对千姿，关于千姿的种种回忆，已经像是他生命里一场永远不醒的春梦。他选择了逃避，为此他大哭了一场，想用眼泪彻底地洗去千姿在他脑海里清新脱俗的容貌。

他寒心地面对这个悲凉的世界，大部分时间都绝望呆滞地躺在床上，希望这一切都能在不知不觉中终结。这时，潇雨妈用备用钥匙打开了他的房门，告诉他应该振作起来，消极逃避根本就于事无补。

原来，潇雨妈接到出租车司机打来的电话，要她去拿潇雨的手机，她才知道了事情的原委。起初她以为千姿只是受了一点小伤，于是趁下班时间，顺道去医院看看她，到了医院才被告知千姿住在重症监护室，还在昏迷中。潇雨妈向医生详细了解了千姿的病情，明白千姿彻底没救了，她伤心难过了一阵子。作为一个母亲，她发自内心地心疼这两个孩子的遭遇。她有点慌了神，打电话把这件事情告诉了潇雨爸，让他晚上回来，和她一起安慰安慰潇雨。

潇雨妈说："听到这件事情，我也很难过，可是总得面对现实，你的路还长，就早点把她忘了吧。我们不反对你继续和她有来往，可是你想想，即使你们现在来往得再密切，可到最后她总归要走的，你还会是一个人，不是更难过吗？你别想不开。按说她死了，你有这样或那样的傻念头，我们也能理解，毕竟我们养了一个重情重义的儿子。

"你有个三长两短，我和你爸肯定很伤心，你是我们的命，是我们的希望。我们没办法跟你一样做，因为你爷爷奶奶、姥姥姥爷要人照顾，这是我们的责任和义务。你想我和你爸爸终生不开心，以泪洗面吗？

"你一定要好好想想，人为什么活，为谁而活的！是为爱情而活吗？如果没有了爱情，你活着的意义是什么？有句话你记住，如果千姿活着，因为种种原因离你而去，远嫁他乡，你要为她祝福，这是对爱人的宽容；如果她死了，你们阴阳相隔，从此天涯海角，你孤独一人，你也要为自己祝福，这是对生命的宽容！"

母亲的话深深地扎进了潇雨的心窝里，他霎时泪流满面，内心的压抑、恐惧和慌张被释放出来，感觉好受了一些。痛苦和快乐是缠绕在一起的，人们永远都无法选择斩断痛苦只留幸福。

这个夜晚，一家人谁都没有勇气再劝谁。潇雨妈劝完潇雨以后，一个人也在房间里大哭了一场。

美丽善良的千姿让潇雨妈发自内心地感到惋惜，年轻的生命就在眼前一点一点凋零，你却无能为力，这是多么残酷的事。

第十七章

潇雨的一颦一笑珍藏在千姿记忆深处，这记忆就像医生抢救心脏病患者用的除颤器。每当千姿感到难以支撑时，心跳都会被这些记忆微微震动和唤醒，这震动虽然不带任何电流，却比带电流的除颤器更有效。

潇雨还深爱着千姿这一点不容置疑，可对死亡的恐惧已经压倒了一切。意志、勇气、信念这些在潇雨的心中已经无处可寻，更何况爱呢？爱很多时候显得无能为力。潇雨是脆弱的，他精神萎靡地守候在重症监护室外，等待着千姿的消息。“等待”像是一把锉刀，冰冷而无情地伤害着潇雨的心。多少满怀真诚的诺言，多少充满激情的向往，都在这把锉刀的刀口下变成了粉末。

重症监护室外，来了不少关注千姿病情的人。作为叔叔，夏和臣表面文章还是要做的，他通知了所有能通知到的人，他似乎有一种无法宣泄出的快感，恨不得对每一位来宾都宣告自己的胜利，却又不得不强忍着内心中的这份激动。

来看千姿的大多都是她父亲生前的好友和商业伙伴。从这些人嘴里，潇雨或多或少听到一些千姿小时候的故事，他觉得无比亲切。刚开始谁都没注意到潇雨的存在，时间稍长，便有人关注到这个沉默寡言的年轻人。好奇心重的人向夏和臣打听这个年轻男人是谁，和千姿是什么关系。

夏和臣不得不走上前问潇雨：你是干什么的，是千姿的什么人。

夏和臣那锐利多疑的眼神让潇雨觉得很不安，他低头回避，不想回答他的追问。夏和臣怀疑潇雨是刘亚川安排在这里的，好及时给他通风报信。刘亚川开始真的是这样想过，后来觉得没有这个必要。千姿生命垂危，回天无力，他已不抱任何希望，既然无法和命运抗衡，还是多想想自己的后路吧。

刘亚川待在自己宽敞明亮的办公室里，默默地收拾着自己的私人物品。他决定体面地退出，保有尊严地离开。

刘亚川习惯了那没完没了的工作，如同一个习惯背着重壳前行的蜗牛。在本能的驱动下，他很快给自己找到了一个壳。他突然想起恩泽孤儿院里还有一间属于自己的办公室，虽然他很少去，办公室却一直为他留着，孤儿院的领导经常派人打扫。

刘亚川很开心自己又能找到那种熟悉的感觉，只是孤儿院的工作对于他而言有点清闲。他对院长表示，希望能替孤儿院多做一点事情。院长深知刘亚川的心意，索性把手头的工作全部交给了刘亚川处理，自己也算落得个舒服自在。刘亚川虽然苦中作乐，却无法摆脱心头的焦虑。他和千姿一样，都在命运面前做着苦苦挣扎，不管手里能抓到什么，拼尽全力也不肯放手。

孤儿院里有几个不爱学习、极度叛逆的少年，特别渴望外面的世界，他们趁着保安不注意偷偷地从孤儿院溜了出去。此类事件以前也发生过，起初孤儿院还组织大量人力去寻找，可大多都无功而返。这些孩子都有一个特点，喜欢跟着火车到处跑，没有目的地，只为了沿途的风景，饿了就在火车上向旅客乞讨，有愿意自力更生的，就在火车上捡一些饮料瓶变卖。寻找这些孩子极其困难，后来再出现类似情况，孤儿院只是象征性地去找一找，最后交一份失踪报告，就不了了之了。

现在刘亚川主持孤儿院的工作，接到失踪报告后吃了一惊，深觉惋惜。他马上召开紧急会议，认为整个管理层要对这件事负完全责任，并率先做了深刻检讨。让他大感意外的是，孤儿院的员工似乎习以为常，都在找各种理由推卸责任。

刘亚川是一个思维非常灵活的人，从这一件事情中，他马上敏锐地嗅到了一种气息。孤儿院管理上的漏洞为他提供了一种可能，这种可能既可以救千姿一命，也能帮他翻盘。

有好几次，潇雨都想告诉夏和臣，千姿是自己的女朋友，可话到了嘴边，又咽了下去。他感觉夏和臣很强势，有点咄咄逼人，多一事不如少一事。夏和臣悄悄地观察着潇雨，认定他就是刘亚川的眼线。

黄昏时分，潇雨郁郁寡欢地回到家，关上卧室的房门，打开日记写了一句话："如果我没来得及送你最后一程，并不是我不爱你，只是从此开始接受永远想你！"整篇日记只有这一句话，潇雨发誓永远不再写日记，这像是一种结束，又像是一个开始。

翌日，潇雨又去医院打听千姿的病情。医生说："夏千姿的心脏已经出现了严重的衰竭，她能支撑到现在已是奇迹。"听完这话，潇雨崩溃了，瞬间泪如雨下，眼泪顺着脸颊啪嗒啪嗒地落到衣服上……

医生见惯了生离死别，可他内心仍深感惋惜。潇雨和夏千姿称得上是金童玉女，在一起多般配啊，可惜天妒红颜，偏偏不让他们美满。看着伤心的潇雨，医生起身来到了饮水机旁，给他倒了一杯水，顺势拍拍潇雨的肩膀说："小伙子，你要有心理准备啊！毕竟很多事情，不是人能决定的！"

潇雨眼含泪花地问："真的就没有一点办法了？"医生摇了摇头说："只有做心脏移植，这是最后的一点希望，夏小姐的血型很稀有，这如同大海捞针。几乎不可能实现！"潇雨双眼迷离地看了看医生，过了好一阵子才擦擦眼泪，接受了这个无奈的现实，他不失礼貌地和医生告辞。

刚出门，潇雨突然回头，对医生说："你看这样行不行，我有个想法，能不能利用你们的资源联系一下附近省市的医学院同学，或者别的医院医生，扩大范围看看有没有合适的捐献者。寻找一切可能的机会，给夏千姿一点活下来的希望。"医生点点头，表示会尽力而为。

夏千姿是很重要的病患，医生把潇雨的建议向章院长汇报后，得到了他的首肯。他表示院方会多开渠道动用所有的资源帮助夏千姿。

潇雨得知院方这一表态，心里重燃希望之火。他来到重症病房外，走廊里静悄悄的，那些出于各种目的和心态来探望的人已然离去。潇雨双手合十默默地为千姿祈祷。

夏千姿是一棵摇钱树，如果就这样死了，是医院的一笔多大损失啊！章院长打开通信录，点开朋友圈、同学群，发布寻找心脏移植的信息，并强调患者必有重谢。

没多久，就有人回复说，邻市人民医院有跟夏千姿相匹配的心脏器官。原来，那家医院的一位医生遭遇车祸，成了植物人，救治了两个多月后毫无起色，现在已经确定为脑死亡。幸运的是，他的血型与夏千姿相同。

这位爱心满满的医生品格高尚，生前曾经多次在医学杂志上撰文，呼吁并大力支持遗体器官捐献。医生的妻子有好生之德，愿意遵照丈夫的意愿，把他的遗体捐献出去。

章院长得到消息喜出望外，第一时间联系了刘亚川，但刘亚川已离职了。不巧的是，章院长没有刘亚川的私人手机号码。

为了巴结夏和臣，章院长给他打电话说，夏小姐有希望了。夏和臣大吃一惊，头有些发蒙，不是说要完了，怎么会这样？他马上向章院长打听详细情况，飞快地记下捐赠者的姓名、所在的医院和房号。

挂了电话，夏和臣马上通知手下周飞赶紧来。他心里有些慌乱，嘴里嘀咕说，怎么会有这么巧的事情。

夏和臣近来一直记挂关注着千姿，她不闭眼，不咽气，他的心就老悬着，一刻也不踏实。千姿病情持续恶化，已经病危的讯息让他暗自欢喜，上天总算睁眼，眷顾了他夏和臣一回。还没高兴两天呢，就传来这个让人闹心的消息，夏和臣心里忐忑不安起来。

夏和臣是个贪得无厌的人，权力欲很强。他喜欢高高在上的那种感觉，别人的顺从和屈服能给他带来无上的快感；他喜欢大把大把挥霍金钱，找各种各样的女人，这种荒淫无度的生活填补着他内心的空虚。金钱至上是他的信条，绝不允许任何人觊觎或染指他的利益。他在糜烂的生活中狂欢，心被色欲蛀蚀一空，存不住一丝一毫的真情。

至于平大集团的命运、家族的荣耀以及亲人的死活，都与他无关。就算平大集团倒了，他也不怕，光是整个集团的产业和工厂房产，已足够他醉生梦死地挥霍了。

章院长哪里知道，夏和臣包藏祸心，会将这一千载难逢的机会扼杀掉。千姿的生命掌握在叔叔手里，她像一只微小的蚂蚁，即将被碾压踩死。

夏和臣交代周飞，赶紧去联系这个病人家属："这事你去办，用钱解决，多给钱。给100万，不行就给200万。总之一条，要让病人家属改变初衷，放弃任何捐献。还有，病人必须马上放弃抢救，让那颗心脏立即停止跳动，让这个人和他的心脏，去见鬼，去当鬼。另外，要让他们写保证书，这事情绝不能说出去，否则后果自负……"

夏和臣情绪激动，有些歇斯底里。周飞听得一头雾水，瞪眼睛瞅着夏和臣，没有立即表态。夏和臣暴跳如雷地问：明白我的意思吗？周飞连连点头说，明白了。他拿着夏和臣给的详细地址和病人家属的手机号码，一溜小跑出发了。

夏和臣长出一口气，稳定了一下情绪，去会议室召开董事会。

他告诉秘书："一个小时以后联系章院长，把他接到公司来，说我临时有一个很重要的会议，把事情处理完以后，一起去找病人家属沟通。"

秘书遵照指示把章院长接到平大集团夏和臣的办公室，章院长久闻平大集团的大名，却一直没来过。今天见到平大集团气势宏大的广场和办公大楼，既羡慕又敬畏。

夏和臣一直没有搬进哥哥的大办公室，他装作十分怀念哥哥，每天让人把哥哥的办公室打扫得一尘不染，似乎很尊重想念哥哥。秘书按照夏和臣的吩咐，先是热情款待章院长，然后抱歉地告诉他，夏董事长临时有急事，请他稍候片刻。

与此同时，周飞正马不停蹄地赶往邻市的人民医院。在值班护士的带领下，他找到了病人的家属—— 一位年轻的女士。周飞没有过多地寒暄，简单慰问了她几句，请她借一步说话。那位女士情绪低落，神情有些木然，没想太多就跟着周飞来到了医院的一个僻静角落。周飞开门见山地说："因为特殊原因，我们不希望你捐献丈夫的心脏。你别问为什么，问多了不好。如果你照做了，就能得到一大笔钱，这笔钱足以照顾好你孩子和父母今后的生活。"

那位医生的妻子立刻警觉起来，惊讶地问："你是什么人，你想干什么？"周飞神情冷峻地说："你别害怕，我不是坏人。你放弃捐献丈夫的器官，我们给你一百万！"

医生妻子一脸狐疑，她搞不懂眼前这个男人葫芦里卖的什么药，不解地问："为什么，你为什么要这样做？"周飞皱起眉头："你不要管为什么，这事对你们只有好处没有坏处。听家里老人讲，如果人死后不是全尸，将来是没办法投胎转世的。你好好想想吧，放弃捐赠既能让你丈夫'全尸'入土为安，又能得到一百万。世界上到哪里去找这样的好事！"

周飞的话极有说服力和诱惑力，医生妻子似乎有点动心，又像是不敢相信。周飞见她没有表态，和蔼地说："你别考虑那么多了，我说的都是真的。我想，如果让你丈夫选择，他一定会让你们母子收下这笔钱，后半辈子能更好地生活。"医生妻子沉默不语，周飞直截了当地说："把你的账号给我，我现在就面对面地用手机给你转账。"

医生妻子这下相信大半了，把自己的银行账户告诉了周飞。她怕有什么猫腻，多长了一个心眼，说道："你给我写个证明，证明我们之间没有资金往来，这钱是你之前向我借的。"

周飞痛快地点点头："没问题，我马上就写。"

周飞让同伙从车里拿来纸和笔，当着医生妻子的面，按照她的要求写了一张证明材料。一切谈妥后，周飞立刻给医生妻子转账，不到十分钟，一百万就到账了。医生妻子数了好几遍零，像是做了一场梦，她喃喃地向周飞点头致谢。

周飞再三叮嘱，此事不要声张，要绝对保密。否则，大家脸上都不好看。医生妻子忙不迭地点头，急匆匆地离开。

周飞立刻发信息告诉夏和臣："事成，放心！"

夏和臣看到周飞的信息，立即进入他预先设定好的程序，和章院长着急忙慌地往邻市的人民医院赶，一路上装作电话不断的样子。他告诉对方，现在有天大的事情要处理，别的事情都要放一放。他不断让司机尽量快一些，装作紧张地问章院长："到了以后，怎么和家属沟通呢？万一人家变卦了呢？"院长看他着实着急，就安慰说："没事，不用担心，都已经沟通好了。"

就在此时，病人家属正式通知院方，放弃所有的捐献承诺，包括眼角膜、心脏等可供捐献的器官。放弃的理由很简单，家族里的老人都不同意，无法接受他们这样做。在老人们的观念里，"死无全尸"很不吉利，死者将来要下地狱受苦遭罪的，永世不得超生。

人民医院的黄院长被弄了一个措手不及，病人家属和他的朋友章院长已经在来的路上，突然发生这样的变故，真不知要如何交代。

黄院长竭力做着说服工作，可病人家属态度很坚决。说多了他们便痛哭流涕，女人、老人和孩子哭声一片，弄得黄院长既尴尬又被动，好像自己在逼迫对方捐献器官。

令人遗憾的是，那位优秀的年轻医生在一场意外中，结束了自己的生命，他一生都倡导的高尚事业也没有完成。他的器官原本能造福他人，却终将变成了一把骨灰，生于尘土，归于尘土。他曾经在论文里写过这样一句话“一个人如果完整地死去，他的人生其实并不圆满”。这句话乍看有些极端，但是在他所研究的医学领域，这句话是适当的。在生活中，大多数人的一生，都无法活得幸福，死得其所，很难活出大家想要的样子，更难选择自己死亡的方式。

夏和臣和章院长到了邻市的人民医院，黄院长看老朋友风尘仆仆赶来，很客气地招呼他们去自己的办公室，端茶递烟寒暄了几句。

黄院长和章院长既是同学也是好友。他们在医学院读书时，是上下铺的兄弟，感情不错。后来，两人各管一摊，事务繁忙，很难有多少机会见面。

介绍完夏和臣的身份，章院长直入主题，说想见见患者的家属，大家开诚布公地沟通一下。

黄院长一脸歉意，说患者家属本来同意捐献心脏的，不知为何突然反悔了，坚决放弃抢救。院方做了很多工作，却无济于事，那位患者刚才已经离世。夏和臣听了，突然情绪崩溃，失声痛哭。

章院长摇头叹息，有些责怪地说：“老黄，怎么会这样？人家夏董事长可是抱着很大希望来的。唉，救人一命胜造七级浮屠啊！”

黄院长深感遗憾，一个劲地赔不是，事已至此，说啥都没用了。章院长一行人神情沮丧地告辞而去。

走出人民医院，夏和臣好像无须再掩饰和伪装，喜悦之情溢于言表，就跟买彩票中了大奖一般。章院长是个精细人，在他看来，夏和臣此时的言行举止颇为轻佻，这是对亲情的亵渎和生命的蔑视。他心里颇为不快，便找借口推托有事，没有随同夏和臣同车返回。

章院长在街边找了一个长椅坐下，他细细地回忆此事的全过程，感觉太过蹊跷，似乎有一只黑手在幕后操纵。而他则是一个被戏弄的前台玩偶，被人当猴耍，这种屈辱是难以接受的。章院长心有不甘，想弄清楚事情的原委，便拿出手机拨通了同学黄院长的电话。

黄院长说，他刚刚听到一个耸人听闻的小道消息，有人花大价钱买通了病患家属，唆使她放弃这次的捐赠。“是谁干出这样丧尽天良、泯灭人性的事情?”黄院长愤愤然地质问。

章院长的脑袋嗡了一下，热血上涌，他真想大喊：“谁干的?夏和臣，肯定是他干的!”刘亚川和章院长关系不错，他背地里没少介绍夏家的复杂情况，如果夏千姿死了，平大集团的资产全部都将归夏和臣所有。章院长突然惊出一身冷汗，他无形中成了“帮凶”，是他的疏忽大意害了夏千姿。他万万没有想到，为了争夺遗产，夏和臣竟然能做出这种人神共愤的事情。

医者父母心。愤怒之后，章院长陷入了长久的悲哀，一个千载难逢的机会，一个美丽善良像天使的生命，就将这样被无情毁灭，逐渐凋零，以救死扶伤为己任的他，居然无能为力……

第十八章

病房外没有任何人的打扰，潇雨可以一直安静地守着。他傻傻地看着呼吸机微弱的气泡，想着和千姿说过的每一句话，思绪万千。重症监护室里又有一个人被推了出来，全身上下被白布遮盖着。在短短几天内，这已经是被推出来的第三个人了。从这里被推出来的人，多半都与世长辞了。

病人被推出以后重症监护室的门马上又被关上，病人的家属号啕大哭，潇雨感同身受，悲痛油然而生。他感觉自己的心智变得愚钝，性格变得胆怯懦弱。有一名全身穿着防护服的护士，每隔一段时间就来到千姿的病床前，做着各种记录。潇雨站在门外，看不到千姿的脸，此时他没有任何奢望，只想看她一眼。

潇雨伸手敲重症监护室的门，护士把门打开，一双美丽的眼睛扑闪了一下，看了看他。护士被感动了——每当她值班的时候，都看见潇雨一直坐在病房外。潇雨说："我想进去看看她。"口气坚定，有种让人无法拒绝的力量。按照规定，重症监护室只允许家属下午三点进去探视，但是护士却没有拒绝，她把门里挂的防护服递给潇雨，让他穿上。

潇雨走到重症监护室内，一种死亡的气息围绕在他的身边。重症监护室里，一共有四张病床，除了刚刚推出去的一张床暂时没有人，其他两张床上躺的人，都病得特别重。有一个人被层层纱布包裹着像是木乃伊，令人不寒而栗。在这床旁边躺着的正是脸色苍白的千姿，潇雨的眼泪瞬间夺眶而出，他无法接受千姿和这些半死不活的人躺在一间病房内。

其实旁边病床上那人，状况比千姿好得多，虽然那个人满身伤痕累累，但是至少还有活下去的希望。千姿看上去完好无损，心脏却已经严重衰竭，医生束手无策，唯有等死。

潇雨慢慢地向千姿的病床走去，步伐沉重。他无法想象，这个美丽可爱的姑娘现在这般憔悴。他走到病床前，紧紧地握着千姿的手，不敢出声。进病房之前，护士嘱咐过他，千万不要发出响动，以免刺激病人。潇雨强忍着痛苦，喉咙里哽咽，不敢哭出来。他把千姿纤细的手放在嘴边亲了一下，然后贴在脸上，以消减内心的苦楚。

重症监护室里的病人身体十分虚弱，最怕外人把病菌带进来，因此探视的时间很短。护士拍了一下潇雨的肩膀，提醒他探视时间到了。潇雨通情达理地点点头，把那张千姿最珍爱的照片放在她的手里，轻轻握了一下，然后又亲吻了一下那只手，潸然泪下。

潇雨离开病房后不久，千姿就苏醒了过来。迷迷糊糊中，她似乎嗅到了潇雨的气息，感受到了潇雨的所作所为。她担心潇雨离去，努力想睁开眼睛，可身体疲倦得没有一丝力气，眼皮上像是坠着铅块。后来，她感到潇雨往自己手里塞了一样东西，这东西好像能唤醒她的记忆，能赐予她一分力量。

护士听见千姿的呻吟声，立马上前查看。千姿嘴唇嚅动着，却说不出话来，眼泪顺着脸颊流淌下来。护士用纸巾给千姿擦了擦眼泪，赶快出去叫医生。

医生听了护士的汇报，大吃一惊，根据他以往的经验，像夏千姿这种状况，是很难再苏醒过来的。

医生快步走进病房，来到千姿面前问：“夏小姐，你感觉怎么样了？”千姿看着医生，眼睛里满是泪水，胸口疼得像是有把尖刀在一下又一下地剜刺心脏。这是一种濒临死亡的疼痛，可她多么渴望能活下去，能和潇雨在一起啊！

千姿没有半点力气回答医生的话，苍白的脸因疼痛抽搐着，她忍不住低声呻吟。医生明白千姿此刻的感受，让护士给她注射了一针带有安眠作用的止痛针。很快，千姿就没有刚才那般难受了，困意暂时战胜了痛苦。闭眼前，千姿把手里的照片放在胸前，紧紧地握着它睡着了。

医生告诉护士："密切关注她的情况，她可能要睡一段时间，也可能在睡眠中停止心跳。如果有情况及时向我报告。”

护士难过地问："她难道真的没有一点希望了吗？”

医生说："她的心脏属于难治性终末期心衰阶段，甚至比这还严重，除了心脏移植这条路可走，别无他途。”

护士满怀惋惜地看着安然睡着的千姿，心里默默地为她祈祷。

潇雨的悲伤犹如无边的黑暗，无处不在地包裹着他。华灯初上，他漫无目的地徘徊在车水马龙的街头，像个茫然无措的流浪汉无处可去。不知不觉中，他走上了一条稍微僻静的街路，来到恩泽孤儿院的门口。

信步走了过去，潇雨感到孤儿院很反常，这么晚了不仅教学楼都还灯火通明，门口还停着一辆医院的救护车。潇雨来到门前，保安认出了他，主动和他打了招呼。潇雨问："有人病了吗？”

保安摇摇头："没有人生病，院里组织大家体检呢。”

潇雨觉得有些蹊跷："体检为什么要安排在晚上？孩子们都该休息了！”

“谁知道呢，从下午就开始了，到现在还没结束呢。”

“体检的项目很多吗？”

“说也奇怪，这次的体检和往常不同，只是抽血化验。”

“奇怪，这算是什么体检?”

保安摇了摇头，表示自己也不明白。千姿十分疼爱这些孤儿，她的慈爱之心感染了潇雨。既然来到了这里，索性就去看看孩子们，反正也没有多余的心力去做别的事情。

没想到保安把潇雨挡在了门外，潇雨很是不解。保安表示歉意地解释说：“院领导有规定，体检期间任何人都不得私自进入孤儿院!”

潇雨理解保安的苦衷，不想让他为难丢了饭碗，只得闷闷不乐地转身离去。他心头浮现出一个大大的疑问，如果只是一次例行体检，为什么要搞得这样神秘呢?

夜晚的黑暗是有形的，至少人走在黑暗里会多加几分小心；人性的黑暗却是无形的，可以罩上光明的外衣做掩饰，让人无法提防。有些人的笑容像阳光一般灿烂，可内心却犹如暗无天日的地狱。

潇雨刚走出几步，就听见孤儿院门口传来了动静。他本能地躲在树后，就见刘亚川和一个拎着白色药箱的医生从孤儿院里走了出来。那药箱很特别，极像一个白色小冰箱。

因为千姿的关系，潇雨对刘亚川印象不错，颇有亲切感。他正要走上前跟刘亚川打招呼，却听见了一个惊人的秘密。刘亚川说：“曹主任，夏小姐那边拖不起了，请你们抓紧时间回去做化验。如果有和夏小姐血型匹配的，请马上告诉我，我这边好提前写失踪报告，请你务必为这件事保密。”

尽管刘亚川是在想方设法救千姿，可他的做法却让潇雨感到彻骨冰凉，他不仅没有一点感激之情，反倒深深地厌恶。潇雨脑袋里嗡嗡直响，他没想到刘亚川会有如此歹毒的想法，并付诸实际行动，那位披着白衣天使外衣的曹医生，更是助纣为虐，没有人性!他们这是不可饶恕的犯罪行为啊!

曹医生让刘亚川放心，这种事他干过不是一回两回了。

刘亚川目送曹医生上了小轿车，心事重重地走向路边自己的小车。潇雨木呆呆愣了好几分钟，一桩谋害人命的阴谋即将发生，他应该怎么做呢？如果报警，那千姿就彻底没救了；如果听之任之，他良心上又过意不去。潇雨突然感觉自己脊梁骨后面有阵阵寒风，刘亚川在他心里就是一个不折不扣的“杀人犯”！

第十九章

回到家中，潇雨整晚都难以入睡，在矛盾和纠结中辗转反侧。道义的天平上有两个砝码，一边是生命垂危、亟待心脏移植的千姿，一边是孤苦伶仃、可怜巴巴的残疾孩子，虽然他们的命运不同，但在上帝和生命面前，他们是平等的。如果为了挽救千姿，去戕害某个孤儿的性命，潇雨是万万不能接受的。

难道就这样眼睁睁地看着千姿死去？

这好像是一个无解的方程式，潇雨绞尽脑汁，束手无策。

迷迷糊糊中，天光大亮，母亲轻敲卧室的门，叫潇雨起来吃早饭。新的一天，应该是格外美好的，但对潇雨而言，每分每秒都是一种煎熬。他多么希望时间能够停滞啊，这样千姿就可以走得慢些。

潇雨妈见儿子日渐消沉，忧心如焚，尽管她极不情愿潇雨和千姿成为男女朋友，却也无法阻止潇雨每天去医院看望千姿。她曾咬着牙下定决心不让潇雨去医院探视，可良知告诉她，她不能阻止两个相亲相爱的年轻人的最后诀别。她不想让儿子恨自己，留下终生的遗憾。

潇雨出门时，母亲叫住他："如果千姿还没有醒过来，你就早点回家吧，免得妈妈担心。潇雨，你要有心理准备，要学会接受现实……"

潇雨妈的话还没说完，潇雨已经推门走了出去。

到了医院，潇雨听到一些传闻，说是章院长找到一个捐献者，准备捐心脏给夏小姐，可不知为何最终病人家属又放弃了。潇雨的心情像坐过山车一样，从高峰跌入谷底，他实在想不明白，救人一命是多么高尚的事情啊，为什么会反悔呢？在他看来，这和见死不救没有任何分别。

值班护士告诉潇雨："你女朋友刚刚醒过来了，她想见你。"

潇雨不可置信地看着护士，以为她是开玩笑，想让自己心情好一些。护士见他没有反应，转身进了病房，潇雨这才如梦方醒。他异常激动兴奋，以至于身体和大脑失去了协调性，重心不稳，走路都有点轻飘飘的。

护士给潇雨拿了一件防护服，他在更衣间里一边换衣服，一边看着病床上的千姿。穿衣服这么简单的事情，却显得有点太漫长。两个思念已久的人儿，被一层玻璃无情地阻隔着。千姿躺在病床上，看着换衣间里的潇雨，泪眼婆娑。彼此都有太多的话要倾诉，却只能是"无语凝噎"，托眼泪向对方表达痛不欲生的相思。

潇雨一边泪流不止，一边看着千姿，他恨不得每一分每一秒都能守在她身边。潇雨走到千姿的病床前，两双手紧紧地握在了一起，千姿用颤抖的手摸了摸潇雨戴着口罩的脸，她只能看见他湿漉漉的眼睛，两个人的思念都在对方眼睛里。

潇雨一时不知说什么好，就问道："你心口还疼吗？"

虽然千姿感到很开心，可这也无法缓解她心如刀绞般的疼痛，她不想让潇雨太担心，就强颜欢笑地摇了摇头，声音低沉地说："不疼。"

潇雨安慰说："医生说你很快就会好的。"

千姿知道，这是善意的谎言。她的眼泪又一次流淌下来，一半是感动，一半是锥心的疼痛。精神和肉体的双重痛苦被她压制在内心深处，就像炙热的岩浆一样亟待喷发，每说一句话，每呼吸一次，都疼得无法忍受。她明显感觉到，死神已对自己举起了巨大的镰刀，恐惧再次从四面八方悄无声息地袭来。

倘若她没有爱上潇雨，死亡对她而言，是一种彻底的解脱，她会坦然面对。现在不一样了，她害怕自己死后，潇雨无法承受这个现实，痛不欲生地陷入悲伤的泥淖不能自拔……

千姿暗暗自责，是她带给了潇雨一生都挥之不去的阴霾。

千姿问："如果我的病不能好呢?"

潇雨一时不知说什么好，因为他知道除了心脏移植，千姿就不可能好。他暗想，千姿对自己的身体状况心知肚明，可能已经有了心理准备，此刻他不想谈论这个话题。

如果是生离死别，或许抱在一起痛哭一场，才是发泄痛苦最后的办法。泪水里，包含了多少不舍和想要一生一世在一起的渴盼，包含了多少想要却无法得到的小幸福；泪水里，有他们的海誓山盟，也有清晨和夜晚那一声简单的问候；泪水里，有多少次风雨，又有多少次平淡幸福的温馨。一切美好的未来既然已经被浸泡在泪水里，此刻何必再用泪水去淹没那早已经泛滥成灾的心脏?

想到这里，潇雨笑了，因为他在一瞬间看清了风风雨雨的人生。如果哭着过一生，笑着也过一生，那他还是会选择微笑。阳光般的笑容是让人摆脱抑郁最好的武器，它可以将这泥淖般的人生烘干，阳光会萌发泥土里的种子，然后像春风般吹过一条小溪，一片草地，一阵花香，一群蝴蝶，追赶快乐的笑声。那声声欢笑，在潇雨的脑海里回荡，这幻想显然是健康的，幻想出来的欢乐在潇雨的脑海里扎根了。他轻轻地擦干了千姿的眼泪，温柔一笑。

千姿觉得潇雨的神情有点反常，见他笑得如此动情，自己的愁闷在瞬间荡然无存，她也对潇雨嫣然一笑。

潇雨鼓起勇气说："医生说你很快就要离开我，可我们现在还在一起。生命是脆弱的，很多人在一起，不知道什么时候会分开，也许是明天，也许是将来。人生中最不幸的事情，已经降临在我们头上，我们要坦然接受这个现实，不该惧怕。我们只需把今天或明天当成是我们人生里的最幸福的一天去度过。”

潇雨把手举在右耳边，表情轻松，眼神异常坚定地看着千姿，继续说：“潇雨和千姿，也许明天都会死去，如果我的生命还有一天时间，我要和千姿一同度过，我不会让她有任何的负担，我要给她最简单的幸福，我会原谅她所有的过错。如果是我先死，我会在死之前紧紧握着她的手，永远地重生在彼此的记忆里；如果是她先死了，我会微笑地看着她慢慢闭上眼睛，以此表明能和她相爱，是我一生中最幸福的事情。”

千姿听了潇雨的话感动地哭了，她感觉到了什么才是幸福，即使自己是在病痛中。潇雨再次擦了擦千姿的眼泪说：“现在我把心里的话都告诉了你，觉得自己轻松多了，我希望你也像我一样，放下心里的负担。从现在起，你不再是我的负担，我也不要做你的负担。以后，我希望看到的都是你的微笑。”

千姿抿了一下嘴，轻盈地笑了一下，幸福能麻醉痛苦。潇雨的话，让千姿战胜了对死亡的恐惧。他们之间，已没有令对方揪心的痛苦表情。他们回归到一种心心相印的平静中。

潇雨说了很多鼓励千姿的话，答应有时间一定带她去最想去的地方。千姿说，如果能离开医院，去哪里都不重要，最重要的是他可以陪在自己身边。

这时，护士提醒潇雨不要待太长时间，千姿需要多休息。千姿眼睛里闪烁着泪花，她实在舍不得潇雨这么快就离开。

潇雨看着千姿无助、深情的眼神，也是百感交集，他用祈求的口吻问护士：“可以把手机留给千姿吗?”

护士犹豫了一下，坚定地说：“不可以。”她想了想，通情达理地说：“你可以和我联系，我帮你转达。”

潇雨连声对护士说："谢谢。谢谢你。"然后扭头看着千姿说："不要害怕。我会一直与你同在。"

潇雨离开病房后，立刻给母亲打了一个电话，声音激动略显颤抖地告诉母亲，千姿从昏迷中清醒了过来。他请母亲给千姿做一顿可口的饭菜，自己去超市买一个饭盒。潇雨妈听了这个消息，并没有感到很开心，她不希望潇雨陷进去太深。

潇雨妈在菜市场精心挑选了很多时令蔬菜，她知道千姿的时日不多了，因此买菜时格外用心，以至于卖菜的小贩抱怨她太过挑剔。其实，常人难以理解她的复杂心情。

潇雨妈心疼奄奄一息的千姿，更心疼自己的儿子，为他的状态忧心如焚。她一边做饭，一边擦眼泪，犹如眼睛遭到烟熏火燎一般。

潇雨拿着一个崭新的饭盒，回到了家中，母亲看他一脸开心，心中更加不是滋味。潇雨妈把新买的饭盒仔细洗了一遍，让潇雨去超市再买一个保温壶。

潇雨拎着保温壶回来，见饭盒里面已经装满了饭菜。香菇炒肉片、胡萝卜丝炒酱瓜丝、芹菜炒墨鱼片，还有一个凉拌西蓝花。菜做得色香味俱全，让人顿时就有了食欲。潇雨妈面无表情地从潇雨手里把保温壶接过来洗了洗，把砂锅里熬的米粥装进保温壶里，又从蒸笼里把两个蒸好的花卷拿了出来，放到保温壶上方的夹层里。

收拾好以后，潇雨妈板着脸对潇雨说："你等我一下，我换身衣服，和你一起去医院。"潇雨觉得很意外，母亲的举动让他既感动又欣慰。

潇雨和母亲到医院门口，碰巧餐车正往病房送饭。千姿是重症监护室里的病人，通常都是由护士替她打饭，然后喂她吃。医院里的病号饭做得很不讲究，和食堂里的大锅饭没有什么区别。千姿进医院时就一直处在昏迷当中，靠不停注射营养液维持生命。

千姿苏醒过来，院方没有立刻通知她的叔叔夏和臣。看护千姿的护士见潇雨提着饭盒过来，就问：“夏小姐的饭，还用我打吗？”

潇雨摇摇头说：“不用了，谢谢。”

护士把给千姿准备的饭盒撤了下来，将另一个病号的饭盒递给推餐车打饭的人。

护士说：“请稍等一下，我把别人的饭打好，和夏小姐的饭一起带进去吧。”

潇雨客气地说：“麻烦您了。”

潇雨和母亲不约而同地靠近病房的玻璃，看了看千姿。尽管她遭受着刀绞般的心痛，但一见潇雨，立刻报以甜甜的微笑。

潇雨做了一个手势，让千姿继续躺下来，不要动。千姿微微点了一下头。母子俩进了病房，千姿满怀感激和歉意地跟潇雨妈打招呼。

潇雨拿出饭盒和保温壶，打算侍候千姿吃饭。潇雨妈说：“你毛手毛脚的，端水喂饭的事情，你做不好，还是我来吧。”潇雨很顺从，没有和母亲争。

潇雨走出病房正要去卫生间洗手，看见刘亚川快步走来，不禁怒火中烧。他不想让千姿见到人面兽心的刘亚川，忙在病房外将他拦住说：“我母亲在陪千姿吃饭，我们不要打扰她。我们去天台抽根烟，聊聊天吧。”刘亚川点头同意。

两人走上天台，刘亚川拿出香烟递给潇雨一根。潇雨平时抽烟不多，此刻心中烦乱，所以就接过了香烟。刘亚川把烟给他点着，自己也点燃了一根香烟，吸了一口表情轻松地说：“千姿能挺过来，真不容易。只要能挺过这一关，就有希望，就有办法了。”

潇雨听完苦笑：“是吗？能有什么办法呢？”

刘亚川说：“还能有什么办法，心脏移植呗。”

潇雨明知故问说：“这算什么办法，不早就提出这个方案了吗？到哪里去找合适的捐献者呢？”

刘亚川故作高深地笑了笑，一副山人自有妙计的神情。潇雨怒气陡然而生，真想狠狠给他一拳。人的身份地位有高低，可人的生命却是平等的，谁都没有权力剥夺别人宝贵的生命。他转念又一想，刘亚川要救的人是千姿，难道他不想让千姿活下来吗？世界上还有谁比他更爱千姿呢？

即便是这一瞬间的私念，也让潇雨羞愧得无地自容。他暗自谴责自己：潇雨啊潇雨，你怎么这样变态，灵魂肮脏得无以复加，他恨不得狠狠扇自己几个耳光。他忍住没有失态，狠狠吸了几口烟，呛得剧烈咳嗽起来。

刘亚川摇摇头说："不会抽烟就别抽啦，成熟是装不出来的，要靠社会的反复锤打和磨炼。"

潇雨捂住嘴，看着刘亚川没出声。

刘亚川继续说："千姿这下真的有救了，我找到了一种好办法，在很多自愿捐献心脏者中，比对出了适合千姿血型的捐献者。"

潇雨越听越生气，忍不住问："刘亚川，那这些捐献者都是些什么人呢？"

刘亚川沉浸在兴奋的情绪里，没有注意到潇雨神情的变化，他撒谎说："都是一些快要病死的病人。"

潇雨冷冷地问："这里面有没有孤儿？"

刘亚川的表情立刻由晴转阴，变得难看起来。他一言不发，猛抽了几口烟，手微微有些颤抖。他暗想，难道这个秘密被潇雨知道了？

见潇雨用恶狠狠的眼神死盯着自己，刘亚川很不自在，一时没找到好的说辞来搪塞潇雨。他索性故作轻松地说："我不管你是怎么知道的，如果你想要千姿活下去，这件事情除了咱俩知道，对谁都不能说。"

刘亚川很好奇潇雨是怎么知道这件事的，难道他认识曹医生？这是赤裸裸的犯罪行为，刘亚川当然知道后果的严重性。他知道潇雨很爱千姿，他比谁都希望千姿活着。因此，刘亚川对潇雨表现得有些有恃无恐。

潇雨觉得刘亚川真是厚颜无耻，所有道貌岸然的伪装，都被他的私欲撕得粉碎，只剩下肮脏的躯体。潇雨突然觉得身边站着一个魔鬼，这种行为令人发指且不能容忍。

潇雨妈帮千姿吃饭，快吃完的时候，她感觉汤似乎不太热，看来新买的保温壶质量有点问题。她轻声喊潇雨，没有人应声，只好自己把汤装进碗里，拿去用微波炉热一热。潇雨妈快走到天台的时候，透过玻璃看见潇雨脸色难看，他好像在和刘亚川激烈争论着什么。

因为担心潇雨跟刘亚川打起来，潇雨妈忙走了过去。

潇雨质问道："不管怎么样，我都不能让你这样做，你有没有考虑那个孩子的死活？"

刘亚川不以为然地说："我怎么没有考虑？只不过是让她俩互换一下心脏。那个孩子又不会死，千姿的心脏可以换给她。"

听了这句话，潇雨差一点要和刘亚川打起来。他努力控制住自己的情绪，毕竟在医院里，大打出手会让千姿和母亲担心，可能还会加重千姿的病情。

潇雨怒吼道："刘亚川，你还是不是人？"

刘亚川听潇雨出言不逊，愤慨地反击说："我不是人，你是人，你有能耐，你去想办法救千姿啊！"

潇雨指着刘亚川说："我告诉你刘亚川，你做伤天害理的事情，我和千姿都不会允许的。我是没有办法，可我宁愿把自己的心脏换给千姿。我明天就去体检，如果我和千姿血型合适，我就把心脏和她交换。"潇雨知道自己的血型和千姿压根儿不匹配，只是在气头上顶撞刘亚川。

这番话全部被潇雨妈听在耳朵里，她吓得浑身发抖。她很清楚自己儿子的脾气，尽管忧心忡忡，她还是不动声色地躲在一边，看着潇雨走进病房。

潇雨妈平复了一会儿心情，擦干了眼泪，深深呼吸了一口气，这才返回病房收拾碗筷，仿佛什么都没有发生。她嘱咐潇雨多陪陪千姿，自己有事要先回家。

潇雨妈之所以急着回家，是想跟潇雨爸商量对策。潇雨爸一听儿子要把心脏换给千姿，当时就炸了，顿足说，潇雨这孩子脑子坏了，绝不能让他干傻事。商量了半天，他们决定把潇雨反锁在家里，给他准备充足的食品、生活用品，直至千姿死去，才放他出来。

说干就干，他俩把潇雨房间里的电脑主机以及能和外界联系的一切电子设备都拿走了。潇雨筋疲力尽地回到家，倒头就睡，居然没有发现房间里的变化。趁着潇雨熟睡，潇雨爸悄悄走进房间，拿走了他的手机。

家里早已经安装了防盗窗，夫妻俩又反锁了防盗门，为了保险起见还加装了一把挂锁，等于将潇雨软禁在家中。

清晨，潇雨起床洗漱完毕，正要出门去医院，才发现自己成了失去自由的“囚犯”。他先是心急如焚，继而咬牙切齿，怒火中烧，最后他想尽了各种办法都徒劳无功，只好面对现实。

潇雨和千姿就这样被分开了。潇雨想起了和千姿在医院分别时，她让自己去婚纱店把以前照的那张婚纱照取回来，她很想看一看。只要千姿能够开心，再难的事情潇雨都愿意去做，可现在他却无能为力。

时间在流逝，潇雨度秒如年。生活在城市的人，虽然都住在一个单元楼里，却很少有来往，交际极少，更谈不上认识。起初，潇雨大喊大叫要出去，根本就没人搭理；后来，他生气地咣咣咣用脚踢门。旁边一个新搬来的邻居受不了，就跑到阳台骂他。

潇雨生了一会儿闷气，握着阳台上的护栏号叫发泄。这时，对面楼的一户人家，有个男人走到阳台，和气地对他眯眼笑了笑，然后操着南方口音文质彬彬地说："先生，麻烦你别喊，我们家里有刚出生的婴儿，谢谢你了。"别人这么一说，潇雨也确实没法再接着喊，只好回到卧室蒙着被子发泄……

一整天没有见到潇雨，千姿心慌意乱，却又不知向谁打听消息。医院给千姿用了进口的新药，加上她积极配合治疗，病情竟然有所好转，主治医师建议将她转到普通病房。

千姿的心脏病时好时坏，除了心脏移植已没有别的办法；病情好转时，疼痛稍微减轻些；病情严重时，那种万箭穿心的疼痛，让人痛不欲生。

潇雨妈虽然把儿子"软禁"起来，却没有放弃照顾千姿。她思来想去，觉得千姿也真是可怜，生病时身边连个亲人也没有。既然潇雨这么爱她，当妈的自然不能置之不理，否则将来潇雨会记恨他们的。她给千姿送饭，既有内疚也有赎罪的心理在里头。

一日不见如隔三秋。已经有好几天没见到潇雨了，千姿的思念汇聚成江河之水漫出堤岸，她忍不住问潇雨妈。潇雨妈撒谎说："潇雨去外地了。"千姿是个单纯、执着的姑娘，她问潇雨去外地干什么去了，什么时候回来。潇雨妈不习惯撒谎，支支吾吾地说："潇雨不能老是闲在家里呀，他去外地面试找工作了。"千姿知道这是搪塞之词，见潇雨妈神情很不自在，便不好多问。

翌日，潇雨妈见千姿茶饭不思，便问她原因。千姿说："我吃不下，我等潇雨来。"潇雨妈心里一阵愧疚，一阵难过，可她还是觉得长痛不如短痛，拆散他俩是对的。

潇雨妈转移话题问千姿，怎么没有家里人来陪护。千姿眼圈一红，低下头去，她不想触及这个令人难过的"伤疤"。潇雨妈心里感叹，谁都有难言之隐啊。

病房里陷入一片沉寂，千姿和潇雨妈都有点尴尬。

千姿想起一首古诗，非常切合她现在的心境：

明知相思苦，偏要苦相思。

欲要与君绝，岂料更相思。

千姿暗自悲叹命不好，如果身体条件允许，她一定想方设法去找潇雨，扑到他怀里痛痛快快地哭一场。她不吃饭，并不是要绝食向谁抗议，是真的什么也吃不下。

潇雨妈心里有事，一时不知道如何劝解千姿，便站起身说，去一趟卫生间。走出病房，潇雨妈看见刘亚川与夏和臣像秃鹫一般守在门口，他俩板着脸，谁也不搭理谁。夏和臣问，怎么样？潇雨妈摇摇头说，千姿情绪不好，不吃不喝。夏和臣让刘亚川去劝一下千姿，好歹他是托孤之臣。刘亚川心里痛恨夏和臣，却不敢吭声。

潇雨妈觉得千姿这个叔叔很奇怪，他来医院只关心千姿的病情，压根儿不管千姿的痛痒。他一直都阴沉着脸，听到主治医生说，再不进行心脏移植手术，夏小姐就很危险了。只有这时，他脸上的表情才丰富起来，有兴奋，也有开心。

刘亚川走进病房，来到千姿病床边，还没开口说话，千姿便说道："我只想见潇雨。你不要管我。"

刘亚川怕千姿情绪激动，影响病情，坚持不到动手术，忙不迭地说："你别急，我去找潇雨，让他来见你！"

刘亚川和曹医生已经在孤儿院找到与千姿各项指标相匹配的人，并在私下里为她做好了周密的手术安排。

潇雨静静地看着窗外。三天来，他除了喝点水，几乎没有吃什么东西。气愤时，他用手捶打阳台的铁纱窗，手被划破了一道口子，鲜血流下来，他也不管。这种自虐的方式是在发泄愤怒，还是在报复父母，连他自己也搞不清楚。乏了，累了，他就倒头大睡，然后开始胡思乱想，做一些让人毛骨悚然的噩梦。

这天夜晚，千姿做了一个恐怖的梦。她梦见潇雨被一群穿着白衣、戴着口罩的人拿刀追杀，这些人的衣服上满是鲜血，潇雨一直在前面不停跑呀跑。眼看就要被这群人追上了，千姿就一直在后面喊：“潇雨快跑，快跑呀，潇雨！”有一个人眼看就要追到潇雨了，他举起刀就要砍，千姿拼命喊：“不要！”

千姿突然从梦中惊醒，吓得气喘吁吁，一身冷汗。她坐在病床上，心情久久不能平静。

千姿的梦原本很好解释。可能在白天看到的医生太多，她又一直想着潇雨，所以这些不相干的人出现在她的梦里，被大脑幻化成恐怖画面里的“杀手”。

千姿既没看过“周公解梦”，更没读过《梦的解析》，不知道这个噩梦预示着什么，难道潇雨遇见什么危险了？日有所思夜有所梦，千姿被这梦折磨得坐立不安，她比任何时候都更加想念潇雨，一刻都无法等下去。

千姿慢慢下了床，却发现没有鞋子。鞋子被护工阿姨收到了柜子里，平时她要下床，都是阿姨过来扶她，给她把鞋子拿出来。千姿被噩梦所刺激，万分焦虑地担心潇雨，她决定偷偷溜出医院，去潇雨家找他。

千姿怕吵醒了熟睡中的阿姨，不敢打开鞋柜拿鞋子，便穿着袜子蹑手蹑脚溜出了病房。医院走廊里静悄悄的，千姿观察了片刻，没有发现巡视的医生和护士。她贴着墙边轻手轻脚出了大楼，躲开大门口门岗里的保安，一溜小跑来到街边，伸手拦了一辆路过的出租车。

中年出租车司机见千姿没穿鞋，很是诧异，他抱着多一事不如少一事的心态，什么也没有多问。千姿告诉司机潇雨家所在小区的名字，便漠然地看着车窗外。司机是个活地图，没费什么劲儿就把千姿送到目的地。

外面下起了小雨，千姿有些茫然地站在小区门口。大半夜的，她真不知道怎么能找到潇雨的家。出租车司机正要走，见千姿弱不禁风、楚楚可怜的样子，像是一只迷路的羔羊，不禁动了恻隐之心，就问道："姑娘，下雨了，你要雨伞吗？"千姿回过头看了看他，摇了摇头。

司机想起在外地读书的女儿，叹了一口气，下车从后备厢里拿了一把伞，递给她说："马上要下雨了，你拿着吧，别淋感冒了。"千姿犹豫了一下，接过雨伞说了声"叔叔，谢谢"，然后转身向小区里走去。

小区里的路灯在细雨中发出幽微的光亮，千姿边走边寻找着潇雨家的方位，她依稀记得潇雨家附近有个小凉亭，还有一个摆放着健身器材的小广场。深夜里小区阒寂无人，只有簌簌落下的雨点打在伞上。千姿走走停停，突然惊喜地发现了潇雨家那栋楼。

千姿按捺住激动的心情，坐电梯来到潇雨家门口，却发现防盗门紧闭，外面还被铁链锁着。千姿心里难受极了，原来潇雨是被父母锁在了家里。这锁链锁的不是门，而是人心，是不留余地的拒绝。明摆着潇雨父母不希望他俩继续交往，这把冰冷的锁就是逐客令。

千姿知道，潇雨这几天的日子肯定不好过，估计都要急疯了。她下意识地抬手想敲门，突然又停住了，潇雨一定在睡觉，还是别打扰他吧。千姿在防盗门上靠了一会儿，犹豫了半天，依依不舍地走了。她心里说：潇雨，我爱你。任何对你不利的事，我都不会去做的。

千姿走到楼下，仰脸望着潇雨卧室的窗户。窗里没有灯光，更没有潇雨的身影，可千姿痴痴地望着，久久不愿离开。

一道耀眼的闪电划过天际，接着是一阵轰隆隆的闷雷，突然狂风大作，哗啦啦下起大雨来。爱到深处，恋人之间是有心灵感应的。潇雨猛然醒来，强烈的直觉告诉他，千姿来了，在着急地找寻着他。

潇雨迅速跳下床，打开屋里的灯，奔到窗前往楼下看。他看见了，看见风雨中千姿撑着一把黑色的雨伞，瑟瑟发抖地深情凝视着他房屋的窗口。潇雨激动得浑身战抖，眼泪唰地流下了下来……

潇雨卧室的窗口突然亮起灯光，千姿感觉仿佛夜空中绽放出璀璨的烟花，那么美丽，那么炫目。就像卖火柴的小女孩，每划亮一根火柴，都能给她带来希望和温暖。

千姿呼吸急促，那颗支离破碎的心像是要跳出来，她泪眼婆娑，扬起手臂向窗口的潇雨挥舞着。

潇雨先是哽咽不能语，然后声嘶力竭地喊着千姿的名字。这时，雷电交加，小区里的狗受了惊吓狂吠，对面楼里婴儿哇哇大哭，楼下轿车的警报器此起彼伏地响起，一户又一户人家的客厅亮起灯，甚至有人走到阳台上观察自家楼下的车辆……

深更半夜的，打扰别人睡觉，潇雨感到很不好意思。他不再叫喊，冲着千姿使劲挥着手，千姿哭着笑着用手势回应着他。手机和家里的座机都被拿走，潇雨没办法，只好像聋哑人一样和千姿打着手语，好在基本上能搞懂对方的意思。

潇雨还是觉得这种交流方式太费劲，他灵机一动，拿出纸笔趴在窗台上写了一个纸条，然后把纸条缠在筷子上，用胶条粘牢了，绑着鱼线从纱窗的豁口把筷子放下去。千姿看见了，忙气喘吁吁地跑过去，把雨伞扔在一旁，接住缠着筷子的纸条，双手紧张颤抖地解开鱼线，取下纸条，借着微弱的光亮看着：

你为什么大半夜跑过来？不要命了？我被父母反锁在家里出不去，没办法去看你，对不起。外面在下雨，你赶紧回去，别弄感冒了。乖，听话！我会想办法出去的。

千姿看完纸条，朝潇雨挥挥手，潇雨则是向她摆摆手，意思让她赶紧回去。千姿的眼睛已经适应了周围的环境，她左右张望了一会儿，竟然发现不远处有一家小超市还亮着灯，便一溜小跑来到超市。看店的中年妇女开着电视昏昏沉沉地打盹，千姿深感歉意地叫醒她，买了本、笔、小手电和胶带，扔下一张百元大钞，不等找零就急匆匆离去。

千姿来到凉亭里，蹲在长条椅旁，一手拿着小手电，一手在本上写着什么，然后撕下来。她小跑着再次来到潇雨卧室的楼下，把纸条缠在筷子上，用胶带粘了，拴在鱼线上拽了拽，示意潇雨拉上去。

潇雨点点头，心急火燎地往上拉鱼线，拉到一半时筷子和纸条掉落了。潇雨感觉到鱼线上没有任何重量，知道糟糕了。他努力地伸着脖子往楼下探看，却没看到千姿的身影。

千姿在雨中弯腰捡拾起筷子和纸条，重新用鱼线系好，后退到潇雨能看见她的地方，笑着向潇雨挥手。潇雨的脸颊上湿漉漉的，他一边流泪，一边轻声喊："千姿，赶紧回去。"

千姿做了一个手势，让潇雨拉鱼线。潇雨擦了一把眼泪，迅速把纸条拉了上去。他迫不及待地取下粘在筷子上的纸条，展开了读：

你的生命也只有一次，为什么要把心脏换给我？没有我的日子里，你要好好照顾自己。

潇雨手里拿着沾着雨水、泥污的纸条，无语凝噎，不知如何解释才好。

虽然刚立秋，但因台风要来，风时急时缓，千姿站在风雨交加的夜色里，更显柔弱单薄，好像一阵风过来，都能把她吹倒。突然一阵风猛吹，雨伞被吹得东倒西歪，她啊了一声，雨伞被风吹走了。

这时候，潇雨才发现千姿没有穿鞋。他心疼得如同万针扎心一般，急得砰砰拍着铁纱窗，摆手让千姿赶紧走。千姿站在雨中，流着眼泪看着潇雨，不愿意离去。她知道，自己时日无多，或许这是他们永别前的最后一面。

潇雨颤抖着写了一个纸条，缠在筷子上粘好，绑在鱼线上放下楼去。千姿冻得瑟瑟发抖，步履蹒跚地跑去拿潇雨写的纸条。

纸条上的话写得很热烈、很极端：

千姿，我爱你！你马上回医院，我晚上给你写信，明天你让人来取。你再不走，我就把房子烧了，死在你面前……

千姿柔肠寸断，右手朝潇雨使劲摆着，左手捂着嘴无助地痛哭。潇雨神情激动地猛烈拍打铁纱窗，让千姿赶快走。千姿被雨水淋成了落汤鸡，她依依难舍，一步三回头。潇雨不管不顾地大喊："走，快走！"

这时，小区里又热闹起来，一盏盏灯重新亮了起来。

千姿害怕潇雨做出什么极端的事情来，万般无奈地转身离去。

这一晚，两人彻夜无眠，暗自垂泪两下里，正所谓"缘到尽时方垂泪，情难了时恨难言"。

天微微亮，潇雨和千姿的思念之火熊熊燃烧着，他们还没有彻底绝望，相信一定会有奇迹发生。千姿昨夜跑出去寻找潇雨，犯了大忌，监控室的人把情况反映给了主治医师，他严肃地批评了值班护士和护工，警告说绝对不允许这样的事再次发生。

经过一番折腾，千姿感觉心脏病复发，有种油尽灯枯的无力感，胸口剜心般刺痛，身体一阵阵抽搐痉挛，额头疼得直冒冷汗。千姿趴在床头，挣扎着给潇雨写完了信，累得喘着粗气，瘫软在床上。

千姿悄悄塞给护工阿姨一千元钱，央求她把信送给潇雨。犹豫再三，护工才答应了千姿的恳求。

盼星星盼月亮，潇雨望眼欲穿终于盼来了千姿的信。

潇雨：

我现在什么都不关心，不关心现在，也不关心未来，甚至不关心自己的生死。我最关心的是你，我一直在想，如果我去了，你要怎么好好活下去，你要怎么才能变得快乐，永远没有烦恼。

如果因为我的出现或存在，改变了你原有的生活，让你感到痛苦和烦恼，对此，我深表歉意，这不是我愿意见到的。我知道你爱我，想把心脏换给我，我郑重地说，我绝不同意。你是个热血青年，做事不计后果。我认为，你父母做得没有错，我坚决支持。

我承认，你的所作所为令我感动，我感到无比幸福。可是潇雨，人世间的爱有很多种，有一种爱心心相印，同生共死，就像你愿意为我做任何事，我也愿意为你付出一切。

现在，并不是只有付出才能证明爱的价值。如果我自私地接受原本不该接受的东西，我们之间的爱就不再纯洁。我心里从来没有像现在这般平静，请你也冷静下来，好好保重自己。你要和我一样，坦然面对命运所安排的一切。于我而言，感到最幸福的是能认识你。每次想你的时候，我都心情愉悦；尽管人生短暂，我已很知足。

爱你的千姿

看完千姿的信，潇雨有一肚子话要说，却不知道从何处下笔。书到用时方恨少，情到深处自然浓。潇雨有一肚子的委屈，也有一肚子的抱怨。他明白，自己与刘亚川的对话碰巧被母亲听见，才被他们软禁失去了自由。千姿现在到了生死关头，再不移植相匹配的心脏，就支撑不了几天了，而他却无所作为，无能为力！

潇雨平复了一下心情，坐在书桌前给千姿写回信：

千姿：

从未想过我们要以这样的方式对话，恨不得一直就陪在你的身旁，我知道自己能为你所做的十分有限，甚至什么都不能为你做，但是我从来未想过陪伴在你身边也变得如此艰难。

既然已经这样，我只能请求你的原谅。人世间很多事情，都不是我们能够主宰的，我们甚至无法支配自己的想法，但我相信我俩的爱情是永远不会改变的。

我希望父母能够早日回心转意，打开这扇隔断我们的门；我希望见面之前，你更要好好保重身体，配合医生的治疗。千万不要听信谣言，使自己的心变得软弱。我希望你变得坚强。总有一天，你会康复，摆脱一切烦恼，我们就可以去任何想去的地方。

我为你祈祷，为你守望。求求你，一定好好治疗。我知道被病痛摧残的滋味无比痛苦；如果你放弃，我连给你写信的机会都没有了。那样的话，我将面临灭顶之灾，余生痛苦。

切勿再离开医院偷偷来看我，我们保持通信。回信请告知身体状况，好让我放心！

爱你的潇雨

潇雨给千姿写的信有些语无伦次，信被护工拿走后，他像热锅上的蚂蚁烦躁不安。他躺在床上，静静地等待着千姿的回信。没事的时候，就读千姿写给他的话，一遍一遍反复看着。

千姿拿到潇雨的回信，如饥似渴地读了好几遍。相见时难别亦难，尽管她心中有无尽的伤感，但能和潇雨通信，已经弥足珍贵。数字化信息时代，他们还用这样老套的方式传情达意，实属无奈，但“鸿雁传书”本身就是一个浪漫的过程。

千姿马上提笔给潇雨回信，恰巧护士走进病房准备给她打针。本来留置针是打在右手的，由于写信十分不便，她强烈要求护士打在左手。左手之前的瘀青还没有消退，怎能再次扎针呢？这就像在旧伤口上添了新伤。护士劝她不要换手，何况没有必要，直接连上留置针就好了，但是她态度坚决，护士无奈只有照做。

千姿的血管本来就细，在瘀青的手背上扎针，很难找到血管，连续扎了四次才成功。护士急得满头大汗，千姿疼得皱起眉头。

千姿在给潇雨的回信里，只字未提她遭受的重重痛苦，她不是一个会矫情撒娇的女孩子。见字如见面，想着念着潇雨，她如饮甘露。

潇雨：

我的身体状况很好，医生也说恢复得不错，有康复的可能，他鼓励我要坚强一点。感恩你们每一个人对我的鼓励。你对我的牵挂像是强心剂，让我感到无比幸福快乐。

我特别想念你。分别令人痛苦，思念却让人幸福，因为在这个冰冷的世界有个人值得我挂念。

你的父母很好，尤其是伯母，每天到医院给我送好吃的饭菜，此恩此情今生难以报答。她说，你到外地找工作去了。我没有勇气戳破这个善意的谎言，因为她所做的一切都是为了你好。

我现在成了医院重点关照的对象，没有主治医师的允许，很难走出医院大门。我想让人给你送一部手机，或许这样我们可以视频？不过你家装有铁纱窗，好像手机送不进去。其实，用写信这种古老的方式交流，也挺浪漫的，百年之后或许还能成为我们爱情的见证。

是你的爱让我支撑到现在，能多活这么多天，都是上帝的恩赐。如果我病好了，就去我们最向往的地方，永远不会再分开。

爱你的千姿

潇雨很清楚千姿的病情，依照目前的保守治疗，不进行心脏移植生命就岌岌可危，压根儿就不可能康复。千姿每天都给潇雨写信，内容积极乐观，充满了阳光。读千姿的信，潇雨好像忘了她的病痛，忘了她正在死神手里痛苦地挣扎。

潇雨和千姿保持着密切的书信往来，真是苦了给他们来回送信的阿姨。有时候，天晚了，阿姨不跑了，他们就一晚上一口气写好几封信。他俩之间好像有说不完的话。

这天早上，千姿在信里告诉潇雨一个好消息，说找到合适的捐献者了，最近就要安排手术了。她在信里感谢刘亚川，捐献者是他费尽周折找到的。刘亚川还从国外请来了顶级专家为她主刀，她正准备办理转院手续，一切都在秘密地进行。

信中，千姿期待手术成功，表达了想在手术前见潇雨一面的诉求。潇雨看完信以后，顿时就慌了。他知道这背后的阴谋，可当事人千姿却一无所知。人命关天啊，潇雨急得在屋里来回打转，坐立不安。被逼无奈，他想出一个馊主意，把阳台上的杂物收拾一下，腾出一块空地，将被子放在空地上点燃，等火烧起来了，他忙用水把火浇灭。这样整个阳台浓烟滚滚，小区的人看见后，马上报了火警。

消防车风驰电掣般开来，一路消防官兵用高压水龙头往阳台上喷水，另一路直奔潇雨家大门。消防员见大门锁着，大喊着询问里面情况，潇雨说门打不开，满屋子都是烟。救人要紧，消防员当机立断破门而入。

消防员见屋里没有火情，满腹狐疑地问潇雨怎么回事。潇雨支支吾吾了半天，说自己患了抑郁症，想点火自杀，后来怕烧了别人家，就自己把火浇灭了……

消防员走后，潇雨不管不顾地冲出小区，冲到路边拦了一辆出租车，直奔市人民医院。潇雨家里一片狼藉，满屋都是信纸和散落的信。邻居们围在门口往里看，你一言我一语，叽叽喳喳，议论纷纷。

第二十章

火急火燎地赶到医院，潇雨小心翼翼地走进病房，看见躺在病床上的千姿，心里涌起一股暖流。千姿看他过来，突然从病床上坐了起来，全然不顾心口的刺痛。

四目相对，霎时间整个世界不复存在，他俩像是被吸入到了另一个空间，处在失重状态。在那个空间里，时间静止了，风静止了，呼吸静止了，就连空气也都静止了。唯有难以表达的心情，像风铃声一般悦耳，在各自的心中回荡，人似乎没有了重量，难道这是来自天堂的声音吗？像是有微风轻轻地吹拂，像是两片天使的羽毛随风飘扬……

一个深深的拥抱，把彼此带回到了现实的空间，他们感知到了彼此身体的温度，还有激动的心跳。

等心情平静下来，两人松开臂膀，手拉手深情地凝视。潇雨问："你还好吗？"千姿微笑着点点头，其实她的心脏已千疮百孔，疼得说不出话来。

缓了一会儿，千姿问潇雨是怎么跑出来的。潇雨不想让千姿担心，反问她什么时候做手术。千姿说："你来得正好，我一会儿就转院了。"她说话的声音很小，像怕被谁听到。潇雨没说话，轻轻点了点头，他很清楚千姿此刻的心情。

傍晚时分，潇雨和千姿假装散步，悄悄到了路边，上了刘亚川准备好的车，直接去了另一家医院。至于事后怎么办，刘亚川早已做出周密的安排。

这是一家高档私人医院，环境幽静，设备完善，像是住在疗养院里。离预定手术的时间越来越近，千姿的气色和心情一天比一天好。刘亚川每天都来医院，为了手术的事情殚精竭虑，煞费苦心。他见到潇雨总是面带微笑，两人很少交流，似乎达成了某种默契。对潇雨和千姿之间的感情，刘亚川既不过问，也从不干涉。他希望潇雨保守秘密，如果想让千姿活下去，心脏移植是唯一的办法。

千姿知道潇雨的手机被父母拿走了，就从网上给他买了最新款的苹果手机。潇雨不好意思要，千姿笑着说："就当是我送你的生日礼物吧。"潇雨摇摇头说："生日还有一个多月呢！"千姿顽皮地说："那就提前送吧。如果再推辞，就显得惺惺作态了。"潇雨爽快地接受了千姿的心意。

很快就要手术了，一想到那个即将"捐献"心脏的孤儿，潇雨心里就难受，在煎熬中艰难度日，不断经受着良心的轮番拷问。蒙在鼓里的千姿笑靥如花，对这次手术满怀期待，她已经着手对新生活做出计划，幻想着未来跟潇雨在一起幸福地生活。潇雨尽可能地回避敏感话题，因为这些期许和幻想都建立在血淋淋的基础之上，事关一条鲜活的生命，这种感觉让他如坐针毡。

头上三尺有神灵，且看苍天饶过谁？

良心是做人的底线，良心是贫富同视，对人问心不问利。潇雨必须对自己的良心有一个交代，他不想让千姿纯洁的灵魂被邪恶玷污。生命是平等的，无贵无贱，任何人都不能为了活命去侵害别人活下去的权利。

如果千姿在不知情的情况下，移植了孤儿鲜活的心脏，虽然肉体暂时得到了拯救，灵魂却会坠入万劫不复的深渊；知道真相后，她将会在负罪和愧疚中以泪洗面，这样的生活何谈幸福快乐！

这是潇雨极不愿意看到的。

潇雨下定决心，鼓起勇气，决定去孤儿院一探究竟。他在心里不停地祈祷，希望真相不是自己想的那样，自己误解了刘亚川。

这日，潇雨来到孤儿院，保安热情接待了他，为上次把他拒之门外而深表歉意。潇雨摆摆手，对他的工作表示理解。今天他来，是代表千姿看看孩子们。保安这次没有拦阻和反对。

潇雨随口问保安，最近有没有人领养孩子？保安摇头说，没有。潇雨走进孤儿院，挨着教室探视了一圈。有的老师认识潇雨，点头微笑着跟他打招呼。潇雨笑着回应，他觉得这样走马观花看不出什么端倪，得另想办法。

临近中午，潇雨到附近的超市买了两箱巧克力，抱着返回孤儿院。他径直来到食堂，把装满巧克力的箱子放在餐桌上。负责老师向大家宣布，夏小姐委托潇雨哥哥来看望大家，还带来了巧克力，大家鼓掌表示感谢。

孩子们一起热烈鼓掌，潇雨微笑地扫视着他们。孤儿院似乎一如往常，但潇雨还是看出了一些变化，有些老面孔消失了，多了很多新面孔。

发巧克力的时候，潇雨让老师出示一份学生名单，按名单发。老师有点不解，潇雨解释说，夏小姐交代，这次发巧克力，按年龄分配，小班的孩子可以多分一块。

老师点点头，对潇雨说：“我们食堂就餐的位置，原本就是按班级分开的。”她用手指向西面：“那边的孩子，都是小班的。”

老师请潇雨按照班级发巧克力，潇雨说，恭敬不如从命，先从小班发吧。潇雨拿着巧克力依照班级分发，发到盲人班时，他觉得有点不对劲，似乎少了一个人。他驻足想了想，那个叫小慧的盲女不见了，她很喜欢千姿，还摸过她的头发呢。潇雨问老师：小慧呢，她去了哪里？老师说：小慧遇到点事情，一会儿私下里跟你说。

吃午饭的时候，潇雨十分烦躁。他安慰着自己，小慧可能生病了，不会有什么事情。孩子们吃完饭，返回各自的教室。负责老师将潇雨带到办公室，解释说，小慧和一个叫曹健的聋哑小伙子谈恋爱，趁大家不注意跑了。孤儿院组织人多方寻找，都没有找到。后来，一个老师在曹健遗留的日记里，发现他俩已交往很久了。

潇雨仔细观察老师的神情，没有发现说谎的蛛丝马迹。潇雨怀疑是自己多心，如果那晚没听见刘亚川和曹医生的对话，他会以为一切都是真的。其实，这是一个蓄谋已久的阴谋。

老师提醒说，小慧和曹健私奔的事情，院里采取了保密措施，怕在学生中间造成什么不良的影响。潇雨认为这个老师在助纣为虐，一定是拿了刘亚川的好处，他冷冷地说："放心吧，我不会说出去的。"

潇雨走出那位老师的办公室，在一双神秘眼睛的注视下，向着孤儿院大门走去。

路过保安室时，潇雨把那个和自己最熟悉的保安拽到校门口问："孤儿院最近有没有发生过什么异常的情况?"

那个保安说，不知道。最近几天，孤儿院组织保安队去消防大队培训学习"消防知识"。保安都去了，有好几天没过来上班。保安好奇地问："你发现了什么情况吗?"

潇雨装作若无其事地说："没有，随便问问，夏小姐让我多关心关心这边的情况。"

保安笑着说："你们放心吧，这边一直都挺好的。"

潇雨心里暗说，刘亚川真是太狡猾了，把什么都考虑到了，这事情安排得滴水不漏。

千姿一个人躺在病床上看书，刘亚川走了进来，没见到潇雨，他颇感奇怪，便问千姿："潇雨呢？你俩这几天形影不离。"

千姿想了想说："他可能忙自己的事情去了。"

刘亚川陪千姿说了一会儿话，安慰她手术之前，要放松心情，不要有太多的顾虑，这次主刀大夫是权威专家。大恩不言谢，千姿没有跟刘亚川客套，心里却把他当恩人。

刘亚川起身告辞时，潇雨拎着水果走进来。刘亚川满面笑容地跟潇雨打招呼，他却视而不见，板着脸不理不睬，连一个正常的眼神交流都没有，搞得场面非常尴尬。刘亚川装作大度地笑了笑，对千姿说：“你们聊吧，我先走了。”千姿客气地说：“请慢走。”

潇雨把水果放在床头柜上，坐在千姿旁边。千姿笑问：“刘亚川和你打招呼，你怎么不理人家啊？”

潇雨冷冷地说：“没事，我心情不好。”

千姿关心地问：“怎么了潇雨，和我说说好吗？”

潇雨不知道从何说起，他暗下决定，一定要把整件事情告诉千姿。现在说不合时宜，千姿没有一点心理准备，万一受了刺激，病情恶化加重，很可能危及生命。

上天对千姿太不公平了，母遁父亡，重病缠身，唯一的亲人视她为眼中钉，巴望着她早些死掉。如今有了希望，转眼之间这个希望就将被无情碾碎。亲手捏碎希望的人，竟然是深爱着千姿的潇雨。这真是莫大的讽刺，天大的玩笑。潇雨背负着山一样的重压，正义和私念在他心里展开了较量，他有点无所适从。

千姿看着沉默不语的潇雨，一头雾水。潇雨一反常态，让她觉得有点失落。潇雨已经想出了对策，从此刻起，他要尽可能地冷落千姿，在她的心被冷落到冰点的时候，再把这个冰冷的事实告诉她。

千姿继续追问潇雨：“到底怎么了？”

潇雨故意说：“你不要开心得这么早，手术也许是会失败的。”

这当头一棒重重砸向了千姿，她无法接受，无法想象潇雨会说出这样无情的话。

千姿的眼睛瞬间湿润，她用略带委屈的口气说：“如果失败了，我们就连一句话也说不成了。趁着我还能听见你说话，趁着还能分享你的烦恼，你就告诉我，你到底怎么了？”

这带有一些孩子气的话，深深温暖了潇雨的心，他多想立刻把她拥入怀中。但理智还是战胜了温情，不然他的防线会在一瞬间瓦解。

潇雨说：“我和你说了，又有什么用？”

千姿连连点头，绝望地说：“也是，也是……”

潇雨想要去安慰她一句，话到嘴边却不敢说。此时感觉最无助的是潇雨，他起身冷冷地说了一句：“我回家了。”这是一种逃避，但对千姿却是莫大的伤害。或许这是潇雨此时最想要的。

第二十一章

千姿心口隐隐作痛，再次体会到濒死的感觉。这几天她一直沉浸在喜悦当中，曾无数次幻想，手术成功后要尽快康复，然后和潇雨谈一场轰轰烈烈的恋爱。她要在亲友的见证下，名正言顺地嫁给潇雨。

潇雨炙热的感情突然冷却下来，似乎对她的手术有保留意见，难道他不希望自己康复吗？千姿心里堵得慌，感到无比委屈和失落。她拖着虚弱的身体从病床上走下来，看着潇雨的背影慢慢消失。他走得这样决绝，竟然连头也没有回。

千姿突然想起，自己就是一个无父无母被人遗弃的孤儿。

千姿捂着嘴失声痛哭，她不懂潇雨为什么要这样对自己。千姿试图在自己身上寻找原因，难道是哪句话说错，得罪了潇雨？还是哪个行为让他很反感？潇雨的情绪为什么那样反常？他对刘亚川极端厌恶，难道他认为自己和刘亚川做了什么坏事？她从未想过，是潇雨故意找茬。

在千姿看来，只要你还爱着我，你就没有任何的错！她又想，潇雨一定有难以启口的事情，所以故意冷落她。她越是这样想就越担心潇雨，心情郁郁寡欢。

潇雨带着无尽的痛苦，离开了他所爱的人，就犹如一个急需要温暖的人，茫然走进寒冷的冰天雪地。千姿是无辜的，无法理解他的心思；而他呢，没有勇气告诉千姿真相。千姿仰望着生命的希望之灯，他忍心当着她的面将灯吹灭吗？潇雨优柔寡断，在矛盾和纠结中折磨着自己……

回到家，屋里已经被父母收拾干净。潇雨走进卧室，躺在床上生闷气。千姿给潇雨发了一条又一条短信，大意是请潇雨原谅她的错，虽然她不知道错在哪里。潇雨心乱如麻，一条短信也没回复。

客厅电话又装上了，电话铃响个不停，潇雨走过去接听，是母亲打来的。她先是问潇雨跑到哪里去了，接着埋怨他差点把家烧了，弄得左邻右舍很有意见。潇雨很不耐烦地挂断电话，再听下去他会和母亲吵起来。要不是他们将自己软禁起来，他才不会闹出这场闹剧呢。

潇雨把电话线拔掉，把手机关了，他想安静一下。躺在床上，潇雨不知不觉地睡着了。等他一觉醒来，已经是晚上了。潇雨打开手机，千姿的短信如潮水般涌来，意思大多相同，她放低身段，像是尘埃里的花朵，乞求潇雨的原谅；潇雨不在身边，她的生活暗淡无光，活得非常痛苦。潇雨觉得自己真是愚蠢，千姿是个不谙世事的女孩子，哪里知道他葫芦里卖的什么药。千姿是无辜的，他用这种消极逃避的方式惩罚千姿，让她在胡思乱想中痛苦流泪，不但什么效果都没有，还会加重她的病情。

潇雨为自己的行为感到羞愧，他怎么可以让千姿一个人承受痛苦而置之不理？潇雨鼓足了勇气，给千姿发了一条信息："对不起，等我。"

潇雨关好屋门，打车去了医院。路上，他做出了一个艰难的决定，要把自己知道的实情告诉千姿。

轻手轻脚来到病房的门口，潇雨没有贸然进去，他似乎失去了鼓起的勇气，只好透过玻璃，伸头往里面看了一眼。此时，千姿坐在床上，眼睛一动不动，目光呆滞地看着前方的墙壁。潇雨看着心疼，就推开病房的门，走了进去。

千姿扭头见是潇雨，脸上的神情生动起来，笑着说，来了。她脸上没有一丝激动和兴奋，口吻却还是那般亲切，这正像潇雨的心情一样复杂。明明是深爱，却又不敢去靠近。

潇雨想为自己的态度道歉，看着千姿满脸宽容，觉得自己的想法有点多余。他正想找个话题，把移植心脏背后的阴谋告诉千姿，这时刘亚川走了进来。千姿淡淡地跟刘亚川打招呼，三个人各怀心事共处一室，气氛颇为尴尬诡异。

刘亚川大度地对潇雨微笑点头，潇雨却很孩子气地不予理睬。千姿感觉很是诧异，她遗传了父亲的敏锐与冷静，心里暗想，难道潇雨跟刘亚川有什么过节儿？在她的眼里，潇雨是一个知书达理的人，他这样对待刘亚川，一定有他的理由。刘亚川与潇雨既非朋友，也非同事，他们之间不应该有矛盾呀，难道是与自己有关？千姿信任潇雨，不管出于任何原因，潇雨都是她在世界上唯一信任的人。

刘亚川觉得潇雨的行为反常，显得很幼稚，不过他一点也不在乎。潇雨深爱着夏千姿，这一点毋庸置疑，故此他投鼠忌器没有声张；刘亚川正是看准了这一点，才无所顾忌。即便是他俩互不买账，谁也瞧不上谁，可他们目标一致——都想让千姿健康地活下去。

刘亚川是个功利心很重、目的性很明确的人，他这样卖力气地救治千姿，是因为千姿是他的护身符和撒手锏。只要千姿能够活下去，恢复健康的身体，他就能重回平大集团，夺回总经理的宝座，进而掌控这家集团公司。夜长梦多，他担心夏和臣知道后，从中阻挠搞破坏，所以想让手术尽快进行。

刘亚川和蔼地对千姿说："已经和院长商量好了，手术提前进行。明天下午七点准时进手术室，著名专家将为你手术。你就放心吧，等你一觉睡醒，一切都会好的。"

千姿既紧张又欢喜，由衷地对刘亚川说："麻烦您了！"

千姿发自内心的感激之情感染了刘亚川，他有一种满足感和成就感。如果说，这世界上还有知恩图报的人，那一定就是他刘亚川。千姿的亲叔叔，巴不得她早点死；她的小男友，更是一个阴阳怪气、爱发脾气的废物。是他刘亚川拯救了夏千姿的生命，从另外一个角度来看，他重返平大集团，能使数千职工免于下岗。刘亚川一点都不觉得自己是在犯罪，反而觉得自己所做的一切很高尚。

与之相反，潇雨的神经却绷得非常紧，牺牲小慧拯救千姿，这样做是违背道德良心的呀。尽管他深爱千姿，他还是不能让这样的罪恶在眼皮底下进行。

刘亚川见潇雨沉默不语，说道："我还要去和院长商量一下手术的具体事宜。潇雨，你好好陪陪千姿，明天就要手术了，让她可不要太紧张哦。"

刘亚川走后，千姿问潇雨："你明天可以来陪我吗？有你在我身边，我才安心。"

潇雨严肃地问："如果手术不能进行，你会失望吗？"

千姿诧异地反问："什么意思，你为什么这样说呢？"

潇雨神情激动地脱口而出："不可以，真的不可以，千姿！我们不可以这样做！"

千姿大为不解地问："潇雨你到底怎么啦？"

潇雨神情紧张，话到嘴边又嘟囔着说不出来。

千姿感觉到了潇雨有难言之隐，不停地追问："到底是怎么了？求求你告诉我！"

潇雨说："那晚，我经过孤儿院门口，听见刘亚川对一个姓曹的医生说，要从孤儿院的孩子里，给你找心脏的捐献者。后来，孤儿院就给孩子们组织了一次体检。在你手术的事情确定下来以后，我又去了一次孤儿院，那里有两名孩子不见了，一个叫小慧，另一个叫曹健。"

潇雨的话让千姿浑身发麻，她突然想起，孤儿院所有的孩子中，唯有小慧和自己血型相同，他们曾经做过这方面的统计。霎时间她觉得自己手脚冰凉，惊愕得乱了方寸，没有及时表态，潇雨说的每一个字，她都听得无比清楚。

千姿不知该怎么办，她抓起床上的杂志，接着马上又放下；她抓住床单攥得很紧，手又慢慢松开。她惊慌失措，不知做什么才好。千姿看了看潇雨，眼神里充满无助。潇雨走向前，想要拥抱她，她却转身回避。

“你走吧，我知道了。”

“我相信你！”

千姿明白潇雨这句话所表达的含意，她绝不会剥夺别人的生命，自私地靠人家的心脏活下去。

“好了，你先回去吧。”

“我明天会来陪你的。”

千姿应付似的点点头。潇雨离开了病房，哆哆嗦嗦地从口袋里拿出香烟，在走廊里点了一支。他背靠在墙壁上，冰冷的心和墙壁的温度相近。他心疼千姿，却不敢哭出声，眼泪打湿了烟嘴。

抽完一根烟后，潇雨的情绪稳定了一些。他悄悄伸头看了看病房里的千姿，她手里拿着父亲的照片看，表情出奇得平静。

潇雨实在没有勇气再看，转身快步离开了医院。此时的千姿还抱着一种侥幸的心理，她非要亲自在刘亚川的嘴里得到证实不可。从内心深处来讲，她无比信任潇雨，相信潇雨说的每一句话。千姿看着照片，低声对父亲说，如果一切是真的，她宁愿自己去死，也绝不做那样伤天害理的事情。

千姿很明白，既然决定不做心脏移植手术，这就意味自己很快会见到父亲。她在阳间孤苦伶仃，父亲在阴间独自一人，现在他们父女就要在黄泉相见，或许这就是她的命。

千姿只能这样安慰自己，不然她真的难以安心。她有一万个理由离开这个世界，唯一让她难以割舍的是潇雨。

一直到深夜，千姿都无法入睡。她穿着那件粉红色的睡衣，从病床上爬了起来，独自走在空空荡荡的走廊里。她曾经无数次深夜漫步在医院的走廊里，孤单寂寞，心无所依。她的世界与这条走廊没有任何区别，她每走一步就像蜡烛燃烧了一寸，走到尽头，生命也就结束了。

她步履蹒跚，像是风中摇曳的烛光，掺杂着焦虑与不安。她等待着命运即将递给她最终的答案，不管结果如何，她都必须坦然接受。如果没有潇雨，她走得该是多么轻松。爱情就是人想放下一切，却唯一不能放下的一份牵挂。

直到凌晨千姿都没有合眼。一大早潇雨带着早餐过来看她，看见潇雨，千姿由衷地感到开心。一整日的时光，潇雨都在病房里陪她。两个人都没有说太多的话，依然按照彼此的习惯，戴着耳机，看着杂志，听完一首歌，就让对方替自己找另一首。在他俩看来，你的世界也是我的，我没有任何理由不喜欢，只要那个世界有你的影子，我都会迷恋不已。

下午四点左右，潇雨怕千姿饿了，就出去替她买点吃的。潇雨走了没一会儿，刘亚川就来到了病房。千姿不动声色，像往日一样淡淡地跟他打招呼。刘亚川没有察觉出千姿的异常，安慰她不要为晚上的手术紧张，院方已经做了很充分的准备。

千姿轻声说："手术之前，我有一个愿望。"

刘亚川说："你尽管说，只要我能办到的，我一定去做。"

千姿说："如果我今晚的手术能顺利完成，就意味着另一个生命的终结，我想捐献者的家人一定很伤心。"

刘亚川没听明白这话的含意，只是表情略带遗憾地点了点头。千姿觉得刘亚川真能装，既虚伪又做作。她极力控制住自己的情绪，温和地说："我想在手术前见一见捐献者的家人，亲自去安慰一下他们，可以吗？"

刘亚川摇摇头说：“我觉得就没有这个必要吧？”

“我想去看一眼捐献者，以此向生命表达敬畏！”

“你是不是想得太多了？”

“小慧还好吗？”

刘亚川脸色突然变得很难看，他马上调整了一下，强颜欢笑：“你怎么在这个时候想起她了？”

千姿从刘亚川迟疑的口气里，看出了一丝端倪，试探着问：“小慧是捐献者？”

刘亚川像是被重锤砸了一下，脑袋嗡的一阵眩晕，看来潇雨把真相告诉千姿了。不知道他报警没有，如果那样的话，他就彻底完了。

刘亚川马上伸出右手做了一个向下压的动作，让千姿小声一点。

“既然你都知道了，就别管那么多了。”刘亚川说这句话的时候，显得很慌张。他见千姿的表情没有什么太大的起伏，以为她默认了自己的做法，心中顷刻有了底气，接着说：“我不管你是怎么知道这个消息的，这一切都不再重要。你的病情很严重，已经拖不起了。你不知道找个合适的捐献者有多难，现在好不容易找到了，你该开心才是。至于小慧，你也不必内疚，当年要不是我们孤儿院收留她，也许她早就死在大街上了。这也许都是上天的安排。你不必太自责……”

千姿慢慢从床上站了起来，刘亚川还在喋喋不休讲个不停，她走到刘亚川的面前。刘亚川奇怪她为啥离自己这么近，嘴里的话还没说完，就感觉脸上啪的一下，被狠狠扇了一记耳光。

千姿眼中充满了怒火，咬牙切齿地说：“你这个混蛋，你滚，我永远不想再看见你。”

刘亚川被千姿这一巴掌扇蒙了，站在原地一动不动。千姿气急了，无奈地摇了摇头，开始痛哭流涕。她为小慧哭，为刘亚川哭，为潇雨哭，也为自己哭，好像人世间的痛苦，顷刻都被她一个人背负了。

潇雨带着买来的饭菜走进病房，当时傻眼了：千姿满脸都是失望委屈的泪水，而刘亚川杵在那里，像一个做错事的下属，茫然不知所措。

潇雨放下手里的东西，千姿一下冲进他的怀里放声大哭。这哭声激起潇雨心中的怒火，他慢慢地放开千姿，转身向刘亚川走去。刘亚川刚要开口说点什么，就被潇雨一拳打倒在地。

刘亚川刚被千姿扇了一巴掌，已是恼羞成怒，现在又被潇雨狠狠打倒在地，他岂能咽下这恶气。他气急败坏地爬起来，使劲还了潇雨一拳。两个人在病房里扭打在一起。千姿见此情景，立刻慌了神，她想过去把两人拉开。没想到刘亚川狠狠地推搡了潇雨一把，潇雨站立不稳一下子把瘦弱的千姿给碰倒了。

千姿细皮嫩肉的，胳膊肘被磕破擦伤了，渗出一层血丝。潇雨忙扶起千姿，满眼通红地怒视着刘亚川，像发疯了一样冲向他。刘亚川慌了神，他根本抵挡不住潇雨的拳打脚踢，又一次摔倒在地。潇雨打红了眼，一拳接着一拳，打得刘亚川缩成一团。千姿吓得又喊又叫，让潇雨住手，别打了。走廊里的医生护士听见，赶忙进来把潇雨拉开，刘亚川被暴怒的潇雨打得鼻青脸肿、头破血流。

刘亚川狼狈不堪地被人拉了出去，潇雨留在病房里陪着千姿。千姿见潇雨手上、身上都有血吓得大哭，潇雨替她擦了擦眼泪，安慰说，他没事，别哭了。

医院里的护士早打电话报了警。警察不是居委会的大妈，他们可不是来调解的。不管是谁对谁错，总之打人就是错，警察习惯性地认为，谁受了伤谁就是受害者，另一个自然是肇事者。刘亚川在被送去急诊室包扎伤口的时候，潇雨被警察戴上了手铐。千姿着急地对警察说："放开他，不是他的错。"

虽然千姿此刻恨透了刘亚川，很鄙视他的所作所为，但因没有确凿的证据，她不敢贸然举报。再说刘亚川也是为了救自己，昏了头才出此下策，把他送进监狱，她会感到内疚和不安。千姿觉得此事既重大又复杂，牵扯面广，涉及人多，弄不好孤儿院会因此关张，那些孤儿和工作人员怎么办？孤儿院是她父亲一手创办的，千姿对孤儿院很有感情。

至于潇雨，他此刻很冷静，很清醒。刘亚川涉嫌犯罪，还没有既成事实，就此断送他的下半生，潇雨还是有些于心不忍。毕竟刘亚川的初衷是为了拯救千姿，为了千姿他做到了尽心尽力，做人不能忘恩负义。千姿和潇雨在极其复杂矛盾的思想斗争中形成默契，为刘亚川保守秘密。

警察以事实为基础，法律为准绳，并不会听千姿语焉不详的解释。潇雨殴打他人违反了《治安管理处罚法》，面临被拘留五日以上十日以下，并处以二百元以上五百元以下的罚款。

被警察带走时，潇雨安慰千姿："没事，我很快就能出来。你别担心我，听话，不要乱走。"

刘亚川见潇雨被警察带走，心中的怨恨顿时烟消云散，他甚至还有点感激潇雨，没有泄私愤举报自己。刘亚川当机立断，马上让人把小慧送回孤儿院，叮嘱不得再提及此事。

在刘亚川的授意下，孤儿院的负责人和相关老师统一口径，说找到了流浪的小慧后，因她生病送进了医院。刘亚川还通过关系，让医院伪造了一份诊治报告。

刘亚川觉得一切都做得滴水不漏，这才暗暗松了一口气。

第二十二章

傍晚时分，潇雨的父母来到派出所处理善后事宜。潇雨透过窗户见母亲跟在刘亚川身边，谦卑地赔着笑脸不住道歉，刘亚川头上包着纱布，鼻青脸肿、神情冷漠，一副爱搭不理的样子，那一刻他真的很心疼母亲。直至天黑，事情也没有得到妥善的处理。

最终潇雨因殴打他人违反了《治安管理处罚法》，被暂时拘押在派出所。如果那晚调解成功，潇雨被保释回家，就没有以后所发生的一切……

临时羁押室不足四十平方米，活动的空间十分有限。潇雨待在一个被铁栏杆隔开的狭小房间里，从正门进来可以看见一左一右大小不同的房间。右边那间比较大，里面关满了各种犯罪嫌疑人；潇雨被关进左边较小的那间，好在小房间里就他一个人。铁栏杆倚着墙摆着一个沙发和一个电视机柜，看押犯人的两个辅警，有说有笑地看着电视，隔三岔五地冲着铁栏杆里面的人喊一句："不要讲话了！"

两个辅警倚着沙发看到起劲的时候，就会互相说几句，抒发一下对电视情节的感受。铁栏杆内的犯人也会抓紧时间和身边人聊上几句，一开始声音不敢太大，两个辅警的话音刚落，那些犯人的声音也会戛然而止，话说到一半只好咽回去。

电视剧的剧情越来越精彩，两个辅警被吸引住了，好长时间都没有再说一句话。有些嫌疑人憋不住了，忘了辅警的警告，叽叽喳喳聊了起来。他们的声音越来越大，直至肆无忌惮。辅警被吵烦了，从沙发上站了起来，对房间里的嫌疑人怒吼几句，口头上加重了警告。还真是奏效，没人再敢说话。不让说话，嫌疑人只好无聊地大眼瞪小眼，有人索性倚着墙闭起眼打盹，一会儿呼噜声便此起彼伏。没有话语权的人，通常喜欢选择沉睡。

经过这番折腾，潇雨又累又乏，因心中惦念着千姿，怎么都睡不着。到了深夜，气温降低，羁押室有些冷，里面除了有一床仿军被外，什么都没有。潇雨坐在地上瑟瑟发抖，就把被子拉过来想盖在身上，发现被子竟然湿了一大片，还有一股无法形容的怪味。他嫌恶心，就把被子叠成一个垫子坐在上面。他把手慢慢蜷缩进袖管里，在一阵阵寒战中睡着了。

下半夜，潇雨被一阵开门声吵醒，一个女人被带了进来。那个中年女人穿着打扮时尚，散发着一股逼人的富贵气息。虽然牢房里有股怪味，但是她进来以后，一股清新的草香味随之被带了进来。这股悦人的香味极其自然，像极了在春天的花园里随风飘来的气息。潇雨能感觉到这个女人身上洒的香水一定昂贵极了。

这样一个女人在这个时间，出现在这样一个地方，让人觉得极其不协调。如果不是看见她手上戴着一副锃亮的手铐，潇雨还以为自己是在做梦。一双冰冷的手铐说明，这个女人犯下的罪绝非一般，至少比潇雨要严重得多。

那女人进来后，看了看潇雨，在他的对面坐了下来。潇雨萎靡不振地扫了她一眼，眯着眼昏昏欲睡。警察指着女人对辅警交代了几句就离开了。

潇雨又冷又困，对身边的事情毫无兴趣，在这样一个脏兮兮的地方，浑身有一种无法诉说的难受。

既来之则安之，潇雨什么都不想，倚着墙呼呼大睡。不知睡了多久，旁边的女人用手指戳了戳潇雨，把他从睡梦中叫醒。潇雨像是掉入了漆黑的泥塘，睡得特别沉。猛地被人弄醒，颇有点不耐烦。

女人问：“小伙子，你是哪里人？”

因为旁边有打着盹的辅警，女人的声音很轻很柔。潇雨情绪不好，看了她一眼，一副爱搭不理的样子。潇雨没认出这个叫白琳的女人，他们以前打过交道。一是过去了好几年，二是羁押室灯光昏暗，潇雨没认出她也很正常。

白琳见潇雨一脸厌烦，温柔地冲他笑了笑。抬手不打笑脸人，潇雨调整了一下情绪，淡淡地回了她一句：“我就是本地人。”

白琳好奇地问：“你为什么被关进来？”

潇雨没有拒绝她的问题。人心里痛苦委屈的时候，是很想向另一个人倾诉的。有时候顾及尊严，只有压抑自己。此时潇雨面对一个陌生人，反而觉得自己没有了压力。

“因为打架被关进来的。”

“年轻人，你有点冲动啊。”

潇雨解释说：“我不是冲动，我只是做了我该做的事情。”

白琳摇了摇头说：“难道除了打架，就没有别的方法解决了吗？年轻人，你要有自控的能力。”

潇雨气鼓鼓地说：“没有，绝对没有！如果再让我选择一次，我还会这样做！”

白琳的表情突然变得有些凝重，说：“小伙子，人生没有第二次重来的选择。做任何事情，你都要小心选择，小心决断，因为永远没有人会给你改过的机会。你必须对自己所做的任何一件事情承担责任和后果。”

经过一番对话，潇雨慢慢地对白琳有了一些好感。她平易近人，像是他一个很要好的朋友。

潇雨问：“你为什么被关进来？如果让你重新选择一次，你会像我一样无怨无悔吗？”潇雨似乎想用这句话证明自己是对的，他有点不服气白琳刚才对他的教训。

白琳沉思了片刻说："如果真的给我一次选择的机会，我会后悔。但已经做过的事情，我不奢求去改变，因为时光是不会倒转的。我只求此刻陪伴我的不是你，而是我女儿。"

潇雨很不理解这句话，觉得这个女人有些奇怪，这天底下哪里有母亲进派出所还希望女儿陪在身边的？潇雨是一个心里有话藏不住的人，顺嘴说道："等事情处理完了，不就可以看到你的女儿了吗？"

白琳的表情有点异样，潇雨能感觉到她的无奈和痛苦。借着微弱的灯光，潇雨似乎看到了她的一脸沧桑。

古人说相由心生，从白琳那张细致的面孔，潇雨觉察出了不安和纠结。白琳甚至把这种不安的情绪，传染给了潇雨。她没有回复潇雨的话，仿佛是自言自语地说："我真是傻，从现在开始，我连多看女儿一眼的机会都很少。让她陪我一夜，真是痴人说梦。"

潇雨从微弱的月光中看见白琳在默默流泪。没有发出任何声音的哭泣，是最绝望、最痛彻心扉的。对苦难的降临，没有持任何怀疑的态度，这似乎也是一种品质。潇雨内心对白琳怀着深深的同情，没有贸然去探询，唯有沉默以对。

睡是睡不着了，又没人陪自己说话，潇雨觉得有些无聊。白琳头倚着墙，绝望地流着眼泪，潇雨不知道该怎么去安慰。他特别渴望打破这种让人郁闷的气氛，于是起身把坐在屁股下面的被子卷了卷递给了白琳。他想通过这种方式表达自己的关切，转移白琳的注意力。

白琳没有接潇雨递过来的被子，摇摇头说："我不需要，你自己坐吧。"白琳越是这样，潇雨就越想把被子让给她。作为一个男人，独占这床被子很没有风度，潇雨说："地上很冷，你还是坐着吧。"

白琳再次拒绝了潇雨的好意，并用手推开递过来的被子，说：

“你坐吧，我没有资格接受任何人对我的好。”

潇雨被她种种莫名其妙的言行搞得有点心烦，直截了当地问：“怎么没有资格？”

潇雨的声音有点大，口气里充满仗义执言的意味。隔壁房间有人假装咳嗽了一声，表达着他的不满，也许潇雨吵着他休息了。

白琳托着手铐打了一个手势，嘘了一声。这算打破了他们刚才僵持的局面。白琳冷静下来，她也有一肚子话想要倾诉。

“我是一个毒贩！”

潇雨借着微弱的光线仔细观瞧，他认出了白琳：“不对，我见过你。你不是那个被人抢了包的人吗？”

“小伙子，你认出我来了？我原本就没打算提醒你，既然你认出我来了，上次你见义勇为，我要当面谢谢你。”

潇雨一脸疑惑：“你怎么会是毒贩呢？”

白琳一阵苦笑，觉得潇雨有些幼稚。世上的人有好多种，难道每个人脸上还刻着字，打上标签？好在她对潇雨印象深刻，知道他爱打抱不平，人品难得的好，所以对他没有什么戒备，没有什么隐瞒的必要。

白琳很认真地重复道：“我就是一个毒贩！”

潇雨惊得目瞪口呆。

第二十三章

潇雨很快就恢复了镇定，白琳的坦诚使他感到惊讶，他并没有在心里很排斥她。在这样一个深夜，同处一间羁押室，境遇相似，谁也没有必要歧视谁。

白琳好像不在乎潇雨的看法，自顾自地说：“在这个世界上，我已经没有什么亲人了。我是村里的第一个大学生，因遇人不淑没毕业就怀孕了。别人劝我做流产，我执意要把孩子生下来，后来学校把我开除了。在当时这是一件很丢人的事情，我被家里赶了出来。孩子还未出生，那个男人就变心了，跟别的女人结了婚，因为那女人有个有权有势的父亲。那个年代，人活得很可怜，在你饥肠辘辘的时候，什么尊严、人格，根本谈不上。我被抛弃后，更没有脸回去见父母。

“现在想想，我并不恨那个男人。尽管他背信弃义，始乱终弃，但他送给我一个好女儿，她是我唯一的希望和寄托。

“女儿出生以后，我因营养不良时常断奶，常常连奶粉都买不起。那时候我就发誓，一定要有钱，不管采用什么手段。那时的心态就注定了我今天这样的一个结局。”

潇雨是个很好的听众，他只是默默地倾听。

感慨一会儿后，白琳摇了摇头，接着说：“那是最困难的一段时间。生完女儿才十几天，家里就要断顿了，我不得不出来工作。

工作是房东给介绍的，在一家纺织厂做女工。

“我欠着房东一个月的房租，房东说得很明白，等发工资的时候，要给两个月的房租。房东有意无意地说：‘现在的人呀，没良心耍无赖的多，经常有人不交房租就跑了。阿姨知道，你不是这样的人。’

“我很清楚，房东这是在敲打我。在这一个月之内，我必须要找两份工作补贴家用，不然我就要抱着女儿露宿街头了。为了使时间上不造成冲突，我又找了一份在歌舞厅做清洁工的工作。那里环境很复杂，每天都要等到所有的客人走了，才能打扫完厕所回家。

“我永远也无法忘记第一天上班的时候，洗手池里都是客人醉酒后吐的脏物，要用手把下水道掏干净了再去打扫。第一次做那么恶心的事情，心理上很难忍受，清理完别人吐的，自己也恶心地吐了。肚子空空地回到家中，家里只有一把挂面。即使这样我也只舍得吃个半饱，看着女儿的奶粉，我很想冲一杯自己喝，但又舍不得。不管多苦多累，只要从房东那里接回女儿，我就很开心。”

讲到这里白琳微微一笑，她想起女儿小时候可爱的模样，回味着当年在夹缝中生存的那一丝喜悦。

潇雨好奇地问：“房东每天都帮你照顾孩子？”

白琳摇了摇头说：“是房东婆婆带的，她人很善良，我把智妍交给她很放心。”

“你的女儿叫智妍？”

白琳自豪地说：“是的，她叫白智妍，现在正在美国读大学。”

潇雨做梦也想不到，这个未曾谋面的女孩儿，后来竟会成为自己的妻子。

白琳的话让潇雨有点反感，在他看来，现在很多出国读书的人，大多都是因为成绩不好，靠着家里有钱，打着出国深造的旗号去留学，学得好不好不管，回来就是“海归”。不管到哪里去应聘，似乎都高人一等。

潇雨之所以以偏概全，可能是因为心里嫉妒。嫉妒的同义词就是诋毁，嫉妒和诋毁同出一体，它们像一对如漆似胶的情人。

潇雨故意问："在美国哪所大学？"

潇雨心想，如果这是一所野鸡大学，或者这所大学不是很有名，他就可以假装无所谓地说："没听过！"

白琳很聪明，看出了潇雨的不屑，低声说："哈佛大学。"潇雨一听目瞪口呆，片刻后不解地问："既然你有一个这么优秀的女儿，为什么还要做违法的事情呢？"

白琳反问："一个吸了很多年毒的人，能戒掉吗？"

潇雨摇了摇头，觉得这个问题很难回答。

"吸毒会丧命，贩毒也会丧命，不同的是，吸毒的人是在毒瘾中慢慢丧命，贩毒的人则是在贪欲中渐渐丧命。一旦踏上这条不归路，就难以回头。当年我贩毒，也是生活所迫，没有办法。"

白琳这会儿就想倾诉，她知道自己的结局是什么。

"那时我上两份班，虽然很辛苦，但只要熬过去，日子就会慢慢好起来！我对未来没有奢望，只想让女儿健康长大。当时最迫在眉睫的是还房租，给女儿挣奶粉钱。

"人算不如天算，事不如意十之八九。眼看马上要到月底，要发工资了，我扳着指头一天天地算着日子，但等来的却是噩运——拖欠工资。厂里的工资迟迟不发，我好几次向厂长要钱，却被扫地出门，那时真是上告无门啊！我只好把希望寄托在歌舞厅上，乞求老板能发发善心顺利把薪水发下来。没想到发薪水那天，别人的都发下来了，我的迟迟没有一点动静。我去找那位姓杨的经理，他却厚颜无耻地劝我，陪客人跳舞喝酒，不但有保底工资还有丰厚的提成。我摇摇头说，要靠劳动所得挣干干净净的钱。

"杨经理欺负我是一个弱女子，威胁说，不答应一分钱没有，不想干马上滚蛋走人。我含着泪说，让我考虑几天。就在我的心理底线即将崩溃的时候，命运随着'摇头丸'的出现发生了改变。一天晚上，警察突袭歌舞厅，有个叫水哥的毒贩为了逃避检查，就躲到卫生间。他要我把一包东西藏起来，说只要我帮他顺利躲过这一关，保证不会亏待我。

“我抱着侥幸心理，把水哥给我的一包东西藏在了马桶水箱里。水哥躲过一劫，给了我三千元作为酬谢。这笔钱真是雪中送炭，解决了燃眉之急。在水哥的循循利诱下，我慢慢滑向了贩毒的深渊。后来，随着警方禁毒力度的不断增强，水哥等一伙人转移到了境外，我则成为水哥在境内销售毒品的合作伙伴。”

潇雨沉吟片刻问：“如果当年能顺利拿到薪水，你还会走这条路吗?”

白琳摇摇头说：“肯定不会，我从未想过什么荣华富贵，只要能衣食无忧，就满足了!”

潇雨愤愤不平地说：“那个姓杨的真可恨。”

白琳淡淡地说：“姓杨的早已经死了，我要了他的命。一条人命能值多少钱？四百块。我给了一个患有艾滋病的吸毒女人价值两百块钱的毒品，姓杨的花了两百块开了房……后来，姓杨的感染上了艾滋病，家破人亡。”

潇雨觉得自己的后脊背一阵阵发凉，白琳看上去温文尔雅，骨子里却是睚眦必报的狠角色，今后还是要离她远点才好。

白琳说：“小伙子，人都是有缺点的，但不能让你的缺点太过明显。不然一个小缺点，都会是致命的。”

听人一席话，胜读十年书。潇雨觉得自己读了四年大学学到的人生经验都没有今晚多，他问白琳，现在有什么打算。

白琳突然笑了，潇雨这个问题实在是幼稚，她淡然答道：“只有等死!”

白琳知道自己罪有应得，但就这样死了，还是心有不甘。因为自己死后，女儿孤苦伶仃，无依无靠。世界这么险恶，将来谁关心照顾她？女儿是她的软肋，一想到女儿，她就英雄气短，柔肠寸断。此时，她心里空空荡荡的，仿佛心灵没有了依托。

这种无所依靠的痛楚，白琳感受最深，她就像一个不会游泳却落入水中的人，拼命挣扎着，想抓住身边的一切，哪怕是一根稻草。她看着眼前的潇雨，心里开始盘算：如果这个男孩能替自己照顾女儿该多好。

“你今年多大了？”

“24岁。”

“天哪，多么好的年龄啊！”

潇雨没有说话，白琳的感慨让他听着很突兀。白琳对眼前这个真诚英俊的小伙子印象极好，越看越喜欢。白琳的生活环境极其复杂，她阅人无数，善于察言观色，因此她看人的眼光特别准。她和潇雨接触很短暂，却能感觉到潇雨是个善良真诚、乐于助人的好人。俗话说，男怕入错行，女怕嫁错郎，不论哪个女孩跟潇雨在一起，都会得到他的关怀和呵护的。

白琳自认为女儿出类拔萃，极为出色，长得漂亮不说，还是聪明乖巧的学霸。追求女儿的男生挺多，可她一门心思读书，根本就不理会乱七八糟的事情。出国留学后，白琳在电话里劝女儿找个合适的男朋友，别老是死读书，成了老姑娘。女儿说，她还小，将来的人生大事一定要母亲来把关。

白琳觉得，潇雨这样的男孩就挺合适，是个不错的人选。她向潇雨讲述自己的痛苦经历时，他抱以极大的同情心，自然而真实，一点不做作。一个陌生人的悲惨遭遇，都可以让他为之动容，这才是真有爱心。

为了转移话题，或是掩饰不切实际的想法，白琳问潇雨：“你为什么事情打架？”

“为了我爱的人。”

“哦，发生了什么事？”

潇雨觉得白琳很爽快，就把自己的秘密都和盘托出，自己藏着掖着就太小家子气了。于是，他一五一十地把自己和千姿的故事都告诉了白琳。

潇雨讲得很动情，白琳沉默不语，一副若有所思的样子，好像根本就没听。她想，如果潇雨能像对千姿那样善待女儿，该是多么美好的事情啊。只要女儿能幸福，哪怕牺牲自己的性命，她也不在乎。

潇雨有点不高兴地问："你在听我说话吗?"

白琳答非所问："该打，打得好!"

窗外下起雨来，阵阵寒意袭来，白琳的身体不由自主地瑟瑟发抖，潇雨把那床被子递给她。白琳突然情绪失控，像是看见了什么可怕的东西，满眼都是恐惧。她看着潇雨，眼神中带着无尽的祈求，像一个可怜的乞丐，在腊月的寒风中，渴望能得到路人的施舍和一丝温暖。

潇雨不明所以，被白琳的眼神吓了一跳，问道："你怎么了?"

白琳缓过神，恢复了镇定，摇摇头说："没事，我不用被子，你自己盖吧。"

潇雨的善意让白琳有一点感动和慰藉，她没看错这个小伙子，他懂得体贴关心别人，将来会是一个知道疼爱妻子的丈夫。这个念头让白琳兴奋起来，她有点走火入魔：让潇雨娶女儿白智妍为妻。

白琳问："你爱你女朋友吗?"

潇雨点点头："那当然，可是医生说她活不长了。"

白琳诧异地问原因，潇雨把千姿的情况详细地告诉了她，讲完以后默默地流泪。白琳更加认定，这是一个值得女儿托付一生的男人。

"没有办法救她了吗?"

"医生说只能心脏移植，可千姿的血型稀有，这几乎是不可能的。一个正常人谁会把自己的心脏捐给她?"

白琳也是稀有血型，她心里一动，问道："你女朋友是什么血型?"

潇雨说："Rh阴性血，俗称熊猫血。"

白琳突然心中窃喜，萌生了一个"鸠占鹊巢"的计划。她不知道是否应该感谢命运，尽管前半生多灾多难、历经坎坷，后来却也享受了香车宝马、锦衣玉食的生活。现在她锒铛入狱，即将离开世界之际，命运却做出了一个奇妙的安排，让她和潇雨共处羁押室，帮助她完成一个决定女儿一生幸福的"阴谋"。

白琳问："如果有人能救你女朋友，你愿意为她做什么?"

潇雨不假思索地说："我什么都愿意做，只要千姿能活着。"

"如果她能活着，但你们一辈子都不能在一起，你还愿意吗?"

"愿意!"

白琳有些感动，她停顿了片刻，说："我能救她!"

潇雨大吃一惊，问道："你说什么?"

白琳一板一眼地说："我是Rh阴性血，我能救她。我愿意申请把心脏捐献给你女朋友。"

潇雨吓了一跳，身体不由自主地往后一仰，天下真有这种以身饲虎、舍己救人的事情吗？热血上涌，冲昏了潇雨的大脑。

白琳不紧不慢地说："不过，我是有要求的。"

潇雨迫不及待地问："你有什么要求?"

"娶我的女儿，替我好好照顾她一辈子。"

潇雨一下子傻了，彻底慌了神。

第二十四章

白琳知道自己是在强人所难，虽然情非所愿，但她别无选择。见潇雨久久沉默不语，白琳轻声说：“这样有什么不好，这不是你女朋友活下去的唯一希望吗？”

“你是不是在和我开玩笑？”

“不是，我是认真的。”

“我和你女儿既没见过，也不认识，你却让我娶她。太荒唐了吧！”

白琳自从走上了贩毒这条不归路，就养成了独断专行的个性，她认准的事情，一定是对的，必须要做。

白琳像是在自言自语：“我女儿长得很漂亮，非常优秀，情商很高，既善解人意，又知书达理，是百里挑一的好女孩儿。谁娶了她，那是前世修来的福分！”

潇雨见白琳嘴角含笑，喃喃地自说自话，认为她神经错乱，是不是疯了？

“如果我不能答应呢？”

“那我的心脏就会变成灰烬。”

潇雨明白了，白琳没疯，意识相当清醒。

直到天蒙蒙亮，潇雨和白琳都没有再说一句话。

天空略有些昏暗，潇雨的内心因如雾霾一般浑浊而憋气。联想到千姿躺在病床上气息奄奄，自己被关在羁押室无能为力，潇雨悲愤交加，抑制不住情绪气冲冲地对白琳说："我要发疯了，不就是个死吗？大不了大家一起死。你的心脏自己留着吧，千姿死了，我就去陪她。"

白琳突然暴怒："够了，你能不能成熟点儿？别像个小屁孩儿一样任性冲动。如果你真的爱千姿，就要想尽一切办法让她活下去。你除了哭，就是发脾气，你好好想想，为千姿做过一点有用的事情吗？"

潇雨被白琳一顿抢白教训，竟然无言以对。他冷静下来一想，的确如此，他为千姿做过什么呢？白琳的话如当头棒喝，给他一种醍醐灌顶的感觉。

白琳神情稍缓："我女儿的手机号，我只说一次。你出去以后，就打给她，让她马上回国。找个律师让我和女儿见一面，然后你们马上举行婚礼。事后，我会按照约定将心脏捐献给你女朋友。"

天亮了，阳光照耀着大地的每一个角落，夜晚的罪恶也终将昭示于人。派出所里的大小领导，都来到了关押罪犯的房间，白琳紧闭双眼，一言不发，潇雨本想和白琳说些什么，但是现场严肃的气氛让他不敢出声。

两个女警押走了白琳，把她带进审讯室。临走时，白琳回头死死盯着潇雨，眼神像出鞘的剑，寒光毕现，锐利极了。

在派出所民警的调解下，潇雨和刘亚川强颜欢笑地握手言和了。在内心深处，刘亚川对潇雨心存感激，不愿追究他的责任。

潇母心疼儿子，见他面容憔悴，精神不振，不忍心再责备他。潇雨在心里默背着白琳告诉自己的号码，他拿过母亲的手机，把号码记在备忘录里。

出了派出所，潇雨就要去医院。他像是得了自闭症，父母和他说话，他好像没听见似的，毫无反应。自打潇雨演了那出"火烧连营”的戏码后，父母再不敢限制他的自由。想想千姿的生命危在旦夕，想想儿子的一往情深，他们很为潇雨揪心。万般无奈，他们跟着潇雨来到医院。

千姿坐在病床上，目光呆滞地看着墙壁，像是泥胎雕塑一般。昨晚，千姿在派出所外待了一夜，她以这种近乎自虐的方式守候着潇雨。清晨时分，她看见刘亚川来派出所协调问题，心里悬着的那块石头总算落了地。因又冷又累，千姿状态很不好，她怕自己昏倒在地，给别人增添麻烦，就给司机打电话，让送她回医院。

病房的门被轻轻推开，千姿听见响动回过头，见是潇雨，淡淡一笑，神情平静地说："潇雨，你以后别来看我了。我想好了，你把我忘了吧。"

潇雨没有说话，深深地看了千姿一眼，转身离开了病房。潇雨父母对他的举动很觉诧异，这个时候，千姿是最需要安慰和关心的呀，他怎么能一走了之呢？潇雨妈坐在床边，柔声细语地安慰了千姿一番。

一回到家里，潇雨就用手机申请开通了国际长途。他深深呼吸了一口气，拨通了白琳女儿的电话。此时，美国正是深夜，白智妍有睡前看书的习惯，电话铃声响了半天，她才接听。

"Hello……"那头传来轻柔慵懒的问候。

"白小姐，你好。我是你母亲的朋友，你母亲她……"

"我母亲怎么了？"

"你母亲住院了，需要你马上回国一趟。"

"你是医生？"

"不是，我是她朋友。"

电话那头响起了"嘟嘟"声，白智妍挂了电话。骗子盛行的年代，白智妍完全有理由相信这是一场低俗的骗局。

潇雨再打过去，白智妍却关机了。潇雨气急败坏地把手机扔到了一边，索性蒙上被子呼呼大睡。

过了好一阵，熟睡中的潇雨被电话铃声吵醒，他不情愿地接通了电话。电话是白智妍打过来的。潇雨出于同情，对她撒了一个善意的谎，白智妍挂断电话的行为让他颇为恼火。所以电话一接通，潇雨就一股脑儿地把所有事情都告诉了她。白智妍听后立刻开始慌张，她打电话到拘押母亲的看守所，证实情况属实后，马上订了回国的机票。

登机前，白智妍发信息告诉潇雨，她到达机场的时间。

翌日，潇雨准点到了机场，他的心情极为复杂。望着形形色色、脚步匆匆的过往旅客，潇雨有种恍然如梦的感觉。百年修得同船渡，千年修得共枕眠。这个即将成为他“妻子”的女孩，他都没见过，更别提什么了解，命运跟他开了一个天大的玩笑，他还得含泪接受，跟谁讲理去？

白智妍乘坐的飞机徐徐降落，旅客拎着行李鱼贯而出，一个个从潇雨身边走过。潇雨不认识白智妍，只能睁大眼睛凭借着想象在人群中搜索白智妍的身影。眼看闸口里面的旅客越来越少，潇雨着急忙慌起来，扯着嗓子喊：“白智妍！白智妍！”

这时，潇雨听到身后传来轻声慢语的回答：“我在这里。”

因为心情不好，潇雨没跟白智妍寒暄客套，而白智妍飞了十几个小时，精神状态也不是很好，彼此之间几乎没有交流，都没留下好印象。潇雨大步流星不管不顾地在前面走，白智妍拖着个大行李箱跌跌撞撞地在后面追。白智妍暗暗摇头，这个潇雨既不懂得怜香惜玉，也不会关心照顾人，是个极其没有绅士风度的愣头青。

潇雨拦了一辆出租车，径直将白智妍送到了派出所。白智妍在母亲被送往看守所之前，与她见过面。母女相见心里五味杂陈，白琳倒是镇定，白智妍却失去了淑女风度，声泪俱下地追问母亲怎么会这样。

白琳戴着冰冷的手铐，费力地为白智妍擦眼泪，安慰她不要哭，让人笑话。她做了违法的事情，是咎由自取，罪有应得。

白智妍摇着头，哽咽着说不出话。白琳看着女儿雨打梨花的可怜样子，真是心如刀绞，悔不当初。天网恢恢疏而不漏，自己这回难逃一死，女儿今后将孤苦伶仃地生活。如果不安排好女儿未来的生活，她将死不瞑目。

白琳冷静地说："智妍，妈跟你说一件事，希望你能答应。"

白智妍含泪地点点头。

"刚才跟你在一起的那个小伙子叫潇雨，妈觉得他人很不错。你嫁给他吧，将来会幸福的。"

白智妍听了这话像是遭了雷击，瞪大了眼睛，不敢置信地看着母亲。她万万没想到在这个悲痛的时刻，母亲会说出如此莫名其妙的话。她手足无措，以为自己听错了，傻傻地看着母亲，哭红的眼睛里满是不解和疑惑。白智妍曾经对婚姻有无数种设想，但绝没有想过会是这样一个结果。

"智妍，你答应我!"

白智妍犹豫地摇了一下头，她脑子里一片空白，根本就无力思考，这是她下意识的动作。白琳急了，瞪起眼睛更大声地说："智妍，你必须答应我!"

白智妍认为母亲是受了重大刺激神志不清，再一次摇摇头。白琳知道自己时日无多，跟女儿见面的机会少之又少，自己的良苦用心不被理解，她顿时像一头愤怒的雌狮，咆哮着说："答应我，你没有选择!"白智妍见母亲两眼冒火、五官移位，神情有些狰狞，吓得呆若木鸡。站在旁边的女警察忙走过制止，警告白琳克制情绪，否则就取消这次会面。白琳忘了她是一个犯人，早已经被剥夺了大声说话的权利。

白琳紧紧握住女儿的手，用威胁的语气说："智妍，如果你不答应，我死不瞑目!"

女警察见白琳对警告置若罔闻，觉得权威受到了挑衅，当即宣布取消会面。她走上前去拉白琳，可白琳拒绝执行命令，居然与女警察撕扯起来，气氛陡然紧张起来。白智妍怕激化矛盾，哭着说：“我答应！”

白琳点点头，停止了挣扎，顺从地跟女警察走出会见室。

白智妍心中关于美好婚姻的美梦，被母亲的咆哮声彻底震碎。

潇雨在会见室外听见白琳的那番话，觉得她真是不可理喻，如此严厉地威逼女儿就范，不管她未来的生活幸福与否，简直像一个发了疯的魔鬼。潇雨哪里能体会到一个绝望固执的母亲心里的挣扎和苦楚，她能为女儿做的最后一件事就是，替她选一个有爱心有担当的男人做丈夫。

在白琳看来，古代的婚姻形式没什么不好。青年男女没见过面，凭着父母之命、媒妁之言结成婚姻，在柴米油盐中相互认识，相互了解，相互关爱，白头偕老过一辈子。哪儿像现在的人，轻率地闪婚闪离，日子过得一片狼藉。

潇雨在门外听到白琳对白智妍所说的一切，觉得这个女人简直就是一个魔鬼。他哪里知道，这是白琳绝望中的最后挣扎，她希望女儿能幸福，希望女儿在人生的道路上、风雨中有人为她撑起一把伞；不管是铺满鲜花的大道，还是布满荆棘的泥泞小道，都有人陪着走下去。为了给女儿许一个美好的未来，她可以牺牲一切。

白琳被押上前往看守所的警车。临上车前，她叮嘱女儿和潇雨抓紧时间安排她和律师会面，按照既定方案去办。潇雨点点头，望着押送白琳的警车远去，心里万般感慨，不管怎么样，千姿有救了。

警察告诉白智妍，她家因办案需要已被查封，要另寻去处。白智妍晕头晕脑还在倒时差，不知道该去哪里。潇雨都没跟白智妍打招呼，就径直朝一家宾馆走去。白智妍精神恍惚地拖着沉重的行李箱，下意识地跟在潇雨后面，一副楚楚可怜的样子。此时，即便是一个陌生人也会同情白智妍的际遇，潇雨却表现出不近人情的冷漠。

潇雨把白智妍领进宾馆，走到前台办理入住手续。前台女接待员问潇雨要证件，潇雨扭头看着白智妍问："把你的证件给我。"白智妍泪眼婆娑，呆呆看着潇雨像是没听懂。潇雨不耐烦地说："你的身份证或是护照呢？办入住要用。"

白智妍突然醒悟过来，惊叫一声问："你看见我的手提包了吗？"

潇雨摇摇头，叹着气对前台接待说："用我的身份证登记吧。"

前台接待态度坚决地说："谁住宿，就用谁的证件登记，这是我们的规定。"

潇雨解释了半天，希望前台接待能够通融一下，但前台接待斩钉截铁地拒绝了他。潇雨有些恼火，转身就走，也没跟白智妍说一声。白智妍在这座既熟悉又陌生的城市无依无靠，只得拉着皮箱跟在潇雨后面。

接连去了两家酒店，没有证件都无法办理入住，总不能让白智妍露宿街头。无可奈何，潇雨只得将白智妍带回自己家。他三下五除二收拾了一下卧室，把脏衣服臭袜子塞进卫生间的洗衣机里，换了新被罩和床单，让白智妍先委屈几天。

潇雨父母下班回家，见家里多了一个如花似玉的大姑娘，大吃一惊。白智妍恭恭敬敬地致以问候，潇雨爸妈勉强微笑着点点头。潇雨妈给儿子使了一个眼色，然后走进自己的卧室，潇雨泰然自若地跟了进去。

潇雨妈生气地低声质问道："这女孩是谁？她来我们家干啥？"

潇雨镇定地说："她叫白智妍，她妈妈能救千姿。"

潇雨妈气糊涂了，儿子越来越过分，越来越出格，那个夏千姿还在医院躺着呢，他又往家里领回一个大姑娘。她气呼呼地问："陈潇雨，你到底要怎么折腾才算够？我看你是鬼迷心窍、走火入魔了。这个女孩的妈妈能救千姿，怎么救？"

"你别管了，反正她能救。"

"怎么救？千姿除了心脏移植就没办法救。"

“白智妍的妈妈愿意把心脏捐献给千姿。”

“胡扯，你说什么疯话？她是菩萨呀，还是上帝？她捐献了心脏，还能活吗？”

“她母亲是毒贩，要被判死刑的，她愿意把心脏捐给千姿。”

潇雨妈惊得跌坐在床上，半天说不出话，天底下还有这种离奇古怪的事，都让儿子赶上了。让她更加无法理解和容忍的是，潇雨竟然将毒贩的女儿带到家里来。她感到一阵阵彻骨的寒意，从后背刺过直贯前心，身体禁不住打起冷战。

潇雨妈火冒三丈地说：“陈潇雨，你到底想干什么？非要把我和你爸爸气死，你才肯消停吗？那个夏千姿，自从认识了她以后，你就像变了一个人一样，整天无所事事，吊儿郎当。你嫌我上班不够累，让我到医院去当老妈子，端茶倒水伺候她……

“现在好了，按下葫芦浮起瓢，夏千姿那边还没处理好，你又把毒贩的女儿带到家里，不清不白的。你不怕引火烧身，我和你爸还想多活几年。”

潇雨一声不吭地听母亲数落，等母亲缓了一口气平稳情绪时，他冷不丁冒出一句：“我要结婚了！”

石破天惊的一句话，惊得潇雨妈目瞪口呆，她好半天才哆哆嗦嗦地问：“ 和谁？什么时候的事情？”

一直稳如泰山的潇雨爸沉不住气了：“潇雨，年轻的时候，谁都荒唐过，荒唐总要有一个界线吧，越过界线就不好了。你长大了，我们管不了你，但你的选择决定着你今后的人生道路。”

潇雨平静地说：“爸，我知道。这次我是认真的。”

潇雨妈急切地问：“你要跟谁结婚，夏千姿吗？”

“白智妍，住在我们家里的这个女孩。”

“那个毒贩的女儿？”

潇雨点点头。

潇雨妈说：“你疯了。有其母必有其女，毒贩的女儿能是什么好人吗？我不同意。”

潇雨冷静地说：“她是优等生，在美国哈佛大学读书。”

潇雨爸妈惊住了，迅速交换了一下眼神，默契地达成了一致意见：同意。跟奄奄一息、豆芽菜一样纤弱的夏千姿相比，白智妍的优势太过明显。她身体健康，端庄大方，气质高雅，一副温文尔雅的淑女模样，关键还是哈佛大学的高才生。如果不是毒贩的女儿，潇雨还真配不上人家。

潇雨妈甚至想，如果儿子能和白智妍结婚，去美国生活，彻底忘掉那个夏千姿，难道不是坏事变好事吗？

晚上，潇雨妈费尽心力做了一桌丰盛的饭菜，给白智妍接风洗尘。白智妍强颜欢笑，客客气气地不住道谢，那样子真是我见犹怜。潇雨妈不住地给白智妍碟子里夹菜，安慰说，今后都是一家人，不要太客气。

潇雨和白智妍各怀心事，沉默不语。一桌子丰盛的饭菜吃得没滋没味，草草收场。白智妍帮着潇雨妈收拾碗筷，擦干净餐桌，然后跟潇雨爸打了一声招呼，走进潇雨的卧室，轻轻关上了门。

潇雨妈打心眼里喜欢白智妍，这个女孩子懂事稳重，温柔体贴，将来一定会成为一个好妻子。她洗了一些水果，端着果盘敲了敲卧室的门。

白智妍打开门，见是潇雨妈，忙擦拭去脸上的泪水，微笑着打招呼让座。潇雨妈很心疼白智妍，让她吃点水果，消消食。她安慰说，事已至此，还是想开点好，不然闹出病来，母亲更担心。

白智妍泪眼婆娑地看着潇雨妈，乞求着问：“阿姨，你认识法院的人吗？能不能救救我妈妈？”

潇雨妈深感歉意地摇摇头，眼神里满是怜悯和同情。

白智妍神情痴呆呆的，像是自言自语：“我妈妈太苦了，谁能救她呢？”

潇雨妈走到白智妍身边，抚摸着她的头发，轻轻拍着她的身体，无声地抚慰着她。

白智妍依偎到潇雨妈怀里，无助地恸哭道："阿姨，求求您，帮我想想办法。"

那哭声悲切哀伤，让人心碎，潇雨听了却心烦意乱。

一个女人想哭的时候，有人能给她一个拥抱，这不是一份情，而是一份恩。潇母的这个温暖拥抱，融化了白智妍心里的寒冰，缓解了她对这个陌生家庭的戒备，打消了她的种种担心和顾虑。

潇雨妈等白智妍的情绪平复下来，和蔼地询问她母亲的情况。在白智妍的印象里，母亲白琳吃苦耐劳，做事认真，每天忙忙碌碌，虽然对她管教极为严格，却给了她人世间最伟大的母爱。她两耳不闻窗外事，埋头于学习，一直都以为母亲是一个事业小有成就的企业家，哪儿能想到她背地里竟然干着违法的事情。

在促膝谈心的过程中，潇雨妈越来越喜欢白智妍，这个女孩落落大方，通情达理，说话有条不紊，性格温顺平和，显得很有教养。她暗自感叹，一个毒贩竟然能生养出大家闺秀般出色的女儿，想来也不是一般人，可惜走错了路。

潇雨妈很清楚，白智妍才貌双全，出类拔萃，如果不是她母亲身陷囹圄导演了这场"拉郎配"，凭着潇雨的自身条件根本就配不上白智妍。命运就是喜欢这样捉弄人，用缘分将两个八竿子打不着的年轻人拉到一起，至于是悲剧还是喜剧，它概不负责。

第二十五章

潇雨躺在客厅的沙发上翻来覆去，彻夜难眠。

凌晨四点，潇雨迷迷糊糊刚合上眼，叮的一声被短信吵醒。他拿过手机一看，是千姿发来的短信，内容很长足有几百字。刚看了几行，手机突然自动关机。

因一时疏忽，充电器放在卧室，白智妍肯定早已睡了。男女有别，潇雨怎好进屋去拿，急得他抓耳挠腮。潇雨起身去卫生间，见自己卧室的门缝里透出灯光，还传来一阵轻微的咳嗽声。

潇雨鼓起勇气走过去轻轻敲了敲门，片刻之后，穿着睡衣的白智妍打开了屋门，诧异地看着他。潇雨深感歉意地说："不好意思，打扰你了。我找一下充电器。"

白智妍没说话，闪身让开。潇雨记得充电器放在电脑桌上，可那里除了白智妍的书籍和杂物，根本就没有充电器。

潇雨轻声问："你看见桌上有个充电器吗？"

白智妍摇摇头："抱歉，没看见。"

潇雨又问："我能找一下吗？手机没电了。"

白智妍点点头："这是你的家，请便。"

屋里弥漫着女性若有若无、柔美慵懒的气息，床头放着白智妍的贴身内衣，潇雨感觉很不自在，他无心细找，随便翻了翻抽屉，就点点头走了出去。

潇雨走后，白智妍再也没心思看书，寄人篱下的感觉真不好受。她强迫自己不要胡思乱想，要把注意力集中在读书上，她的信条是：“一个人的良好习惯，如果能一直坚守到进坟墓前，这个人即便死了，可他仍然还活着。相反，如果一个人在活着的时候，生活得没有规律，徘徊在迷茫当中，活着对他而言和死去是没有任何区别的。”

天蒙蒙亮，潇雨索性不睡了，他惦记着千姿那条短信的内容。于是，他起来洗脸刷牙，穿好衣服换了鞋，轻轻打开房门，下楼直奔医院。

千姿见潇雨来了，恬静地微微一笑，没有了昨天大小姐的脾气和刻薄。在爱情面前，任何刻意的伪装都是暂时的，终究会露出真实的一面。

潇雨还年轻，心智还不成熟，定力不够，他猜不透千姿的心思，所以心情随着千姿的变化而变化，就像一首流行歌里唱的那样：

> 女孩的心思男孩你别猜，
> 你猜来猜去也猜不明白。
> 不知道她为什么掉眼泪，
> 也不知她为什么笑开怀。
> ……

“你是不是一夜没有睡？”

潇雨点了点头。

“我替小慧谢谢你。”

“不说这些了。过去的事情，还提它干什么呢？”

“想想真是后怕，如果手术真的进行了，小慧……”说到这里，千姿突然感觉全身发凉，“潇雨，你抱抱我吧。”

潇雨抱着千姿，紧紧地抱着，她太纤弱了，弱到无法经受任何风雨。千姿的话让潇雨浑身发冷，毛骨悚然，有刘亚川这样阴险狠毒、夏和臣这样处心积虑的人环伺周围，千姿的处境可以说是危机四伏。潇雨在心里暗暗发誓，要用热血和生命保护千姿。

千姿喃喃地说："潇雨，我们以后不要再提手术的事情了。我能活一天是一天，经历这么多事，我也想明白了，一切听天由命吧。"

潇雨敷衍地点了点头，他在心里盘算着，要想让千姿彻底脱离病魔的掌控和折磨，过上安定平静的生活，只有一条路可走——按照白琳说的去做，完成那份秘密契约。

潇雨找了一家律师所，把白琳的案子大概说了一下，接待潇雨的中年律师听完，摇摇头说，这案子有点棘手，他太忙，接不了。潇雨此前在网上查阅了一些资料，毒品犯罪是量刑比较重的犯罪类型。白琳的案情并不复杂，她贩毒时间长，数量大，依照相关法律，会被判处死刑。

一般律师接这种案子，无非是想多要点律师费，走走过场，象征性地做一下辩护。受人所托，忠人之事。潇雨答应了白琳，就会尽心竭力地帮她找一个好律师。潇雨的诉求是，尽快开庭审判，向法院申请允许白琳捐献心脏给千姿。

潇雨接连跑了好几家律师所，没人愿意受理这个案子。万般无奈，潇雨在中国律师网上发了一个帖子，把白琳的案子详细描述了一番，请求法律援助。潇雨很快就收到了回复，一个叫张海的年轻律师和他的律师团，准备接下这个极具挑战性的案子。

潇雨和张海很快取得了联系，并在一家茶楼会面。两人没有过多寒暄，张海开门见山地向潇雨详细了解关于整个案子的情况。潇雨坦诚相见，知无不言，张海听后先是震惊，而后是兴奋，职业经验告诉他，这个案子很有挑战，弄好了会产生很大的社会影响力，争强好胜的个性促使他接下了这个案子。

张海打电话给他的团队，经过一番磋商和讨论后，他们初步形成了一个方案：

一、向办案法官协商提前开始审判的时间；二、向法院说明，由于夏千姿血型的特殊性，白琳是夏千姿心脏的合适捐献者；三、让白琳写一份申请，请求法院同意其捐出自己的心脏；四、让医院出具一份关于夏千姿已经病危的证明；五、寻找媒体的帮助，把这件事情曝光，并且持续关注。

听了张海的方案，潇雨频频点头，他看到了一个优秀职业律师的操守，也看到了一线希望，千姿有救了。

按照中国刑事诉讼法的规定，对犯罪嫌疑人逮捕后的侦查羁押期限不得超过两个月。人的生命只有一次，没有一个罪犯及其亲属在明确知道要被判死刑的情况下，希望早日结案并执行审判。白琳是个特例，她担心案件拖的时间长，夏千姿病情恶化，身体支撑不了多久，会危及女儿的婚事。因此，她强烈提出早日审判。

白琳心里很清楚，心脏移植手术很复杂，虽然成功率不低，但也还存在各种风险。潇雨肯定会放手一搏，给夏千姿争取活下来的机会。夏千姿能活多久是个未知数，两年还是五年？等她死了，潇雨终究会慢慢将她遗忘，和白智妍过平淡安宁的生活，这是她希望看到的。

司法机关在审理白琳毒品犯罪一案时，进展异常顺利，关键原因在于白琳积极主动，全面配合。她对自己所犯罪行供认不讳，对案件中悬而未决的疑点、难点，都坦然做出解释说明，一个人承担了所有罪责。

潇雨他们的方案跟预想的一样，进行到捐献心脏。有人以没有先例提出质疑，张海拿出1984年10月9日颁发的刑法规定据理力争。由最高人民法院、最高人民检察院、公安部、司法部、卫生部、民政部六机关颁布实施的一个文件规定：

以下几种死刑罪犯尸体或尸体器官可供利用：

1. 无人收殓或家属拒绝收殓的；

2. 死刑罪犯自愿将尸体交医疗卫生单位利用的；

3. 经家属同意利用的。

事情进展顺利，在家属同意环节上遇到点小障碍。潇雨不好出面做白智妍的工作，张海体谅到他的难处，自己约白智妍到一家咖啡厅面谈。

张海跟白智妍闲谈了一会儿，对她的脾气个性有所了解后，这才切入正题。起初，白智妍很难过，迟迟不忍心在家属同意书上落笔签字。她觉得如果签了这个字，母亲就将死无全尸，她心里会不安的。张海是有备而来，他动之以情，晓之以理，最后真诚地说，这是她母亲白琳的意愿。救人赎罪，行善积德。

白智妍竟是喝过洋墨水的人，捐献器官在西方较为普遍，他们早已建立起较为成熟的器官移植体系。尽管想明白了，但白智妍还是觉得手中的笔重似千斤，她含着泪在遗体捐献书上签了字。

潇雨把已找到合适捐献者的喜讯告诉千姿时，她神情平静，好像此事与她无关似的。经历过刘亚川策划的那次“换心记”，她对心脏移植已经不敢抱有太大希望。潇雨郑重其事地说，捐献者是一个极有爱心的脑瘤晚期患者，生命已经走到尽头，她留下的遗嘱是将心脏捐献给需要的人。千姿这才放下心来，满怀希望地等待着做手术的日子早日到来。

经过众人的不断努力，事情取得了很大进展，结果比预期的要好。

张海不仅为千姿赢得了活下来的宝贵机会，还在律师界赢得了响当当的名声。只有潇雨喜忧参半，万般滋味在心头。

张海和白琳见面的时候，白琳提出一个谁都不忍心拒绝的要求，她要在执行死刑前参加女儿的婚礼。尽管此事有一定的难度，但出于人道主义考虑，张海还是答应竭尽所能向法院提出申请。

法院宣判这天，潇雨的父母和白智妍一同出席了开庭。当然还有潇雨，只不过他是被父母强行拉过去的。

白智妍全程参加了母亲的庭审，知道了母亲所有的犯罪过程，她感觉到万分震惊。母亲在法庭上冷静地讲述过往的犯罪事实，听得白智妍目瞪口呆，不敢相信自己的耳朵。

白智妍回忆母亲的过往，跟同学的母亲没有什么不同，除了忙工作，就是洗衣做饭，织毛衣看电视，周末母女俩逛商场或是去公园。她根本就无法想象，和自己朝夕相处的母亲竟然会是一个隐藏很深的毒贩。从法理上讲，母亲是罪有应得；从亲情上说，母亲是她最爱的人。她想逃避，却无处可逃，只能装出很镇定的样子。

白琳被法院判处死刑，剥夺政治权利终身，并处没收全部个人财产。宣判结束后，白琳被押送着离开法院。白智妍注视着母亲的背影，突然情绪失控痛哭流涕。潇雨妈将白智妍搂在怀里，轻声安慰她；潇雨爸神情凝重，坐在一旁发呆；潇雨听完白琳的判决书后，就独自一个人走了。

潇雨内心十分矛盾，一个生命即将走到尽头，而另一个生命却将获得新生，他是喜呢，还是忧？在潇雨的人生轨迹中，白琳就像冥冥之中的一个扫帚星，她拯救了千姿生命的同时，又给潇雨套上了一条无形的枷锁。

白琳通过张海律师提出，潇雨要尽快和白智妍结婚，否则夜长梦多，天有不测风云。张海和潇雨谈这事时，见他情绪低落，似乎不大想跟白智妍举行婚礼。安抚了半天后，张海提醒说，这个案子已经引起了很多网友的关注，如果悔约后果很严重。

潇雨深深爱着千姿，却不得不和白智妍结婚，今后无论千姿是幸福还是痛苦，都和他没有关系了，因为他是有妇之夫。他不知该怎么把这件事情告诉千姿，更不知道该怎样面对千姿。

潇雨希望千姿恨他一辈子，最好将他这个“负心郎”忘记。然而，这是不可能的，千姿之所以留恋这个世界，是因为他们之间有真挚的爱情。千姿曾经说过：“比死亡令我更加恐惧的是失去你，比失去你更令我恐惧的是你不再爱我了。”

那时千姿的一句玩笑话，一语成谶变为现实。潇雨知道千姿会为此伤心难过，认为他背叛了他们的爱情。

潇雨又有什么办法呢？如果有一道选择题，是要短暂的爱情，还是要千姿活下来？毫无疑问，千姿的生命更重要。他爱千姿，胜过爱自己。这世界上有谁愿意看着深爱的人慢慢死去，明明能救，却见死不救？即使被千人唾弃，万人记恨，潇雨也无所谓，只要千姿能活着。

在结婚前的几天里，潇雨总是刻意地逃避千姿，然而千姿却时时刻刻都想看见他。千姿知道找到了匹配的捐献者以后，对生活充满了希望，对潇雨的爱恋更加浓烈，无半点遮遮掩掩。为了不让千姿怀疑，潇雨不得已天天陪着她。最高法院核准白琳的死刑大约需要七天的时间，潇雨能陪千姿的时间屈指可数。

千姿并不希望潇雨为她做什么，只要潇雨看着她，她就心满意足。潇雨是她在这个世界上唯一信任的人，她的世界曾经五彩缤纷，也曾瞬间黑暗，他就是她看不见路时的唯一陪伴。她就像一个盲人，没有导盲杖，没有导盲犬，每走一步都需要拉着他的手。他的手让她的生活有了目标，生命有了温度。

他们在一起的时候，聊得最多的就是未来。千姿开始幻想未来的生活，所以不可避免地谈到婚姻，她问潇雨：“你会娶我吗，让我做你的妻子？”

千姿展颜欢笑，等待着潇雨的回答，他欲言又止，迟迟没有回答。千姿以为他在故作深沉，笑着向右歪了一下头，停顿了片刻，追问："你不愿意吗?"她原本认为自己不需要答案，只要能活着，一切都会水到渠成。

潇雨不忍心伤害她，字斟句酌地说："你不觉得，我已经把你当成妻子了吗?"

千姿笑了笑，说："那也要有仪式啊，我要穿着最美丽的婚纱，我要把婚礼现场全部摆满鲜花。我要你身穿白色的礼服，手捧一束代表幸福的花，然后向我走来；我要你像一个绅士一样向我下跪求婚，然后你就是我的王子；我要你亲我的额头，为我戴上戒指，然后拥抱我，我就会成为这世界最美丽的公主。你是你，我还是我，只是我就可以永远跟着你了。"说完她开心地笑了，潇雨笑得有点勉强，心里充满了苦涩。

每日陪伴千姿，让潇雨感觉筋疲力尽。他总是逃避千姿的问题，很多时候，气氛难免有些尴尬。当然，千姿并没有发现什么异常。

婚期一天一天逼近。这天晚上，潇雨回到家里，看见母亲在忙忙碌碌地准备喜帖安排婚礼事宜，他感到心烦意乱，却又不得不参与。母亲让他把该请的人提前写下来，请哪家婚庆公司、穿什么衣服、订什么样的酒店等，千头万绪都要一件一件理出来。潇雨一听头就大了，他心浮气躁地说，没什么人要邀请，也没有经验，全部交由母亲打点。

白智妍心事重重地跟潇雨打了招呼，轻声说："有空吗？你来一下，有件事情必须告诉你。"

潇雨不愿意跟白智妍有过多接触，他皱着眉头走进卧室。白智妍虚掩房门，对潇雨说，有个叫夏和臣的先生，通过律师张海要了她的电话，说他认识的人多，有办法救自己母亲一命。她兴冲冲地来到约定的咖啡馆与夏和臣见面，没想到他一见面就谈钱，说她如果向法院提出申请，把捐献协议书要回去，就能得到一笔数额可观的钱。

白智妍又气又急，这简直是对她人格的侮辱，是对她尊严的践踏。刚点燃的希望，就被无情浇灭，她感觉被别人戏耍了一番。以其人之道，还治其人之身。白智妍为了戏弄报复夏和臣，假意答应了他，并收下了他的一百万支票。白智妍让夏和臣写一下这笔钱的用意，夏和臣老奸巨猾，立刻警惕了起来。白智妍解释说："你要是不写，万一我撤销以后，你后悔了，告我诈骗怎么办？骗人之心不可有，但防人之心不可无。你把卡号和账户的名字也写上，剩下的事情，我按照你的要求去做。"

夏和臣是"老江湖"，却因急于求成疏于防范，给白智妍写了这样一纸证明。白智妍把支票和那张纸拿过来，装进了包里，站起身说："我还有事，失陪了。"

夏和臣原想和白智妍多聊一会儿，套套近乎，没想到这个女孩完事就走人，一点儿也不给他这个董事长面子。

出了咖啡厅，白智妍心里一阵阵地难过，现在这个社会怎么了？一切都向"钱"看，似乎钱能买来一切。母亲被判死刑是铁定的事实，看来无法改变，她必须接受这个现实。那个夏和臣花重金让她做的事，当中必定有隐情，她应该告诉潇雨，商量一下应该怎么办。

白琳捐献心脏的事情，在网络上已经传得沸沸扬扬，夏和臣平时不怎么上网，所以得知消息比较晚。夏和臣想办法联系到张海律师，向他询问事情的来龙去脉。张海此时正春风得意，哪里会隐瞒自己的成功案例，况且夏和臣既是夏千姿的叔叔，又是著名企业的董事长。

夏和臣知道此事已成定局，沉默半晌问："这事板上钉钉了吗？天有不测风云，万一有什么变化呢？"张海毕竟年轻，哪里知道夏和臣藏着坏心眼，摇摇头说："能有什么变化？除非白琳的女儿白智妍变卦了，向法院提出撤销申请。"

夏和臣心头暗喜，敷衍着跟张海闲聊，虚情假意地说，将来有机会一定要合作，聘请他做集团的法律顾问。打发走了张海，夏和臣立刻联系了白智妍，他没想到搬起石头砸了自己的脚。

白智妍把那张支票交给了潇雨，潇雨很是感动。将心比心，潇雨不再隐瞒，将他和白琳之间的约定告诉了白智妍。震惊之余，白智妍陷入了沉思，对母亲疯狂固执的决定有了几分理解。白智妍和母亲相依为命，从小就是一个听话的乖孩子，十几年来她勤奋读书，按照母亲规划的道路走得顺风顺水，成为众人瞩目的“学霸”“哈佛骄子”。尽管母亲成了“阶下囚”，还为她安排了极为荒唐、荒谬的婚姻，可她还是选择了顺从。她要做一个孝顺的女儿，要让母亲走得安心。

现在，她已不再胡思乱想，收拾好心情准备做“新娘”。她不爱潇雨，更不想结婚，可她必须演好“新娘”这个角色，因为母亲是“导演”，这是她临终前导演的最后一场戏。每当想到这里，她就泪如雨下……

潇雨想，这事不能再瞒着千姿了。夏和臣一而再、再而三地使出卑鄙手段暗中陷害千姿，得让她提高警惕，加倍小心。千姿听了潇雨的一番话，气得浑身哆嗦，她知道叔叔因为觊觎财产干了很多坏事，没想到他屡教不改，竟然一次一次地加害自己，是可忍，孰不可忍，必须以眼还眼，以牙还牙。

潇雨见状，忙安慰说：“你叔叔是啥样的人，你还不知道吗？何必跟他生气，别气坏了身体。”

千姿深深呼吸了几口气，把情绪平复下来，向潇雨讨主意。潇雨说：“今后对他多留点心。眼下啥也别想，安心做手术，他越不想你好，你越要好好保重。”千姿点了点头说：“等手术做完，我就拿回公司的股权。他怎么害我，怎么害我父亲，我都要一一还给他。”

回到家，潇雨向白智妍表达了千姿的谢意，她一脸平静，不以为意地摇了摇头。潇雨用征求意见的口气说："我们打算把那张支票还给夏和臣。"白智妍淡淡地说了一句："如果现在还，不是在提醒他，姓夏的会善罢甘休吗？"

潇雨恍然大悟，点头称是，忙打电话给千姿，以静制动为好。他告诉千姿，最近几天要出一趟远门，不能去医院陪她。千姿情绪失落地问："我手术的时候，你能来陪我吗？"

潇雨想了想说："我无法陪你进手术室，但会在走廊里守候你。我向你保证，你被推出手术室后，看到的第一个人，一定是我。"

千姿赌气说："如果是这样，我还是推迟手术时间吧。"

潇雨着急了，说道："手术不能推迟，这一刻你等了多久啊！经历了那么多波折，夜长梦多，我都怕了。"

千姿沉吟片刻，勉强答应下来。

潇雨像油锅里的活鱼备受煎熬，离他和白智妍举行婚礼只有一天时间了。随着这一天的逼近，潇雨内心的愧疚日益加重，他不敢也没有勇气面对千姿。万一哪句话说不好露了馅儿，千姿肯定无法接受，一切努力都将付之东流。

潇雨这边如坐针毡，千姿那边也不好受。她不能理解，在最关键的时刻，在她最需要潇雨的时候，他为什么就不能陪在她身边，偏偏要出远门。千姿给潇雨发了很多条短信，潇雨不知道该如何回复。两人备受相思之苦的折磨，"此情无计可消除，才下眉头却上心头"。

在潇雨举行婚礼的前一夜，千姿心如刀绞，疼得不能自已，她似乎预感到了什么，手哆嗦着给潇雨发了一条短信："如果我明天不能从手术台上下来，你不要悲伤，也不要难过，这是我的命数。将来你要找一个好女孩，把我忘得干干净净吧。我希望，你把妻子用过的手捧花，放在我的墓前，我就满足了……"

潇雨读了短信，心像被刀切成了碎片，泪水模糊了他的眼睛。他用被子蒙住头，哭了一通后，给千姿回短信，让她不要多想，早点睡觉，把状态调整好，用良好的心态等着做手术。

千姿马上回短信说：“如果我能康复，那你一定要娶我，永远不要离开我。”

潇雨含糊地回复说：“你将是我永远唯一爱的人，永远不会改变。”

千姿欣然接受了潇雨的“唯一”。她哪里知道，潇雨即将万般无奈地牵着另一双手，步入婚礼的殿堂，成为别人的丈夫。

无论悲伤还是幸福，都无法阻止时光的步伐，该来的依然会来。

潇雨举行婚礼的日子如期而至。

清晨，潇雨在母亲的催促下，洗漱换衣服，楼下的鞭炮声噼里啪啦响个不停，登门道喜的人络绎不绝。由于是新式婚礼，新郎不用去迎接新娘，新娘只需要在家里化好妆穿好婚纱，和新郎一起去教堂举行仪式就行了。潇雨妈心疼白智妍孤苦伶仃，选择了这种不需要迎亲的方式。

潇雨妈按照传统给白智妍梳头，这原本应该是白琳做的。白智妍一想到母亲，眼泪突然涌了出来，她紧紧地咬着嘴唇，身体微微颤抖着。客厅里来了很多客人，白智妍不敢哭出声。潇雨妈心里一阵难过，把坐在梳妆台前的白智妍抱在怀里，安慰她说：“不打扮也很漂亮，大喜的日子，不哭了。”白智妍伏在潇雨妈怀里无声地哭了一会儿，潇雨妈的眼角也湿润了。

过了片刻，潇雨妈轻轻拍了拍白智妍的后背，柔声说：“好了，不哭啦，你的心思妈都知道。今天要让你妈妈高兴，不然她也会难过的。”

白智妍饮泣着点点头。潇雨妈接着说：“让化妆师进来，给你接着化妆，今天你将是最美丽的新娘。”白智妍心里暖暖的，感觉好受了一些。

化妆师同情地看着这个美丽娴静的女孩，细心地给白智妍化妆。白智妍呆滞地看着镜子，像木偶一样任人摆弄。化妆师一边化妆，一边说："你皮肤真好，长得又端庄，是我见过的最漂亮的新娘子。"

这可能是化妆师经常脱口而出的套词，不过今天她说的绝对是肺腑之言。白智妍美在真实，美在气质，她像是深谷幽兰，散发着淡雅的气息。化妆师习惯了给新娘浓妆艳抹，对待白智妍素雅的面容，化妆师给她化了一个淡妆，清水出芙蓉的美，同样让人赏心悦目。

潇雨把卧室的门关起来，一个人躲在里面默默流泪，任谁敲门都置之不理。潇雨很讨厌一个男人哭哭啼啼，实在太没出息了。遇到不顺心的时候，他会发一顿火，或是借打球、踢球、跑步来发泄，最坏也无非是砸个东西。然而这一次，他有火没地方发，有气也没有地方出。他既无奈又无助，像是陷入泥潭里，不挣扎没有希望，挣扎就要沉下去。有时候，他偏激地想，实在熬不下去了，就到医院抱起千姿，跟她一起跳楼算了，一了百了。

这个想法虽是一闪念，却像火种一样，时不时冒出火苗，顽固得难以扑灭。潇雨警惕起来，尽量不让这种极端的闪念控制自己的大脑，他暗自发誓，绝不能步入一个万劫不复的境地，剥夺千姿活下去的权利……

临近中午，一家人在教堂准备就绪，只等婚礼开始。人多事乱，忙中出错。因一些来宾找不到教堂的位置，潇雨妈只好一个电话接一个电话地打，难免有些烦乱急躁。她一边招呼已到的宾客，一边还要照顾白智妍的情绪。

为了省事，潇雨妈编辑了一条短信，把婚礼时间、地点、新郎新娘姓名等信息写好，一下子群发了出去，其中有一条竟然是发给夏千姿的。发完短信，潇雨妈如释重负。

千姿看了这条短信，犹如五雷轰顶，瞬间就崩溃了。她发疯一样穿着病号服不管不顾地冲出医院，来到马路边拦了一辆出租车，让司机立刻前往教堂。

司机见千姿脸色煞白，神情绝望，也没敢多问，闷头开车。

到了教堂附近，千姿扔给司机一张百元大钞，在众目睽睽之下狂奔向教堂。医生曾经多次告诫，千万不能剧烈运动，否则心脏承受不起重荷极有可能瞬间死亡。此刻，千姿脑海里一片空白，潇雨结婚了，她活着又有什么意义？……

第二十六章

白琳镇定自若地坐在警车里，女儿撕心裂肺的哭喊，她似乎充耳不闻。她神情恍惚，像是做了一场永远醒不了的噩梦。如果时光可以倒流，她宁愿自己一无所有，过粗茶淡饭的日子，看着女儿嫁人生子，安享天伦之乐。说什么都晚了，她使那么多人吸毒成瘾，或是家破人亡，或是锒铛入狱，造成了多大的社会危害啊！血债血偿，她要为自己的罪行付出生命的代价，正义可能会迟到，但不会缺席!

白琳没有勇气回头多看女儿一眼，多看一眼就多一份眷恋，多一份眷恋，就多一份折磨。

当警车发动时，白琳再也装不下去，突然情绪失控，趴在后车窗的玻璃上，眼泪如洪水决堤般涌出。她本不想以这样的方式和女儿做最后的告别，怎么忍心不看她最后一眼?

白智妍挣脱了潇雨妈的怀抱，奋力向警车追去。刚跑了几步，她就被婚纱绊倒了，重重地摔倒在地，双手和膝盖被粗糙的水泥地面擦掉了一层皮，渗出殷红的血。她无力地趴在地上，看着警车渐渐远去。

这一幕，白琳在警车上看得清清楚楚，她瞬间崩溃了，用手拍打着警车的车窗玻璃，大声呼喊着女儿的名字，旁边的女警立马强行制止了她疯狂的行为，直到她逐渐恢复了理智……

一切按照原定的计划执行，白琳被警车押送到医院，做手术前的准备工作。此前，麻醉协议书和遗体捐献协议证明，已由白智妍亲自签了字，法律程序上没有任何问题。

白琳躺在手术台上，觉得浑身冰冷，死亡离自己这么近，恐惧使她紧张地缩成一团。往事不堪回首，除了可亲可爱的女儿，她的人生没有什么值得回忆的。为了克服对死亡的恐惧，她拼命回忆和女儿在一起的点点滴滴，幻想着女儿相夫教子，生活美满幸福，不枉自己的一片苦心。

在生命最后的分分秒秒里，只有这种回忆的甜蜜，让她冷冰冰的身体感觉到少许的温暖。一想起女儿，她才深深懂得，内心有多么不舍和留恋。

医生准备对白琳进行深度麻醉，突然她耳边回响起一种声音，像是有人在祈祷，又像是有人在吟唱。白琳的夙愿得以实现，她在心里默念："女儿，你要幸福!"

渐渐地，这种意识在脑海里被放大，大到一句话里的每一个字，都在迅速膨胀；她感到一阵头晕目眩，就像计算机启动时突然蓝屏一样，脑海深处的潜意识变得迟钝、缓慢，眼前的世界模糊而遥远……

夏千姿安安静静地躺在旁边的手术台上，像是沉睡多年的睡美人，等着被有缘人唤醒。

手术台上的两个女人，一个等待着死亡，一个期待着新生。

参与心脏移植手术的医生、护士紧张地忙碌着，白琳和夏千姿虽素不相识，却因"秘密契约"正在进行着生与死的交替。此刻，她们像是被推上祭坛的祭品，是生还是死，全凭命运的摆布，谁都无法选择。

潇雨的父母见白智妍悲痛欲绝，儿子甩手去了医院，这场婚礼近乎一场闹剧，实在无法再进行，只能草草收场。他们拜托潇雨的大伯照顾来宾到预订好的饭店就餐，自己陪着白智妍前往那家医院。

潇雨爸开车，潇雨妈坐在后排陪着白智妍。白智妍含着泪水不停地问：“来得及吗？还没到吗？”潇雨妈握住她的手，连声安慰说：“快了，快了，来得及。”潇雨爸被催得心浮气躁，火急火燎，险些出交通事故，几个人吓得脸都白了，顿时冷静下来。

潇雨爸在医院停车场刚泊好车，白智妍便急不可待地推开车门，穿着婚纱跌跌撞撞往医院里跑，潇雨爸妈在后面急匆匆地跟着。医院里病患、家属、医生、护士目睹了这一幕，好奇心顿起，以为是在拍什么影视剧。

白智妍和潇雨父母气喘吁吁地来到手术室外，潇雨早已满怀期待地等在那里。潇雨爸问：“智妍的妈妈呢？”潇雨表情轻松地说：“她和千姿一起被推进手术室了。”

潇雨妈见儿子对楚楚可怜的白智妍视而不见，既不上前关心，也不过来安慰，怒从心头起，伸手就是一记响亮的耳光，狠狠地打在潇雨脸上。在场的所有人都惊呆了，潇雨捂着脸，吃惊且气恼地看着母亲，片刻后他有所醒悟，自己做得确实有点过分。

潇雨妈打儿子耳光，并不是因为他在教堂里演出了那场闹剧，而是他对白智妍不闻不问，太过薄情寡义。不管怎么说，两个人已经结婚，成为了合法夫妻。智妍的母亲正为你前女友捐献心脏，你不帮她一起分担痛苦也就罢了，还表现得如此冷漠无情，实在是欠揍。

白智妍眼前一黑，瘫倒在地，她知道自己不能闯进去阻止手术。世界上最大的悲痛就是，至亲至爱的人就要死去，自己却无能为力。潇雨妈慌忙弯下腰去搀扶白智妍，智妍声音微弱地说：“求求你们，谁都不要碰我，也不要管我，让我静一静。”

此时此刻，白智妍不需要任何人的怜悯和安慰，多大的屈辱她自己咽，多深的伤口她自己舔，多坎坷的道路她自己走。她和潇雨的心态截然相反，潇雨盼望着手术成功的好消息，而她等到的将是一个坏消息。她无法想象母亲冰冷冷的尸体被推出手术室，自己能否承受这种生不如死的锥心之痛。白智妍绝望到极点，欲哭无泪。

潇雨妈善解人意，她能体会到白智妍的丧母之痛。悲痛犹如洪水，宜疏不宜堵，否则会憋出一场大病。既然这是白智妍人生道路上无法逃避的一次劫难，那她只能咬紧牙关默默承受。潇雨妈心疼地看着白智妍，恼恨儿子心里只有夏千姿，不懂得“怜取眼前人”。

白智妍每一分每一秒都在痛苦之中煎熬，仿佛有人在她身上恶狠狠地扎针，一秒扎一根，浑身被扎得密密麻麻的，就像一个刺猬。她真想跟着母亲一起走，可她还不能死，她要给母亲料理后事，把母亲的骨灰安顿好，不能让母亲成为孤魂野鬼。

到了后半夜，突然有一个护士从手术室里走了出来，大声呼喊：“白智妍，谁叫白智妍？”白智妍精神受了很大的刺激，突然有人喊，她身体哆嗦了一阵站了起来。她的婚纱已经脏乱不堪，像是一个断了翅膀跌落在人间的天使，一个被上帝遗忘的弃儿。

白智妍傻傻地看着护士，不敢问，不敢说，软弱地等着那个早已预知的噩耗。护士解释说：“手术进入关键时间了，夏千姿的供血不够，需要从你母亲身上抽血，请你签字。”

走廊里的人都看着白智妍，而她木呆呆的像玩偶一样，没有任何反应。潇雨妈不忍心看白智妍再受折磨，不耐烦地说：“还签什么字，你们抽就是了。”护士又困又累，心情也不好，回道：“你是谁，是白智妍吗？”

潇雨妈还想跟护士理论，潇雨爸忙把她拉到一边。潇雨心情复杂，他用期待的目光看着白智妍，嘴张了张，却说不出话来。白智妍心里突然有了一丝怨恨，感觉母亲就像一个祭品，她痛苦地在死亡线上挣扎，为的却是拯救自己“丈夫”的情人。母亲奄奄一息就要离世了，他们又塞给她一把刀，好让母亲走得更快一些，世上还有比这更残忍的事情吗？

护士把纸和笔递给白智妍，焦急地催促道：“白智妍，请你抓紧时间好吗？”

白智妍迟钝地拿着纸笔，手颤抖着，无论如何也无法下笔。潇雨呼吸急促，心急如焚，恨不能上前握住白智妍的手，帮她把字签了。

手术室的门打开了，一个医生走出来，不满地问护士：“小孙，你干什么呢？磨磨蹭蹭的。”

护士委屈地解释：“她不签字，我有什么办法！”

医生诚恳地说：“现在是关键时刻，急需输血，请你们再做做家属的工作。”

医生说完，转身进了手术室。

潇雨用乞求的声音，颤抖着叫了一声：“智……智妍……”

白智妍的心抖了一下，头脑恢复了清醒，母亲用捐献心脏来洗刷罪恶，这何尝不是一种善举呢？况且，这又是母亲的遗愿，她除了执行，还能做什么？白智妍的手因为抖得厉害，拿不住用来签名的夹子，啪的一声，夹子掉在地上。

护士叹了一口气，正要上前，潇雨抢先一步弯腰捡起夹子，递到白智妍手里。白智妍深吸一口气，哆哆嗦嗦地签下自己的名字。签完字，她像是耗尽了所有的气力，腿脚发软险些晕倒，潇雨连忙扶住她……

时间一分一秒地过去，众人在等待中备受煎熬。凌晨时分，手术室的灯终于亮了。主治医生筋疲力尽地走出来，众人忙围拢了过去，医生点点头说：“手术非常成功，向你们表示祝贺。”

潇雨激动得热泪盈眶，不住地向医生道谢；刘亚川攥紧拳头，兴奋地挥舞了几下；潇雨爸妈对视一眼，轻轻叹了一口气；白智妍像是遭了雷劈一样，痴痴呆呆地坐在那里。她突然站起来，就要往手术室里闯。护士忙拦住她，表情严肃地说：“现在不能进去，医生正在处理捐献者的遗体。”

《封神演义》里丞相比干拥有一颗七窍玲珑心，重伤者食之有起死回生的功效。妲己为陷害比干，诱惑纣王摘了比干的心。比干没有了心脏，居然还能纵马疾驰了好几里……白智妍小时候读过此书，对这一段记忆深刻，她多希望母亲能像比干一样啊！

眼前这群人，为夏千姿获得新生而欢欣鼓舞，有谁关心备受丧母之痛蹂躏的白智妍？白智妍心灰意冷，彻骨冰凉，对生活和生命失去了兴趣。她看了看不远处的窗户，心想如果自己跳下去，马上就能跟母亲团聚，这未尝不是一件好事……

白智妍觉得自己的心也像是被摘掉了一样，起初胸腔里空空荡荡，现在麻药似乎过去了，胸口处疼到了极点，身体已不被控制，没有气力奔向那个离她不远的窗台。她脸色苍白如纸，虚弱地站在手术室门口，执意要进去向母亲的遗体告别。

潇雨妈走过来，她泪流满面地拦住白智妍，紧紧拽着她的胳膊，生怕她闯进手术室，见到母亲那副惨状受刺激精神失常。潇雨妈的担心并非多余，白智妍此时已神志不清，她的眼泪不停地流，身体瑟瑟发抖，嘴里念念叨叨："妈妈……妈妈……"

夏千姿躺在移动病床上被推了出来，潇雨等人忙围了过去。护士皱着眉头说，请让一让，病人还在昏睡中，需要好好静养。潇雨他们忙闪开，然后跟着移动病床向重症监护室而去。

过了足有二十多分钟，手术室的门再次打开，白琳的尸体盖着白布被推了出来。白智妍踉踉跄跄地跟在后面，一边走，一边哭。她哭得上气不接下气，两个推着担架车的临时工老头儿觉得很奇怪，他们还是第一次见到有人在医院里穿着婚纱哭哭啼啼。

两个老头儿一直把白琳的尸体推到太平间门口，打开门推了进去，白智妍毫不犹豫地跟了进去。其中一个老头见了，大声喊道："你是谁啊，怎么来这里，赶快出去，这里不能进来！"

潇雨爸气喘吁吁地赶过来，对两个老头儿解释说，这姑娘是自己的儿媳妇，躺在推车上的是她母亲。

那老头儿一听，语气虽然有些缓和，但还是用不带商量的口吻说："赶紧看，我们要下班了。"潇雨爸赶紧从口袋里掏出二百块钱，递过去说："加个班，加个班，帮帮忙。"两个老头儿一人一百，轻车熟路地装进兜里，然后默契地走到一旁。

太平间冷寂而阴森，白炽灯发出冰冷的白光，深更半夜的，真有点瘆人。一股寒气袭来，白智妍感到有点害怕，犹豫着是否走上前去。突然，传来一阵杂沓的脚步声，几个警察脚步匆匆地走过来，既不和任何人解释，也不跟谁打招呼，来到推车前唰地掀开白色的盖布，白琳面如死灰的脸露了出来。

白智妍忍不住失声叫了一声"妈妈"。

白琳煞白的脸上毫无血色，表情安详，没有一点痛苦，像是睡着了一般，这对白智妍来说，算是仅有的一丁点儿安慰。

一个男警察连续拍了几张照片后，又把白布盖上，几个人互相确认、点头示意后签了字，除了公安局的警察，法院和检察院的人也都在场，最后他们请白智妍在一个材料上面签了字，这是核准死刑以后验明正身的最后一个环节。

一个中年男人神情严肃地对白智妍说："你们家属抓紧时间准备一下，天亮就要送去火化，然后把骨灰领走。"说完，一行人呼啦啦离开了太平间。

太平间又恢复了寂静，白智妍哧啦一声扯下一块婚纱，用卡子把白纱别在头上，算是为母亲披麻戴孝。她跪在母亲的尸体前，哀哀地饮泣。潇雨妈悄悄走来，潇雨爸给她递了一个眼色，夫妻俩用眼神交流，为这个家的前途、命运深感忧虑。

太平间的水泥地冰冷而坚硬，白智妍的膝盖还有擦伤，潇雨妈着实心疼她，便走上前要拉她起来，白智妍摇着头，执意不肯。她能为母亲做的也只有哭丧、跪拜谢养育之恩了。

白智妍低垂着头一直跪到天亮，潇雨也没有露面，而他的父母不离不弃、面容戚戚地陪在一旁。潇雨妈看了看手表，让丈夫抓紧时间去安排白琳的后事，并再三叮嘱，不要买老年人穿的寿衣，要买一身体面像样的衣服；再找一个化妆师，给亲家化一下妆，然后送往火葬场。

白智妍对潇雨父母充满了感激之情，在心里发誓要用一辈子报答他们的恩情。

第二十七章

精明算计的夏和臣出奇地愤怒，感觉被白智妍像耍猴一样戏耍了一番。刘亚川对这次手术进行了周密而精心的安排，夏和臣却耽于酒色疏忽大意，当听到夏千姿手术成功的消息，他不敢相信自己的耳朵。拿人钱财替人消灾，在他看来，千姿必死无疑，可万万没想到，那个小娘儿们竟然拿钱不办事，一点儿江湖规矩都不讲。他气得咬牙切齿，发誓一定要给白智妍一点颜色看看。他派周飞赶紧弄清楚来龙去脉，好准备应对之策。

打听消息的人告诉夏和臣，夏千姿移植了心脏后，已从死亡线上被拉了回来，逃过了一劫。白琳的心脏像是懂得感恩一样，没有出现明显的排异反应，有节奏地跳动在夏千姿的胸腔里，就连主治医生都感到惊奇。

潇雨妈担心白智妍做出傻事，寸步不离地跟着她。果不其然，她在母亲的遗体被装上车时，猛地一头撞了过去，霎时头破血流，昏倒在地。潇雨妈吓得扑通一声坐在地上，好半天才回过神来，她急忙爬起来，掏出手帕捂住白智妍额头的伤口……

潇雨爸跟车走了，潇雨妈好说歹说把白智妍搀扶进了医院急诊室。医生给白智妍的额头缝了针，做了紧急处理。白智妍感到头疼欲裂、天旋地转，却挣扎着要去殡仪馆。医生一脸严肃地说：“你不能走，要做进一步的检查，我怀疑你撞出了脑震荡。”

白智妍脸色惨白，她一手扶着墙，一手捂着头，几乎无法独自站立行走。潇雨妈疼惜地扶着白智妍，让她坐下来休息一下，这种状态和打扮是无法去殡仪馆的。

白智妍的白色婚纱破烂而肮脏，沾满了灰尘和血迹，看上去极不雅观。潇雨爸去殡仪馆忙活，潇雨妈要陪着白智妍，唯一能支派的人就是潇雨，可他到现在为止，连个人影都见不到。

潇雨妈要给儿子打电话，这才发现手机没电自动关机了。从昨天婚礼现场到眼巴前儿，他们滴水未进，粒米未食，一夜未眠，被折腾得筋疲力尽。

潇雨妈又饿又累，精神高度紧张，一想起儿子的所作所为，她的怒火便熊熊燃烧，小宇宙随时都有可能爆发。她强压着喷薄欲出的怒气，安慰白智妍：“一会儿，我们去参加你母亲的葬礼，你这身打扮不大合适，会被人笑话的。你先躺下睡一小会儿，我回家去拿一身衣服给你换上。”

白智妍时不时感到头疼恶心，反应迟钝地点了点头。

夏千姿做完心脏移植手术后，被送进了重症监护室。主治医师告诉潇雨，这次手术难度很高，血管与器官要高度吻合对接，必须做到天衣无缝，一旦血液开始循环，如果出现渗血等情况，后果不堪设想。对心脏附近的血管进行缝合，犹如在空中穿针引线，针头所缝合之处毫无质感，只能凭借经验。好在手术很成功，目前患者情况稳定。

潇雨频频点头，不住地向医生表示感谢。

潇雨妈急匆匆直奔重症监护室，见潇雨正坐在长椅上守候，神情显得轻松而平静，她的怒火腾地再次被点燃。潇雨见母亲赶过来，忙站起身打招呼，却招来一顿劈头盖脸的怒斥：“陈潇雨，你还有没有一点责任心，有没有人性？你妻子痛不欲生差点自杀，你不管不问，却把心思都用在另一个女人身上。你太让我们失望了。”

潇雨也是一肚子委屈，气呼呼反驳道：“千姿不是另一个女人，我爱她。她刚做完手术，还没度过危险期，正需要人关心。”

“你还有脸说，没有智妍的妈妈捐献心脏，现在躺在太平间里的就是夏千姿。”

“我已经履行了承诺，和白智妍举办了婚礼，你还要我怎样?”

“我不管你爱谁，你和智妍结婚了，就要一心一意对她好。就算你爱夏千姿，可智妍的妈妈救了她的命，你们就是这样报答恩人的吗？白琳尸骨未寒，你却对她女儿的生死不管不问，你还有良心吗?”

潇雨面对母亲的质问，张口结舌，一时无言以对。

潇雨妈心疼儿子，也不想把他逼急了，放缓语气说：“智妍现在在急救室，已没什么大碍。你赶紧回家一趟，给她拿一身衣服过来，你自己也把衣服换了。一会儿，我们要去殡仪馆参加白琳的葬礼。”

潇雨张嘴正要说话，就听母亲断喝一声：“少啰嗦，赶紧去!”

潇雨心怀愧疚，不愿激化矛盾，点点头说：“妈，你受累照顾好白智妍，我走了。”

这时，刘亚川带着几个公司的老员工来了。他见潇雨要走，不知趣地走过来说：“你放心去吧，我会守着千姿的，有任何紧急事情，我都能处理，包括她的安全。”潇雨很清楚，千姿是刘亚川的护身符和王牌，其重要性不言而喻。因此，他对刘亚川守护千姿还是放心的。

潇雨妈对儿子却有点不放心，望着他的背影，大声叮嘱道：“潇雨，快去快回，别让我们着急。”

潇雨妈返回急诊室，见白智妍六神无主地掩面哭泣，心里一阵难过，上前搂住她安慰说：“别太伤心，哭坏了身体。你母亲希望你好，希望你坚强。”

潇雨妈原想说：你这样难过，你母亲会放心不下的。她突然想到，白琳的心脏已移植给了千姿，这颗心还会一如既往地关心白智妍吗？

白智妍擦干眼泪，声音嘶哑地问：“我们什么时候去殡仪馆？”

潇雨妈说：“一会儿，等你换了衣服，我们就走。”

潇雨回家迅速换了衣服，然后走进小卧室，从白智妍的行李箱里翻出一套黑色衣服，装在手提袋里，一溜小跑着出了门。

潇雨满脑子都是千姿，其他事就不走心，也不过脑。他匆匆忙忙赶回医院急诊室，把装着衣服的手提袋递给白智妍。白智妍声音微弱地说了一声谢谢，在潇雨妈的搀扶下去女卫生间换衣服。

一身黑衣的白智妍神情庄重肃穆，高雅脱俗，皮肤显得白皙光滑，散发出一种神秘气息。潇雨妈看着白智妍，心里暗自赞叹，这样知书达理、有才有貌的儿媳妇打着灯笼也难找啊！潇雨真是中了邪，竟然视而不见，不知道疼惜爱护。

回到急诊室，白智妍才发现脚上的鞋子跟衣服一点儿都不搭配。她脚上穿的是配婚纱的贴钻水晶鞋，穿着这种高跟鞋去殡仪馆肯定不合适，可眼下又没有鞋子可换。白智妍什么都没说，皱起了眉头。

潇雨看了看手机上的时间，焦急地催问什么时候走。潇雨妈狠狠瞪了儿子一眼，体贴入微地说：“智妍，你要不嫌弃的话，试试妈的鞋，咱俩的尺码好像差不多。”白智妍点点头。

两人换过鞋，大小还算合适，尽管不伦不类有点混搭，因时间紧也只能将就了。白智妍想起，母亲跟她的尺码也一样，读大学时，她还穿过母亲的高跟鞋参加联谊会呢。她吸了一下鼻子，悄悄擦去眼泪。

这时，潇雨爸打来电话，催他们一行赶紧过去。

潇雨妈好多年没穿高跟鞋了，况且又是婚礼上的水晶鞋，不仅心里别扭，走起路来更别扭。她对潇雨一肚子怨气，却不好发作，就让他立刻去拦一辆出租车，她和白智妍随后就到。

俗话说，人要是倒霉，喝凉水都塞牙。出租车在路上出了一点小状况，白智妍他们紧赶慢赶，还是晚了一步。潇雨爸焦急地站在殡仪馆的花坛边，一脸沮丧，身旁放着一个用白布包裹着的骨灰盒。

白智妍下了出租车，忍着一阵阵剧烈的头疼和恶心，踉踉跄跄小跑着过去。她一看见那个骨灰盒，心里顿时就明白了，眼前一黑昏倒在地……

在潇雨妈等人的一番急救下，白智妍缓缓苏醒过来，她把母亲的骨灰盒抱在怀里，虚弱无力地流着眼泪哀悼母亲。潇雨妈搂着白智妍埋怨丈夫："你做的这叫什么事？为什么不等我们来道个别。"

潇雨爸委屈地解释道："他们说，有人打招呼了，要特事特办。等我赶过来的时候，已经开始火化了，只通知我准备领取骨灰。是我自己一点一点、小心翼翼把骨灰倒进骨灰盒子里的。"

白智妍突然跪倒在地，向潇雨爸磕头。潇雨妈忙拦着她说："智妍，一家人不兴这样。"潇雨爸眼圈红红的，歉疚地说："孩子，你别这样，爸这事没做好……"潇雨心里也不好受，他再无所表示的话，就要遭受良心的谴责了。他上前一步，搀扶起白智妍，让她倚靠着自己的身体。

潇雨妈含着泪说："智妍，你妈妈已经走了，你要让她安心。今后，我和你爸会像亲闺女那样疼爱你。你伤害了自己，不仅你妈妈伤心，我们也很难过……"

白智妍泪眼婆娑地抱着骨灰盒，哽咽着说："妈，我想悼念一下我妈妈。"

潇雨妈毫不犹豫地点头说："好，妈支持你这份孝心。"她扭头对潇雨爸说："老陈，你去联系人搭灵堂。"

潇雨爸有点蒙圈："在哪里搭灵堂？"

"还用问？在咱家治丧，灵棚就搭在楼下。"

白智妍满怀感激地看着潇雨妈，想说一声"谢谢"，可大恩不言谢，日后再慢慢回报吧。

潇雨妈似乎跟白智妍心灵相通，她眼神犀利地盯着潇雨："还傻愣着干啥？把你岳母的骨灰迎回家去，小心着点儿。"

潇雨从白智妍手里接过冰冷的骨灰盒，捧在手里，尽管他极不情愿，心里十分硌硬，但在父母虎视眈眈的督促下，他也只好照办。

昨天办婚礼，今天搭灵堂，老陈家儿子的离奇故事在小区传遍了，很多人都抱着好奇心来看热闹。

潇雨爸做事雷厉风行，灵堂搭好，乐队和司仪就位，各司其职，哀乐四起，一场隆重的哀悼仪式拉开了序幕。

潇雨对这种仪式极为反感，他认为白琳是咎由自取，罪有应得，如此大张旗鼓地悼念她，公理何在，正义何在？父母太宠着白智妍了，丧失了立场，辨别不清是非。

私下里，潇雨跟父母沟通无果，反倒被他们严正斥责，死者为大，况且白琳已经付出了生命的代价。只有懂得世间冷暖，人情世故，才能真正懂得生活的意义。在这方面，白智妍做得很好，她是一个孝顺的好孩子。

破天荒头一遭，潇雨被父母说得哑口无言。他找借口说，千姿情况有变，他要去医院探视，很快就回来。潇雨妈怒了，如果他再执迷不悟，出了这个门就别再回来，陈家没有无情无义之人。素来溺爱儿子的潇雨爸，这次态度坚定地跟妻子站在了一条战线上。潇雨不敢太放肆，哭丧着脸遵从母亲的安排。

潇雨跟白智妍为白琳披麻戴孝，神情木然地应对各方来客。突然，灵堂里进来一群人，他们抬着挂有挽联的大花圈，放在潇雨爸指定的地方，对着白琳的遗像三鞠躬，然后逐一上前安慰白智妍节哀。白智妍并不认识这些人，一一鞠躬回礼。

前来吊唁的人络绎不绝，潇雨很是纳闷，低声问母亲："怎么来这么多人？是您通知的吗？"潇雨妈说："你们的事情都成了新闻，弄得沸沸扬扬、满城风雨，还用得着谁通知？还不都是你做的好事。”

潇雨感觉自己就是任人摆布的玩偶，虚情假意地跟陌生人点头应付，实在是无聊透顶。他千般万般挂念着重症监护室里的千姿，正想找上厕所的机会溜之大吉。这时，走过来几个人，说他们是花店送货的，其中一个领头的问，花圈放在什么地方。

潇雨看了看白智妍，她一脸茫然，潇雨妈忙过来问，花圈是谁送的。送货的头儿摇摇头说：“不知道，我们老板让送的，花圈挽联上有字。”

潇雨走到花圈旁，挽联上写的都是常用的悼词，落款处都是“平大集团夏和臣”。潇雨一愣，不知道夏和臣葫芦里卖的什么药，可以肯定的是，他没安什么好心。

花圈足有五个，根本就没地方摆放。潇雨问母亲，怎么办，母亲说，既然都送来了，就收下吧，摆在走廊里。潇雨摆放花圈时，似乎看见花圈背后隐藏着夏和臣那张阴鸷狡诈的脸，耳边传来他阴森诡异的冷笑。从表面上看，夏和臣这样做是替亲侄女表达救命之恩；背地里却是包藏祸心，他送五个花圈，意思是诅咒潇雨一家死光光。

傍晚时分，有几个五十多岁、气度不凡的人结伴而来，他们自称是夏和平生前挚友，特来感谢白女士大爱无疆，救了夏千姿一命。他们依次向白琳的遗照鞠躬，白智妍和潇雨谦恭地鞠躬回礼。突然，白智妍昏倒在地，潇雨忙上前去搀扶，潇雨妈让丈夫赶紧准备车，送白智妍去医院。

潇雨弯腰抱起白智妍，坐电梯下楼，直奔自家轿车。这还是潇雨第一次与白智妍亲密接触，她身材苗条匀称，比骨感的千姿要丰满一些，尽管她更端庄大方，可他就是不爱她。

潇雨生怕摔着白智妍，紧紧地搂抱着她，软玉在怀，他却没有私心杂念。潇雨小心翼翼地把白智妍放在轿车后排座上，招呼母亲照顾她，自己坐到了副驾驶的位置。

潇雨爸风驰电掣般驾车去了市里最好的一家医院，他忘了千姿刚刚在那里做完心脏移植手术。这一切既像是命运的安排，又像是一个苦涩的玩笑。

拍完CT后，医生说，白智妍因脑部受到撞击造成轻度脑损伤，俗称“轻微脑震荡”，会出现头痛、神经过敏、易怒、近事遗忘等症状，要多卧床休息，尽量少受刺激。好在她生命体征正常，不需要太担心。

夏和臣派出去的人，很快就回来向他说明情况，毕竟事情已经传得沸沸扬扬，掌握实情也并不难。夏和臣不太愿意相信夏千姿能重新活下来，尽管千姿还待在重症监护室，但直觉告诉他威胁真的到来了。千姿是夏家合理合法的遗产继承人，她活着夏和臣将会有无穷无尽的麻烦。

未雨绸缪，夏和臣动起了歪脑筋、坏心思，想转移平大集团的资产，掏空这家实力雄厚的集团公司。偌大一家公司，有严格的财务制度，短期内想转移资产不大可能。于是，他收买了财务主管及几个骨干，让他们抓紧时间做了一份假账，证明公司在他手里这几年一直在巨额亏损。

实际情况是，自从夏和臣接手公司以来，市场行情异常地好，加上平大集团在夏和平手里打下的良好基础和深厚积淀，公司资产运营状况一直很好。夏和臣曾暗中让人做假账避税，现在为了掏空公司资产，他铤而走险夸大公司的亏空。他想达到的效果是，夏千姿即使康复出院，在刘亚川的协助下接手了公司，那也是一个无法收拾的烂摊子。等平大集团资金链断裂、将要破产时，他会趁机持币收购。

这是夏和臣制定的战略，在心里打的如意算盘。

千姿醒过来，虽然伤口还有些疼痛，但比起以前心脏的刺痛，这点痛反而算不得什么，就像做了一个梦，可一切都变了。她心里很清楚，自己已经获得了新生。她将继承父亲留下的遗产，然后清理门户，将叔叔驱逐出平大集团。最让她感到锥心刺骨的是，潇雨已经成为了别人的丈夫。想到这里，她的脸上瞬间淌满眼泪……

护士发现千姿醒了，第一时间叫主治医生赶紧过来。这例手术的成功让医生颇为振奋，经过检查发现，千姿的伤口恢复得很好，状况很稳定，没有出现严重的排异现象。医生很欣慰，把好消息告诉了千姿。千姿微微点了点头，说了声谢谢。

千姿总是闭着眼，情绪很低沉，对人爱搭不理。护士觉得很奇怪，把她的这种异常反应告诉了医生。医生很是担心，就过来问千姿："夏小姐，你感觉伤口还疼吗？"千姿依然没有睁开眼，只摇了摇头。医生又问她想吃东西吗，千姿依然摇了摇头。

心病还要心药医，医生好像明白了，就问她，想见什么人吗？千姿的眼泪不争气地流了出来，却还是摇了摇头。医生点点头说："那好，你好好休息。"

医生出了病房门，把千姿的状况告诉了潇雨。潇雨一听就急了，马上想进去见千姿，医生赶紧拦住说："夏小姐刚动完心脏的大手术，不宜激动，现在还不能进去。"

潇雨急得直转圈，忧心如焚，却又无能为力。

和千姿一墙之隔的白智妍一直在昏昏沉睡，连续几日的过度悲伤，让她如婴儿一般脆弱，她偶尔会有一些难受的呻吟和要呕吐的表现。医生让家属不必担心，这是脑震荡的正常反应。话是这么说，潇雨妈怎么能不担心？儿子冷落白智妍，而他们两口子早已把她当作亲闺女。潇雨妈这两天几乎未合眼，和丈夫换班守在白智妍身边，饭也做了好几顿，就等她起来吃。

白智妍终于醒了过来。潇雨妈告诉她，先别乱动，等医生过来。她说着，递给白智妍保温杯，让她润润嗓子。

医生走进病房，笑着跟白智妍打招呼，给她做了细致的检查。医生说，白智妍除了身体比较虚弱，脑震荡综合征还会持续几天，只要对症治疗、好好休息，一两周内即可恢复。

潇雨妈放下心来，和蔼地问白智妍肚子饿了吧，早就给她准备了好吃的。白智妍微微点头，想要起身，潇雨妈忙按住她说：“躺着别动，妈去给你把饭热一下。”

白智妍昏睡了几日，醒来后反应迟钝，她感觉好像做了一场噩梦，几天前发生的事情有点记不清了。她倚靠着病床发呆，努力想回忆过往，可是记忆的碎片一时难以拼凑完整，她突然感到烦躁不安，头一阵阵疼痛起来。

这时，潇雨妈端着热好的饭菜进来，打断了白智妍的思绪。几天来白智妍悲伤过度，就没有好好吃过东西，精力和体力消耗很大，她真有点饥肠辘辘。潇雨妈刚喂白智妍喝了几口汤，她突然感到一阵强烈的头晕恶心，不受控制地吐了潇雨妈一身。白智妍一脸内疚，潇雨妈连连说，没有关系，稳一稳再吃。

夏千姿眼下只能靠营养针继续维持。明明已经醒来，她却假装昏睡，这种消极悲观的精神状态对她的健康很不利。主治医生知道，病根出在潇雨身上，要想药到病除，还需要潇雨亲自去做安抚工作。他千叮咛万嘱咐潇雨，冷静理智，不要让夏千姿受刺激。

潇雨小心翼翼推开病房的门，轻手轻脚地向千姿走来。尽管双眼紧闭，千姿仍然能感受到潇雨的到来，甚至能听见他激动的呼吸气息。走过了生与死的界线，千姿心心念念想着的还是潇雨，越是这样，她越是伤心，她永远也无法接受，曾经深爱的人和深爱她的人，转瞬间就变成了别人的丈夫。这样的打击比病痛的打击更大。

千姿宁愿整日经受病痛的折磨，也无法忍受情感上的背叛。这是另一种撕心裂肺的疼，精神上的痛苦比肉体上的痛苦更能消磨人的意志。无父无母，没有朋友，唯一的爱人还娶了别的女人，在这个世界上她还有什么牵挂？她胸腔里跳动着白琳的心脏，这颗心帮她摆脱了病痛，却也带给她情伤，病痛扎心，情痛伤心。

“千姿，你别恨我，我不会离开你，永远也不会……请你相信我。我现在说任何话，都是苍白无力的。虽然事出有因，可我伤害欺骗了最爱的人，我很内疚，也很自责。我不敢奢求……你能原谅我，但我衷心希望你能好好活着。只要你能好好活下去，我愿意为你做任何事情，哪怕是下地狱……千姿，你要振作起来，把身体养好……”

潇雨哽咽着说不下去，千姿面如白纸，像是没有听见。她的心碎成了千万片，不是几句好话就能黏合的。她根本就不能接受潇雨的说辞。你抛弃我，抛弃了爱情，是因为想救我，这是多么荒谬啊！

爱之深，恨之切。对于千姿而言，一边是爱情，一边是生命，如果让她做出选择，她会毫不犹豫地选择爱情。千姿徘徊在生死边缘的时候，潇雨给她带来希望、带来温暖、带来欢笑、带来了爱……后来，他却残忍地拿走了这一切，使她重新坠入无底的深渊。虽然她的心跳动着，可她已经死了，犹如没有灵魂的行尸走肉。

潇雨轻轻地拉了拉千姿苍白纤细的手，她依然一动不动，脸上仿佛戴了一个面具。她在心里发誓，当着潇雨的面，她绝不会再掉一滴眼泪。

天不老，情难绝。心似双丝网，中有千千结。

潇雨明白，千姿已在心里打了一个死结，眼下无论如何都无法解开。他轻轻放下千姿的手，起身走出病房的门……

潇雨面如死灰，医生和护士跟他打招呼，他竟然像没有听见，木然地径自向病房走廊外走去。走出了大门，潇雨找了个角落，手哆嗦着掏出了香烟和打火机，点燃后狠狠吸了几口，委屈地抱头痛哭起来。男儿有泪不轻弹，潇雨自从认识了千姿之后，已经哭过好多回，他讨厌娘儿们唧唧的自己。

千姿冷冰冰的态度给了潇雨当头一棒，他顿然醒悟，自己真的错了。尽管他深爱着千姿，做出了巨大的牺牲，可他至今所有的决定，都不曾考虑过她的切身感受。这是对她的极不尊重，也是对他们爱情的一种亵渎。恋人之间应是“心有灵犀一点通”，心心相印，坦诚相见，这样瞒着、藏着、掖着，搁谁都无法忍受。

千姿心如死灰，对生活失去了兴趣。那个纯情浪漫，对未来充满美好梦想的千姿已经死了；那个她深爱的阳光大男孩潇雨也已经死了。凤凰涅槃，向死而生；千姿刚获得新生，却一心向死，似乎只有天堂才是最终的归宿。

爱使千姿的世界充满阳光和希望，使她荒凉冰冷的世界变得温暖如春；潇雨的背叛和离去，使千姿繁花似锦的世界重返冰河世纪，心的荒原一片死寂，毫无生机。

潇雨想尽了办法，请千姿以前的老师、同学或邻居前来探视，希望能唤起她美好的回忆，重燃希望之火。然而，千姿就像一个冷冰冰的睡美人，闭着眼睛一动不动，她陷入了黑洞洞的冥想世界，排斥外部的一切信息。

潇雨灵机一动，跟刘亚川商量了一下，从孤儿院带来了一些天真烂漫的孩子。他们站在病床边，给千姿唱歌，读童话故事。其中一个孩子动情地说：“千姿姐姐，请你醒过来，跟我们说说话。我们好想你啊！”

千姿毫无反应，她真的沉睡了，躺在漆黑寒冷的湖底，眼睛看不见，耳朵听不见。她像是蚕茧一样，彻底把自己封闭隔离起来，等待着死神的降临。

潇雨实在没辙了，破天荒找母亲哭诉。潇雨妈心疼儿子，动了恻隐之心，来到病房探望千姿。千姿瘦成了一把骨头，她脸色苍白如纸，双眼紧闭，气息微弱。潇雨妈轻轻叫了千姿一声，没有得到回应，她在一旁坐下，唠家常一样劝千姿振作起来，不要辜负大家的期望……

潇雨妈说了半天，千姿像是睡着了，无动于衷。她似乎屏蔽了潇雨，凡是与他相关的人和事，她都不想听，也不想知道，因为逃避潇雨就是逃避痛苦。

潇雨妈叹了一口气，起身向千姿道别。回到病房后，白智妍见潇雨妈脸色难看，就问她怎么了。潇雨妈如实相告，白智妍放下手中的书，一阵阵伤感涌上心头。她知道，母亲的心脏跳动在夏千姿的身体里，她的生命还在延续。

白智妍这段时间查阅了很多心脏移植方面的资料，有案例证实，一些心脏移植者会在无形之中接受捐献者的某些性格、记忆和嗜好等。比如丹莉是一个爱好诗歌、音乐的安静女孩，她不幸在一场车祸中身亡，于是她的心脏被移植给了一个爱好运动的男孩子。奇迹发生了，当丹莉的家人把她生前的谱曲送给那个男孩做纪念时，他竟然情不自禁地唱了起来……

据一位来自亚利桑那大学的教授称，他们总共记录了多达七十多个案例，这些案例都类似上面心脏移植的情况，受捐赠者都表现出了捐赠人的一些人格特质。

一些心脏学家甚至声称，心脏不仅与供血有关，还与人的记忆和性格有关。人体内的心脏、肝以及其他的一些器官都能对一个人的记忆和感情产生影响。

基于以上的原因，白智妍迫切地想见见千姿，她鼓起勇气对潇雨妈说："让我去看看，跟她聊几句。"

潇雨妈一脸惊诧，摇摇头说："没用的，她谁也不理。"

白智妍态度坚定地说："母女连心，我去劝劝她，好吗?"

潇雨妈很是感动，沉吟着说："医生让你卧床休息，不能受刺激。"

白智妍说："没事的，我想跟我妈妈的心脏说说话。"

潇雨妈搀着白智妍来到千姿的病房，千姿还是那个姿势一动不动，仿佛蜡像馆里的蜡像。白智妍轻轻走到病床前坐下，她平复了一下激动的心情，说道："夏小姐，你好。希望我没有打扰到你，我想给你讲一个故事，或许你能理解我此刻的心情。

"有一个女人，年轻时遇人不淑，被人抛弃，和女儿相依为命。为了保护女儿，为了她女儿的前途，她选择终身不嫁。女儿很小的时候，她就教育女儿，要有一颗宽容的心，一颗感恩的心。女儿一直很懂事，学习刻苦勤奋，年年都是三好学生，她希望有一天能够报答母亲的一片苦心和辛劳付出。眼见女儿就要学成归来，母女享受天伦之乐，母亲却因贩毒锒铛入狱，被判处死刑。

"这个世界上，母亲最牵挂的人就是女儿。她曾经被男人抛弃过，经历了最底层的生活的磨难，对人性之恶有切肤之痛，因此她要在临死前为女儿安排好婚姻，逼着她嫁给一个从未谋面、一点也不了解的男人……这是荒唐的现代版'拉郎配'，她偏执地认为，这个品行端正的男人能给女儿带来幸福……"

白智妍哽咽着说不下去，她做了几个深呼吸，努力克制着自己的情绪。

"女儿婚礼的那天，却是母亲的忌日——她要把心脏捐献给一个美丽可爱的女孩子。母亲悄无声息地走了，留下了一颗永远牵挂女儿的心脏。这颗心是母亲生命的延续，从今以后它维系着两个人的命，一个是你，一个是我。我恳求你，像我一样珍惜爱护这颗心脏……

"故事里的女儿就是我，我母亲的这颗心正在为你跳动。在我的内心深处，我已经把你当成唯一的亲人，永远感恩。当我思念母亲的时候，还能听一听母亲的心跳……"

白智妍的眼泪像断线的珠子，扑簌簌滚了下来，滴落在千姿的手上。千姿僵硬的面部表情逐渐变化，她的心像是听见了某种呼唤，一股抑制不住的暖流由心头流淌向五脏六腑，泪水从她眼角不断涌出。

"潇雨是你最爱的人，我很清楚，你们彼此深深相爱。作为他名义上的妻子，我深感遗憾。没有感情的婚姻，是不道德的，我成了可悲的第三者。你放心，我会在适当的时候离开，把潇雨还给你……”

听到这里，千姿的心跳莫名加快。她第一次感觉到，这颗心突然变得焦躁不安。

“我讲完了，衷心祝愿你能早日康复。”白智妍说完站起身来，她的头一阵晕眩，险些栽倒，潇雨妈连忙扶住了她。

白智妍在潇雨妈的搀扶下走到病房门前，突然听见身后传来千姿的哭声。她停了一下，没有回头，毅然离去。

第二十八章

白智妍出院的当天，母亲就入土为安了。

白琳的墓碑上刻着“母亲大人白琳”，墓碑的右下角刻着“女婿陈潇雨、爱女白智妍”。墓碑的内容是潇雨父母拟定的，压根儿就没征得潇雨的同意。因此，潇雨站在墓碑前心里有些抵触。对于白智妍的帮助，潇雨心存感激，对她的态度大为改变。

葬礼一结束，白智妍就对潇雨说：“你去医院吧，去陪千姿，让她早点康复。”

潇雨不知道该说什么，望着白智妍和父母离去的背影，他沉思良久，最后还是去了医院。千姿的身体状况还好，在药物控制范围之内，没有出现严重的排异现象，身体恢复得还算理想，她已经慢慢能下床走动了。

千姿有勇气面对新的生活，却没有勇气做伤害白智妍的事情，她有一个心结——潇雨。不管他们之间多么相爱，潇雨是白智妍丈夫的这个事实是无法改变的。千姿不知该怎样处理她和潇雨之间藕断丝连的感情，现实像一把利刃，砍断了骨头还连着筋。

夏和臣见千姿的身体日渐好转，狂躁不安。他还没腾出心思和精力报复白智妍，他一门心思想的是抓紧时间做假账，疯狂转移资产，他知道千姿很快就要回公司了。

夏和臣放下身段，向刘亚川抛出橄榄枝，让他出任集团副总裁，目的是想让他背这个黑锅。刘亚川可不傻，他婉言拒绝了。刘亚川在下一盘大棋，首要任务就是联手千姿对付夏和臣，将他驱逐出平大集团，自己顺理成章掌管集团的管理大权。

千姿是“蜜罐”里长大的富二代，有点小脾气、小任性，可她单纯善良，没有什么心机。随着身体的康复，她的心情一天比一天好，似乎忘记了白智妍的存在。看见潇雨的时候，对他嘘寒问暖，一时看不见他，心里就发慌；不管潇雨说什么，她都爱听，她都开心。

潇雨扶着千姿在院里散步的时候，她感到温馨而甜蜜，但鬼使神差地会想起白智妍，还会内疚和惶惑。她竭力克制着这种令人不快的情绪，更不会对潇雨和他人提及。

傍晚时分，夕阳西下，壮丽的余晖折射在病房的墙上。千姿透过病房的窗台，看见天被染得火红，云彩像彩色的琉璃一般艳丽，她对潇雨说：“我想出去看看。”

潇雨说：“那我去护士站借个轮椅，等你挂水结束以后，我推你出去。”千姿开心地答应了。

潇雨去护士站借轮椅，值班护士说要等护士长回来签字，护士长在查房，一会儿就回来了。千姿有些着急，她的吊针瓶里还有一点药水，但她迫不及待地按下电铃，让护士过来给她拔掉针头。

两个护士走进千姿的病房，对她笑了笑：“夏小姐，你这瓶药水是抗排斥的药，还剩这一点儿，就打完吧，不着急，我们稍微等几分钟。”千姿担心的是太阳落山，那美丽壮观的夕照转瞬即逝。既然护士这样说，也不好唐突要求。两个护士边等边聊起来。

一个护士说：“你知道吗？昨夜那个自杀的女人，死了。”

另一个护士问：“哪个女人？”

“怎么你忘记了？昨晚喝毒药自杀的那个女人。当时抢救过来了，但是内脏被烧烂了，后来还是死了。”

“哦，想起来了。她醒来以后一直喊‘救救我，救救我，我还有孩子……’”

“唉，要不说冲动是魔鬼呢。”

“那个女人的丈夫今天带着孩子来，孩子都被吓傻了，真可怜。”

“听说，那个女人喝毒药是因为丈夫在外面找了一个‘小三’，被她逮着了。没想到她被‘小三’打了一顿，还被羞辱了一番。她受不了刺激，想不开，喝了整瓶毒药自杀了。”

“现在怎么都变成这样了，没有一点礼义廉耻！‘小三’理直气壮勾引人家老公，还嚣张地动手打人，你说要脸不要脸？”

“一个巴掌拍不响，那个男人也不是好东西，自己明明有家庭了，还在外面找‘小三’；自己已经结婚了，还找别的女人，真是恶心啊。”

“嘿，夏小姐的药水快打完了。这个留置针好几天了，今天拔了吧，明天再重新打吧。”护士一边说，一边准备把千姿手上的纱布揭开。

千姿表情呆滞，若有所思，直到护士拔完针对她说“夏小姐，好了”，千姿才点了点头。两个护士并不知道，刚才她们所说的那些话，就犹如那女人用来自杀的毒药，灌进了千姿的嘴里，令她五脏六腑顿然间被灼烧般疼痛。

潇雨推着轮椅进来，看坐在病床上的千姿表情突然变得如此凝重，就问她：“怎么了？是不是拔针的时候疼了？”

千姿只是点了点头。

“如果不舒服，今天就不出去了吧？你躺下来，休息一会儿。”

千姿面如冰霜地摇了摇头说：“不，要去。”

潇雨把千姿推到医院的一个阳台上，这家医院和千姿之前住的医院不同，阳台更宽敞，每层楼都有一个阳台，所以人很少，安静而冷寂。千姿喃喃地说：“还好来得及，一切美景都还在，来得及告别，来得及说声再见。不然一切都太匆忙，如果不能告别，就给美好留下遗憾了。”

“如果你想看，我可以每天都陪你来，这样的景色，只要天气好，经常都能看得到。”

“就算明天还有，那也属于明天，不属于我，不属于我们的心情。潇雨你看，夕阳正在一点一点下沉，整个天空的云彩都被染红了，就像被拉起来的幕布，一场精彩的演出，就将谢幕了。快听，剧场里热烈的掌声。你看，演员在集体鞠躬。”

千姿说着从轮椅上慢慢站了起来，装作演员向潇雨鞠躬，潇雨被逗乐了。

“先生，谢谢你一直以来的照顾，谢谢你在剧中扮演着爱我的角色，是那么认真执着，我被感动了，我被温暖了。现在谢幕了。剧情结束了，我再次向你鞠躬。谢谢你，谢谢。”潇雨配合地鼓掌，“闭幕了，结束了，以后你不要再来看我了，去陪你美丽的妻子吧，给她无微不至的关怀。以后永远都不要再来看我了，不然只会令我无比痛苦。”

潇雨的心像是突然遭到电击，仿佛被一双大手扼住了脖子，一时无法呼吸，他看着千姿无言以对。千姿的眼泪扑簌簌滑落下来，声音哽咽地说：“我永远都不想再看见你，就算我求求你，你和我演的悲剧结束了，永远结束了，求求你，不要再来了。”

说完，千姿转身慢慢离开了阳台。在她身后，被夕阳染红的云彩，真如一块巨大的幕布，转瞬间就沉到了天际线以下，和千姿的背影一道消失在了潇雨的视线里。潇雨看着灰暗的天空和一个空空的轮椅，备感失落。

千姿回到病房以后，背倚着门，看着孤零零站在阳台上的潇雨，哭得上气不接下气。

千姿的恳求是那般真切，每个字都像印在潇雨心里那么清晰。他推着空轮椅，走到护士站，放下轮椅，下意识地要去病房看看千姿。刚走了两步，他猛然停住，想起千姿的那番话，顿时勇气尽失。潇雨落寞地转身，离开了医院。

“借他人之酒杯，浇胸中之块垒。”潇雨闷闷不乐地找了一家饭馆，点了两个菜，要了几瓶啤酒。他酒量不大，两瓶啤酒下肚，便有些晕晕乎乎。他感觉心中着了火，急不可待地需要用酒浇灭，可是越浇心中越烦躁。啤酒喝着不过瘾，他又要了一瓶白酒，不知不觉喝得酩酊大醉……

半夜，潇雨妈接到饭店用潇雨手机打来的电话，说机主喝醉了，赖在饭店不走，他们要打烊了，却关不了店门。潇雨妈又气又急，叫醒了潇雨爸，让他开车去接儿子。然后，她又打电话给白智妍，让她和他们一同去把潇雨接回家。

潇雨和白智妍结婚后，父母就搬了出去，住进了潇雨爸单位以前分的老房子里，把新房留给他俩。别人新婚燕尔，如胶似漆，潇雨和白智妍却形同室友，各住一间卧室，彼此之间客客气气。

潇雨爸把车停在楼下，接上白智妍，然后一行人驱车前往那家饭店。路上，谁都不说话，各有各的心思，车里的气氛沉闷而压抑。

到了饭店，只见潇雨趴在桌子上，像是睡着了，脚底下散落的酒瓶到处都是，满地狼藉，有的已经被摔碎。饭店的老板板着脸，皱着眉头说：“赶紧把账结了，把人带走吧，我们还要收拾屋子呢。”

白智妍和潇雨妈赔着笑，到吧台买单，又是鞠躬又是道歉，搀扶着醉醺醺的潇雨上了车。潇雨身上散发着刺鼻的酒气，嘴里嘟嘟囔囔说着什么，潇雨妈恨铁不成钢，气得骂了儿子几句。

白智妍淡淡地说：“别骂了，他心里苦，借酒浇愁罢了，好在没闹出什么事情。”

潇雨妈愧疚地说：“智妍，你受委屈了。妈替他赔个不是。”

白智妍摇摇头：“这是我的命，我谁都不怨。”

到家安顿好潇雨后，潇雨爸妈告辞离去，明天他们还要上班。

白智妍送走潇雨爸妈回来，刚关上房门，就听见潇雨发出干呕的声音，急忙到厕所拿了洗脚盆，走进潇雨的卧室。

潇雨干呕了半天，什么都没吐出来。此前，他在饭店卫生间已经把胃里的东西都吐干净了。白智妍推了推潇雨，问他喝不喝水。潇雨把白智妍当成了千姿，醉眼蒙眬地问："你原谅我，不生气了？"白智妍知道他说醉话，就应着他说："我不生气，原谅你了。"

潇雨激动地一把抱着白智妍，她挣扎了几下，根本就无法挣脱。潇雨把白智妍压在身下，又是亲，又是乱摸。白智妍心慌意乱地使劲推潇雨，她越是挣扎，潇雨抱得越紧……

结婚后，白智妍和潇雨晚上一直分房而睡，白天潇雨去哪儿，她从不过问。两个人都有自己的生活轨迹，从不交叉，现在这两条线终于交叉到了一起。

白智妍是初次，潇雨完全没有顾及她的感受，醉醺醺地凭着本能做完以后，躺倒呼呼大睡，只是紧紧地抱着白智妍，不愿松开。生米煮成熟饭，白智妍不再有名无实，成了潇雨事实上的妻子。

白智妍脑子里一片空白，新婚之夜就这样结束，她心里难受极了，有种莫名的屈辱感。尽管她把贞操给了潇雨，可他却一直喊着千姿的名字。以前，她根本就不在意，现在她变得在意了。

第二十九章

白琳的心脏跟千姿的身体逐渐融合为一体。奇迹发生了，千姿像是换了一个人似的，性格变得活泼开朗，喜欢热闹。有人来探望，她不再像以往那般冷漠，会笑着与来人聊天，说一些无关紧要的话。

众人都暗暗称奇，认为是白琳的心脏改变了千姿的性格。其实，这只是千姿的一面，她的另一面是悲伤和寂寞。既然得不到爱情，就只能选择逃避，她想用世俗的各种琐事填满爱情给她留下的深坑，结果发现徒劳无功，弄得自己很累很累。

不管如何累，总强似想念潇雨的那份苦楚。表面上千姿比以前变得更加坚强，每天坚持散步，坚持做康复训练。虽然有时候没有胃口，她也会逼着自己吃一点。她逼着自己往前走，她想早点离开医院，不再想起潇雨。有时，突然有人推开门，她心中一阵莫名其妙的紧张兴奋，见来人不是潇雨，又倍感失落和伤感。

人都说，相爱相杀。千姿和潇雨就是这样，明明相爱，却要相互折磨；明明知道南辕北辙，脚下的路走错了，却没有办法回头。人世间最痛苦的事情莫过于你走的时候，带走了我的灵魂，只剩一个躯体；心虽然怦怦跳动在胸腔里，但那却不是我原来的心。

潇雨变得沉默寡言，不爱运动，有好几次他都想鼓起勇气去看看千姿，可走到医院大门口，徘徊了半天，他却垂头丧气地走开。

千姿不能受刺激，他不希望千姿为难，更不希望他的爱成为千姿沉重的精神负担。他希望千姿的身体早日康复，希望白琳移植给她的心脏能够伴随她走完一生。

潇雨找了一份工作，每天就是上班下班，睡觉吃饭，周末他就泡在健身房里锻炼身体。白智妍默默地做着一个妻子应尽的义务，虽然她烧的饭菜味道不及母亲，但她尽心尽力了。平时两人很少交流，吃完饭各回各屋。受白智妍影响，潇雨喜欢上了读书，这段时间他看的书比大学里几年看的都多。

书看多了，就有些想法要跟人交流，吃饭这段时间变成了“读书会”。潇雨会主动跟白智妍讲述书中精彩的情节和心得体会，白智妍微笑着点头，如数家珍般将该书的作者、创作背景以及一些逸闻趣事等说给潇雨，甚至画龙点睛地聊到潇雨未曾细读思考的精要部分，听得潇雨暗竖大拇指，感叹学霸就是学霸。

两人谈起某本书中的好笑人物或幽默情节，会一起哈哈大笑；说到某个人物的悲惨命运，会摇头叹息。他们谈论的话题非常广泛，当然感情除外。他俩像是好室友一样生活，每天各睡各的屋，各做各的事，早晨问声好，晚上道个安，谁也没把谁当成生活伴侣。

那晚的醉酒乱性，潇雨似乎一无所知，白智妍也从未向他提及，她担心说出来就像以此要挟潇雨一般。白智妍半推半就委身潇雨后，心态已悄然发生变化，她在意起潇雨的言行。白智妍虽在哈佛读了几年书，但骨子里还是保守的中国女孩。既然嫁给了潇雨，就要对婚姻负责，对家庭负责，对自己负责；除非两人相互厌恶，恩断义绝，那就只能选择分手。

潇雨一家对白智妍悉心照顾，对白琳的后事尽心尽力，白智妍心怀感恩之情。她和潇雨虽然名为夫妻，却没有爱情，倒像是兄妹或朋友。白智妍很清楚，因潇雨深爱着千姿，他们的婚姻维系不了多久。真到了那一天，她会离开这个家，飞赴美国，结束这段荒唐而难忘的生活。

不知为何，潇雨却从白智妍自律的生活中找到了一种前所未有的快乐。周末早上天刚亮，他们都睡醒了，有时间会一起去山上的公园里散步，聊的话题也都是关于书的，有些潇雨不明白的问题，也会虚心请教白智妍。起初，潇雨并不问，白智妍在给他讲的时候就会把一些事情的来龙去脉梳理得很清楚，这只是她的习惯。久而久之，潇雨遇到不明白的，就会问白智妍，白智妍没让他失望过，有问必答，而且每次都说得潇雨心服口服。

他们在公园里散步，看见有老人清早从山上接泉水下山，遇到拎不动的，潇雨就会热心地上前帮忙。老人们夸潇雨是好心人，一旁的白智妍乐不可支，颇感欣慰。白智妍发现潇雨身上有许多优点，是一个值得托付终身的人，她逐渐明白了母亲的一番苦心。

夏和臣做完了假账，开始对公司的人员进行大换血。以前夏和平的旧属，凡是还在重要位置上的，全部被换掉了；对有些年龄大的，例如赵工等技术骨干，都让提前退休。夏和臣只想让千姿不战自败，无路可走，后来他索性把整个集团的工资都停发了。他对外宣称，公司财务要进行清账。这理由显然站不住脚，自从夏和平创建集团开始，公司就从未出现过这种情况。所以偶尔一次，大家也都能理解，但是眼看工资拖了快两个月，公司上下难免人心惶惶，议论纷纷。

这还不算，夏和臣把对供货商的结算往来，从原来的一个月一结算，变成了一个季度一结算，虽然供货商都不太愿意，却无可奈何。

这么大的集团，一个月下来欠款数额很巨大，如果换成季度结算，资金就更庞大了。平大集团一向信誉好，为了保持长久合作，能从平大集团继续赚钱，他们也只能勉强接受。后来，很多供货商都苦不堪言，多次求夏和臣给他们结账。

于是，夏和臣就以别人的名义注册了一个信贷公司，把抽出来的资金，全部投入到了这个账户上。这个信贷公司虽然刚成立，由于资金雄厚，很快就打开了局面。私下里，夏和臣给这些来催钱的供货商介绍这家信贷公司，承诺贷款远远低于银行的利息。供货商们半信半疑，到这家信贷公司一谈果真如此。让人啧啧称奇的是，这家信贷公司很愿意给所有和平大集团有关的供货商借贷。只要出具和平大集团合作的合同，放款的门槛就放得很低，对借款额度没有太大的限制，唯独资金借用的周期特别短，限制借款时间为三个月。合同上写着借款到期以后，可以进行延续。但是在这一条款后面却又加了一条，到期以后信贷公司要求对方必须要把所欠资金打入信贷公司账户，然后信贷公司才可以继续放款。

如果资金顺利打入信贷公司账户，信贷公司无权终止合同，必须把借款时间顺延为一年期限；相反，如果对方不能把钱打入信贷公司的账户，信贷公司就认为对方失去偿还能力，就有权马上停止合作关系，借贷方必须马上还款，不然一切走法律途径解决。这些条款虽然很新颖，但是乍看完全是出于信贷公司对资金保护采取的一种合理的手段，也能够得到借贷方的认同和理解。

这些供货商忧虑的是，如果平大集团过几个月以后不能按时结账，自己的公司就会很被动。夏和臣出面解释说，时间不会拖很久，如果有不相信的，可以以平大集团的名义，给他们写一份申明。供货商为了和平大集团继续保持合作关系，都签了借贷协议，然后很快顺利拿到钱，接着生产成品继续供货给平大集团。

平大集团的财务漏洞越来越大，大到谁都没有办法控制。即使这样，夏和臣仍觉得没有十足的把握，他又注册了一家公司，业务范围和平大集团一模一样。这一次他索性赤膊上阵，公司法人代表直接写上夏和臣的名字。

夏和臣以公司新产品推介会的名义，把所有供货商召集过来，将平大集团一些新的研发成果，全部算在自己新注册的公司——美臣集团的头上。然后，顺便和这些公司谈延续合作的意向，直接把明年的合作协议全部签署在美臣集团的名下，虽然有几家公司以合同没到期暂时不考虑续签的名义拒绝了，但是大部分合作方还是签署了新一年的合作协议。

千姿每天坚持服用抗排异药物，还没有出现过大的排异现象，她康复的速度超出了所有人的意料。拆线这一天，护士顺口夸道："夏小姐皮肤好白，几乎没留下什么疤痕。"

千姿并没有感到开心，想起潇雨，她流泪了。她的生命是潇雨用婚姻换来的。护士惊讶地问："夏小姐，你哭了，拆线疼吗？"千姿摇了摇头。胸前的伤口好了，心里的伤却永远无法愈合。

刘亚川来看过千姿几次，见她状态越来越好，喜悦之情溢于言表。千姿冷静地说，她恢复得很好，想要出院回家静养，请帮她办理出院的相关事宜。刘亚川兴奋地点点头，跑前跑后去忙活。

主治医师给千姿做了全面检查后，对她的身体状况很满意，同意她出院。平大集团曾经为医院捐献过大型医疗设备，千姿是平大集团最大的股东，出于多方考虑，院方派出两名经验丰富的护士，到家里陪护千姿一段时间。

回到熟悉的别墅，千姿感慨万千，恍若大梦醒来，什么都没有发生过。她每天就是散散步，听听歌，看看电影，把日子安排得满满的。刘亚川对夏和臣一系列的小动作有所了解，他忧心如焚地建议千姿尽快赴任，不能任由夏和臣乱来，整垮了公司。

千姿以身体还没有完全康复为由，拒绝了刘亚川的提议。她还没有想好如何跟叔叔夏和臣摊牌，也没有下定决心为了家族财产跟叔叔闹得鱼死网破，这是世界上她唯一的亲人啊，一定要拔刀相向、拼个你死我活吗？

千姿心绪烦乱，她要冷静下来了却一桩心愿——去白琳的墓前献上一束百合花，再深深三鞠躬。千姿对白琳怀有感恩之心，不管白琳出于什么目的捐献心脏，千姿都是受惠者。

刘亚川亲自开车送千姿前往白琳的墓地，没想到在这里巧遇白智妍。两人四目相对，点头致意，一时竟然不知说些什么。白智妍内心一阵阵激动，母亲的心脏跳动在面前这个女孩的胸腔里，她多想紧紧地拥抱她，将头贴在她的胸前，倾听母亲的心跳，跟她说说知心话，可她偏偏是丈夫的爱人。千姿的内心感触更为复杂，眼前这个女人夺走了她的爱人，让她以泪洗面，生不如死。“夺夫之恨”不共戴天，她却恨不起来，因为身体里跳动着白智妍母亲的心脏。她很想真挚地说一声“谢谢”，安慰她的丧母之痛，可她说不出口。

停顿了一会儿，千姿打破了沉默：“我……我来看看你母亲。”白智妍眼里隐现泪光，哽咽着说：“谢……谢谢！”

千姿走到墓碑前，慢慢弯下腰，放下一束鲜花，然后鞠躬致敬。墓碑前堆满了鲜花，看来白智妍经常来。白智妍走过来，真诚地说：“夏小姐，我替我母亲谢谢你。”

千姿听出了这话的深意，白智妍是要她保护好母亲的心脏，好好珍惜自己的身体。她突然感到一阵羞愧，说感谢的人应该是她，可她却鬼使神差地回了一句：“这是我应该做的。”

两人都不再说话，默默注视着白琳的墓碑，想着各自的心事。墓碑上面刻着的不光是人的名字，还有生者的无尽悲伤和深深怀念。墓志铭是后人或是旁人写的，有平实之语，也有溢美之词，供人瞻仰凭吊。更多真实的隐情无法向人诉说，更不敢刻在石头上，那就刻在心里，烧在火里，烂在土里，最后生根发芽，开成了一朵花。

白智妍此刻的心情，千姿感同身受，她曾经历丧父之痛，沉吟片刻，她轻声说：“我从小没有母亲，父亲前几年也去世了。我理解你的苦楚，请你节哀顺变，保重身体。”

“你和父亲相依为命，我和母亲相依为命；你没了父亲，我没了母亲。在这个世界上，我们孤苦伶仃，无依无靠，同是天涯沦落人。”

“我们都是命运的弃儿，可命和命又不同。你母亲虽然已经过世，可她的心脏在我身体里跳动；另外，你还有潇雨，可以与他朝夕相处。我呢，什么都没有。唯一的叔叔恨不得我马上就死。我像是行尸走肉，活着的一个躯壳而已。”

千姿难以抑制的悲伤感染了白智妍，她俩竟然像是有了心灵感应，胸口不约而同一阵刺痛。

“夏小姐，潇雨还是你的，我母亲的心脏也属于你，请你善待。再过一阵子，我要返回美国，继续学业，我会每天为你祈祷，你的生活也会变得快乐而幸福。嫁给潇雨非我所愿，因为母亲以死相逼，我不想违背她的遗愿。婚后，我和潇雨都不快乐，这个荒唐的婚姻毫无意义。”

白智妍的肺腑之言深深打动了千姿，她的眼睛湿润了，一句话也说不出来。年龄相仿，白智妍的视野和格局比她大得多，她温柔善良，善解人意，还勇于牺牲。跟她相比，千姿自惭形秽，愧疚不已。

白智妍像是看透了千姿的心思，安慰说：“上天有好生之德，人有成人之美之心。我和潇雨只是名义上的夫妻，我会在走前跟他办理离婚手续的。”

千姿喃喃地说：“你为什么要走呢?”

“生者奋然，死者安息。我想要新的生活，就必须换一个新的环境。”

“你有什么希望我做的吗?”

“清明时，如果我不能回来，请你到我母亲墓前，帮我放一束百合花。”

“你放心，我会放两束鲜花，一束代表你，一束代表我。”

该说的都已经说了，两个人心无芥蒂，握手告别。

白智妍走出墓地一段距离，她想拦一辆出租车。没想到千姿的车在一旁停下，她盛情邀请白智妍上车，顺道送她回家。白智妍笑着摆摆手，千姿却执意要送，僵持了片刻，白智妍只好上车。

或许是没睡好觉，或许是晕车，白智妍感觉一阵恶心。她忙喊司机停车，推开车门跑到路边呕吐起来。千姿关切地过来问，是晕车，还是哪里不舒服？要不要到医院看看？

白智妍摇摇头，接过千姿递过的纸巾擦了擦嘴。上车后，千姿拿过一瓶矿泉水，让白智妍漱漱口。轿车开了一阵，白智妍又是一阵恶心，千姿忙叫刘亚川靠路边停车，陪着白智妍走到草丛里，轻轻拍着她的后背。

白智妍心里一阵惊慌，自己的例假已经迟到有些日子了，难道是怀孕了？不可能啊，一次就中彩了？

望着千姿一脸的关切，白智妍深感歉意地一再道歉，撒谎说，可能是没休息好，不知为何突然晕车了。千姿安慰说，晕车是常有的事，回家后好好休息一下。

千姿把白智妍放在小区门口，径自离去。白智妍来到药店买了验孕试纸，结果不出所料：她真的怀孕了。

第三十章

千姿送白智妍回家，她看着潇雨的家是那么熟悉，心中顿时像被撕裂一般疼痛。她想起了自己手术前夕那个雨夜，潇雨在楼上，自己在楼下，两人来回递信的画面，在车上就哭出了声音。她曾经以为，和潇雨的距离，不过是一层窗户，不过是几层楼高，现在却发现他们的距离像是被定格了。潇雨像是她的大海，她像是被装进漂流瓶的一封信，在他的心中漂荡，但是却被永远地隔开着。

刘亚川看她哭得伤心，就索性把车停在一旁，给她递去纸巾，她接过纸巾，声音沙哑地说："回刚才那个小区。"

到了小区门口，车停了下来，千姿没有下车，而是坐在车上，等着潇雨的出现，希望能够见他一面。刘亚川觉得有些尴尬，就下车抽烟等着，路过的人时不时地拿出手机拍照，有几个人激动地说："看啊，劳斯莱斯！"有的人还站在车前拍照，挡住她的视线，她就把车玻璃落下来，对他们说："请让一让好吗？"拍照的人无不被她的美貌所惊艳，走的时候都忍不住对车玻璃里面多看几眼。她在车里只想等着看一个人。

潇雨终于出现了，手里拎着几本新买的书，走过她的车旁。他没有注意车是什么牌子，更不会在意车里的人。潇雨突然觉得心中一阵不安，感觉身后有人注视着他，等回过脸看了一眼，哪儿有什么人？或许是幻觉，他摇摇头回家去了。

坐在车里的千姿看见潇雨回眸的那一刻离自己如此地近，她的心跳疾速加快，激动得大脑里一片空白。看着他渐渐远去的背影，她却没有勇气打开车门，几次把手放在车门上，又很快地缩了回去。

潇雨回到家以后，见白智妍坐在沙发上面发呆，若有所思地想些什么，自己回到家关上门，这么大的动静，她都没有反应。潇雨问："你不舒服吗？"白智妍摇摇头："没有，我很好！"

白智妍心里却充满了忧虑，她不知道该如何面对以后的生活，作为一个母亲，她不知道该如何面对这个没有到来的孩子和这个孩子的父亲，她更加没有勇气剥夺这个孩子的生命。

当年母亲为了她，放弃了自己一生的幸福，甚至在将要死去的时候，还在为她未来的生活殚精竭虑。想起母亲，她有了把孩子生下来的念头，她要给孩子足够的关爱，看着孩子长大成人，幸福地度过一生，可她却没有母亲那样敢于担当的勇气和果断。

一切本来都是顺理成章的，她选择离开，放开现在的一切，把爱情和婚姻还给潇雨和千姿。如果要生下这个孩子，她这一生必将要和潇雨有千丝万缕的关系，永远也无法改变。她有些烦躁不安，心中有一个答案似乎越来越清晰：她还是准备离开，独自一个人面对这突如其来的一切。

她相信这样的选择是最好的，自己不走潇雨和千姿就无法在一起。她不愿潇雨因为这个孩子，必须一生对她负责，从而藕断丝连拉扯不清，到头来弄得谁都痛苦。

孩子是天使，是无辜的，不该成为累赘，更不该是不幸。她爱这个刚刚孕育的孩子，他不会成为她的一个砝码，他是自由的、独立的。想到这里，她心中顿时充满了母爱。她表情柔和起来，对潇雨说："我们出去买菜回来煲汤吧，我想喝汤。"潇雨说了一声好。白智妍从来不会提这样的要求，既然她提出来了，潇雨就没有理由拒绝。

千姿还坐在车里没有离开，她看见潇雨和白智妍从小区大门口走了出来，并没有表现出相爱亲密的样子。女人的妒忌本能使她胸口一阵难受，一时间竟然无法呼吸，她不恨潇雨，也不恨白智妍，她无法恨任何人。

白智妍记性超好，她坐过千姿的车，见这车停在小区门口，就扭脸对潇雨说："那是千姿的车。"潇雨愣怔了一下，停住了脚步，他不知道如何面对千姿，更不知道如何面对身边的白智妍。

千姿坐在车里，潇雨看不见她，却能体会到她的悲伤、痛苦和无助。白智妍说："你去把她请到家里，我去买菜做饭，晚上我们一起吃饭。"白智妍说完就走了。

潇雨已经不止一次被白智妍感动，这一次却是感恩。白智妍慈悲为怀，宽容大度，已非常人能比。潇雨脚步缓慢地向千姿的车走去，他的心情极为复杂矛盾，既想见千姿，又怕见千姿；千姿的心理跟潇雨一样，思念时想见面，临了才晓得，相见不如怀念。潇雨越近，千姿越紧张，她慌忙地命令刘亚川："开车，快开车，我们走。"

刘亚川早已等得不耐烦，听到指令迅速发动劳斯莱斯，一脚油门轿车疾驰而去。潇雨大声喊着千姿的名字，她却没让车停下来。潇雨的情绪腾一下被点燃，他发足狂奔，呼喊着千姿。

千姿看着后视镜里的潇雨越来越远，马路上的虚线一条一条疾闪而过，就像她的眼泪一般。潇雨跑得筋疲力尽，气喘吁吁地停了下来，千姿的劳斯莱斯早已从视线里消失。他只好无比失落地回了家。

白智妍心不在焉地在超市里排队交款，千姿和潇雨的恋情让她的处境变得尴尬且难堪。眼下，她和潇雨没办离婚手续，她肚子里还怀着孩子，她该怎么办呢？

回美国吧，她连一张飞机票都买不起，今后的生活将千难万难。留在国内，她就成了潇雨和千姿在一起的绊脚石，她的学业也将放弃，前途渺茫。白智妍站在人生的十字路口，茫然无措。

白智妍拎着食材回到家，见潇雨情绪低落，随口问道："夏小姐呢，她不愿意来?"潇雨摇摇头，一言不发。白智妍已经猜出大概，便不再追问。晚饭后，他们没像以前那样出门散步或谈天说地，而是各忙各的，各回各屋。

满腹心事的白智妍辗转反侧难以入睡，潇雨睡梦中的呼喊声惊扰了她。她担心潇雨有事，就穿着睡衣轻手轻脚地来到潇雨的卧房。潇雨的被子掉落在地，他嘴里喊叫着"千姿，千姿，你别走……"

白智妍弯腰捡起被子，给潇雨盖好，默默地回到自己的房间。当断不断，反受其乱，白智妍下定决心，走，想办法回美国。

天蒙蒙亮，潇雨还在呼呼大睡，白智妍轻手轻脚走进来，在他床头放下一封短信和签了字的离婚协议书。

离婚协议写得很详细，白智妍放弃了属于她的所有权利，信却写得十分简单：

潇雨，我走了，一切都结束了。祝你和夏小姐幸福！

尽管白智妍的祝福是真诚的，可当她真要离开的时候，内心却是一片苦涩。白智妍虽有千言万语，留下的也只有一句，纸上斑斑泪滴，无声地诉说着她的伤悲。

潇雨打着呵欠醒来，发现了床头的信和离婚协议书，匆匆看完后，他莫名惊慌起来。白智妍的卧室收拾得干干净净，像是从未有人居住过，她的大行李箱也不见了。

潇雨换了衣服，匆忙乘电梯下楼，在小区附近找寻白智妍的身影，哪里找得见。古人说"落花风雨更伤春，不如怜取眼前人"，白智妍在身边时，潇雨从未觉得她有多重要，甚至都没有好好看过她；哪怕是经历了丧母之痛、受伤入院，潇雨都没有关心安慰过她，还嫌弃她的母亲是个毒贩。白智妍像圣母一样，默默忍受着各种白眼和冷落，还不忘关心千姿和他陈潇雨。扪心自问，除了整天摆出一副高傲的臭脸，他为白智妍做过什么？

白智妍伤透了心，要永远离开的时候，潇雨却产生了难以诉说的愧疚和不安。就像厨师从未觉得盐有多么重要，等炒完菜需要放盐的时候，发现盐没了，这才着急起来。

白智妍彻底从自己的生活中消失，是潇雨无数次幻想过的完美结局，那样他就可以理直气壮、毫无障碍地跟千姿在一起。现在终于如愿以偿，潇雨却快乐不起来，因为他良心有愧。

千姿回家后，陷入到黑色的悲观情绪里不能自拔，她警告自己，不能再这样消耗生命，必须换一种生活状态，让生命活得更有价值和意义。考虑良久，她决定回到平大集团，继承父亲的事业。

作为“托孤重臣”，刘亚川对千姿的决定举双手赞成。能进入平大集团的决策核心，是他梦寐以求的事情。

这天，身穿职业装的千姿在刘亚川、遗嘱律师等人的簇拥下，派头十足地来到平大集团大厦，在众人毕恭毕敬的瞩目下直奔董事长办公室。

夏和臣早有准备，客客气气地接待了千姿一行人，他礼貌周全地问：“千姿，你身体还未完全恢复，就急于接班啦？平大集团早晚都是你的，不要受人挑唆，干亲者痛仇者快的事情啊！”

千姿神情有点紧张，她没有经历过这样的阵仗，不知应该怎样回应，索性板起面孔问随行律师：“东西带来了吗？”律师郑重其事地点点头。

夏和臣摇摇头说：“一笔写不出两个‘夏’字，也不跟叔叔客套一下，一见面就公事公办，让人寒心啊！这是一份四方协议，两个律师团队一同起草的遗嘱，我懂法律。既然你来了，我们就办一下交接手续吧。”

一想起叔叔的所作所为，千姿就恨得咬牙切齿，她冷着脸问：

“你什么时候走?”

夏和臣笑了笑，说：“我随时可以滚蛋。这间办公室是你父亲……我大哥的，现在交给你。我在你隔壁办公，你是董事长，有权力不让我来公司上班。这样吧，我们一会儿开董事会，正式任命你为董事长。”

千姿毫不客气地说：“好，就按照你说的办。”

夏和臣话里有话地说：“肥水不流外人田。公司是姓夏的，咱自家人谁当董事长都一样，别让人篡了位就好。”

说完这句话，夏和臣盯了刘亚川一眼。不知为何，刘亚川心虚地低下头，没敢与夏和臣正面交锋。

千姿对刘亚川的懦弱有点不满，吩咐道：“你现在就召集人开董事会，今天就把事情定下来。”

刘亚川的神情很不自在，颇感为难，他已经从平大集团离职，现在谁会听他的？夏和臣戏谑道：“你不要为难他了，还是我通知吧。”

夏和臣按下免提键，平静地对秘书说：“你通知所有董事会成员，还有分公司的负责人，马上来集团开会。20分钟内必须赶到集团会议室。我们的新董事长来了。”

秘书一头雾水，愣了半天才说：“董事长，我知道了。”

会议室座无虚席，夏和臣率先站起，发表感言。他动情地说，感谢大家长久以来对他工作的支持，他很快就要从董事长的位置上卸任了，很舍不得大家，希望大家以后多支持新董事长的工作。

夏和臣眼睛湿润，说得很煽情。与会者神情严肃，有的人还流露出不舍之情。

千姿冷冷地看着叔叔“表演”，不发一言。夏和臣早就留好了退路，他摆出一副谦谦君子的模样，博得了众人的好感。他很清楚公司的现状，这个烂摊子就像一个黑洞，砸多少钱进去都会被吸得一干二净，千姿就等着卖别墅、卖股票吧。

夏和臣大声宣布："我们新的董事长，夏千姿小姐今天到任了，大家掌声欢迎！"

众人齐刷刷鼓掌，谁都不得罪。千姿气定神闲地从旁边的茶几边站了起来，走到会议桌旁，冲着所有人鞠躬，然后坐在了夏和臣刚刚让给她的董事长的位置上。夏和臣站在一旁，再次带着大家一同热烈鼓掌欢迎。

千姿坐下来没有一句寒暄，开门见山地说："平大集团是我奶奶李桂芳创建的，当初是一个作坊，起名平大公司，是希望我父亲夏和平把公司做大做强。父亲没有让我奶奶失望，他兢兢业业、锐意进取，接连收购、创建了14家子公司，才有了今天的集团化规模。按照父亲生前的遗嘱，在我25岁以后，接任平大集团董事长职务。

"我父亲生前把集团30%的利润拿出来做分红股，创建董事会，让所有对集团有特殊贡献的员工进董事会参加集团发展决议。在座的各位，有的我认识，有的我不认识，但是我相信大家都是对集团有特殊贡献的。如果我记得没错的话，董事会拿的是分红股，董事会成员的去留也都是有董事长决定的。今天我就任董事长，并不决定大家的去留，只是希望大家以后多多支持我的工作，帮助我把平大集团创建得更加出色。"

千姿这番话是刘亚川草拟的，事先演练过好多遍，她能一口气说完，也实属不易。千姿简短的就职演说绵里藏针，有劝勉，也有敲打。夏和臣又一次惺惺作态地带头鼓掌。千姿接着说："我以董事长的身份宣布，任命刘亚川先生为平大集团总经理！"

刘亚川一时难以掩饰激动之情，站起来对千姿鞠躬，又对大家鞠躬。他曾被灰溜溜地扫地出门，今天他'胡汉三又回来了"。他卧薪尝胆，付出了那么多心血，终于得到回报，内心怎能不翻江倒海？

会议结束时，夏和臣伤感地跟大家告别，让大家多保重，他要提前退休养老，今后靠集团的分红过日子。夏和臣不吵不闹，刻意低调，引起了刘亚川的警觉，他知道夏和臣可不是省油的灯。

夏和臣要回办公室收拾私人物品，千姿望着他的背影感慨颇多，这个世界上唯一跟她有血缘关系的人，坏事做绝，毫无廉耻，为了金钱和权力不择手段，今天轻易就缴械了，这大大出乎她的预料。

第三十一章

千姿接手平大集团以后，各种棘手的问题纷至沓来。

翌日，千姿信心满满地来上班，看见集团办公大楼门口吵吵闹闹挤满了要账的人。保安见到千姿的专车缓缓驶来，忙把人群隔开，向董事长恭敬地打敬礼。

聚集的人虽然很多，却没有出现骚乱，而是井然有序地把路让开，让千姿的车顺利通过。千姿皱起眉头，谁指使的？这是要给她一个下马威啊！

进了集团大厦，千姿觉得事态有点严重。一楼大厅平常安静整洁，现在熙熙攘攘坐着不少人，像一个乱糟糟、闹哄哄的集市，他们也是来要钱的。不知为何，财务总监迟迟没有露面，一个财务室的会计面有难色地解释说，现在公司账上没有钱，还结不了账。

千姿不动声色，坐电梯上了12楼。进了董事长办公室，她马上拨通了刘亚川的电话，焦虑地询问缘由。刘亚川说，他已经做了初步了解，公司在他离职这段时间，账面出现巨额亏损，财务部已无米下锅。千姿惊讶地问："怎么可能，公司不是一向运营良好吗？"刘亚川说："这是公司成立以来，遭遇的最严重危机。最要命的是，我看了账本，竟然看不出任何问题。"

"看不出问题，才是最大的问题。"

"账面上显示，很多产品由于质量原因被退回了。除了仓库里的退回产品，还有很多产品前期已经做了销毁处理，让人无从查起。公司已经拖欠所有供货商4个多月的贷款。”

千姿脑子里嗡嗡作响，呆立半晌没有说话，眼前浮现出叔叔夏和臣那张似笑非笑的脸。

刘亚川语气沉重地说：“我们集团已经三个月没有发工资了。”

千姿彻底明白，她耽于儿女私情，放任公司不管，叔叔已经把公司掏空弄垮了。

难怪夏和臣主动放权，不争不抢潇洒离开，因为公司即将破产。千姿沉默良久问：“有欠我们钱的合作方吗？”

“有几家，他们欠的钱只够给集团员工发工资的。”

“马上把这些钱追回来，先把工资发下去！”

刘亚川表示马上照做。千姿放下电话，陷入沉思，拖欠供货商的钱款，怎么还，何时能还清？

不当家不知柴米贵，不生子不知父母恩。掌管这样一家民营企业，就像在薄冰上跳舞，稍有不慎就可能坠入冰河，千姿深切体会到父亲的艰辛和不易。集团公司的事情千头万绪，到处都有险情，千姿像个消防员四处灭火，忙得焦头烂额。

快下班的时候，刘亚川前来向千姿汇报，已经把合作方欠公司的钱都追回来了，这点钱对于集团公司所面临的问题，是杯水车薪。

千姿一脸焦急地问，怎么办？刘亚川摇摇头：“你父亲在世的时候，公司从未出现这种状况，现在唯一的出路就是向银行借贷。好事不出门，坏事传千里，银行或许已经知道平大集团面临的困难，恐怕不会放贷给我们。”

“如果向银行贷款，就能帮我们渡过难关吗？”

“是的，平大集团的资产足够办理抵押贷款。即使银行放款达不到我们的预期目标，至少不会像现在这样被动。”

“公司出现这么大的亏空，难道就没有猫腻吗？前任董事长就一点儿责任没有吗？公司是不是被人暗中做了手脚，转移了资产？我们是否能借助法律手段追回流失的资金？”

“恐怕很难，我们收集不到充足的证据证明资产被转移，即使走法律途径有希望追回一部分，那也要经历漫长的诉讼过程，我们在时间上根本承受不起。”

“你明天抓紧时间去银行办理抵押贷款，然后安抚跟我们要钱的供货商，告诉他们，贷款一下来，平大集团会立刻还钱。通知财务部，马上用进账的钱，把工资发下去，安抚人心。”

在其位谋其政。既然坐上了集团公司董事长的位子，千姿就要担负起相应的职责。尽管她没有管理经验，但耳濡目染，父亲的言传身教，使她天然具备了一定的管理能力。

刘亚川在千姿的身上看到了夏和平的影子。一直以来，在他眼里千姿就是一个爱发小姐脾气、弱不禁风的姑娘，现在看她处理问题时条理清楚、冷静理智，他不由得暗暗钦佩。

白智妍走后，潇雨一度有些惊慌失措，心里空虚到了极点。家里空荡荡的，有时候他还会习惯地喊白智妍的名字，然后意识到她已经走了。他有一种无所适从的失落感。和白智妍在一起时，他大部分时间想着千姿；白智妍走了，他想得最多的还是千姿，只不过心里愧疚难安。

人非草木，孰能无情？如果说白智妍对这个家没有一点儿留恋，那肯定不是真话。知道自己怀孕后，白智妍对人生和婚姻有了新的认识，对潇雨也有了一种说不清道不明的感情。她不愿正视这一点，固执地认为，他们彼此的人生被命运贴上了错误标签，现在她要亲手把标签撕碎——结束这段婚姻。

她会在心中祝福潇雨和千姿，祝福自己和腹中的孩子。她希望三人步履蹒跚、老态龙钟再见面的时候，能彼此对视，为命运开的荒唐玩笑而释怀。

那天早晨，白智妍拖着行李咕噜噜地走过小城的街道、广场和公园时，看见很多老人在锻炼，有的打太极，有的跳绳，有的打羽毛球，神情祥和而快乐。他们都没有烦恼吗？就没有忧虑吗？

别人都能过得如此开心和轻松，为何自己不能呢？白智妍漫无目的地向前走，发现脚下的路越走越熟悉。她停下脚步四处张望，然后接着往前走，拐过一条巷子出去，突然发现这不是通向自己家的那条路吗？她心里有些忐忑不安，脚步还是不受控制地往家的方向走去。这里有她太多美好的回忆。

当她看见自家院子的时候，眼泪扑簌簌滚落下来。大门被贴上了封条，透过门缝能看见院子里的摆设，一草一木是那么熟悉，银杏的叶子金黄金黄的，树下的铁秋千锈迹斑斑，树旁边的木头摇椅被雨水浸泡得发霉了。

“智妍，快进来吃饭了，别坐在院子里看书了，你感冒刚好，别又着凉了。”这是母亲在叫自己吗？

白智妍仿佛看见母亲在园子里种菜。母亲没事的时候，最喜欢打理自己的菜园子。白智妍站在一旁笑嘻嘻地问：妈妈，要不要帮忙啊。妈妈说：你们这代人，哪里还会干农活啊。妈妈每次都向她炫耀：智妍，你看我种的菜多好啊，你看这萝卜长得多喜人；智妍，你看这娃娃菜，长得多漂亮。

她收到哈佛大学录取通知书那年，妈妈正在园子里种菜。她拿着录取通知书笑眯眯地看着母亲，母亲装得气定神闲，一边给黄瓜插秧，一边问被哪个大学录取了。白智妍说，你猜。清华？她摇了摇头。北大？她又摇了摇头。妈妈又连猜几个，她还是摇头。白琳突然不耐烦了，你要急死我啊。白智妍笑了。白琳故意说，你不会落榜了吧？白智妍伸出右手食指，左右摇摆说：No！No！No！You guessed wrong ，My Alma Mater is Harvard University.（不！不！不！你猜错了，我的母校是哈佛大学）。

白琳听完，把手里的菜扔在了一旁，激动地从篱笆里跳了出来，把录取通知书抢过去看。母亲过于夸张，白智妍被吓住了。看完通知书，母亲喜极而泣，不顾手上沾着的泥土，一把将白智妍紧紧地抱在了怀里……

现在，院子里一片狼藉，菜园里杂草丛生，母亲永远地离她而去了。白智妍再一次涕泪横流。

中午休息的时候，千姿给潇雨打了一个电话，说她收到白智妍发来的短信，短信的意思是，她走了，不再回来，祝他俩幸福。看完短信，她就给白智妍打电话，可她关机了。

千姿有些担心地问："她一个人怎么办？能去哪里呢？"

潇雨内疚地说："她可能回美国了，她有她的生活。我们不必太担心。"

"白智妍是一个善良的好人，我们亏欠她太多。都没说一声谢谢，她就这么走了，我心里很难受。"

"唉，人有悲欢离合。我给不了她幸福，或许这是最好的解决办法。你也别多想了，保重身体。我想见你。"

"我回平大集团上班了，工作很不顺利，心情也不好。如果你有时间，可以来公司看我。"

"那你好好休息，我明天就去陪你。"

白智妍思虑再三，决定先休学一年，在家乡这个城市找一个地方落脚。她租了一套单身公寓，安顿好以后，就在互联网上发信息应聘高级职业家教，并配图证明自己在哈佛大学生活、学习过，可以辅导准备参加高考的孩子各个学科的学习，更可以帮助、辅导想要出国留学的孩子，可以进行一对一辅导，但是单节辅导时间只有一个小时。她怕自己太累，肚子里的孩子受不了。她不太懂国内收费的情况，所以只写了每小时500元人民币。

不承想，这一条信息刚发布，电话接着就来了。很多家长开始总是质疑她在哈佛大学读书的经历，她表示说，如果对授课不满意，可以不支付费用。有自视甚高的家长为试探她，上来就用英文和她对话，她对答如流，几分钟后对方就心悦诚服。白智妍很快就打开了局面。

白智妍有一种天然的亲和力，很容易跟孩子打成一片，孩子自然对她产生了依赖，认为她是最美、最好的老师。白智妍是学霸，学习上有“独门秘诀”，只要按照她的方法学习，孩子成绩提高得很快。对于那些打算出国读书的孩子，她更是驾轻就熟、游刃有余。学生和家长对白智妍都非常满意，她做到了有口皆碑，生源多得忙不过来。

白智妍的授课费水涨船高，为了肚子里的孩子能健康发育，她坚持每天只讲6个小时。生活状况改善后，她租了一个带院子的套房，通过中介找了几个保姆观察试用，准备挑选一个好的，将来帮她一起照看孩子。

跟千姿通过电话后，潇雨兴奋得一夜未睡。第二天一早，他洗漱完毕，换了一身自认为很得体的衣服，急不可待出门而去。

潇雨在平大集团附近转悠了半天，等到上班时间才向公司大门走出。保安见他眼生，拦住问找谁。潇雨说，他找夏千姿。保安一脸狐疑地又问，找夏董事长？潇雨点点头，说他们约好的。

潇雨对千姿这个头衔很陌生，很不习惯，觉得两人之间的距离一下拉远了。保安问了潇雨的姓名，又打电话向董事长秘书汇报核实，等了半天，得到确切回复，他才放潇雨进去。

千姿和潇雨的身份地位发生了天翻地覆的变化，一个是集团公司的董事长，一个是小公司的打工仔，两人的社会地位太过悬殊，潇雨心理发生了微妙的变化，难免感觉很不适应。

千姿生怕潇雨多想，放下电话就乘坐电梯迎了出来。所有的思念在这一刻全部化成快乐，千姿内心冰冻千年的寒冰，瞬间被爱情之火融化成一汪春水。潇雨是她生命中的一道光，是她的心跳，是她在这个世界上最重要的人。

千姿出了电梯一溜小跑，她看见潇雨进了大厅。众目睽睽之下，潇雨的脚步稍有迟疑，神情有些紧张，千姿不管不顾飞奔过来，紧紧搂住了潇雨。大厅里来来往往的人都瞪大了眼睛，好奇惊讶地看着这一幕……

这一刻，没有集团公司董事长，也没有初出茅庐的打工仔，有的只是备受折磨的两颗心紧紧贴在一起，跳着同样欢快的节奏，流着同样激动的泪水。

第三十二章

走进千姿的办公室，潇雨大吃一惊，他从来不曾想过，一个人的办公室可以这般豪华气派，这一切都令他大开眼界，也令他目瞪口呆。办公室有一大幅油画，画得很是逼真，一大片胡杨林气势恢宏地呈现在了他的面前。

潇雨慢慢走近这幅画，充满敬意地说："胡杨，一千年不死，一千年不倒，一千年不烂，我在书上读过。我还是第一次看见胡杨的气势，画得真是栩栩如生。"

千姿动情地说："这是我父亲生前最喜欢的一幅油画。他经常对我说，做企业就要有这样的精神，创业靠的并不是一腔热血，而是一股韧劲。"千姿说到这里，叹了一口气，接着说："可我现在能体会到坚持这种精神的艰难。平大集团在我手里，还不知道能否续命，我更不知道自己有没有能力将企业维持下去。"

潇雨惊讶地问："发生什么事情了？"

千姿苦笑了一下说："没什么，不提这些了。"

潇雨不好过多追问，毕竟自己的能力有限，很难能够帮助她什么，只好安慰她："一切都会过去的，压力不要太大，你身体刚好，还不能这样操心受累。"

千姿点了点头，潇雨这话说了等于没说。如果是以前，千姿还能听进去，可现在她掌管着一家濒临破产的集团公司，重任在肩，怎么能不着急上火?

办公室的语音电话响了，千姿按下接通键，电话里秘书恭敬地说：“董事长，刘亚川总经理有事情向您汇报。”千姿深感歉意地看了看潇雨，潇雨善解人意地笑了笑。管理这么大一家集团公司，当然需要刘亚川这样的专业人士协助管理，更何况他为千姿的事也算是殚精竭虑。

不一会儿，刘亚川敲了敲门走进来，潇雨马上起身打招呼：“你好，刘总。”刘亚川愣了一下，马上笑着说：“你好，陈先生。”

千姿问：“怎么了?”

事出紧急，刘亚川直言不讳地说：“事情变得非常棘手，长期合作的几大银行拒绝了我们的申请，拒绝理由大致相同。意思是平大集团高层人员发生重大变故，新任董事长毫无管理经验，身体健康存在很大隐患，因此没办法给我们走贷款的程序。即便是走了程序，贷款也不可能批下来。”

一盆冷水从头到脚把千姿浇了一个透心凉，她脸色苍白，一时间竟茫然无措。潇雨暗暗替千姿着急，他虽然不懂企业管理，却知道缺少资金对于一个企业意味着什么。

千姿问刘亚川，还有没有别的办法。刘亚川脸色难看，像是有话要说却又难以启齿，在千姿的再三追问下，他才说：“摆在我们面前的有三条路。第一条路是换一个法人，重新申请贷款。目前形势下，没人愿意背负巨额债务当这个法人。如果企业经营状况持续恶化，将资不抵债，法人会面临法律问责，谁愿意接手这样的企业呢?”

刘亚川既说出了实情，顺便也表达了自己的想法，最关键的是先跟自己撇清关系，表明他不会接手这个棘手的差事。

气氛变得异常压抑严肃，刘亚川担心千姿的身体，没有接着往下说。千姿冷静地问：“第二条路呢?”

“申请破产，找人收购。如果找不到，就开始资产清算，变卖还债。最后的结果是，从此以后，平大集团将不复存在。”

说完这个方案，刘亚川心中顿感悲伤，他和平大集团及故去的前董事长夏和平有很深的感情。

千姿更是心痛不已，她无论如何都无法接受，祖母创建的公司刚交到她手里，就要面临这样的结局。这家公司倾注了父亲毕生的心血，将来她有什么脸面去见祖母和父亲？千姿突然恨起自己的无能，额头上冒起了虚汗。潇雨此时什么话都不敢说，生怕多说一句都是添乱。

潇雨心想，这么大一家企业，这么多员工，如果倒闭了，有多少人将在一夜之间失业。千姿刚做完心脏移植，算是死里逃生，如果家族企业破产倒闭，对她精神的打击难以想象。唉，这么大一个集团公司，怎么会说不行就不行了呢？

千姿强忍着悲痛问：“最后一条路呢？”

刘亚川支支吾吾，极不情愿地说：“保住你原有的股份，不要再操心企业了。解铃还须系铃人，把你叔叔请回来，这种局面是他造成的，他一定有办法。”

千姿突然对刘亚川倍感失望，这个男人缺乏血性和担当，是个软骨头。她宁愿公司倒闭，也不会请夏和臣回来。胸口气得隐隐作痛，她摇摇头，语气生硬地说：“我知道了，你先回去吧。”

刘亚川见千姿面色难看，不敢再多说什么，起身告辞。千姿神情愁苦，焦虑不安，刘亚川指出的三条路，满是荆棘，走到头几乎都是充满屈辱的死路。

半晌不语的潇雨走到千姿面前，安慰说：“千姿，你别难过了，我有一个办法。”

千姿强颜欢笑：“我没事。”

潇雨说：“我来做这个法人，帮你渡过难关。”

千姿心里一阵感动，眼泪瞬间流了下来，她摇摇头，斩钉截铁地说：“不行！绝对不行！”

“千姿，让我来做这个法人吧。你放心，我不会觊觎你的一切。如果平大集团能起死回生走上正轨，我就把这一切都还给你。”

“潇雨，你知道做法人意味着什么吗？我怎么可能让你往火坑里跳呢？”

“我知道。这个时候，我不为你遮风挡雨，还算什么男人！我不能眼睁睁看着企业破产，大不了进去关几年，我又不是没进去过。”

千姿哭了，喃喃地说：“不行，潇雨，我不能这样做，我不能再害你了。”

潇雨在董事长办公室一直陪着千姿，两人一筹莫展，相对无言。下班时间到了，千姿都没办法回家，因为那群要钱的供货商守在楼下不肯离去。刘亚川是总经理，关键时刻不能再当缩头乌龟，万般无奈之下，他只好亲自出面挨个解释说，董事长在外地出差，等她回来一定想办法尽快把货款发给大家。刘亚川口干舌燥说了半天，既没人听，也没人信，他灰溜溜走了。

黄昏时分，阿姨提着保温桶把饭菜送到千姿的办公室。千姿一点胃口也没有，在潇雨的再三劝说下，她才勉强喝了几口汤。千姿让潇雨陪她一起吃饭，否则她也不想吃。潇雨不辨滋味草草吃了饭，简单收拾了一下碗筷，探头向楼下望，要账的人零零散散离去。

到了深夜，潇雨下楼看情况，仍有部分人在留守。刘亚川还算尽职尽责，他再一次到楼下与供货商交涉。刘亚川提议，以公司的名义写欠条，届时拿着欠条兑换货款。一些人表示反对，说必须由董事长本人写欠条才可以。

刘亚川对此很不理解。一个供货商代表诉苦说：“刘总，不是我们故意刁难，是那家给我们放贷的公司说，只有平大集团董事长打的欠条，他们才认可。我们都要养家糊口，人家逼着我们还钱，我们没有余钱，只好跟平大集团要货款。刘总，你就帮帮忙吧，让夏董事长给我们写个欠条。”

刘亚川觉得这是有人设的圈套，为了安抚供货商，他敷衍着说：“等夏董事长回来，我们就有钱了，或者按照你们的要求写欠条。”

供货商们陆续离去，刘亚川通知千姿的秘书，让董事长回家休息。他心里乱糟糟的，情绪坏透了，没有跟千姿碰面，独自驾车回了家。潇雨默默地看，静静地听，把这一切都记在了心里。

劳斯莱斯轿车里，潇雨紧紧握着千姿的手，给她温暖和力量。千姿卸下董事长的面具，恢复了邻家女孩的活泼可爱。她暂时忘记了忧愁，心中充满了某种力量，这力量扫荡了所有的阴霾和烦恼。

潇雨陪千姿回到了别墅，这里曾经有他们美好的回忆，也留下了太多变故。别墅面积很大，雇用了两个阿姨，一个负责打扫卫生，一家负责做饭。还有一个花匠，专门负责家里的花花草草。

上次是走马观花，这次千姿领着潇雨仔细参观别墅的每一间屋子，并讲述小时候发生的趣事。走过一间大屋子时，潇雨好奇地问：“这个房间是干什么用的?”

千姿说：“这是我父亲的书房，他生前每天晚上都要在这里读书。”

千姿把书房门推开，按下墙壁上的总开关，壁灯有序向前延伸一样一盏一盏地亮了。潇雨霎时被惊呆了，书房金碧辉煌，好像一个藏着万卷书的小型图书馆。映入眼帘的是这样一句话：我虽然没有见过天堂，但是我相信天堂一定最接近图书馆的样子。

书房足有七米高，每个书架上都连着木梯子。通过梯子，可以上到书架第二层，第二层有一大圈步道。潇雨啧啧称赞，感叹书中自有黄金屋。千姿说，这些都是父亲的藏书，很多他都读过。一瞬间，潇雨想起了学霸白智妍。

白智妍嗜书如命，只要有时间，她就用来阅读，称得上是博览群书。潇雨有什么问题，她都能引经据典给出答案。潇雨曾钦佩地问，从哪里看这么多书呢？白智妍说，图书馆啊，她最喜欢去哈佛大学图书馆，那里有世界各地的各种藏书。

潇雨心想，没准这会儿白智妍就在哈佛大学的图书馆看书呢？他脑海里突然想起白智妍曾经说过的一句话：“潇雨，幸福有很多种解释，每个人的理解都不同。我认为的幸福，就是目标明确，不迷茫，不慌张。沉淀自己，静心无尘地读一本好书，幸福就会很快降临。每一个下一页，都有不期而遇，或者久别重逢，心灵始终被溺爱，生命始终被滋润。所以你要多看书。”

潇雨站着发呆，千姿问：“你怎么了？”潇雨说：“没事，读这么多书，真令人震撼。大学几年里，我最讨厌的就是看书，真是太浮躁了。”千姿笑着说：“书到用时方恨少。现在喜欢读书了？今后，这个书房就属于你了，你随时随地都可以来读书。”

天色已经很晚了，潇雨劝千姿早点休息，千姿摇摇头说，心里有事睡不着。潇雨安慰说，车到山前必有路，明天一起想办法。

两人到客厅沙发上闲聊了一会儿，阿姨端来了夜宵。吃完夜宵，潇雨再次劝千姿睡觉，她毕竟是大病初愈，熬夜很伤身体的。千姿使起了小性子，撒娇说，不睡不睡就不睡。

潇雨哄劝着说：“这样吧，你去卧室躺着，我给你读书。你听着听着就困了，很容易入睡的。”千姿满心欢喜地点点头。

潇雨在书房架子上找了一本美国作家亨利·戴维·梭罗的《瓦尔登湖》轻声读给千姿听。这是一本超凡入圣的好书，字字闪光，沁人心脾。夜深人静，万籁无声之时，书里的自然风光令人神往。

千姿微笑着，困意来袭，她不知不觉闭上眼睛，进入了梦乡。

潇雨合上书本，轻手轻脚地走出卧室，虚掩房门。他定好手机闹铃，依靠着沙发打起盹来。他暗下决心，要帮千姿渡过眼前的难关，他已经想到了办法。

清晨，阿姨起来做饭，潇雨说：“千姿昨晚胸口疼，吃过药刚刚睡着，早饭就不吃了。你们说话做事声音一定要小一点，让她好好休息，不要打扰她，让她自然醒。拜托了。”阿姨知道潇雨和千姿的关系亲密，点点头答应了。

司机按时来接千姿上班，潇雨说，夏董事长身体不舒服，委托他去公司代为处理重要的事情。司机也不多问，点点头，请潇雨上车。

平大集团的中高层都知道潇雨是夏董事长的男朋友，对他恭敬而客气。潇雨到公司后，径直坐电梯上到12楼，请行政办公室的人打开千姿办公室的门。

潇雨站在董事长办公室的窗前，望着楼下络绎不绝来上班的员工，真切体会到千姿肩头的压力有多大，他这次就是上刀山下火海也要帮千姿一把。

潇雨打电话请刘亚川到董事长办公室一趟，他已经想好了说辞。片刻后，刘亚川敲门进来，他没见到千姿，皱着眉头问："董事长呢?"

"千姿昨晚一夜没睡，她心脏很不舒服，吃药后一直在睡觉。她和我商量过了，由我出任新的法人，帮她渡过眼下难关。下午等她身体好一点，就会跟我去工商局办理交接手续。现在，请你去准备相关材料，等千姿一到公司马上就签字。麻烦你和供应商讲一下，我随时可以下楼给他们写欠条。"

刘亚川呆住了，好半天没反应过来，他不敢置信地问："你确定知道自己在做什么吗?"

潇雨坚定地说："我确定!"

刘亚川又问："你知道这样做意味着什么吗?"

潇雨点点头说："我知道，我有一切心理准备。"

见潇雨理智冷静，眼神笃定，没有丝毫退缩。刘亚川说："那好吧，我去准备。"

事关平大集团的生死存亡，故此刘亚川行动雷厉风行，很快就安排妥当。"海龟"出身的他，一直瞧不起潇雨，觉得他就是一个头脑简单、四肢发达的愣头青。关键时刻，潇雨为了千姿挺身而出，这份敢于担当的勇气让刘亚川暗自钦佩，他不知道潇雨靠什么力量步伐坚挺地走向深渊，难道爱情使人变成了无知无畏的白痴？

刘亚川陪着潇雨来到一楼大厅，向要债的供货商介绍说：“这是我们公司新上任的董事长陈潇雨先生，他可以给大家写欠条。拿到欠条后，希望你们火速离开。”众人狐疑地看着潇雨，七嘴八舌、叽叽喳喳议论起来，董事长不是夏千姿吗？怎么一夜之间来了个大变身，董事长成了嘴上没毛的小年轻。

一个供货商代表气呼呼地说：“他根本就不是什么董事长，你们随便找了个人来骗我们。”

刘亚川发火了，大喊安静，怒斥道：“你是不是一大清早喝酒了？你要搞清楚，不是问你借钱，是给你打欠条。你以为打欠条是闹着玩儿的呀？那是要负法律责任的，如果不是公司的董事长，谁愿意给你们打欠条？”

众人面面相觑，谁也不再说话。这时，行政办公室和财务部的人都已就位，刘亚川请潇雨在桌台前坐下。潇雨拿着笔，冲着供货商点了点头，意思是谁先来。有个供货商说：“小兄弟……陈董事长，你能不能把身份证拿给我们看看？”

潇雨从钱夹里拿出身份证，那个供货商刚一接过来，一群人便围住了他，挨个用手机拍潇雨的身份证。供货商赔笑将身份证还给潇雨：“陈董事长，欠条上不光要写公司，还请把你名字身份证号码写在上面。”潇雨点头答应，财务过来对账。

潇雨按照财务说的数目和对方公司名称逐一写欠条，欠款数额大得惊人，听得他一身冷汗，他越写心里越没底。平大集团要是还不上这一笔笔巨额欠款，他陈潇雨就是卖房卖车、砸锅卖铁也甭想还清欠债。

有一家公司下属三家子公司和平大集团合作，平大集团欠他们一个亿，财务部会计按照习惯说欠货款一万万，潇雨愣是没听明白，会计解释说，一万万就是一个亿。潇雨的脑子嗡了一下，差点脑溢血，欠条上“1”后面跟着八个零，像夺命连环套死死勒住了他的脖子，让他觉得喘不过气来。

也有数额少的，几万元而已。潇雨埋头写啊写，手腕子都写酸了。他暗想，如果让千姿来写这些欠条，她的心脏能受得了吗？是杀是剐由他去吧，反正就这一条命。

千姿一觉睡到中午，埋怨阿姨没有叫醒她。阿姨委屈地说，是潇雨再三叮嘱，不要打扰她。千姿知道情况不妙，忙打电话让司机接她去公司。

轿车风驰电掣赶到平大集团时，一楼大厅里已恢复了往日的安静，供货商们拿着欠条离开了。千姿愣愣地站在大厅中央，内心翻江倒海，她一万个不情愿把潇雨拖入公司债务的泥潭，没想到潇雨毫不犹豫地跳了下去……潇雨，潇雨，他就像蜡烛一样，燃烧了自己，照亮了她的生命。

第三十三章

木已成舟，覆水难收。在潇雨和刘亚川的再三劝说下，千姿将平大集团的法人变更到了潇雨的名下。

董事长办公室里静悄悄的，望着筋疲力尽、脸色憔悴的潇雨，千姿心里既羞愧，又心疼。她真的很后悔，后悔认识潇雨，她就像一颗扫帚星，降临到潇雨的世界后，没有给他带来一点幸福，带给他的却是无穷的烦恼和灾难。她倒在潇雨怀里嘤嘤地哭泣，潇雨安慰她说，否极泰来，一切都会好起来的。

潇雨没有想到，厄运和灾难来得这么快，根本就不给他喘息之机。三天后，他在同一时间里接到了三十几份法院的传票。望着桌上这堆传票，潇雨傻了，一时不知道该怎么办。

夏和臣原本要整治的人是侄女千姿，没想到傻乎乎的潇雨出头做了替死鬼。夏和臣暗骂：狗杂种，怎么哪里都有你？不整死你，老子就不姓夏。平大集团是他夏和臣的，谁敢跟他抢，他就弄死谁。

夏和臣发起了全面进攻，他的目标很明确，让平大集团新任董事长吃官司，最好是锒铛入狱；为了达到目的，他不惜击垮平大集团。

夏和臣让心腹周飞出任信贷公司和美臣集团的总经理，他在幕后操控指挥。他打电话把周飞叫到办公室，亲自部署任务：

“第一，你去跟陈潇雨谈判，让他知难而退。否则，他就等着变卖家产吃官司吧。

“第二，你要全力以赴做好打垮平大集团的准备。美臣集团即使不赚钱，也要抢夺平大集团的市场份额，不能让平大集团接到一点业务。如果平大集团跟我们PK，我们的产品价格一定要比他们低，低到保本甚至稍微亏本即可。我们资金雄厚，不怕打价格战。

“第三，给他们来个釜底抽薪，挖他们墙脚。平大集团又快发不下工资了，你赶紧对外公开招聘，有愿意到美臣集团工作的，待遇比平大集团高两成。平大集团拖欠的工资，美臣集团一次性补齐。

“第四，组织追债讨薪大军，到平大集团门口拉横幅喊口号，把那里的路堵起来，让交通堵塞瘫痪。另外，再找几家媒体、自媒体记者，塞几个红包，让他们好好写一写。”

“妙，真是妙，妙不可言！董事长这几招真是厉害，处处抓住要害，平大集团这回在劫难逃了。”周飞眉飞色舞一阵吹捧。

夏和臣拍了拍周飞的肩膀说：“这回，你可不要让我失望哦。”

周飞谄笑说：“放心，老板请放宽心。”

为了爱情，潇雨像是飞蛾扑火。这把火烧得太猛烈了，注定要将他烧得粉身碎骨。法院的传票如雪花一样，一张一张飘过来，有时小区保安刚把传票送到董事长办公室，还没回到工作岗位，另一个保安就已经走在继续送传票的路上。这时，谣言四起，整个平大集团人心惶惶。

供货商起诉平大集团和潇雨实属无奈，他们中很多人并不想和平大集团翻脸，有的念及旧情，有的希望继续合作，可他们欠着夏和臣信贷公司的钱，不按合同偿还也是不行的。信贷公司经理暗示：“我们公司对外放款数额太多，有的没有办法收回，搞得资金也很紧张。平大集团拖欠你们的货款，你们可以联合起来去追讨。如果你们不去追债，我们只好找你们追债。”

起初，潇雨收到传票还会拆开看，起诉的内容大致相同。后来，传票太多了，他都懒得再继续拆。

履行董事长职务以来，潇雨变得有模有样，不是为了爱被逼上“梁山”，潇雨才不愿当这个老板，福没享到一丁点儿，罪倒是受了很多。潇雨敢于承担责任，在千姿和平大集团员工面前，一个老板和男人的伟岸形象，瞬间被树立起来。

刘亚川尽职尽责，始终不离潇雨左右，有些话潇雨不好说，就由他来打圆场。面对每个上门逼债的人，潇雨都不逃避，以礼相待，让专人端茶倒水。有的人江湖习气重，上来就是一顿臭骂，“问候”他祖宗十八代。搁在以前，潇雨早就怒发冲冠，一记猛拳打过去，现在他像孙子一样赔着笑脸说好话。

千姿要陪着潇雨一起承担，可潇雨央求她不要出面，否则局势将难以收拾。越王勾践忍辱负重，卧薪尝胆；韩信身佩利剑，受胯下之辱，他们后来不都成就了一番伟业？男儿受磨炼，才能成熟长大。千姿说不过他，只好含泪离开。

千姿并没有走，她进了集团公司的监控室。她每时每刻都关注着潇雨，看他被人痛骂，看他神情难堪，忍不住落下泪来。有好几次，千姿打电话给刘亚川，问他有别的办法吗，别再让潇雨挨骂受辱了。刘亚川说，为今之计，除了忍，就是熬。刘亚川也曾动过离职的想法，可潇雨为爱牺牲的精神激励了他。只要有时间，他就下车间，跑业务，像是不知疲倦的马达。

在美臣集团的持续打压下，平大集团的业务在急剧萎缩，很多合同到期的企业，都没有与他们续约的打算。老的订单越来越少，新的订单面临断层，平大集团随时都有可能停工，刘亚川一筹莫展，忧心如焚。

到了晚上，等所有要债的人都走了，潇雨才和千姿碰面。潇雨像是一个屡败屡战的将军，疲于奔命地打了一场又一场战役，除了施展拖延战术，他能有什么办法呢？潇雨心里很清楚，这样拖下去是不行的，等待他的将是法庭。

千姿每天都像是待在炼狱里，灵魂遭遇烈火的燃烧。她一次次哭着求潇雨："潇雨，我们放弃吧，平大集团我不要了，我什么都不要了。我不能再让你挨骂受罪。"潇雨故作豪迈地说："如果放弃，我不是白受罪了？你看，我不是活得好好的。多想想你父亲，多想想胡杨树，还有什么坎儿迈不过去呢？"

千姿的心都要碎了，眼泪哗哗地流。潇雨将她消瘦的身体搂在怀里，满怀柔情地替她擦拭眼泪。潇雨温暖着千姿的身体，温暖着她的心。他的手臂这样有力，有担当，更有爱，千姿感到无比幸福。

潇雨满怀柔情地给千姿戴上围巾，牵着她的手，说："我们走着回家。"她就像一个小女生一样，紧紧握着他的手。

两人漫步在街头，夜色已深，秋风萧瑟，黄叶在寒风中飞舞着飘落，潇雨触景伤情，说："你看秋天的景色犹如一位婉约派诗人，树叶凋零，满目凄凉，却又让人充满了期待。"

千姿伤感地说："我一生中最害怕的就是今年的秋天，最期待的是明年的秋天。多希望那时，我们可以无忧无虑，在世界上最美的秋天里，去散步，去拍照。好希望我们现在的处境就像做了一场噩梦，一觉醒来，一切没发生，或者一切都过去了。

"潇雨，你为我付出的太多了，你这样宠着我，不利于我成长。说实话，即使你不出来帮我，我也会咬牙坚持下去。平大集团是两代人的心血，父亲视之为生命，我怎么能眼睁睁地看着它消亡？"

潇雨见千姿黯然神伤，劝她不要想太多，他会坚持到"柳暗花明又一村"。千姿摇摇头，她真的不忍心再拖累潇雨。

突然，潇雨手机响了，是母亲打来的，她气急败坏地问："怎么回事？你家被法院贴上了封条，门都没有办法打开？你到底干了什么？智妍去哪里了？我和你爸都急死了，你赶紧回来。"潇雨只好说，电话里说不清楚，他马上去父母家解释。千姿听到电话里的内容，更是愧疚不安，潇雨少不得又安慰了她几句，然后急匆匆走了。

潇雨惴惴不安地来到父母家，家里静悄悄的，冷冷清清。父亲在阳台上闷闷不乐地抽烟，几天不见鬓角多了几许白发，看他进屋都不愿搭理；母亲生病躺在床上，望着天花板发呆，神色憔悴不堪。潇雨心里一阵难过，轻轻来到母亲床前，停了半晌，才期期艾艾地说，他替人做担保，结果那人没钱还，法院就把房子给查封了。他很快就会把房子赎回来的，不要太担心。

潇雨妈眼泪流淌下来，她没有力气发火，虚弱地说："陈潇雨，你还没折腾够吗？你是嫌弃我们活得太久了，不气死我们就不肯罢休！那套房子是我们大半辈子省吃俭用给你买的婚房，说没就没了……智妍呢，哪儿去了？"

潇雨一脸愧色，说白智妍回美国了。潇雨妈摇摇头说："一个人要讲良心，白智妍孤苦伶仃，太可怜了。但凡你对她好一点，她也不至于这么伤心离开。"

潇雨低着头，愧疚、难过、沮丧等情绪在心里混杂，让他在母亲面前颜面尽失，自尊心严重受挫。潇雨感觉自己一无是处，用手掩住脸，泪水濡湿了脸颊。

潇雨妈见儿子伤心落泪，也不敢逼得太狠，万一他想不开做了傻事，到时悔恨莫及。儿是娘的心头肉，潇雨妈终究心疼儿子，她叹了一口气，从枕头下摸出一张银行卡，递给潇雨说："事已至此，怪罪你也没用。这张卡里有一百万，是我跟你爸的棺材板钱，你拿去把房子赎回来吧。潇雨啊，你一定要把智妍接回家，她是百里挑一的好孩子。"

潇雨没伸手接那张银行卡，这点钱对于平大集团的欠债而言，是九牛一毛。潇雨摇摇头说："妈，我不要。这钱还是留给家里吧，以备不时之需。我能解决好这事，房子一定能赎回来。你们好好保重身体，就是对我最大的支持。"

潇雨告别父母，孤零零地走在大街上。他虽然没有向母亲承诺，要找回白智妍，却不由自主地想起她。白智妍出走之后，既没有一个电话，也没有一条短信，她过得怎么样？是好，还是坏？他越想心里越乱。

世界好小。阴差阳错，白智妍来到周飞家，给他儿子周彤彤做家教。彤彤虽然不爱学习，但情商高，聪明活泼，白智妍很喜欢他，因此给他安排的课时比别的学生多。

周飞在外面作恶多端，充当夏和臣的马前卒，在家里却是好父亲。他对儿子的教育格外重视，很舍得花钱，家教虽请了不少，可彤彤的学习成绩提高有限。自从白智妍来了家里，孩子变得有说有笑，爱学习了，成绩是芝麻开花节节高。周飞夫妇对白智妍很满意，有时候还热情地留她吃饭，不拿她当外人。

这天，白智妍口渴，自己到客厅饮水机旁倒水，无意中听周飞提到夏千姿和潇雨，便留心听了一耳朵。周飞对妻子说："董事长这次要下狠手，夏千姿和陈潇雨这对苦命鸳鸯挣扎不了几天了。哎，我让你准备的东西，你抓紧弄，这可是我们的护身符。做完手里这单活儿，拿到钱我们就走。夏老板这人六亲不认，心狠手辣，留在国内夜长梦多。"

妻子紧张地问："啊，他这么坏，会不会害我们？"

周飞说："目前还不会，他有把柄落在我手里。"

白智妍被热水烫了手，杯子啪一声掉落在地，周飞忙走出卧室，关切地问："白老师，没烫着吧？"白智妍不好意思地摇摇头，说没事。

周飞说："白老师，真要谢谢您了。彤彤现在学得可起劲了，成绩也提高不少。明年我们要移民，还希望您多费心，把孩子的英语水平再提高一大截，要多少钱，您说了算。"

白智妍笑了笑："周先生，我会尽力的。当着孩子的面，最好不要总是谈钱。很多东西是钱买不到的。"

给彤彤辅导完功课，已是晚上八点多。周飞客气地说，要开车送白智妍回家。白智妍婉言谢绝，她可不想让周飞知道自己住在哪里。

在路边等公交车时，白智妍想起周飞的话，为潇雨和夏千姿的命运感到忧心忡忡。潇雨是她腹中孩子的父亲，千姿身体里跳动着母亲的心脏，他俩是她在这个世界上最重要的人，只要有可能，她一定要帮助他们。

第三十四章

刘亚川主抓平大集团的全面工作，他比潇雨和千姿更明白，集团所面临的危局。且不说现在最后的业务订单已经结束，即使有新的订单，也无济于事，因为各个生产线上的技术骨干，几乎都要跳槽到美臣集团。有些人递交了辞呈，没等他这个总经理批准就不来上班了。望着办公桌上厚厚一沓辞职报告，他既伤感又绝望，深深的挫败感让他心灰意冷。这么大一个集团，每天都有人走，人心涣散，军心动摇，他快要成光杆司令了，这仗还怎么打？

刘亚川准备好了辞职信，始终没好意思递给千姿和潇雨，他感觉自己像一个临阵脱逃的懦夫。平大集团这艘船要沉了，他不想再消耗时间和精力，对于他这样的经理人而言，只要薪水到位，在哪里干都一样。

夏和臣像是鬣狗一样，一口口撕扯吞食着平大集团的肌体，他在等待时机，好咬断平大集团的脖子——刘亚川，致这家公司于死地。没有了刘亚川，夏千姿和陈潇雨这两只雏鸟还能依靠谁？

夏和臣命周飞约谈刘亚川，许以高位重金。起初刘亚川还有点反感、抵触的心理，他信誓旦旦地说，绝不会背叛平大集团，更不会出卖公司的任何利益。周飞揶揄地一笑，笑得意味深长：“刘总，你觉得平大集团还有什么值得你出卖的？除了负债累累，麻烦不断，平大集团关门大吉指日可待。”刘亚川无言以对，败军之将不可言勇，别的东西没有，骨气他还是有一点的。刘亚川脸色铁青，起身要走。

周飞忙叫住他，客气地请他留步。他按照夏和臣的指示，给刘亚川许以无法拒绝的优厚条件。刘亚川倒驴不倒架，扔下一句“我想一想”，转身离去。

回到家里，刘亚川给自己倒了一杯红酒。喝下半杯之后，他打开笔记本电脑，噼里啪啦写了一封辞职信。

潇雨哪里知道刘亚川已经为自己留好了退路，他还傻乎乎地坚守岗位，用一个“拖”字来应对四面八方的压力。千姿担心要债的人会对潇雨做出过激的行为，让刘亚川多派一些保安陪在潇雨的左右。

落魄的凤凰不如鸡。夏和平活着时，平大集团的订单多得做不完，有的订单要排在半年以后，员工加班加点是家常便饭。现在，车间里空空荡荡的，连一些配套配件都不能及时供给，生产早已经进入半停工状态。尽管刘亚川派出业务人员四处招揽业务，可收效甚微。

平大集团的老客户都被美臣集团抢走了，他们之间签订了新的合作协议；好不容易发展了新客户，平大集团因价格战打不过美臣，客户也都流失了。刘亚川是将才，不是帅才，当企业顺风顺水时，他的管理得心应手；当企业遭遇困境时，他便方寸大乱，没有了主张。

尽管平大集团已经穷途末路，夏和臣仍觉得它死得不够快。他对周飞大发雷霆，认为他办事拖拉、妇人之仁：“平大集团为什么还能苦撑着？你干什么吃的，连一个刚断奶的孩子都对付不了？去平大集团要账的人，为什么那么容易就被打发了？”

周飞解释说：“那些人和平大集团合作很久，念着旧情，不想逼得太紧。听说，那个陈潇雨整天孙子一样赔笑脸，很多人都很不好意思翻脸。”

夏和臣恶狠狠地说："我看你是不想干了。这么好的一副牌抓在手里，打成稀巴烂。"

周飞被夏和臣骂得浑身发抖，不敢说话，连连道歉。

夏和臣脸色铁青地下最后通牒："再给你10天时间，必须把所有事情解决好。我告诉你，美臣集团发展再大，业务做得再好，我都不感兴趣，我要平大集团，只要平大集团。"

周飞频频点头，表示明白了，心里却对夏和臣很反感和抵触。平大集团早晚是属于他夏和臣的，没有必要操之过急，一点面子都不给，把他骂得狗血喷头。他不想和夏和臣翻脸，也没有能力翻脸。他暗下决心，早点离开夏和臣，带一家人出国，过新的生活。

周飞带着一肚子气回到家，和老婆商量，让她加紧准备出国事宜。平复了一些情绪，周飞问："彤彤英语学得如何了？"

老婆说："白老师教得很好，孩子学习的兴趣也很浓，已经能够进行简单的对话了，每天嘴里总是冒出一些励志的句子。"

周飞开心地笑了："等夏千姿和陈潇雨完全妥协了，夏老板收回平大集团，我的任务就算完成了，到那时我们就出国。明天，我就逼着那些人去要账，不弄垮他们，我就卷铺盖滚蛋了。"

老婆担心地说："万一你没干好，夏老板翻脸无情，肯定会收拾你的。"

周飞说："我手里有他的犯罪证据，还有他在平大集团做的假账。他敢对我下手，我也不会放过他的。哎，那些东西你都藏好了吗？"

老婆说："你放心吧，都藏好了。我们家保险箱里有一份，我妈家也有一份。"

周飞和老婆在厨房的对话，被有心待在客厅的白智妍听在耳朵里。她暗暗替潇雨和千姿揪心，没有心思给彤彤上新课，让他复习默写了一些英语单词。周家人热情地留白智妍吃晚饭，她推说自己不太舒服，想早点回家休息。

回到家以后，白智妍心事重重，脑子里一直想着周飞所说的话。直到半夜，她才不得不顾及自己肚子里的孩子，让阿姨给她下了汤面，一连吃了三碗。

来平大集团要账的供货商手段越来越激烈，他们带着自己厂里的工人，在门口拉着各种横幅，时不时喊几句口号。一楼大厅里，也站满了人。千姿在另外一间办公室里神情紧张地看着监控，潇雨挨个儿向人鞠躬道歉，别有用心的人时常起哄，煽动众人的情绪，把潇雨骂得狗血淋头。

在平大集团门口拉横幅的人太多，已经严重堵塞了交通。交警闻讯赶过来进行分流疏导，可堵路的人情绪激动地大嚷："你让我们走，谁给钱，你给我们钱？我们一家老小要吃饭，要看病，孩子要读书。平大集团欠我们的钱不给，我们绝不会同意的！"

有人带头高喊："还钱，还钱，平大集团还我们的血汗钱。"众人义愤填膺地跟着喊："平大集团还钱，还我们的血汗钱！"

一个部门经理气急败坏地把情况告诉了潇雨，说这样下去社会影响太坏了，大家都没心思工作。潇雨说："走，去看看。"

潇雨带着几个行政办公室的工作人员来到大门口，见整个集团的保安都严阵以待地守在那里，摆出一副同仇敌忾、誓与集团共存亡的架势。潇雨摆摆手，当机立断地对保安说："把门打开。让他们全部都进来！"安保部经理不解地问："董事长，这样不好吧？"潇雨态度坚定地说："把门打开！"

安保部经理一声令下，守卫大门的保安散开，电动门徐徐打开。潇雨大声喊："请大家进来谈，我们协商解决，不要阻塞妨碍交通。"交警见状忙喊："人家开门让你们进去，不进去怎么解决问题？如果有人继续阻塞交通，我们就要采取行动了。"

在潇雨的安排下，保安把众人带到食堂。潇雨说："人是铁，饭是钢，一顿不吃饿得慌。今天中午，我们的员工自己回家吃饭，平大集团请大家在食堂就餐。有劳各家公司派出代表，到公司接待室跟我们协商。”

有人喊：“我们不是光棍，一人吃饱全家不饿，我们有家人，我们家里都揭不开锅了！”潇雨回应说：“请您把家人都接过来，我们保证供应，不会让大家饿肚子的。”众人看到潇雨态度谦和，确实也不好再说什么。

潇雨觉得拉锯战打不下去了，开诚布公地向大家说明平大集团的困境，许诺半年以后贷款顺利下来，一定按时把钱还给大家。众人听后炸了锅，一个代表愤愤地说：“年轻人，你实在是天真，说得这么简单。你知道半年对于我们这些企业意味着什么吗？倒闭破产！你是想让我们陪着平大集团一起死吧！欠债还钱天经地义，你们再拖着不给，我们自然也有办法维权。看在故去夏和平董事长的情面上，我们才不愿把事情闹僵，别人给我们五天时间还钱，我们也算是仁至义尽，给你们五天时间筹款。”

另一个代表说：“在这五天时间里，我们不走了，在这里陪着你，等你解决问题。我们都很清楚，今天这种局面都是你们家族内斗造成的，既然不是夏和臣的对手，我劝你们早点放弃，这样大家都好过一点。”

头发花白的张总说：“小伙子，你很仁义，能支撑到今天不容易。我们也不愿意让别人当枪使，可没有办法啊，好多张嘴等着吃饭呢。请你和躲在幕后的夏小姐好好想想，给我们一条活路吧，算我求你们了！”

自称是信贷公司的代表嚷嚷道：“少废话，赶快还钱！”

潇雨孤零零站在那里，面对群情激奋的代表，不知如何是好。他疲惫不堪，感觉快要崩溃了，自己真是无能，尽管已拼尽全力，还是无法帮到千姿。

这时，安保部经理王嘉走过来，附在他耳边低声说：“刘亚川总经理辞职了，让我把道歉信转交给您。”爹死娘嫁人，个人顾个人。潇雨愣了片刻，面无表情地淡淡说了一句：“让他的道歉信，见鬼去吧！”王嘉从口袋里抽出刘亚川的道歉信，撕得粉碎，丢进了垃圾桶里。

潇雨在张总对面坐下，拿出香烟递给张总一根，自己也点燃了一根慢慢地抽。到了中午饭点，潇雨让王嘉安排众人吃饭，张总一言不发，闷着头抽烟。张总的司机说：“老板，你也去吃点吧。”张总把烟头掐了，站起来说：“不吃了，我回公司，你守在这里。”

张总临走时，跟潇雨握了握手。走出几步，他突然停下回头说：“你们守在这里的人都不要太过分，做人要留余地，现在是法治社会。”留守的人纷纷表态：“放心吧，张总，我们不会太过分的。”

潇雨看着张总渐渐远去的背影，对他心生一丝感激。商场如战场，优胜劣汰，弱肉强食，平大集团现在的处境不就像是非洲大草原上一头虚弱的野牛吗?

千姿见潇雨没吃饭，也不肯吃，她只能用这种方式声援潇雨。送饭的阿姨下楼时，凑在潇雨耳边说：“夏小姐不肯吃饭。”潇雨急了，想上12楼看千姿。正在吃着盒饭的供货商代表马上放下筷子，围住潇雨问：“嗨，你去哪里，我们就跟你去哪里。”潇雨气愤地说：“我去卫生间。”有人马上说：“我陪你去卫生间，都是男的，你怕什么?”潇雨无奈地说：“算了，我不去了！”

双方就这样僵持、对峙着。潇雨发短信让千姿吃饭，保护好身体，否则他做出的牺牲就没有意义了。千姿回短信说，她要跟他保持统一阵线，他先吃饭，她才会吃。潇雨无奈，端起盒饭对着监控味同嚼蜡地大口吃起来。千姿见状，这才让阿姨把饭菜端上来。

两人交流都靠微信，千姿想下来跟潇雨分担重压，被他态度坚决地阻止了。潇雨是夜猫子，习惯熬夜，但他却假装打盹睡觉。盯守他的供货商代表熬到深夜早已人困马乏，或趴或躺呼呼大睡。潇雨观察了半天，悄悄站起身来，那几个人睡得很死，谁都没有做出反应。潇雨踮起脚尖蹑手蹑脚地走出会议室。千姿在监控里看着潇雨走来，忙跑到电梯门口去等他。

千姿浑身颤抖地看着电梯屏上的阿拉伯数字，一点一点向12楼靠近，心跳越来越快。电梯门打开的一瞬间，潇雨神色憔悴地出现在千姿面前，她的眼泪奔涌而出。千姿闪身进了电梯，紧紧搂住潇雨，片刻之后，她按下了接待室那层的按键。没等潇雨反应过来，电梯门就关了。

潇雨握着千姿的手关切地问："怎么了，千姿？"

千姿说："我想明白了，生命珍贵而短暂，跟它相比，事业、金钱、地位都是浮云。我要去告诉那些供货商，我决定放弃平大集团，想要什么，他们尽管拿去好了。"

潇雨摇摇头："千姿，这是最不负责任的做法。平大集团是你家几代人的心血，是几代平大人的事业。黎明之前是最黑暗的，我们已经咬牙坚持了几天，很有可能转机就在眼前。冥冥之中，我感觉有人会在关键时刻帮助我们的。如果你爱我，就请你相信我！"

千姿抱着潇雨号啕大哭。这时，潇雨听见电梯门外有人喊："快起来，那小子跑了！"

潇雨松开千姿，深情地说："千姿，坚持就是胜利，不要让我们的人生留有任何遗憾。"

说完，潇雨打开电梯门，按下了"12"那个数字键，走了出去。

第三十五章

夏和臣越来越烦躁不安，不知为什么，他有一种难以名状的担心，万一平大集团咸鱼翻身，他将竹篮打水一场空。周飞最近的表现很让他失望，他感觉这家伙好像有了二心，难道是想另立山头？这世道啊，人心不古，谁都靠不住，他决定亲自出马制订新的战略计划。

刘亚川投奔到夏和臣门下，并没有得到赏识和信任，工作得一点儿也不舒心。他每天都活在惭愧当中，良心不停被拷问。在事业上，他早已没有了雄心壮志，为了微不足道的虚荣心，他苟且地活着。

夏和臣让刘亚川担任美臣集团的总经理，命令他在最短的时间内做出一套方案，一周之内，务必将平大集团现有的骨干和部门经理，悉数挖到美臣集团。他授权刘亚川不惜血本，给予跳槽人员优厚的薪金待遇。

夏和臣做出具体指示，短信不要只群发给部门经理，普通员工也要群发，对带领整个部门跳槽过来的经理，有额外的丰厚奖励。夏和臣递给刘亚川一份很厚的名单说：“整个平大集团上至企业副总、分厂经理、部门经理，下至打扫卫生的阿姨、清洁工、保安，所有人的联系方式都在这里。”刘亚川无法推辞，只好说：“我去安排。”

潇雨连续几天来周旋在要债的人中间，面容憔悴，胡子拉碴，显得十分邋遢狼狈，千姿看在眼里十分心疼，却也无可奈何。

白智妍知道平大集团到了生死存亡的紧要关头，她再不出手相助，就将错失良机。下定决心后，白智妍戴上口罩和墨镜，到平大集团来找夏千姿和潇雨。

平大集团大楼里乱糟糟的，除了要债的人三个一群、五个一伙扎堆聊天，内部工作人员人浮于事、忧心忡忡。白智妍暗自感叹，倾覆之巢岂有完卵，平大集团真是岌岌可危了。从要债人的闲谈中，白智妍了解到陈潇雨最近的所作所为和他目前的艰难处境。

得知潇雨在接待室跟供货商代表谈判，白智妍转身去了接待室。她找了一把椅子坐在角落里，远远地看着胡子拉碴的潇雨，心里一阵酸楚。只听潇雨大声说："你们不用像看守犯人一样守着我，我是不会逃走的。你们饿了就吃，困了就睡，我上楼还有事情要处理。"

一个供货商代表喊："你还耗个什么劲呀！赶紧让夏和臣收购平大集团，你们活得轻松，我们也不用跟着受罪。"

潇雨赔笑说："说好的期限还没到，我们正在想办法呢，万一事情有了转机。大家不是可以早点拿到钱吗?"

要债的人七嘴八舌，奚落着潇雨，他像是没有听见，练就了一身打不还手骂不还口的"忍功"。

有个供货商代表不耐烦地骂道："你属王八的呀？现在连屁都懒得放了。再不还钱，就告你诈骗，送你去坐牢，让你尝尝牢饭的味道。"

潇雨脸上毫无表情，像是泥胎雕塑一般。平大集团的工作人员拎着盒饭进来，喊大家吃饭。那些人一拥而上，哄抢饭盒。

趁着这个机会，潇雨站起身，想上楼看看千姿。这时，有人喊道："嘿，你干啥去？我陪你。"潇雨这回急了："你们不要太过分，谁也无权限制我的自由！”

有人接话说：“没人限制你的自由啊，你想去哪里都行，我们得派人跟着你，谁让你欠钱不还呀。你不服气吗？报警啊！”

潇雨气得坐了下来，拿起桌上的烟，点燃狠狠抽起来。

那些人沾沾自喜，露出了猫戏老鼠般的嬉笑。白智妍瞬间流下了眼泪，她下意识地站起身，向潇雨走了几步，突然又转身走了。潇雨低着头抽烟没看见白智妍。

潇雨无意间抬头望向窗外时，看见有个女人身高体形跟白智妍好像啊，定睛仔细一看，她比白智妍稍微胖一些，肚子有些微微隆起，像是个孕妇。潇雨看她渐渐走远，心里想一定是自己被这些人气糊涂，看错人了。白智妍一边流着泪，一边头也不回地走了。

堡垒最怕从内部攻破。令潇雨和千姿最担心的事情终于发生了，集团公司下属企业爆发了大罢工，很多员工提出辞职。个别忠心耿耿的部门经理竭尽全力维持秩序，一个上了岁数的职工代表说：“我们好多人都受过平大集团的恩惠，公司已经拖欠了几个月的工资不说，天天都有这么多人追债，根本就看不到希望。我们是家里的顶梁柱，要养家糊口，必须得有一份工作啊。”老员工老泪纵横地说完，毅然决然地转身走了。

潇雨、千姿等人目送辞职离厂的员工离他们而去，神情肃穆，一言不发，内心既凄凉又悲壮。

突然，财务部的人欣喜若狂地喊：“发工资了，发工资啦！唐总回来给我们发工资啦！”

有的人喜极而泣，有的人欢呼雀跃，大家精神振奋，唐总回来，平大集团有救了。众人围着唐敏和她带来的人，向集团办公楼走去。千姿板着脸，冷冷地看着，她告诉潇雨：“我不想见这个女人，不要让她进大楼。”说完，径自走了。潇雨不知千姿和唐敏之间有什么矛盾，还是点了点头。

唐敏人虽然离开了平大集团，但心里一直牵挂着它，那里有她的青春、梦想和奋斗，当然也有洗刷不掉的耻辱。得知平大集团的艰难处境后，唐敏就开始四处筹钱，她变卖了靠平大集团股份分红投资的房产、股票和一些理财产品，把这些钱全部套现后，拿来给平大集团应急。唐敏深知，平大集团欠款数额巨大，这点钱根本就于事无补，她能做到的也就是这些了。

唐敏忐忑不安地驱车来到平大集团，害怕当众遭受千姿的拒绝和羞辱，徘徊了半天，终于鼓足勇气走进大门。办公大楼下乱糟糟的，因拖欠工资，很多员工嚷嚷着要辞职，美臣集团正急需熟练工人呢。唐敏深知熟练技术工人对企业的重要性，她当机立断，宣布要给大家发工资，试图留住这些员工。

讨债的供货商闻讯围拢了过来，唐敏连忙解释说，她早已离开平大集团，跟这家公司没有什么关系，她是以朋友和个人名义伸出援手的。供货商空欢喜一场，有的人气不忿儿，骂骂咧咧说了一些难听话。

行政办公室和财务部的人组织员工排队领工资，大家依照先来后到的规矩排成一队，每个人脸上都绽放着笑容。他们不光是为拿到工资而高兴，还因可以继续留在平大集团工作而欣慰，毕竟他们对这家企业有着很深的感情。尽管美臣集团说得天花乱坠，但夏和臣的为人有目共睹，他是一个阴谋家，而不是一个企业家。唐敏给他们带来了希望，很多人依然称呼唐敏为“夏夫人”。

听到这样的称呼，唐敏心里再次陷入对夏和平深深的思念和愧疚之中。如果夏和平活着，平大集团一定不会沦落到这般田地。她对平大集团的感情和千姿是相同的，平大集团代表着夏和平——她曾经深爱的丈夫。唐敏心想，一定是夏和臣暗中搞鬼，弄垮了平大集团后，抽身离去。

唐敏是第一次见潇雨，她盯着潇雨看了半天，潇雨也是一脸茫然，安保部经理王嘉介绍说：“这位是新任董事长陈潇雨，千姿小姐的男朋友。唐总是老董事长的夫人。”

潇雨忙礼貌地伸手躬身道：“夏夫人，谢谢您雪中送炭。”

唐敏客气地说：“不谢！这都是我该做的，应该谢谢陈先生，为了千姿，为了平大集团，付出了这么多。”

潇雨面有愧色：“我没工作经验，能力也差，没帮上什么忙。”

唐敏正色道：“你做得很棒！这个世界上，最了不起的就是重情重义的人。”

潇雨坦露心迹：“我并不是贪恋董事长这个位子。为了千姿，就是下地狱，我也毫不迟疑。”

唐敏心中满是感动，她想起已故男友董凯，他和潇雨有着惊人的相似，为了爱，像飞蛾扑火义无反顾。唐敏眼睛潮湿，回忆涌上心头，唏嘘不已，她赶紧转换话题问：“千姿呢？我想见一见她。”

潇雨心里颇为纠结，不知为何，他对唐敏产生了一种很特别的亲切感。他违背了千姿的心愿，用手指了指大楼，平静地说：“千姿在董事长办公室。”

为避免尴尬，唐敏让秘书通知千姿。千姿斩钉截铁地说“不见”。事关平大集团生死，唐敏必须当面跟千姿谈谈。于是，她鼓起勇气上到12楼，轻轻敲了敲董事长办公室的门，没等里面回应，就直接推门进去。

千姿站在窗户边上，窗外风景不错，她无心欣赏。唐敏归来是好事，可她却无法接受，想起她曾背叛了父亲，原先那颗心曾被深深地伤害、揉碎和践踏。现在这颗白琳的心足够强大，回忆起不堪的往事，依然感到痛苦。她熟悉唐敏的脚步声，却不想回头。

唐敏见办公室里的摆设保持原样，想起与夏和平在一起的美好时光，突然流下了眼泪。她走近千姿，轻声说：“千姿，我来看你了。我知道，你是不会原谅我的，我也不奢求你的原谅。即使你原谅我了，我也不会原谅我自己。我希望你明白，我当年没有伤害你父亲，我们之间是有感情的……

“至于夏和臣，我不想解释太多。因为有把柄在他手里，我很怕他……受他的要挟，我做了昧良心的错事。现在平大集团到了生死存亡的关头，希望你能像你父亲一样坚强，最终力挽狂澜，使平大集团起死回生。我这次把家底都带来了，可能是杯水车薪，或许能给你应个急。我能力有限，请你多保重！我走了。”

千姿心潮起伏，五味杂陈，对唐敏有了新的认识，恨意消减了很多，终因芥蒂太深，她没有回头。等她想明白时，唐敏早已离开。

夏和臣正在得意扬扬地等着从平大集团辞职而来的大军，他甚至在厂区里准备了欢迎的横幅、给新员工办理入职手续的桌子，搞得有点像大学新学期开学一样。等了半天，刘亚川却带来了一个令他失望的消息。刘亚川说：“一共就来了17个人，这些人大多是在平大集团受过处分的，平时表现很不好。”夏和臣满脸疑问：“其他人呢？”刘亚川说：“不会来了，平大集团发工资了。”夏和臣勃然大怒：“谁？是谁给他们发的工资？”刘亚川面无表情地回答：“唐敏，是唐敏给他们发了工资，除了补齐原来拖欠的工资，还一口气给他们提前预发了三个月的工资。”

夏和臣把桌子上的东西全部推到地上，又举起一个花瓶摔得粉碎，嘴里念着说：“唐敏，我会让你付出代价的！”刘亚川看着他发疯有些害怕，就问：“这十几个人怎么办？”夏和臣怒吼：“滚，让他们都给我滚！”

当晚唐敏的裸照就在网上满天飞了。不知为何，唐敏心中反而变得坦然，她突然松了一口气，觉得以后不用再在惶恐中度日了。夏和臣兑现了他说的话，他让唐敏付出了生命的代价。

唐敏自杀了！

第三十六章

这天，周飞走到书房门口时吓了一跳，他听到里面有人说话，忙推门进来，只见白智妍正在给彤彤上课。他疑惑地问：“白老师，怎么到书房来上课了？”白智妍解释说：“孩子在一个空间久了，难免会有些压抑，换一个新的环境，孩子就会感到兴奋，这样可以提高他学习的效率。”彤彤噘起嘴说：“爸爸，你赶紧出去，我们正在背单词呢！”周飞只好对白智妍客气地说：“白老师，不好意思，打扰你们了。”白智妍对他微微一笑。

周飞被夏和臣痛骂后，有点疑神疑鬼，他在书房门外听了一会儿，儿子的确在跟着白智妍大声读英文，这才放心地走开。白智妍知道，书房保险箱里锁着夏和臣他们的犯罪证据，如果能拿到这些证据，平大集团就能起死回生。

白智妍有意识地让彤彤背英文数字，让他把自己的生日翻译成英语，接着又问了他父母的生日。彤彤每背一个生日组合的时候，白智妍都死盯着周飞书房里的保险箱，里面的秘密或许是潇雨和千姿的救命稻草。平时家里人被严禁进出周飞的书房，即使是彤彤也不敢造次，在白智妍的诱导下，为了尽快提高英语水平，彤彤壮起胆子拉着白智妍来到书房上课。

白智妍听见楼下有汽车发动的声音，接着车被开走了，她不确定周飞是不是走了。她知道留给自己的机会不多了，她让彤彤去自己的房间把英汉字典拿过来。彤彤觉得老师有些奇怪，但还是一蹦一跳去了。白智妍来到保险柜前，准备按下密码，突然发现保险箱带报警功能，如果密码按错了，保险箱就会马上报警。

周飞曾经多次和妻子说过，把家里的保险箱换成新式的，因为有时不小心按错密码保险箱会发出刺耳的声音，令人讨厌。由于妻子的勤俭，加上她觉得一家人很快就要出国了，没必要大费周章。

这种老式的保险箱白智妍很熟悉，她家里就有过这样一个类似的保险箱。保险箱密码的排列有无数种可能，摆在白智妍面前的只有三个数字可供选择——周飞夫妻俩和彤彤的生日。到底是哪一个呢？她急出一身冷汗，突然想到和母亲的一次对话：“妈妈，你所有的密码，都设置成我的生日，是不是怕有一天忘记了，让我提醒你？”妈妈却面无表情地说：“我是怕有一天我死了，你打不开这个保险箱。本来嘛，所有的一切都是留给你的。”

电光石火般的灵感让白智妍心里一动，她伸出手，毫不犹豫地按下彤彤的生日。保险箱唰一下被打开了，她心跳加快，既有成功破译密码的激动，又有做贼心虚的惶恐。

保险箱被打开以后，里面装着字画、珠宝和首饰，还有码放整齐的厚厚几沓美金及欧元，她迅速翻看了几个装有文件的袋子，发现翡翠手镯旁边有一个小盒子。白智妍马上打开盒子看，里面装着一个U盘，这就是她要的东西。

彤彤抱着英汉字典走进来时，白智妍已坐在沙发上。她因紧张额头上冒出了冷汗，脸色有些不好看。彤彤把字典递给白智妍，白智妍说：“彤彤，你把字典里关于数字的单词查一遍，然后默记下来，下一次老师要检查你。老师最近几天有事，不能来给你上课，你要学会自己学习。”

白智妍说完，收拾好东西准备走。彤彤叫住她说：“白老师，我有个东西要送给你。”白智妍惊讶地看着彤彤，不知道他想送什么给自己。彤彤从口袋里拿出一张用白色纸巾一层一层包着的卡片，小心翼翼地一层层打开，嘴里念叨着说：“白老师，这是一张无敌通关卡。这张卡战斗力最强、幸运值最高，可以死很多次，可以打败所有的卡。这是我们全班的宝贝，送给你。有了这张卡，危险时刻你能起死回生。”白智妍的眼睛瞬间湿润，她爱这个天真无邪的孩子，却欺骗了他和他的家人。

她无法拒绝彤彤的礼物，收下这张卡时，她感到内疚和歉意。她抱了抱彤彤，摸了摸他的头，告辞而去。

周飞突然离家，是接到了夏和臣的电话。周飞惴惴不安地到了公司，见夏和臣面色铁青，浑身有一种难以抵挡的杀气。他气愤地说：“事情被你们几个饭桶搞得这么复杂。唐敏自杀了，临死之前留有遗书，说我设计害她，她的裸照都是我拍的。现在这事闹得沸沸扬扬，舆论压力很大，好几个记者想采访我。好在唐敏没死成，抢救过来后，又神秘失踪了。我觉得她是一枚定时炸弹，得想办法找到她。”

周飞皱着眉头说：“如果没有线索的话，找个人就跟大海捞针一样。收购平大集团的事情迫在眉睫，还是先整这事吧。”

夏和臣想了想，点点头说：“你马上联系所有欠我们债的公司，让他们和我们签协议，把平大集团欠他们的债全部转到我们公司名下。你亲自带人去平大集团，让他们赶紧还钱，要不就和他们谈并购。”

周飞觉得这件事情很简单，债务关系十分清楚，平大集团没有任何还手之力，他爽快地答应说：“好的，我马上去落实！”

唐敏的裸照被四处散播，千姿知道后非常内疚。她想向唐敏道歉，却听说她自杀了，正在医院抢救。千姿让潇雨陪她一起赶往医院，院方说，患者已抢救过来，刚到重症监护室接受观察。

谁也没想到，唐敏苏醒后，半夜时分悄悄溜走了。千姿派人四处打听，却一无所获。千姿情绪低落，对什么都提不起兴趣，像是抑郁了。潇雨百般劝解，收效甚微。

这时，奇怪的事情发生了。那些堵门要债的供货商正有序地撤离。有几个供货商是夏和平的故交，他们想和千姿道个别。千姿在潇雨的劝说下，跟他们见了面。

那几个人真诚地表达了歉意，说来逼债也是出于无奈，背地里有人胁迫他们这么干。好在他们只是围观，没有过分刁难平大集团。现在，他们要跟美臣集团签订债务转让协议。事情很明显，美臣集团将成为平大集团最大的股东。希望他们多多保重，好自为之。

千姿向父亲的这几个故交鞠躬致谢，说她已经做好最坏的打算。他们已经竭尽全力，今后的事情，只能听天由命、顺其自然了。

债务转让协议之事进行得异常顺利。去平大集团谈并购之前，周飞特意向夏和臣做了请示。夏和臣嘱咐说，要尽快解决，不行就走法律程序。周飞信心满满地说，保证把事情处理好。

周飞趾高气扬地来到平大集团，和千姿、潇雨谈并购。千姿提出的条件是，不要大规模裁员，保留公司所有的员工，不要降低员工的待遇水平。周飞摇摇头说，这是不可能的，优胜劣汰是市场法则，企业不是养老院。千姿觉得周飞的声音有点熟悉，好像在哪里听过，还没等千姿回忆起来，周飞的手机铃声急促地响了起来。

周飞起身走出接待室接听电话，是夏和臣打来的，他气急败坏地命令周飞他们赶紧返回美臣集团。周飞一头雾水，刚想问什么事，夏和臣已挂断电话。

周飞一行人来得快走得急，并购谈判连开场白都没开始，就落下帷幕，被闪落在一旁的千姿、潇雨等人，脸上写满了问号。

周飞刚走进夏和臣的办公室，门还没来得及关，夏和臣就怒气冲冲地疾步走向前，狠狠抽了周飞一记响亮的耳光。周飞被打蒙了，吓傻了，愣愣地看着夏和臣。他反手又是一记耳光，打得周飞脸颊红肿，嘴角流血，耳朵嗡嗡作响。周飞心里怒火燃烧，却没敢言语，他预感到一定是出大事了。

打完耳光夏和臣仍不解恨，他的手隐隐作痛，于是抬起脚狠狠地踹过来。周飞已有防备，闪身躲到一旁，怒目质问道：“怎么了？发生了什么事？”

夏和臣气得声音发抖：“你他妈的还有脸问我怎么了？你看看这是什么？”他拿起办公桌上的文件袋，摔在了周飞的脸上，接着又扔过一封信。

周飞忙弯腰捡起文件袋和那封信，一目十行地浏览了一遍，他的脑袋像是遭了重击，一阵晕眩，一阵剧痛，浑身上下没有半点力气，天要塌了！

匿名信是白智妍写的，她在信中向他们摊牌，把夏和臣、周飞他们的犯罪记录，如何做假账转移平大集团资产等事情，一笔笔说得清清楚楚。

白智妍本来想报警，把一切都交给警察，甚至连检举信都写好了，无意中一摸口袋，发现了周彤彤给她的那张通关卡，顿时起了恻隐之心。她很喜欢彤彤，周飞一家人待她也很不错，她实在不忍心让这个家庭支离破碎，不忍心让彤彤经历跟她一样的痛苦。

白智妍在信中要夏和臣立刻停止鲸吞平大集团，停止追讨平大集团所有的债务，把原先属于平大集团的业务还回去。如果他们还不收手，致使平大集团破产，她就检举揭发他们的犯罪行为，让他们在监狱里好好反省。信的最后几句是，人在做，天在看，不是不报，时候未到。请好自为之，迷途知返，多为家庭和孩子考虑。

夏和臣骂周飞是混蛋，背后搞小动作，威胁说：“如果我要出事了，你也得死，你全家，你儿子都得死！”

周飞知道夏和臣心狠手辣，跟黑道上的人有勾结，吓得魂飞魄散，一个劲地赔不是。骂也骂了，打也打了，不能把周飞往死路上逼，兔子急了还咬人呢，况且周飞也不是善茬。

夏和臣脸色阴沉地说："一定是你家里出了内奸，趁着事情还没被捅出去，你要不惜任何代价找到写信人，把所有证据都拿回来，然后弄死那人。否则，你就别回来见我。哼，你老婆和儿子我会派人关照的。"

周飞吓得连连点头。夏和臣大骂一声，让他赶紧滚，周飞这才战战兢兢地离开。

驱车回家，周飞打开门直奔书房，打开保险箱一看，装U盘的小盒子不见了。他暴跳如雷，问谁把保险箱里的U盘拿走了，彤彤吓得哇哇大哭，老婆责怪他吓着孩子了。周飞听了火上浇油，拉过彤彤噼里啪啦就是一顿揍。老婆忙过来护住孩子，怒斥周飞不是男人，在外面受了欺负，拿儿子撒气。

周飞见儿子哭得上气不接下气，嗓子沙哑，心里一阵疼痛，走到客厅坐下，点燃了一根香烟，让自己冷静下来。彤彤虽然顽皮，但还是很听话的，平时都不敢随便进书房，那天怎么会跑到书房上课？再说了，保险箱的密码只有他和老婆知道，彤彤根本就不知道啊。

周飞把老婆叫到一边，将丢失U盘的严重后果告诉了她。老婆吓得面无人色，好半天才哆哆嗦嗦地问，怎么办，跑吗？周飞摇摇头说，往哪儿跑？姓夏的已经派人盯上咱家了。估计那个白智妍是卧底，U盘是她拿走的。

为了证实这一结果，周飞夫妻俩安慰了儿子半天，等他情绪稳定下来后，详细询问了白智妍最近授课的情况。彤彤回忆说，白老师最近总是让他练习英语数字，还问了他和爸爸妈妈的生日。周飞彻底明白，U盘就是白智妍拿走的。

周飞老婆天真地说，赶紧打电话给白智妍，把U盘要回来，给多少钱都行。周飞忙拨打白智妍的号码，她已关机。情急之下，周飞动用了各种社会力量，许以重金四处寻找白智妍，可她就像人间蒸发了一样，不见任何踪影。

夏和臣最为气恼的是，周飞居然私下里把他们的犯罪证据拿来备份，将来是打算要挟他吗？看来这家伙不能再信任了。

夏和臣另外派人处理平大集团债务之事，按照“神秘人”的要求暂停向平大集团追讨债务，分一部分订单给平大集团，保证其能正常运转。外人以为夏和臣顾及亲情，不忍心落井下石，关键时刻伸出援手，还是有点人情味儿的。其实，夏和臣是投鼠忌器，打落了牙齿往肚子里咽。

得知美臣集团手下留情，不仅不再追债，还送来了订单和定金，千姿和潇雨面面相觑，以为是在做梦。这不是夏和臣的行事风格啊，难道他放下屠刀立地成佛了？其中必有蹊跷。

千姿、潇雨和公司高管在会议室冷静地分析了半天，也没有弄懂美臣集团的用意。大家后来达成共识，那就是美臣集团不可能放下屠刀高抬贵手，这背后一定有什么隐情，迫使夏和臣无奈收手。

深夜，千姿和潇雨在书房跪拜，感谢上苍，感谢冥冥之中那个帮助他们的人！

第三十七章

平大集团枯木逢春，起死回生，企业运营走上了正轨。

千姿和潇雨身上的压力减轻了很多，有了相看两不厌的闲情，有了被甜蜜爱情滋润的幸福和快乐。他俩经历了生离死别，一路风雨兼程，一起承受苦难，终于可以享受一段最美好的时光。

一直在默默付出的白智妍，却要忍受独自离去的悲凉，刚有起色的工作和稳定的生活都将被迫放弃，她要隐姓埋名躲藏起来。夏和臣和周飞在这座城市呼风唤雨，黑白两道人脉广泛。白智妍知道自己现在的处境有多危险，她当机立断以双倍的工资辞退了保姆，连押金都不要退了出租房，拉着行李箱悄然离去。

周飞通过各种途径找到了那个保姆，保姆对白智妍的去向一无所知，却向他提供了白智妍出租房的地址。周飞驱车赶到时，早已人去屋空。周飞找到房东说，白智妍是他表妹，跟家里闹矛盾搬了出来，姨妈一家很担心，正在四处寻找她。房东说，白小姐已经退租了，去了哪里她也不知道。

周飞提出，他想看看表妹租住过的房屋。房东迟疑了片刻，打开房门请他进去。周飞在房子里翻箱倒柜，什么有用的线索都没有找到。房东疑惑地问：你们在找什么？周飞说，表妹怀孕了，身体也不好，她最近一定去过医院，或许能通过病历本找到她。

房东热心地说："你们等等，她还真有东西落在这里，我帮着收起来了。”周飞等了一根烟的工夫，房东拿着一个病历袋回来，递给他说，喏，就是这个东西。

周飞接过病历袋，打开一看，里面是白智妍怀孕时在医院建的卡，还有一些孕期检查的资料。周飞大喜过望，这份资料虽然不能让他马上找到白智妍，他却能从中得知白智妍怀孕的详细情况，包括她的预产期。他可以派人守在那家医院的妇产科门诊外，来个守株待兔。

周飞对房东千恩万谢，满脸欢喜地拿着病历袋走了。

白智妍去了邻省交界的一座城市安下身，想着先把孩子生下来再做打算。她用化名在一家培训机构做助教，收入不多，仅能糊口而已。白智妍虽社会经验不丰富，但她博览群书，心思缜密，做事条理清晰，她知道自己在医院建的卡丢了，给别人留下了线索，所以一连几个月都不敢去医院检查，肚子像吹气似的一天天大了起来。

白智妍在这世界上再无亲人，唯一与她相伴的只有肚子里的孩子和背包里与母亲的一张合影。即使这样，她依然积极乐观，对未来充满了希望。

美臣集团虽然给了平大集团一些订单，却经常以各种质量问题刁难，互相之间的合作既不顺利也不愉快，它就像一头虎视眈眈的饿狼，等待着绝佳的捕食良机。千姿和潇雨很清楚，靠着美臣集团施舍的残羹剩饭企业很难维系，等于把命运交到了夏和臣手里。潇雨利用这难得的喘息之机，带领着新组建的营销团队马不停蹄地拜访客户，寻找新的商机。千姿和潇雨礼贤下士，谦虚温和，尽管不大懂企业管理，但他俩在干中学、学中干，理论结合实际，很快就赢得了集团公司上上下下的好评和尊重。

患难见真情。平大集团在最困难的时候，涌现出一批像王嘉那样不离不弃的忠诚员工，千姿根据他们的能力因材施用。如王嘉就从分管部门的经理，直升为集团公司总经理，千姿和潇雨对他很信任。王嘉执行力很强，踏踏实实做事，高度自觉地维护集团的利益。这些人是夏和平精挑细选的人才，是一笔无形的宝贵财富，可还没等到进一步地培养他们，他就去世了。

这些中高层员工知恩图报，对千姿真心拥护和支持，面对美臣集团的高薪诱惑，他们保持本色，毫不动摇。为了表彰和鼓励他们，千姿和潇雨决定给他们连调两次工资，连加两次奖金。

平大集团在众人的不懈努力下渡过了难关，潇雨决定辞去董事长职务，正式把公司交还给千姿管理。千姿态度鲜明地拒绝了："你干得好好的，干吗要交给我？连我都是你的，更别说这家企业了。"

潇雨说："千姿，我不想让人家说闲话，好像我攀龙附凤，贪图富贵。平大集团是夏家的企业，我一个外姓人当这个董事长不大合适，既不利于企业的长远发展，也不利于增强企业的凝聚力。如果你爱我，就请尊重我的选择。"

千姿无话可说，只能顺从潇雨的意思，再次出任平大集团董事长。

夏和臣得知千姿复出，愤怒到了极点，把手里心爱的紫砂茶壶都摔得粉碎。他随时都可以把平大集团占为己有，但投鼠忌器，白智妍手里掌握的犯罪证据足以使他身败名裂，甚至锒铛入狱。在他看来，那证据就像如鲠在喉，致命毒刺一日不拔除，他就一日不得安宁。

找不到白智妍，夏和臣就迁怒于周飞。如果不是他那么鸡贼，背地里搞小动作，怎么会造成今天这种局面。盛怒之下，夏和臣决定给周飞点颜色看看，好让他知道马王爷到底长了几只眼。夏和臣安排了一辆商务车，专门接送周彤彤上下学。

周飞惊出了一身冷汗，知道这是夏和臣发出的最后通牒。他打电话给夏和臣婉言谢绝，夏和臣假惺惺说："你现在太忙了，一心扑在工作上，没时间照顾老婆和孩子。对你这样的功臣，公司要格外奖励，接送孩子算是公司的一点福利吧。”周飞无可奈何，只能咬着牙说了声“谢谢”。夏和臣很善于使用这种皮里阳秋的手段，周飞也是有苦说不出。

夏和臣是个翻脸无情、什么事情都做得出来的人，周飞很是惧怕。他俩狼狈为奸，干了很多见不得光的坏事，算是一根绳子上的蚂蚱，谁也不敢举报谁。每天孩子被陌生人接走送来，周飞的心都提到了嗓子眼儿，惶惶不可终日。他更加疯狂地派人四处寻找白智妍的下落，不然孩子等于一直攥在了夏和臣的手里。

千姿爱潇雨越深，越是害怕潇雨离开，虽然潇雨一直陪伴在她的身边，但哪怕一时看不见他，她都会胡思乱想。她无比珍惜和潇雨在一起的光阴，他们似乎回到了往昔。午后，他们会一起坐下来，喝一杯咖啡，品一品茶，听一首古典音乐，有时候彼此可以不说一句话，有一种心心相印的默契。

遵照医嘱，千姿每天都要吃免疫抑制剂，潇雨看着很是心疼。

白琳的心脏并没有因潇雨违背契约而惩罚千姿，依旧井然有序地跳动着。千姿体质虚弱，不宜大喜大悲，情绪最好保持平稳状态。作为副董事长，潇雨对千姿一般是报喜不报忧，以免她情绪波动太大。

经过这段时间的历练，潇雨已经很熟悉企业的管理流程，他每天兢兢业业地工作，带人到处洽谈新的业务。潇雨暗想，平大集团是千姿安身立命之所。这么大一家民营企业，养活那么多人，多不容易啊！市场竞争如此残酷，企业发展如果停滞不前，随时有可能崩盘。因此，他必须兢兢业业地勤奋工作。

潇雨不希望平大集团再次陷入破产被人并购的悲惨境地。这个家族企业传到千姿手里，她有责任、有义务把企业做强做大，给员工提供更好的待遇和福利。然而，千姿体质虚弱，无法承受高强度的精神压力，潇雨只能不遗余力地去帮助她。

在潇雨跟前，千姿像是一个长不大的女孩子。她梦想着早日嫁给潇雨，名正言顺地做他的妻子。恋爱中的男女最大的不同就是，男人爱一个女人，可以为她赴汤蹈火，在所不辞；女人爱一个男人，想的是马上嫁给他，相夫教子，白头偕老。

千姿一直等着潇雨向她求婚，潇雨则认为结婚只是一种形式，他们之间的感情不需要用婚姻来证明。为了千姿，潇雨经历过一次有名无实的婚姻，他没有体会到一点幸福和快乐，尽管白智妍温柔大方，善解人意，可他感受最深的却是无奈和屈辱。

潇雨患了结婚恐惧症。千姿暗示过他好几次，他像榆木疙瘩脑袋一样就是不开窍。千姿没办法，把他俩以前拍的婚纱照，洗了很多张，镶进镜框里摆在最醒目的位置。潇雨看见后顿时明白，不能再装傻充愣了，他还没想好怎么跟千姿解释。

千姿把那些婚纱照发给潇雨，要过他的手机，将屏保换成两人的婚纱照，然后笑眯眯地说："咱俩的屏保是一样的。"潇雨笑了笑，有意岔开了话题。

这天，潇雨在外面忙碌了大半天，一直都没时间跟千姿联系。快下班的时候，他回到公司办公大楼，打电话问千姿为什么没来公司。千姿心不在焉地问：怎么了，有事吗？潇雨说：有事，有重要的事情跟你商量。

千姿的专车赶到集团大门口时，正是下班时间，人来人往，熙熙攘攘。轿车缓缓开进来，就见潇雨捧着一大束鲜花走来，有员工打趣问："陈董，这么漂亮的花是送给夏董事长的吗？"潇雨郑重地说："是的，我要向她求婚！"

众人开始起哄，不约而同地跟在了潇雨后面。

车子停稳后，千姿推开车门，走了下来。潇雨趋步向前，单膝跪地正准备献上鲜花。不知是谁，把麦克风递给了潇雨（公司每个角楼都有一个扩声器，用于厂区人员调度和日常信息播报使用）。

潇雨拿着麦克风说：“千姿，不知道是什么时候，你走进了我的世界。从此，我的世界里只有你。我从未想过，如果我们不在一起会怎么样，因为我只想和你在一起。即使全世界都不同意我们在一起，我也不会放弃你，永远都不会！我很害怕说我爱你，太多轰轰烈烈的爱情都没有结果。我只想平淡地陪你过完一生。”

千姿感动地用手掩住口鼻，泣不成声。

“千姿，你快乐时，我就快乐；你难过时，我就痛苦。当你需要我时，我愿意为你付出一切，哪怕是粉身碎骨……”

有员工大声喊：“夏董事长，答应他！”大家不约而同地喊“加油”。千姿含泪微笑，深情地凝视着潇雨。

“千姿，以后的每一天，不管贫穷富贵，还是健康疾病，无论顺境或者逆境，我都会永远陪在你的身边。照顾你，呵护你，永远不离不弃，直到生命的尽头。你愿意嫁给我吗？”

千姿激动地只顾着哭，什么都说不出来。

在场的员工都着急了，齐声呐喊：“嫁给他！嫁给他！嫁给他！”

千姿接过潇雨手里的麦克风，还没开口，竟然又哭了起来。大家一起喊：“嫁给他。夏董加油！”

千姿竭力克制自己的情绪，哽咽着说：“我愿意！”

千姿的眼泪无法抑制，像是要把一生的眼泪都流尽。眼泪是人生每个重要时刻的印记，痛苦时流泪，幸福时也流泪；此时的眼泪是浪漫的音符，是诗里的甜蜜。

所有人都激动地鼓掌，千姿接过潇雨手里代表幸福的鲜花，拉起了单膝跪地的潇雨。他们紧紧地拥抱在了一起，泪水模糊了眼睛……大家齐声喝彩、鼓掌和祝福，平大集团顷刻间变成了爱的海洋，在场的每一个人都深受感动，心中荡漾着浓浓的爱意。

突然，音响里响起了一首歌的旋律，很多人不约而同地握着身边同事的手一起大合唱：“因为爱着你的爱，因为梦着你的梦，所以悲伤着你的悲伤，幸福着你的幸福；因为路过你的路，因为苦过你的苦，所以快乐着你的快乐，追逐着你的追逐……”

潇雨松开千姿，轻轻地亲吻了她的额头，握着她的手，一同转向所有的员工深深地三鞠躬。大家一起喝彩：“祝你们幸福!”潇雨和千姿笑着说：“谢谢大家！我们会请大家喝喜酒的!”

千姿和潇雨要结婚的消息，迅速传遍了各个朋友圈，有人还附上了潇雨求婚现场的照片，有人点赞，有人转发，他们浪漫传奇的爱情经历一度还上了“热搜”。白智妍看到这条消息时，摸了摸自己的肚子，心里有一种难以言表的滋味。她为潇雨和千姿的爱情故事而感动，为自己的无依无靠、前途渺茫而流泪，忽然间，她真的很想念他们……

白智妍去了美国，潇雨终究还是选择了夏千姿，潇雨父母万般无奈，只能接受这个事实。这天傍晚，母亲给潇雨打了一个电话，让他带着千姿来家里吃饭。

大家心照不宣似的，绝口不提以前的事情，潇雨爸妈一如既往地热情招待千姿，做了一大桌子荤素搭配的丰盛菜肴。千姿心里满盈盈全是甜蜜和幸福，她已好久没感受到家庭的温暖了。一家人边吃边聊，其乐融融，婚期定在圣诞节，这将是一个盛大而隆重的婚礼仪式。

但见新人笑，不闻旧人哭。谁都不会提及有恩于这个家庭的白智妍，就好像她从没有来过一样。

潇雨给千姿的主治医生发了一条信息，将婚期告诉他，希望他届时能够出席。医生先是热情地祝福他们，然后说千姿目前的身体状况还不适宜过夫妻生活，等过一段时间检查完再说。千姿看了短信，脸上浮现出娇羞的红晕，潇雨看得意醉神痴。

夜晚回到千姿家，洗漱完毕，两人同床共枕，像是有说不完的话，卿卿我我聊到半夜。搂抱着娇媚可爱的千姿，潇雨内心涌动着一股原始的欲望，可想起医生的叮嘱，他硬是凭借着顽强的毅力抵御了诱惑。千姿甜美地睡去，潇雨数着绵羊呼唤睡神。

翌日吃过早饭，潇雨和千姿没去平大集团上班，直接去了民政局办理结婚手续。潇雨向工作人员出示了他和白智妍的结婚证和离婚协议书，那人皱着眉头看了看潇雨和千姿说，要先办理离婚，然后才能结婚，否则就是重婚。潇雨吓了一跳，和千姿面面相觑，他不解地问，这不是有离婚协议书吗？

那位工作人员耐心解释说，办离婚光有协议书是不行的，还需要双方当事人均在现场才可办理。潇雨急了，说白智妍去了美国，电话联系不上，住址也不知道，等于失联了。工作人员安慰潇雨别着急上火，遇到这种事，先申报失踪，再诉讼离婚。

两人闷闷不乐地走出民政局，潇雨再三向千姿道歉。千姿故作轻松地说，专业的事要交给专业的人，这事让公司的法律顾问去办吧，应该不是很难。

平大集团的法律顾问是个资深律师，办这种事属于小菜一碟，很快就走完了相关法律程序。他通知千姿，随时可以拿着证件去民政局办理结婚手续。

为了慎重起见，两人做了婚前检查。潇雨身体康健，各方面指标都很正常；千姿体检时却遇到了麻烦，医生得知她做过心脏移植，特意给她测听了心跳，发现有些心律不齐，好意提醒说："你婚后不能生孩子，至少几年内不能生。"千姿愣了，心情顿时变得很不好。

潇雨见千姿进去了半天还没出来，担心她出事，忍不住走了进去，医生的话他都听见了。医生扭头见潇雨进来，不高兴地说，男士免进，没看见吗？潇雨顾不上理会，把千姿搂在怀里安慰说："千姿，我们走吧。我们还年轻，不急着要孩子。"千姿含泪点点头。

潇雨拥着千姿走了出去。对于千姿而言，这消息犹如晴天霹雳，作为妻子却不能为丈夫生孩子，这预示着家庭不圆满，婚姻不长久，人生不完整。

潇雨和千姿心灵相通，千姿的心思他很清楚，于是不停地安慰她说，现在医学科技这么发达，想生孩子一定有办法。如果真不能生，那也没有关系，恩泽孤儿院里有好多孤儿，都是我们的孩子……

领过证后，千姿雨过天晴心情一下好了起来，她笑嘻嘻地拉着潇雨去婚姻登记处拍照。这个富家小姐，除了爱，什么都不缺。她渴望有一个健康的身体，渴望有一个美满的家庭，渴望有一个相亲相爱的丈夫，如今梦想变成了现实，她还有什么不开心不快乐的呢？

第三十八章

湖面像镜子一般澄澈平静，镜子里映射着岸边金色的银杏树，树下铺满了金黄色的落叶。树林中间有几间白墙红瓦的木屋，木屋四周有个大篱笆院，有几只奶牛在悠闲地吃草。不远处有一个硕大的风车，叶片一动不动，风车下是成片成片的薰衣草。

薰衣草是紫色的海洋，一眼望不到头，直插入蓝色的天际线中，花海里有两个小女孩在牵着狗漫步。不远处有一块小山坡，山坡上的枫树叶也不甘落寞，十分浓烈地红艳着。山坡的红，极像是一幅山水画中盖上的印章，而山坡中有一条溪流，向湖面静静地流淌，给这幅秋天的山水画，带来了灵气。

潇雨身着白色礼服和穿着婚纱的千姿坐在湖边的白色木椅上，紧握着彼此的手，看着眼前这幅秋日里的美景，他们顺手把爱情丢进了这幅美丽的图画中。

过了许久，随行的摄影师过来说："对不起夏小姐，打扰你们了，设备都已经架好了，我们可以拍了。"

化妆师给千姿化了淡妆。没有一个化妆师，会在这样的脸上多花费时间，点到而止就已经美不胜收。潇雨开心地握着千姿的手，配合着摄影师摆出各种姿势。摄影师赞叹说："新郎表现得非常好，新娘这样也十分漂亮，1、2、3，好了。再来一张，请新郎亲吻一下新娘的额头。""咔嚓"一声，又拍好了一张，摄影师看了看相机，伸出大拇指，笑着对他们说：“十分漂亮！”

摄影师感觉今天的工作异常顺利，平常在拍第一张照片的时候，他一般会说“来，请新郎把新娘搂得再紧一点”“请新娘再靠近新郎一点”，等等。拍潇雨和千姿的时候，一个深情拥抱，一个小鸟依人，充满浓浓的爱意，所以摄像师迅速按下了快门。

潇雨和千姿沉醉在这美丽的风景中，虽然不停转场，在不同的镜头中换各种服装，但是两人还是很开心地享受这个过程，尤其被人称呼为新郎新娘，他们感觉到特别幸福。这样的美景和这样相爱的人，或许天堂就是这个样子，他们成了上帝的宠儿。

他俩对今天的行程特别满意，本来拍婚纱照之前千姿想去海外，但是由于潇雨要联系几个新客户，预约时间排得很满，所以和千姿商议就在附近的城市拍即可，等以后有时间再去海外补拍。

潇雨是为公司着想，千姿也不好违背他的好意，心中难免有些失落。她曾幻想着跟潇雨去国外蜜月旅行，现在看来要泡汤了。为了平衡千姿的失落感，摄影师和潇雨精挑细选这天的行程，浪漫而美丽的风景让千姿满心欢喜。

连拍几组后，摄影师说：“还剩下最后一组了，要单独去花丛中拍新娘的，请新郎在这儿稍微休息一下。如果跟新娘太近，会让新娘分心的。”潇雨马上问千姿：“怎么样？累不累？要不要休息一下？”千姿有些兴奋，笑着说：“放心吧，不累。你在这边休息一下等我。我们听摄影老师的。”潇雨说：“好吧，我在这边等你。”正好他烟瘾犯了，抽根香烟提提神。

千姿提着裙角跟摄影师走了，离潇雨越来越远，走进了美丽的紫色花丛中。这浪漫的薰衣草花语叫等待爱情，有人等待后迎来了爱情，有些人却像遭受了诅咒一样，没有等来爱情。

千姿笑靥如花地摆着pose，不经意间，她在花丛中看到了白智妍。

白智妍带着一群孩子在秋游，她戴着一顶西式白色礼帽，帽檐上有一个绿色四叶草装饰，穿着一身宽松的白袍，围着一条绿色的布腰带，显得十分素雅。她给孩子们讲解薰衣草的知识、传说及薰衣草在世界各地的分布。

白智妍感到很奇怪，学生们好像没专心听她讲解，都将目光投向了她的身后。白智妍转过身去，看见千姿穿着婚纱楚楚动人地站在那里，像童话里的仙女一样美丽。四目相对，两个人都愣住了，不知说什么好。

千姿心跳加速，这颗心脏像是感受到了白智妍的存在，激动得狂跳不已，使千姿感觉身体有点不适。

白智妍打破僵局，平静地问："还好吗？身体完全康复了吗？"一句再普通不过的问候，却使千姿泪流满面。她知道，白智妍是在问候她，也是在问候她母亲的心脏。白智妍为了她和潇雨能够在一起，悄悄地离开，默默忍受着一切，不求任何回报，甚至连一声谢谢都没有听到。世上除了父母，有谁会做出这样的牺牲？

白智妍心里像是打翻了五味瓶，有感动，有羡慕，有祝福，还有淡淡的苦涩。她多想跟千姿好好聊一会儿，漫步在花丛中，向她讲述最近的经历和感触。母亲那颗心还好吗，想念她了吗？她怀孕了，每个夜晚都是那么孤独寂寞；不过还好，现在有孩子陪着她，小家伙时不时在肚子里挥拳踢脚，给她幸福和感动……

千姿像是泥胎一样，什么也说不出来。她盯着白智妍隆起的肚子，眼睛里写满了疑问。敏锐的直觉告诉千姿，白智妍肚子里的孩子是潇雨的。千姿自认为了解白智妍，她是一个冷静理智、感情专一的善良女人，压根儿不可能在几个月的时间里，开始另一段感情并怀有身孕。

千姿心里哇凉哇凉的，难道她和潇雨的幸福爱情要画上一个句号？她深爱着潇雨，却不能为他生孩子；而白智妍为了成全他们，即便是怀有身孕仍选择悄然离开。虽说爱情是自私的，可她和潇雨有这种境界和胸怀吗？他们为别人做出过这样的牺牲吗？在白智妍面前，千姿感到自惭形秽。

与此同时，千姿也感到非常委屈，刚刚和潇雨领了结婚证，婚期也定在了圣诞节，难道要延期或者取消？为什么父亲去世后，她人生的每一步都走得这样艰难。千姿的眼泪禁不住流了下来。

白智妍见千姿惊诧地盯着她的肚子，什么话也不说却哭了，心里颇感内疚。在千姿和潇雨拍婚纱的大喜日子里，自己就不该在一个错误的时间、错误的地点出现，影响到了人家的好心情。

千姿哽咽着问："孩子是潇雨的，对吗？"白智妍无法回避这个问题，更不能睁着眼睛撒谎，她郑重地点点头。千姿虽已有预感，但消息得到证实后，她的神情还是有些慌乱。白智妍忙解释说："那晚潇雨喝醉了，对这事一无所知，你不要怪他。"

千姿心里稍感安慰，她能忍受世间所有谎言、所有欺骗，唯独不能忍受来自潇雨的背叛。

千姿控制住情绪，冷静下来说："回去吧，我们一起照顾你。等你把孩子生下来，就和潇雨一起生活。我不会再打扰你们了。"

白智妍知道，这是母亲临终前殚精竭虑为她规划的婚姻之路，是腹中孩子认祖归宗的必由之路，可她永远不会走这条回头路。因为没有爱情的婚姻就是一座坟墓，她不愿活在冷冰冰的坟墓里。不知为何，她的眼泪悄然滑落。

一旁的孩子们被吓住了，有几个懂事的孩子上前拽着白智妍的衣角说："白老师，你是肚子疼吗？"白智妍的一位善解人意的同事见状，忙走过来说："孩子们，你们都跟我来，白老师看见许久不见的朋友了，我们让她俩说说话。"

千姿扭头对摄影师说："先不拍了，你们去旁边等我一下。"

千姿和白智妍都是冰雪聪明的女人，原本应该坦诚相见，却因中间隔着一个潇雨，彼此各有忌讳。千姿沉默片刻说："白智妍，跟你相比，我真的有点自私。今天我才醒悟，是我破坏了你的婚姻，拆散了你的家庭……"说到后半句的时候，千姿几度哽咽，难以出声。

白智妍也流泪不止，她哽咽着说："阴差阳错，我和潇雨走过了一段荒唐的婚姻。我们之间没有爱情，只有友情或是亲情，维持这样的婚姻是不道德的。感谢上苍，送给我一个孩子，他在我肚子里一点一点长大，我体会到了做母亲的幸福。你和潇雨原本就是相亲相爱的恋人，现在破镜重圆，我希望你们白头到老。你放心，我和孩子不会去打扰你们的生活。"

说到这里，白智妍肚子里又开始有胎动。她慢慢走向前，拉着千姿的手放在自己的肚子上。千姿凝神静气，感觉到一阵阵像脉搏般的轻微跳动，那是小宝宝顽皮地在用脚踢她呢。两人含泪不约而同地笑了。

慢慢地，白智妍向后退了一步，松开了千姿的手，转身缓缓离去。千姿穿着很长的拖尾婚纱，站在花丛中行动极为不便，她放声喊："别走啊，你回来！"白智妍回过头回应道："千姿，多保重！我会和宝宝祝福你们的。"

白智妍慢慢消失在了美丽的花丛中。千姿站在原地抽泣起来，白智妍深深震撼了她的心，这般美丽的女子，像一首歌，像一首诗，更像一道人性的彩虹！

千姿招手让随行的人过来把婚纱的拖尾解下来，随行的摄像师说这件婚纱的拖尾是和婚纱缝在一起的，千姿干脆说："剪下来！"随行的人就拿剪刀剪，心里觉得千姿太任性，一件婚纱几十万，说剪就剪。剪到一半的时候，千姿急得一把将拖尾撕了下来，然后就顺着白智妍消失的山坡追了过去。当她跑到山坡上以后，才发现山坡下边有一条路，有一辆轿车刚刚开动，一溜烟开走了。白智妍彻底走了。千姿知道，也许这一辈子再也找不到她了。

千姿神情黯然、六神无主地来到潇雨面前的时候，他看见随行的人捧着被撕碎的婚纱，吓了一跳，忙问千姿怎么了。千姿只是淡淡地说了一句："我们回去吧！"潇雨看得出她心情很糟糕，没好追问，赶紧安排车回去。车开动的时候，千姿仍然不看潇雨，只是一直对着窗外看。潇雨再次追问她怎么了，她还是摇了摇头。

来的时候一车人有说有笑，回的时候，因为千姿冷着脸，一车人都没有出声。窗外的风景疾驰而过，千姿脑子里一直想着白智妍，内心愧疚不已，她一个人挺着个大肚子，生活多么艰难凄凉。孩子生下来后，谁帮她带孩子，她又靠什么生活？

“停车！师傅停车！”千姿突然着急地喊。

司机把车停了下来，潇雨疑惑不解地问：“千姿，有什么事吗？”千姿没搭理他，让司机调头赶紧回到刚才那个地方。

一定是发生了什么事，千姿为何要瞒着自己呢？潇雨闷闷不乐起来。千姿眼睛红红地看着潇雨说：“我看见白智妍了，她一个人挺着个大肚子，是你的孩子……”

潇雨大惊失色，不敢置信地看着千姿，这天方夜谭一样的故事怎么会发生在自己身上？千姿神情庄重肃穆，一点也不像开玩笑的样子，潇雨不能不重视，他疑惑地问：“是白智妍告诉你的吗？怎么可能是我的孩子？”“那晚你在一家小店喝醉了，是白智妍和你爸妈把你搀回家的……酒醉心明白，你对白智妍干了什么，一点都不记得了吗？”

潇雨回忆说，有天晚上，他是喝醉了，还和店员发生了口角。后来，他迷迷糊糊地在饭店睡着了，是父母和白智妍把他弄回家的。半夜，好像有个人在照顾他，端茶倒水盖被子……至于发生了什么，他真的记不起来了。

返回摄影基地，千姿和潇雨来到保安室，向保安说明情况后，查看了一个小时之内的视频监控。视频里，白智妍挺着肚子神态安详地领着一群学生在花丛中漫步……

潇雨神情紧张而凝重，如果白智妍肚子里的孩子是他的，他和千姿的婚姻关系或许会亮起红灯，处境将会异常尴尬。千姿好像并没有责怪他，而是急于找到白智妍的下落。她查看了那辆车的车牌号后，让秘书赶紧通过车管所的熟人查找车主，好容易打通了车主的电话，车主却说，根本就不认识那位孕妇，自己只是出于好心顺道带了她一程。到公交车站时，孕妇就下车了，还给他放下一百元钱。

千姿情绪失落地回到家，对潇雨说："还是先取消婚期吧。写好的请帖，暂时不要发出去了。" 事已至此，潇雨无话可说，他已没有资格谈婚论嫁。他委屈地流下眼泪，命运为何要如此捉弄自己，让他婚姻之路充满荆棘和坎坷？潇雨落寞地辞别千姿，回了自己家。

耿耿残灯背壁影。潇雨和千姿在秋风秋雨天辗转反侧，彻夜难眠。

白智妍在这个城市里像是蒸发了一样，周飞想在医院守株待兔，完全是徒劳无功。为了找到白智妍，周飞煞费苦心，大小医院他都派人监控，却连个人影都没发现。周飞甚至请人画了白智妍的人像，复印了上百份发给手下，并许下重金。一个多月过去了，手下纷纷问，是画像上的女人吗？怎么连影子都见不到？周飞肯定地说，就是这个女人，错不了，一点偏差都没有。

一个手下抱怨说："我口袋里装着这个女人的画像，都闹家庭矛盾了，老婆怀疑我有外遇。"周飞被夏和臣逼得要疯了，听了这话大骂："你能干就干，不能干就给我死远一点！"

找到白智妍就能拿到巨额奖金，周飞手下和一些黑道上的人都蠢蠢欲动，铆足了力气东奔西跑。所有参与寻找的人，每天都能拿到基本工资，所有吃喝用度实报实销。

白智妍就像一把悬在夏和臣和周飞头顶的达摩克利斯之剑，使他们坐卧不安，茶饭不香，每天都有一种大祸临头的恐惧感。为了给周飞施加压力，夏和臣经常让司机把周彤彤接到他办公室写作业。夏和臣并不是要对孩子怎么样，只是生气，好让周飞如坐针毡，不敢消极懈怠。都是因为周飞玩心眼，煮熟的鸭子不但飞了，还沾了自己一身鸭屎，埋下一颗定时炸弹，不好好收拾他，心里这个坎儿就过不去。

不光是夏和臣他们在找白智妍，千姿也在寻找白智妍。她跟潇雨要白智妍的照片，潇雨回家翻箱倒柜才翻出几张他俩结婚时的跟拍照片，上面布满了灰尘。潇雨拭去照片的浮尘，凝视着端庄秀丽的白智妍，心里一阵刺痛，他亏欠她太多，不知道今生能否补偿。

千姿把白智妍的照片交给秘书，让她做了一个电子的寻人启事，标题是“希望你能看到，希望你能听到我着急的心跳”。寻人启事的内容是千姿亲自写的，声情并茂，感人至深。她发动全公司的人转发这条消息，一传十，十传百，转发量以成千上万的速度递增，周飞和夏和臣自然也看了这则寻人启事。

寻人启事上不光有白智妍的照片，还有她最近出没的方位。周飞暗暗自责，周边的城市虽然都派人找了，怎么把那个旅游度假“圣地”给遗忘了呢？

夏和臣这人疑心很重，他曾经怀疑周飞暗中被千姿收买，现在才知道并非如此。这个白智妍太可恶了，属貔貅的，光吃不拉。她曾拿了自己一笔巨款，却仍将母亲的心脏捐献给了夏千姿，“旧恨”还没报，如今又添了“新仇”——手握犯罪证据要挟他。从目前的情况看，白智妍还算信守承诺，还没把证据交给千姿，难道她俩之间因为陈潇雨产生矛盾了？无论如何，一定要在千姿之前找到白智妍。

夏和臣真想亲自披挂上阵，撒下天罗地网搜寻白智妍，可他杂事缠身，实在抽不出空。手下都是酒囊饭袋，没有一个得力的帮手，太让人伤脑筋了。他拿起电话，先把周飞骂了个狗血喷头，然后让他把搜寻重点放在省边界的那座城市。

第三十九章

刘亚川在美臣集团并没有得到重用，夏和臣对一个叛徒，是不会信任的。夏和臣原想利用刘亚川的影响力，挖平大集团的墙脚，尽可能地把平大集团的骨干员工挖过来。现在，夏和臣迫于白智妍的“撒手锏”，不敢过分打压平大集团，还得时不时给他们分派订单，刘亚川便成了鸡肋似的角色。

刘亚川悔不当初，每天都活在愧疚和自责当中，夏和平的知遇之恩不但没报，关键时刻他还倒戈。于是他出入夜场买醉，越是这样越是空虚，越是空虚越是软弱。他希望能有一个机会弥补，却看不到任何希望，只是像行尸走肉一样苟且地活着。

白智妍的同事看见了寻人启事，对她的身世有所了解，苦口婆心地劝她回去，否则将来孤儿寡母的日子很难过。白智妍心意已决，婉言谢绝了同事的好意。她来这里时间不长，人缘特别好，人长得漂亮，温文尔雅，学识又高，大家都很喜欢她。

随着预产期慢慢临近，白智妍心里越来越想念母亲，想念潇雨，想念千姿。夜深人静时，她变得格外脆弱，总是忍不住伤心落泪。为了分散注意力，她每晚坚持读英文原著，希望有朝一日能返回哈佛继续完成学业。

白智妍早已给孩子起好了名字，是男孩就叫白立尊，是女孩就叫白心甜。这名字是她对孩子一生的期望，希望他或她长大后自立自尊，生活甜蜜幸福。母亲姓白，自己也姓白，孩子也是姓白，难道白家陷入了轮回的宿命，孩子自出生就得接受没有父亲的事实？

尽管将来孤儿寡母的日子不会好过，但孕育新生命的喜悦使白智妍有了一种责任感和使命感，她慢慢由一个女孩子蜕变成一个女人，心智更加成熟，身体更加丰满。闲暇之余，她想象着孩子在襁褓里嗷嗷待哺的样子，会说话时可爱的样子，蹒跚学步时笨拙的样子。

如果是男孩会不会很调皮？她会严格要求他，从小就要教会他坚强和永不放弃。如果是一个女孩，就把她打扮得漂漂亮亮的，像一个无忧无虑的小公主。睡前给她读童话故事，教她学知识，学做人，让她懂得在知识里面找快乐。她尽量过滤掉潇雨，好像孩子跟他没有太大关系。

白智妍最喜欢做的事情就是为孩子精心准备一件件小衣服，按照孩子出生时候穿的，一直买到了一岁。内心深处她更想要一个女孩，因此买的衣服都是小女孩穿的。同事开玩笑说，她是女儿奴。

白智妍的预产期已经过去一天，时不时会有不规律的宫缩，医生提议打催产针，或者剖腹产，但她都没有同意，她想自然分娩。因为要隐藏身份，白智妍很少产前检查，预产期过了孩子还没动静，她担心有什么问题，赶紧让医生再检查一次胎位。刚进医院时就已经检查了一次，可她还是不放心，心里异常紧张。

医生刚准备给白智妍做检查，肚子就有了反应，羊水突然就破了，她瞬间吓哭了。之前虽做过很长时间的心理准备，但当这一刻来临的时候，她仍无法主宰自己的情绪。医生赶紧把白智妍推进了产房，她努力平稳自己的情绪，大脑里一片空白。进了产房一瞬间的关门声，突然让她回忆起母亲被人推进手术室时的情景，母亲的心脏被移植给了千姿。此后，她对手术室有了一种恐惧感。

如果母亲还活着，一定会陪在她的身边，给她安慰和鼓励；或许还会陪着她进产房，一直看着她，分散她的注意力，减轻她的痛苦。第一次疼痛随之而来，她的身体如被撕裂，只能全力以赴去应对，再无心思想其他事情。剧痛像是潮汐，一浪高过一浪，彻底将她淹没。她性格坚强，起初还能咬着牙忍受，后来她发现这种疼痛是无法想象的，似乎只有声嘶力竭的喊叫才能减轻酷刑般的折磨。

医生一直在鼓励她，说她表现很好，再用力孩子就出来了。她浑身已经湿透，用尽了全身最后一点力量，有种即将要死去的虚脱感。突然，她听到了孩子的哭声，那哇哇的哭声像是嘹亮的生命之歌，让她心中充满喜悦，激动万分。

孩子六斤九两，是个女孩儿。白智妍开心得要疯了。医生抱着孩子说："乖乖，真是个漂亮的小公主。来，给妈妈看看。"白智妍第一眼看见孩子的时候，觉得浑身瞬间有了力量。要好的同事捧着鲜花，带着礼物围在她的身边，笑逐颜开地恭喜她。有一个同事打趣地叫着："白心甜，我们的小公主诞生了哦。"大家都开心地笑起来。

刚安顿下来，孩子突然哭了，几个同事都紧张地问怎么了，大家都还没有结婚生子，没遇过这种情况，都不太明白。白智妍请来的阿姨马上过来说，孩子饿了。她转身去给孩子冲奶粉，白心甜只喝了一口，就不再喝，哇哇哇接着哭。阿姨反复试了试温度，再次把奶嘴递到心甜嘴边，她试探性吸了一口，然后不哭了，开始吮吸着奶嘴。阿姨说："这孩子神了，热一点不吃，冷一点也不吃。"

危机好像解除了，大家都哈哈大笑夸着说："这孩子太聪明了，随她妈啊。刚出生就有见解。"一个同事顺嘴就说："这孩子长得像谁啊？我看不像白老师。"另一个同事拉了一下她的衣服，提醒她别乱说。一阵尴尬后，白智妍对着孩子看了又看，声音平静地说："像她爸爸，和她爸小时候照片上一模一样。"大家也紧跟着说，她爸爸真好看。

白心甜喝着奶突然就笑了，好像听懂了白智妍的话一般，惹得大家一阵哈哈大笑。孩子突然一阵咳嗽，阿姨赶紧拍拍说："被呛着了，没事！”同事们就说：“我们回去了，让白老师好好休息。”

白智妍体会到了做母亲的幸福甜蜜，有时难免也会想起母亲白琳，她的大部分心思都放在了白心甜身上。白心甜特别省心，除了吃奶换尿布，酣睡得甜美可人。从产房转到病房的时候，医生曾反复提醒白智妍，不要让任何人抱孩子，包括穿着白色衣服的陌生医生或护士。

这天夜里，白智妍想起来去卫生间，看见阿姨趴在床边睡着了。她原想喊阿姨起来照看一下孩子，转念又一想，这些天阿姨不分白天黑夜照顾她们母女，跑前跑后，尽心尽力，没睡过一个整觉，真是很辛苦，让她好好睡一觉吧。

卫生间就在病房里，如果有什么动静自己也能听到。白智妍这样想着，轻轻地从床上下来去了卫生间。前后顶多三分钟，白智妍走出卫生间看了一眼睡筐里，竟然空空如也，心甜不见了。白智妍瞬间魂飞魄散，马上惊慌地叫醒阿姨问，孩子呢？阿姨睡眼蒙胧地向睡筐里看了看，也吓得睡意全无，摇着头说，不知道啊。

白智妍差一点瘫倒在地，马上开门出病房四处找。她只穿了一件薄睡衣，走路跌跌撞撞，披头散发，发疯似的逢人就问，你们看见有人抱走一个孩子了吗？人们都摇头说，没看见。护士站的值班护士趴在桌上睡着了，被白智妍吵醒后，得知孩子被偷走，吓得目瞪口呆，慌忙去叫医院的保安。

白智妍发疯似的下楼找，阿姨跟在她后面，也慌了神。白智妍让阿姨坐电梯到楼下守着，自己沿着楼梯一层层地找。楼梯间光线暗淡，加上精神紧张脚步不稳，白智妍从楼梯顶层摔到了楼梯中间的平台上，膀子下意识地撑了一下，当时就骨折了。她疼痛难当，咬牙强忍着，脚步踉跄地扶着楼梯往下走，手一吃力就感到剧痛，鞋也摔没了，便赤脚走到了楼下。这几层楼梯对一般人而言不算高，但对于月子里的白智妍而言，太艰难了！

白智妍走到一楼后，问阿姨，孩子找到了吗？阿姨哭着说，没有！白智妍又踉跄着准备出病区楼房找，阿姨忙拉着她，不让她出去，说外面太冷。妇产科的值班医生和护士也都来了，和阿姨一起拦着白智妍，安慰她，别着急，医院里到处都是监控，孩子一定能找到。

深更半夜偷孩子，医院还是第一次遇到。白智妍扑通一声跪下来，哭泣着说："求求你们，求求大家！"全场的人无不动容，无不落泪，大家分头过筛子一样四处寻找。

白智妍还在月子里，人还很虚弱，又摔伤了，护士和护工强行把白智妍架到病床上。阿姨在睡筐里发现一封信，忙拿起递给白智妍。白智妍迫不及待地打开信，看后大惊失色，信是周飞写的，内容是让白智妍把手里的那些证据记录都交出来，不许留底，必须一次性全部交出来，不然就别想再见到孩子。不能报警，一旦发现报警，马上就把孩子扔进河里，大家鱼死网破。信的最后恶狠狠地警告说，不怕白智妍耍花招，她身边都是他们的眼线，如果发现情况不对，他们马上会采取行动，后果自负！

信纸上留着一个不太详细的地址和一个陌生手机号码，让白智妍马上按照信上所留地址把材料寄过去，两天之内收不到寄来的材料就撕票。材料寄过去，送还孩子的时间地点却都没有交代，这明显是欺诈。

白智妍浑身颤抖，脑子里像乱麻一样混乱，她一次次深呼吸，强迫自己冷静下来。几分钟后，白智妍请所有人都出去，只让阿姨留了下来。关好病房门，白智妍拨通了千姿的电话，哽咽着说："千姿，你和潇雨赶紧来，孩子被人绑架了。你们赶紧来医院！"说完，她就号啕大哭起来。千姿被吓了一跳，安慰了白智妍几句，问清了她所在医院的具体位置，然后马上联系潇雨，风驰电掣般赶往医院。

千姿和潇雨各怀心事，都在替刚出生的孩子担心，一路上谁都没心思说话。千姿不停地催司机开快一点，好像她比潇雨还着急。

到了医院，千姿和潇雨直奔妇产科的病房。白智妍一见他俩，情绪就失控了，抓住千姿的手放声大哭。千姿忙抱着白智妍安慰，不小心碰到她骨折的膀子，痛得她大叫了一声。千姿吓了一跳，连忙问："肩膀受伤了吗？我去叫医生。"

白智妍拉住她说："来不及了，快想办法找孩子！"

潇雨见白智妍这般痛苦，也是又着急又心疼，自己的孩子还没见上一面，就被人绑架了，他这个当父亲的，一定要找到孩子。

潇雨问："有孩子照片吗？"白智妍一听眼泪又流了下来，阿姨忙打开手机视频递给潇雨。视频里心甜像个可爱的小天使，真是人见人爱。民间有一种说法，"男孩像妈，女孩像爸"，心甜长得像潇雨小时候。潇雨动情地盯着小心甜，心里涌起一股股暖流，转瞬又陷入愤怒和悲伤，是谁这么坏，干这种丧尽天良的事情？

白智妍恳求说："夏小姐，请你救救白心甜。"

千姿斩钉截铁地答："你放心，我一定会全力以赴救孩子。"

白智妍话里有话："心甜被绑架，跟你们公司有关，是夏和臣指使人干的。"

千姿一脸困惑，没听懂这话是什么意思。白智妍索性将此事的前因后果一五一十都告诉了千姿和潇雨，他俩听了恍然大悟，难怪生死关头夏和臣会对平大集团"手下留情"，原来是白智妍暗中相助。

白智妍把周飞留下的那封信递给千姿，有些神经质地问："他们要是把心甜丢进河里怎么办？怎么办啊，求求你们救救我女儿！"千姿看完信，安慰说："别害怕，目前他们不敢那样做……"

白智妍突然眼睛发直，神情呆滞，身体像筛糠一样颤抖，两只手握得紧紧的，嘴里喃喃地喊着"心甜，心甜"。千姿和潇雨面面相觑，白智妍的异常状态把他俩吓住了。千姿过去抱住白智妍，发觉她的身体变得僵硬冰冷，对于潇雨的呼唤没有任何反应。

潇雨连忙出去叫来了医生，医生对白智妍进行了一番检查，说她患了应激障碍症，需要进行药物控制和心理治疗，先给她打一针镇静剂，让她好好睡一觉。白智妍见要打针，突然呜呜哭着说："我不打针，不进精神病医院，我要找女儿……"

医生连忙柔声安慰说："别怕，我们不会伤害你，你放松一点。打完针睡一觉，你就没事了。"

白智妍对医生摇着头说："我不打针，也不吃药。"她扭头看着潇雨说："心甜跟你长得多像啊，她是你女儿，你要救救她。"潇雨眼含热泪地说："智妍，你放心，女儿会没事的。我就是豁出命去，也会救她的。"

千姿紧紧握住白智妍的手，发誓说："你放心，我就是不要平大集团，把股权转让给他们，也会救心甜的。夏和臣要的东西呢？赶紧给他吧。"

白智妍像是看到希望，神志清醒了很多，她环视了一圈，神情警惕地说："我有事情跟夏小姐和潇雨说，其他人请回避一下。"众人见白智妍恢复了正常，便依言而行，走出了病房。

白智妍低声说："夏和臣要的东西在U盘里，上次搬家，U盘和笔记本电脑一起丢了。"

潇雨焦急地问："你没有备份和复印几份吗？"

白智妍眼圈红了，哽咽着说："备份了，备份到笔记本电脑的E盘和F盘里了，可笔记本丢了呀。"

千姿惊叹说："你手里等于什么证据都没有了？"

白智妍点点头，屋里一下子陷入死寂，"撒手锏"没了，这仗还怎么打？白智妍想了想说："我们不说，谁也不知道U盘丢了。这张底牌只要攥在手里，就可以和他们周旋。"

潇雨说："就怕夜长梦多，我们抓紧时间想一个万全之策。"

白智妍冷静地说："不能再拖了，报警吧。警察这种事见多了，肯定比我们有办法。一定要绝对保密，不能让他们知道我们报警了。"

千姿和潇雨不约而同地点点头说，这是唯一的办法了。

翌日，千姿以平大集团董事长的身份，敲开了市长办公室的门，先是向他汇报了平大集团的现状，接着把心甜遭绑架的事情说了。平大集团是市里的龙头企业之一，以前一直是纳税大户，这事要是传出去，影响很不好。市长觉得情况紧急，马上打电话通知主管副市长和公安局局长商讨要事。

副市长是个老公安，侦破过很多大案要案。他提议，立刻成立专案组。市长郑重地说："此案不光是一件绑架案，还关系到平大集团的生死存亡，关系到本市的经济发展，更关系到未来平大集团极其周边企业上万人的饭碗。专案组就在市政府办案，要尽快破案！"

专案组成立后，由副市长亲自挂帅。警方派了一个老到的侦查员，给白智妍的手机上安装了监听软件，又安排了一个经验丰富的女警扮作孕妇住进了白智妍的病房。一切都是秘密进行的，就连照顾白智妍的阿姨都没有察觉。

专案组已经掌握了很多信息，知道此案子相当棘手。为了拖延时间争取主动，他们安排了快递车中途出车祸快件被烧毁的假象。接到白智妍的电话后，周飞觉得此事太过蹊跷。他跟白智妍要了快件单号，打电话到那家快递公司核实，果然如白智妍所言。

得知周飞绑架了白智妍的女儿，夏和臣起初也没多说什么，感觉这是一步置之死地而后生的险棋。医院的眼线向夏和臣汇报，夏千姿和陈潇雨去医院看望过白智妍，在病房待了好几个小时才走。夏和臣感觉情况有些不妙，白智妍会不会把那些证据材料交给夏千姿？他们会不会报警？万一报了警，经济案变成了绑架案，大麻烦就来了。这个周飞，成事不足败事有余。

考虑再三，周飞把快递车出事快件被烧毁的情况汇报给了夏和臣。夏和臣顿时警觉起来，跟这个白智妍打交道，他接二连三吃哑巴亏，不得不多加小心。这次，谁敢保证她没有备份？与U盘里的证据相比较，搞清楚白智妍他们有没有报警显得更为迫切。

没文化没脑子真可怕。周飞把事情想简单了，他原来的想法是，跟白智妍私下里达成协议，用孩子交换那些证据，事就翻篇了。没想到事情闹大了，已经不在他的控制范围之内，牵扯的人越来越多。周飞也没辙了，只得向夏和臣要办法。

事已至此，夏和臣能怎么办？只有铤而走险，把赌注压在那个孩子身上。他一边把周彤彤扣在身边，一边派身负命案的在逃犯曹剑接手女婴。曹剑私下里为夏和臣办了不少血淋淋的坏事，周飞惧怕夏和臣，就是因为忌惮此人的存在。曹剑是个亡命徒，为了钱，什么事情都敢做。

周飞怀疑白智妍可能报警了，他问夏和臣怎么办。老奸巨猾的夏和臣说："现在姓白的和夏千姿穿一条裤子，联起手来对付我们。听医院里的眼线说，姓白的受了刺激脑子不大好使。如果要报警，也是夏千姿干的，她早想报一箭之仇了。"

"老板，还等啥？我们跑吧。"

"瞧你那点出息，还能指望你干啥？越是这个时候，越要稳住阵脚。我先设个局，让刘亚川约见夏千姿，如果她敢一个人前往，说明事情没有败露；如果不敢来，说明她已经报警。我们赶紧想想后路，不要让任何人抓住把柄。"

周飞忙问，设什么局。夏和臣训斥说，不该问的就别问，多动动脑子，把自己的事做好。

夏和臣打电话让刘亚川来办公室一趟，见面寒暄了几句，接着问他，最近跟千姿联系没有。刘亚川摇摇头，他哪里还有脸见千姿。

夏和臣安慰说，良禽择木而栖，市场经济嘛，哪儿给的工资高、待遇好，就去哪儿，这是人之常情。千姿这孩子善良，不会记仇的。刘亚川没心思跟夏和臣闲扯，直截了当问，找他有什么事。

夏和臣说："亚川啊，我跟平大集团过不去，那是有历史原因的，跟外人不好讲。我和千姿之间的小摩擦，是家族内部矛盾，不管怎么说，我还是她亲叔叔，亲不亲——打断骨头连着筋。"

刘亚川很理智，说道："夏董事长，你们夏家的事，我不掺和。"

夏和臣叹了一口气："屋漏偏逢连夜雨。最近，我拿到一份平大集团做假账的黑材料，看来有人想染指平大集团。你知道，我一直想并购平大集团，岂能容忍他人趁火打劫？我想，你可以把千姿单独约出来谈谈，提醒她注意防范，顺便再聊聊进一步合作的事情。如果她需要这份材料，到时候我派人把材料送过去。"

刘亚川不相信夏和臣有这样的好心，夏和臣叹了一口气说："人心隔肚皮，你看看这份材料吧。"夏和臣把一沓材料递给刘亚川，他翻了几页，冒出一身冷汗，这是要栽赃陷害平大集团啊！

夏和臣说："这份材料，我是意外得到的。有人买通平大集团的财务总监，想中饱私囊，弄垮企业。现在我们和平大集团是合作伙伴，千姿又是我们夏家人，我不能让人欺负自家人。"

刘亚川搞企业管理现代化有一套，因没在社会上摸爬滚打过，有些书生气，经验不够老到，竟然轻信了夏和臣的话。

夏和臣喜欢玩儿阴谋，喜欢翻看《三十六计》这类的书，这次用的是"一石三鸟"。如果千姿不来，估计事情败露，赶紧想办法收尾；千姿来了，如果暗中有警察保护，说明事态很严重，须尽早想办法脱身；千姿为了平大集团独自赴约，就给她一份假材料糊弄一下。最好的解决办法是尽快拿到U盘，把女婴还给白智妍。

刘亚川鼓起勇气，给千姿打电话说明情况。千姿并没有谴责刘亚川见利忘义，而冷冰冰地拒绝他，只是以正在开会不方便为由，说一会儿给他打过去。专案组的人马上讨论分析了这个电话，认为此乃试探气球，夏千姿一个人去，怕会有危险；如果不去，一定会打草惊蛇引起对方的警惕。千姿毫不犹豫地说，刘亚川曾是他父亲的旧部，良心不坏，不可能害她的。为了稳住对方，赢得更多的时间，她愿意铤而走险。

与此同时，夏和臣命令周飞联系白智妍，快递的东西既然丢了，就让她过来一趟，开诚布公地把话谈开了，别藏着掖着耍花招，就立刻把孩子还给她。周飞让白智妍听了电话里心甜的哭声，威胁她不许报警。白智妍心如刀绞，忙不迭地说，不报警，一定自己去！

夏和臣的目的很简单，如果试探千姿没有败露，就把白智妍引过来，让曹剑把白智妍和千姿一起解决，这样事情就算彻底结束了。开弓没有回头箭，事已至此，大不了玉石俱焚，一起完蛋。

第四十章

白智妍接完周飞的电话，忧心如焚，她越想越害怕，身体不受控制地颤抖起来，一会儿头疼欲裂，一会儿喘不过气来。她跪在病床上，双手合十，希望在天之灵的母亲保佑心甜平安健康。

夏和臣担心刘亚川关键时刻反水，让曹剑带人把他控制住。千姿准时来到约定地点——绿岛咖啡馆门口，一辆黑色的商务车远远地停在路边监视着千姿。曹剑拿着刘亚川的手机给千姿发了一条短信，说为了安全起见，请到绿浦公园门口见。

黑色商务车里，刘亚川不满地抱怨，曹剑听着嫌烦，狠狠给了他一拳。刘亚川急了，想要回手反击，旁边曹剑的小弟掏出匕首，抵在他的腰部，刘亚川吓得不敢动弹。

千姿出发前，专案组的警察说，对手很狡猾，反侦察意识极强，为了确保女婴的安全，不敢节外生枝派车近距离保护，只能远远地跟踪。她的作用就是充当诱饵，引鱼儿上钩。警察给千姿安装了跟踪器，就在她头上的发卡里。

千姿打了一辆出租车，按照短信要求连续换了三个地点，越去地方越偏僻。曹剑再三观察确认无人跟踪后，决定采取行动。千姿心神不安地站在一个废旧工厂门前等待刘亚川，突然一辆黑色商务车停在千姿身旁，跳下两个黑衣人，千姿见状拔腿想跑，却被一黑衣人拦腰抱住，他掏出沾有乙醚的手巾捂住千姿的嘴。千姿拼尽全力挣扎，发卡在这个过程中掉落在地……

潇雨和专案组的警察在一起，看到千姿去的地方越来越偏僻，他的心逐渐提到了嗓子眼儿。大家都预感到情况不妙，专案组指挥人员当即命令在远处跟踪的车辆赶往那家废旧工厂。突然，跟踪器不动了，千姿音讯皆无。众人神色凝重，千姿出事了。

千姿在朦胧的睡意中瑟瑟发抖，她感觉身上好冷，耳边隐隐约约传来孩子的哭声。千姿慢慢苏醒过来，睁眼就看见刘亚川头发凌乱双手被绑着。见千姿醒来，刘亚川马上冲她摇头，示意她不要发出声音。刘亚川跟曹剑他们打斗时，腰部被捅了一刀，白衬衫上殷红一大片。数九寒天，沾满血渍的地方被冻得硬成了一块。

刘亚川平时都是西装白衬衫，冬天出门就披一件大衣，他是一个非常讲究仪表的人，现在满身污泥血渍，狼狈不堪。千姿被刘亚川身上的血渍吓了一跳，眼圈顿时就红了，刘亚川一个劲地对她摇头，眼泪扑簌簌掉落下来，他的眼神里满是绝望和歉意。

孩子的哭声再一次传来，千姿听得心急如焚。环顾四周，千姿发现这里似曾相识，想起来了，这不是曾经关过自己的那个仓库吗？有个男子在哄着孩子，那声音好熟悉。仔细听了听，是周飞，就是那个绑架过自己的周飞。

现在的周飞与以前大不相同。没结婚之时，他吃喝嫖赌，好勇斗狠，舔着刀尖过日子。娶妻生子后，牵挂多了，顾虑就多。尤其是有了儿子彤彤，周飞做事变得优柔寡断，心肠也柔软了。绑架心甜，周飞也是迫于无奈，只要白智妍把东西交出来，他就息事宁人，马上交还孩子。

周飞照顾孩子还算有点经验，他会按时给心甜喂奶粉，换尿不湿，抱着哄她睡觉。不知怎么，心甜这次哭得很凶，怎么哄都没用。千姿听女婴嗓子都哭哑了，心里很着急，便挣扎着爬起来，慢慢走向周飞抱着白心甜的隔壁房间。突然，千姿发现刘亚川被绑在前面的两只手不停地抖动摸索，像是在干什么……

刘亚川平时业务繁忙，有带两个手机的习惯，即便如此，他还买了一款电话手表。曹剑搜走了刘亚川两部手机，却忽视了他的电话手表。在狱中待得太久了，曹剑不知道手表居然可以打电话。

深山里信号极弱，时有时无，刘亚川抱着侥幸心理一次又一次试着偷偷拨打110求救，无奈根本就拨不通。刘亚川没辙了，只得费劲地编辑求救信息。

千姿弄懂刘亚川的意图后，为了配合他，分散监视者的注意力，便走进隔壁房间。周飞抱着啼哭不止的心甜有点不耐烦，曹剑和他手下在一旁就着花生米、火腿肠喝酒，他们见千姿走进来，吓了一跳。曹剑噌的一下站起来，恶狠狠地问："嘿，你醒了？你想干啥？"千姿异常冷静，毫无惧色地说："孩子这样哭，会生病的。我来哄哄她。"

千姿向周飞伸出双手，周飞早就烦了，巴不得换个人哄孩子，顺手就把心甜递给了千姿。曹剑招呼周飞过来一起喝酒，人多了喝酒热闹。千姿把心甜抱在胸前，哭声戛然而止。千姿心中一阵感动，母性的温柔给心甜带来了安全感，她两只漂亮的大眼睛盯着千姿看了一会儿，突然咧嘴笑了。千姿的心顿时被融化了，情不自禁对着心甜微笑，还在她的脸蛋上亲了亲。

耳边的哭声突然停止，曹剑惊讶地问："真是见鬼了，怎么到她怀里就不哭了？"周飞解释说："夏小姐的心脏是这孩子的外婆的，或许她听到亲人的心跳有了安全感。"曹剑摇头说："他妈的，这年头啥稀罕的事都有。不哭就好，吵得我脑袋疼。来，喝酒！"曹剑的同伙说："曹哥，来，走一个。这鬼天气太冷了，又是大风，又是雨夹雪。找这么个鬼地方，啥都没有，能把人冻死。"

曹剑一仰脖把酒干了，说："等把这事做完，咱哥儿俩拿到钱，就可以出境潇洒啦。我有几个兄弟，都在境外开赌场，到时候去找他们，吃喝嫖赌尽情享受。"

同伙问：“曹哥，夏老板能给我们多少钱?”

曹剑端起杯子和那人碰了一下，说：“兄弟，放心吧。夏老板出手大方着呢，这钱够我们下半辈子花的。关键是我们要把事儿给干漂亮了。看来那个姓白的没报警，等明天她过来接孩子，咱们把事情做完就走。”周飞听了毛骨悚然，这个亡命徒根本不把杀人当回事。

千姿抱着心甜轻轻摇晃，低声哼着儿歌，心甜慢慢闭上了眼睛。曹剑和同伙一边喝酒，一边抽烟，千姿反感地皱起眉头，因无法阻止他们抽烟，就抱着心甜去了隔壁房间。

隔壁屋子连窗户都没有，曹剑他们守着唯一的门，被囚禁的人插翅也难逃，所以他们没有强制千姿的来去。

真没想到百密一疏。鱼没钓到，鱼饵还被吃了，挂帅的副市长气得砰砰砰地猛拍桌子，专案组成员既焦虑又自责。这时，陪在白智妍身边的女警察打来电话，汇报说周飞让白智妍孤身一人去接孩子，但没告诉具体地点。

绑架案就怕撕票，夏千姿失踪了，这回又要轮到白智妍，绝不能重蹈覆辙。根据白智妍提供的信息，参与犯罪的周飞和幕后黑手夏和臣，都必须严密监控，一旦时机成熟立即抓人。目前，最紧迫的是要保证女婴和夏千姿的安全。

傍晚时分，寒风更猛，气温更低，千姿和刘亚川冻得脸色铁青，身体瑟瑟发抖。刘亚川经过不断摸索，终于编辑好了求救信息和求救位置，在准备发送时却犯难了，他不知道发给谁最安全。他通信录里的人几乎都认识夏和臣，唯一能够信任的人就是潇雨。然而，他却删除了潇雨的手机号码。

刘亚川小声问千姿，潇雨的手机号码是多少。因不能说出声音，两人只能对口型。双手被绑在后面又麻又酸，刘亚川试了好几次都没发送成功。这时，曹剑的同伙喝得醉醺醺走过来，刘亚川吓得不敢有任何动作。他踢了踢刘亚川，笑嘻嘻说："你小子还没有死啊，我以为你的血流干了呢。"刘亚川不敢直视他的眼睛，怯懦地低下了头。

那人啐了刘亚川一口，懒得再搭理他，将目光转向千姿。他红红的眼睛里满是欲望，满脸淫笑地走向千姿。千姿抱着孩子警惕地喝问："你要干什么？"那人语调轻浮地说："我能干什么？我要做新郎啊。"说着向千姿伸出脏手。千姿怀里抱着心甜，怕吓着孩子，她忙转过身子。

那男人一把抱住千姿的腰，在她身上一阵乱摸。千姿吓得浑身发抖，却不敢放手反抗，怕伤着心甜。她低声乞求："求求你，放开我。"

周飞听到了千姿的哀求，想走过去劝说几句。躺在椅子上的曹剑微合着眼睛说："多管闲事，你想先死吗？"周飞以前也是混不吝的狠角色，面对这两个亡命徒、杀人犯，他的血气和胆量消失了一多半。他用商量的口吻对曹剑说："你们别这样，我们的目的是拿到材料，你们的目的是拿到钱，可不能做伤天害理的事情啊。"曹剑突然眼睛一睁，没有任何前奏，跳起来就给了周飞一记耳光，拿出刀指着周飞说："要不是指望你向夏和臣汇报这边的情况，老子一刀就捅了你，还轮得到你教育我？你他妈的是活腻歪了！"周飞不敢再出声了。

曹剑对着隔壁屋喊："兄弟，你快一点，一会儿换哥哥来！"那边传来轻浮的声音说："你急什么急，一整夜呢，有的是时间。"然后传来千姿的呼救声，突然听到曹剑同伙"啊"叫了一声。曹剑嘲笑说："这么快就爽了，叫什么叫！"

隔壁屋传来嘶哑的叫喊声，接着是一阵嘶吼打斗声，曹剑感觉情况不妙，忙往隔壁屋走去。只见刘亚川拼了命一样，发疯似的用绳子勒住曹剑同伙的脖子，使劲往外拉，因为力度很大，居然把毫无防备的曹剑也撞倒了。

原来，曹剑同伙欺负千姿的时候，刘亚川已挣脱了绳子，他顺手把绳子两头拽紧，紧紧勒在了那人的脖子上。刘亚川鼓足勇气反抗的时候，十分清楚自己的处境，不把对方置于死地，自己就会必死无疑。

放在以前，刘亚川绝没有这样的勇气与穷凶极恶的亡命徒搏斗，即使自己被活活打死，也不敢拼死反抗。可当他看见那人把手伸进千姿衣服里乱摸、千姿吓得瑟瑟发抖时，他热血上涌，身体充满了愤怒的力量。

顺势撞倒曹剑以后，刘亚川拽着曹剑同伙使劲往门上撞，他想把门撞开，让千姿先跑。那人被绳子勒得脸色紫红，直翻白眼，拼了命地挣扎。门“哐当”一声被撞开了，千姿还没行动，就见曹剑爬起来狠狠捅了刘亚川一刀。刘亚川疼得大叫一声，咬着牙强忍疼痛，死死勒紧绳子不撒手，曹剑第二刀、第三刀毫不留情地扎下去……刘亚川鲜血喷涌，手慢慢松开，瘫软在地。

曹剑同伙险些被勒死，他大口喘着气，剧烈咳嗽了一阵，然后对着躺倒在地的刘亚川拳打脚踢。刘亚川口鼻喷血，睁着失神的眼睛，奄奄一息。那人仍不解恨，从曹剑手里夺过来刀，狠狠捅了刘亚川两刀。

千姿被这血腥残暴的场面吓坏了，站在原地哭喊着叫刘亚川。孩子惊醒了，也哇哇大哭起来。临终前，刘亚川胜利似的把手臂慢慢举起来，曹剑同伙看见了刘亚川手腕上的电话手表，他顿时明白了，大喊道：“不好！大哥，这小子戴的是电话手表，他报警了！”

那人话音刚落，刘亚川就断气了。曹剑走到刘亚川尸体旁，拿起他的手腕，见电话手表上显示拨打过几次110，还有一条发送出去的信息。曹剑慌了，哪儿有心思细究，叫道：“妈的，赶紧跑，警察说不定马上就到了！”

曹剑说完，什么都顾不上了，撒腿就跑，同伙紧随其后。

周飞见曹剑他们跑了，看了看倒在血泊中死去的刘亚川，心里十分恐惧，他的第一个念头就是“跑”。因慌不择路，周飞被门槛绊倒，摔了一个嘴啃泥。他龇牙咧嘴爬起来时，回头瞥见冻得浑身战抖的千姿和哇哇啼哭的女婴，动了恻隐之心，怕她们冻死在这里，犹豫是否带着一起走。转念一想，那样自己就暴露了，后半生要在大牢里度过，老婆孩子将来怎么办？一不做二不休，恶人做到底，还是逃命要紧。周飞撒腿跑了。

千姿把心甜紧紧搂在怀里，看着躺在地上浑身是血的刘亚川，既难过又害怕，呜呜地哭着，不敢乱动。待了一会儿，除了千姿和心甜的哭声，就只有门外呼啸的寒风，再无其他动静。千姿抱着心甜战战兢兢地走到刘亚川尸体边，蹲下身子把沾有他血迹的电话手表摘了下来。电话手表显示电量不足，千姿争分夺秒拨打110，令人绝望的是电话手表屏幕一黑，自动关机了。

千姿失声痛哭起来，心甜也咧嘴跟着哭。千姿感觉手上一阵热乎乎的，知道心甜尿了，湿漉漉的不舒服。她止住哭声，在屋里找尿布或是尿不湿。靠墙锈迹斑斑的铁皮柜上放着手提袋，千姿拿下来打开一看，喜上心头，里面装着婴儿用品，有尿不湿、奶粉、奶瓶和一个小保温杯，这些都是周飞给心甜准备的。

千姿笨手笨脚地给心甜换上尿不湿，解开羽绒服把她紧紧抱在怀里。真冷啊，刺骨的寒风从被撞坏的门外吹进来，千姿冻得直打哆嗦，她祈祷心甜别拉也别尿，只剩最后一个尿不湿了。

难道要冻死在这个仓库值班室里吗？千姿不想坐以待毙，就抱着心甜，拎着那个手提袋向门外走去。外面一片漆黑，寒风凛冽，下着小雨，千姿走了几步就打消了下山的念头。

此刻，躺在病床上的白智妍突然坐了起来，她像是预感到了女儿正在遭受磨难，打电话给千姿，关机；打给潇雨，他说正和警察在一起全力以赴地想办法。白智妍陷入了极度恐慌和焦虑之中，神志不清，身体发抖，开始胡言乱语。

时间一分一秒地过去，已是午夜时分。这是一个漫长而难熬的夜晚。千姿抱着心甜蜷缩在墙脚，后背倚着一张椅子，她又冷又饿又困，已是弹尽粮绝。她真怕自己睡过去，在睡梦中被冻死，心甜若是失去了依靠，是很难活下去的。弱小的生命就像小火苗，随时都有可能被寒风吹灭。整个仓库空空荡荡的，找不到可以御寒的东西，只有一盏微弱的靠太阳能发电的灯，抵挡着黑暗的侵袭。

这间仓库在半山腰，是平大集团用来储备化学品纤维燃料的地方，后来由于森林防火，被废弃搬迁一空。心甜被千姿用羽绒服紧紧包裹着，睡得很香甜。千姿的眼皮像是坠了铅块，她不知不觉地闭上了眼睛，朦朦胧胧中看见了父亲，正一步步地向她走来……

突然，千姿被心甜的哭声惊醒，她吓了一跳，自己竟然睡着了。心甜的小嘴在千姿胸前拱来拱去，像是在找吃的。千姿虽然没有带过孩子，却知道心甜一定是饿了。她心急如焚，不知如何是好。

身边那个手提袋里有半包奶粉，小保温杯是空的，奶瓶里有半瓶奶，却早已是冷冰冰的，不能喂给心甜喝。情急之下，千姿也顾不了那么多，把冷如冰块的奶瓶放在了胸口，希望能用自己的体温使奶瓶里的奶不那么冰凉。

冷冰冰的奶瓶让千姿打了一阵冷战，胸口瞬间像针扎一样刺痛，这种疼痛她太熟悉了，跟以前发病时的感觉一模一样。千姿走得匆忙，忘记吃抗排异的药，那颗心脏开始躁动不安分起来。

寒冷和饥饿使千姿有点支撑不下去，她迫切地需要补充一些能量，否则她倒下了，谁来照顾小心甜？千姿艰难地站起身，抱着心甜来到隔壁值班室，刘亚川的尸体已经冻僵了。破旧小木桌上杯盘狼藉，有吃剩的半截火腿肠、一小袋卤鸡爪、小半包花生米和小半瓶白酒，千姿顾不上讲究什么卫生了，先填填肚子再说。她拿起桌上的零食狼吞虎咽地吃起来，这点东西只够塞牙缝的，根本就吃不饱。

白酒可以御寒，千姿拿起那小半瓶白酒闻了闻，皱起了眉头。她把白酒倒进小保温杯里，龇牙咧嘴地喝了一小口，又辣又苦，实在是难喝。几小口白酒喝下去，千姿有点儿头晕，身体慢慢发热，感觉不那么冷了，心口的疼痛减弱了很多。

焐在胸口的奶瓶跟体温差不多了，尽管里面的奶不热，但也不那么凉了。千姿把奶嘴送到心甜的小嘴边，她一下就吸住奶嘴，咕咚咚地吮吸着，亮晶晶的眼睛盯着千姿探索似的看着。千姿笑了，这孩子长得真像潇雨，太可爱啦，怎么看也看不够。

心甜吃过奶后，安然甜美地睡着了。千姿怕心甜冻着，脱下羽绒服把她包裹起来，望着心甜天使般的小脸，她有了一种神圣的责任感，她想起了潇雨，想起了白智妍，想起了所有爱她和她爱的人。寒意无声无息地袭来，千姿被冻僵了，动弹不得，她的意识逐渐模糊，像是有个黑衣巫婆在向她施展催眠术。

"睡吧，千姿，睡着你就解脱了，就能见到你的亲人了。"

千姿摇着头，用顽强的毅力抵御着诱惑，她不能睡，她的使命还没有完成，她要亲手将心甜给到白智妍和潇雨手里……

周飞狼狈不堪地回到家时已是半夜，蹲点的刑警立刻将这一情况汇报给了专案组。看来情况有变，不能再拖了，专案组组长当机立断，命令蹲守的刑警立刻采取行动，逮捕周飞和他老婆。

周飞被抓后，专案组组长亲自突击审讯。周飞是"三进宫"的老油条，不见棺材不落泪，他抱着侥幸心理负隅顽抗。周飞老婆胆小怕事，问啥说啥，一点儿都不敢隐瞒。很快，警察就从周飞岳母家拿到了夏和臣、周飞等人的所有犯罪材料副本。

铁证如山，周飞的心理防线顿时崩塌，马上就交代了幕后的指使夏和臣及囚禁千姿和心甜的具体位置。专案组组长下令，立刻缉拿夏和臣和他的一干同伙。与此同时，专案组组长亲自带队，押着周飞、拉上潇雨驱车前往郊区平大集团那座废弃的仓库。

第四十一章

警车和救护车赶到平大集团的废旧仓库时，天已大亮。

刘亚川的尸体横卧在值班室门口，早已被冻得梆硬，其状惨不忍睹。众人顿时紧张起来，神经绷成了一根弦，谁都不知千姿和心甜是什么状况。潇雨忍不住大声喊着千姿的名字。

专案组组长毫不犹豫地率先冲进仓库，借着微弱的亮光，他发现了抱着孩子蜷缩在角落里已神志不清的夏千姿。潇雨、医生、护士等人也迅速跟了进来。千姿缓缓地抬起头，目光茫然，反应迟钝，没有回应潇雨的呼喊。医生从千姿手里接过心甜，迅速检查了一下，体征正常，并无大碍。千姿看见了潇雨，想对他微微一笑，嘴角动了动，却笑不出来。潇雨流着泪哽咽地说："千姿，对不起，我来晚了。"

潇雨脱下羽绒服，蹲下身子把千姿包裹起来，紧紧地搂抱着她。千姿一声不吭地倚靠在潇雨怀里，陷入了昏迷状态，根本听不见潇雨在说什么。医护人员拿着担架过来，医生把心甜交给潇雨说："孩子交给你，这位女士昏迷了，需要马上抢救。"

潇雨接过女儿抱在怀里，既激动又难过，为了保护她，千姿付出了多大的代价啊！

众人将千姿放在担架上，往救护车上抬，潇雨抱着心甜紧紧跟在后面。心甜突然哇哇大哭，潇雨心急火燎地左右摇晃，希望能让她止住哭声。因为没有一点儿带孩子的经验，潇雨晃了半天心甜反倒哭得更厉害，急得他满头大汗，束手无策。

潇雨想上救护车陪千姿，医生以救护车空间狭小不方便为由予以拒绝。潇雨尊重医生的意见，抱着心甜上了警车。

潇雨刚上警车还没坐稳，白智妍就打来电话，急切地询问心甜的情况。潇雨告诉她，放心吧，女儿没事。白智妍喜极而泣，叮嘱潇雨一定要照顾好女儿。

挂断电话，白智妍就要换衣服去接女儿，阿姨劝阻说，月子里最怕受寒，落下病根那可是一辈子的事情。白智妍哪里听得进去，她一秒钟都待不住，急于立刻见到女儿。众人拗不过她，只好让阿姨陪着一起去。

潇雨抱着心甜走下警车时，白智妍早已等候在公安局。潇雨将心甜递给白智妍，她接过女儿紧紧搂在怀里，放声大哭。心甜受了惊吓，也哇哇大哭起来。

阿姨连忙过来说：“孩子还小，别惊着她，把魂儿吓丢，可就麻烦啦!”

潇雨劝慰说：“别哭了，女儿找回来是好事。”

这时，潇雨的父母也赶来了，又惊又喜地跟白智妍打招呼。此前，潇雨已在电话里简要跟他们说了最近发生的事情，希望他们能帮着白智妍带孩子。潇雨妈从白智妍手里接过心甜，又是亲又是看，喜欢得不得了，一家人竟然在公安局团聚了。

潇雨一直在心里牵挂和担忧着千姿，这次被绑架囚禁的经历对于体质孱弱的千姿而言，是人生中的一次大劫难。潇雨不知道她这回能否闯过生死关。

潇雨正要把白智妍和心甜托付给父母照顾，就接到医院急救室打来的电话，说夏千姿情况很不好，已经下了病危通知书，需要家属签字。预感应验了，潇雨心头一阵凄风苦雨，命运就是喜欢这样捉弄人，见不得千姿有一点好吗？

见潇雨心神不宁，满脸戚容，白智妍低声问，千姿是不是出事了？潇雨点点头，哽咽着说，千姿为了保护心甜差点把命搭上，已经病危了。白智妍和潇雨父母听到这个噩耗，既震惊又感动。一家人驱车火速赶往市人民医院。

千姿是这家医院的“常客”，主治医师对她的情况了如指掌。潇雨含泪签完病危通知书，请医生如实相告病情。医生神情凝重地说，夏千姿身体的各项指标急剧下降，没按时定量吃抗排异药，移植的心脏出现严重衰竭的症状，加之受风寒感染上了肺炎，恐怕是没有希望了。

潇雨脑子里一片空白，神情呆滞，脚步机械地在医院过道里走着。白智妍担心潇雨想不开，悄悄地跟在他后面。潇雨来到一个角落里，手扶着墙呜呜地哭泣，内心积郁的愁苦无处发泄，他狠狠地用拳头砸墙。白智妍忙过来拉住他，鼓励说：“潇雨，你是男子汉，要挺住。你还有好多事要做，千万不能放弃。”

潇雨读大学时，一直想轰轰烈烈地谈一场恋爱，却没有遇到让他心动的女生。遇到千姿后，他如愿以偿，经历了好几次刻骨铭心的生离死别，在痛苦的海洋里几经沉浮，好容易才坐上幸福的小舟，转瞬间就被命运的巨浪掀翻。如今方知，平平淡淡才是福。

等潇雨情绪平静下来，恢复了理智，白智妍陪着他到重症监护室探视千姿。千姿戴着呼吸机陷入昏迷仍未苏醒。白智妍悲从中来，跪在病床边握住千姿的手哭着说：“千姿，对不起，都是我不好，没看护好心甜，把你害成这样……”

潇雨拉起白智妍说：“别这么说，怎么能怪你呢？你帮了千姿那么多，我们也没报答过你。唉，一切都是命。走吧，我们不要打扰她，她太累了，需要好好休息。”

白智妍恋恋不舍地松开千姿的手，正要转身走出监护室，突然发现千姿的手动了动。她惊喜地叫道：“潇雨，千姿的手动了，你快去叫医生。”

医生闻讯赶来，千姿缓缓地睁开眼睛，望着潇雨、白智妍努力地微笑了一下，随后又虚弱地闭上了眼……

潇雨和白智妍在监护室外相顾无言，除了等待，还是等待。白智妍在心里呼唤着母亲，希望她的心脏能像发动机一样，让千姿再次焕发生机。

医生走出监护室，心情沉重地对潇雨、白智妍说：“我们已经尽力了，你们要做好心理准备，夏小姐随时都有可能……”

白智妍问：“她还能醒过来吗?”

医生想了想说：“夏小姐求生的欲望很强烈，或许会发生奇迹。即便是她能苏醒过来，估计也支撑不了十天半个月。你们不要抱有太大的期望。”

一连几天，白智妍除了回去给孩子喂奶，就在医院和潇雨一起守着千姿。他们沉默寡言，很少交流，在煎熬中希望奇迹发生。

平大集团的新老员工派代表带着鲜花、果篮、千纸鹤等来医院探望千姿，潇雨一一握手表示感谢。这天，公司行政办公室带来一个神秘的人物，他自称是邮局的员工，现已办理了退休。他有一个心病：手里压着一封给“夏千姿”的信迟迟没有送达。这封信投递不出去，他的使命就完不成，就没办法圆满退休。

潇雨告诉老邮递员，他是夏千姿的丈夫，可以把信交给他。老邮递员如释重负，递给潇雨一个快件，请他签收。潇雨在收件人处签完字，祝这位忠于职守的老邮递员退休生活愉快。

潇雨撕开快件袋，里面是一封信，信封因年头太久已经发黄，右上角贴着一张很老的邮票。潇雨百思不得其解，看起来这是很多年前写的信，不知为何拖到现在才递出。

潇雨好奇地撕开信封，抽出泛黄的信纸一看，才知道这是千姿母亲张梦竹临终前留给她的遗书和一首小诗。

千姿：

我最亲爱的女儿，希望见信一切都好，希望你健康快乐，无忧无虑。妈妈给你写这封信的时候，已经是心脏衰竭，病入膏肓。妈妈没有勇气向你和你父亲告别。

我怕你们陷入痛苦当中无法自拔，生离死别是人生中最无奈的痛苦。妈妈不希望你的童年笼罩在悲伤的阴影里，于是采用了不告而别这种极端方式，好让你和父亲尽快忘记我。

妈妈盼望着你长大成人，相夫教子；盼望着你能永远幸福。20年后的今天，你读这封信的时候，妈妈早已去了天堂。希望你能理解妈妈所做的一切！

妈妈之所以托付朋友20年后的今天给你寄出这封信，是觉得只有在你结婚生子后，才能体会到当母亲的一片苦心。

妈妈深深地祝福你，一生都没有病魔缠身，一生都没有烦恼袭扰，善待父亲，善待家人，善待朋友，善待同事！不要为妈妈悲伤，如果是这样就违背了妈妈的初衷。希望你永远快乐，永远幸福！

爱你的妈妈

慕　爱

离得那么远，为何却能听到你的呼吸？
是你的，还是我的？
恍然间想起，你的正是我的。
我心疼你，怕你肯定也在伤心地想着我。
遇见，是多么不容易。
谁说爱一定就是拥抱？
你要替我深深地爱着自己，我也一样。

假如明天遇见了，我们就换过来。

如果总是寻不见，就按我们的约定，

你连着我，我连着你，爱连着爱……

潇雨看完，眼泪夺眶而出。他想起著名作家高尔基的一句话："母爱是世间最伟大的力量。没有无私的、自我牺牲的母爱的帮助，孩子的心灵将是一片荒漠。"潇雨把这首诗拍下来，附上感人的背景故事，发在朋友圈里，很多朋友纷纷点赞转发。

此时白智妍正陪在千姿的身边，喃喃地跟她说话："千姿，你快点醒过来，你一定要坚强，我和潇雨，我们所有人都在守着你，我们都希望你能醒过来。我把你和潇雨要穿的婚纱带过来了，就放在你的床头，我们都希望能看见你穿着这美丽的婚纱，成为这世界上最美丽的新娘，嫁给你最爱的丈夫，你也是他最爱的新娘。我们都为你祝福，都希望你们永远幸福。新郎已经为你准备了代表幸福的花，他要把花赠予你们美丽的爱情！"

千姿像是被人从深度睡眠中艰难唤醒，她的眼睛缓缓睁开，颤抖地抬起手，白智妍忙惊喜地伸手握住。两人的眼泪都流了出来，谁都不说话，时间像是静止了。白智妍弯下腰，轻轻地把耳朵贴在千姿的胸前，倾听着母亲微弱的心跳，然后久久不愿离开。

在潇雨看来，奇迹发生了，千姿再次苏醒，这是否意味着"凤凰涅槃"。主治医师却很不乐观，他遗憾地告诉潇雨和白智妍，这是回光返照，夏千姿油尽灯枯，时日不多了。

白智妍跟潇雨商量，千姿做梦都想要一个浪漫而盛大的婚礼，马上抓紧时间筹备，不要让她带着遗憾离开。

潇雨点点头，打电话让行政办公室立刻联系市里最好的婚庆公司，仪式要浪漫温馨，时间是平安夜，地点是恩泽孤儿院，晚宴安排在孤儿院食堂。

潇雨决定不再发纸质请柬，他把制作好的电子请柬发到朋友圈里，广邀亲朋好友、公司同事、合作伙伴参加。平大集团总经理王嘉给员工放假三天，要求参加婚礼的人必须穿礼服正装出席。一时间，市里的大小专卖店里，西装被抢购一空。

王嘉定制了几千根蜡烛，大家约定手持蜡烛的人全部靠前站。蜡烛代表平安，代表同心，代表幸福。为了装饰、布置婚礼现场，所有花店和花圃里的玫瑰百合，也被平大集团的人扫荡一空。

千姿沐浴在幸福甜蜜当中，平大集团的女员工组成超豪华伴娘团陪着她。平安夜那天下午，化妆师在病房里帮千姿化妆。潇雨妈在一旁替她梳头，梳到一半的时候，忍不住流下了眼泪。千姿握着潇雨妈的手问："妈，你怎么了？"潇雨妈忙擦干眼泪说："妈是高兴。"

千姿病房外的走廊被鲜花装扮，乐队唱诗班已经准备就绪。下午五点左右，走廊里响起了古典音乐，潇雨慢步穿过走廊，手捧着鲜花向千姿走来。千姿甜美地微笑，潇雨也绽开笑容，把花赠给千姿，然后慢慢地把她的头纱放下来。千姿手拿鲜花，挽着潇雨的胳膊走出了病房，在众人的掌声中上了婚车。

车队缓缓地行进在城市的街道上，壮观的场面让很多路人驻足观瞧。千姿知道自己时日不多，她多么留恋这座养育过她的城市啊。晚风吹拂着她洁白的婚纱，她像美丽的仙女降临人间，谁都知道她很快就要离去。摄像师不停地抓拍着这对金童玉女，他们注视彼此的眼神脉脉含情，他们清秀俊朗的面容带着淡淡的哀愁……

车队行驶到恩泽孤儿院门口，整个孤儿院变成了烛光的海洋、鲜花的海洋、爱的海洋，到处响起祝福的掌声。潇雨和千姿缓步下车，携手走向草坪中间架起的圆形舞台，背景是灯光组成的灿烂星空，台下摆满了暗香浮动的鲜花。

刚走没几步，潇雨和千姿看见了黄浩一家。当初的小黄浩已经长成了大男孩儿，手里也拿着蜡烛，他走向前对潇雨和千姿说："哥哥姐姐，祝你们幸福！"黄浩的姐姐真诚地对千姿说："你是世界上最美丽的新娘。"看样子黄浩的身体已经完全康复，潇雨和千姿颇感欣慰。

潇雨和千姿手牵手一步步向前走，两边都是平大集团的老员工，花白头发的赵工感触良多地大声说："孩子，新婚大喜，祝你们幸福！"赵工和一些骨干退休后，被平大集团返聘做技术顾问和发展顾问。

众人殷切的祝福让千姿和潇雨感动万分，他俩不断鞠躬表示感谢。

潇雨的同学、朋友和球队的队友都过来了，他们轮流和潇雨击掌，大声说："祝你们幸福！"

最让千姿意外和感动的是唐敏竟然来了，她端庄大方，面带微笑。千姿紧走几步，拥抱住唐敏，眼睛湿润地向她问好，问她最近去了哪里。唐敏双眼含泪，激动地说："千姿，你是天下最美的新娘。我祝你们永远幸福快乐。"

白智妍抱着心甜站在圆形舞台下，笑盈盈地看着潇雨和千姿，心甜的眼睛骨碌碌乱转，好奇地东张西望。千姿仪态万方、优雅从容地走过去，白智妍微笑地说："千姿，你真漂亮！"千姿轻轻地跟白智妍拥抱了一下，接过心甜抱在怀里，心甜看着千姿突然绽开笑容，用小手摸着她的脸庞。白智妍说："甜甜，千姿阿姨多漂亮啊！"

潇雨和千姿携手拾级而上，站在圆形舞台中央。主持婚礼的牧师庄严肃穆，他先给两人做祈祷，问了那几句千篇一律的话，千姿和潇雨相互对视，毫不犹豫地说：愿意。

他俩不约而同地望向台下的白智妍。一年多前，白智妍和潇雨在教堂举办了同样的婚礼，说了同样的誓言，只是两人你不情我不愿；如今新郎还是那个人，新娘换成了千姿，他俩倒是你情我愿，真心相爱，可千姿不久就将辞世。爱情圆满了，婚姻却不圆满，人生就是这样富有戏剧性。

白智妍将心甜交给潇雨妈，为千姿和潇雨鼓掌祝福，她热泪长流，为千姿，也为自己。千姿和潇雨向白智妍鞠躬，向父母，向在场的所有人深深鞠躬。

新郎新娘互相交换了戒指，潇雨揭开了千姿的头纱，在她的额头上轻轻吻了一下。潇雨深情地说："千姿，我爱你！"千姿幸福地说："潇雨，我也爱你！"两人紧紧拥抱，全场都热情鼓掌。天空中绽放起五彩缤纷的烟火，一波接着一波，璀璨夺目，渲染着墨绿色的夜空。

潇雨和千姿的爱情千回百转、催人落泪，在灿烂的烟火下美丽动人，尽管这种美转瞬即逝，却让人永远无法忘怀。

晚宴在悠扬的乐曲中开始，千姿的身体不允许她和潇雨挨个敬酒。他俩站在台上恭恭敬敬给大家敬了一杯酒，千姿浅尝辄止，潇雨一饮而尽。婚礼圆满落幕。

第二天是圣诞节，平大集团给孤儿院的孩子们统一买了白色的羽绒服、黑色的毛衣、红色的围巾。整个孤儿院被节日的气氛装扮得更加喜气洋洋。

婚礼消耗了千姿大量的体力，她全凭着顽强的毅力支撑着。翌日清晨起床，她已经不能正常走路了，动作稍大就气喘吁吁。她希望能和孤儿院的孩子们一起过圣诞节，留下美好回忆，潇雨尽其所能满足千姿提出的任何愿望。

这年冬天的圣诞节，南方这座小城破天荒下起了鹅毛大雪。千姿坐在轮椅上，潇雨推着她在雪中缓缓而行。雪花晶莹剔透如一张张美丽的明信片从天而降，孤儿院的孩子们在雪中快乐地唱歌、玩雪。这是他们第一次一起欣赏雪景。

这时，一个孩子拿着收音机跑过来说："千姿姐姐，你听，这是小慧姐姐主持的节目，她现在是播音员了。"收音机里传出小慧字正腔圆的声音，她成熟稳重，自信而笃定。千姿心里一阵欢喜，对潇雨说："你听，小慧说得真好。"潇雨点点头："是啊，真没想到小慧还有这方面的天赋。"

千姿突然觉得胸口一阵锥心刺骨般的疼痛，疼得她难以忍受，她脸色苍白、声音虚弱地对潇雨说，她感觉很不舒服，想回去休息。

轿车在别墅门口停稳，潇雨把千姿抱下来，直接走进卧室。潇雨要给私人医生打电话，千姿摆摆手说，不用，忍一忍就过去了。

潇雨走进书房，从抽屉里拿出千姿母亲二十年前写的那封信，郑重其事地交给了她。千姿冷静地看完信，咬着嘴唇什么也没说，只是对潇雨点了点头，说自己想休息了，没事不要打扰她。潇雨俯身在千姿额头上吻了一下，转身正要走。千姿突然喊住他说："潇雨，我爱你!"潇雨点了点头："我也爱你。"

母亲那封信在千姿心里激起万丈波澜，她的良苦用心千姿二十年后方才知道，这个善意的谎言曾让千姿和父亲痛苦不堪，他们回避她，尽量不提及她。在千姿的心里，她就是追求荣华富贵、抛夫弃女的"女版陈世美"。现在，千姿晓得了母亲是这样爱她。心结解开后，她释然了，她马上就要去天堂和爸爸妈妈团聚，一家人再也不分开。唯一让她牵挂的人是潇雨，自己走后，他怎么办?

千姿胸口又是一阵剧痛，她感觉很不好，知道自己大限将至，随时都有可能死去。她忍着疼痛，拿起纸笔，匆匆忙忙给潇雨写了一封信：

潇雨：

我去了另一个世界，可能你会觉得离我很远，其实我和你只有一个转身的距离。等你老的时候，你会发现人生也只不过是一个转身，所以我们谁都不要悲伤。转身过后，随即相遇。

照顾好大家，照顾好家人，照顾好白智妍和心甜。

爱你的千姿

千姿写完遗书，疲惫地躺下来，眼睛慢慢合上。她感觉自己的灵魂像气球一样越升越高，离地面越来越远，父亲和母亲站在云端向着自己微笑……

千姿走了，走得很安详，像睡着了一样。

夏千姿把平大集团所有的财产都给了丈夫陈潇雨。

因自责自罪，伤心过度，潇雨憔悴不堪，精神恍惚，千姿的丧事由白智妍负责操持，总经理王嘉和行政办公室的人具体执行落实。

这天，王嘉拿着一份报纸，向潇雨汇报说，夏和臣畏罪潜逃时，不慎失足摔死；杀害刘亚川的曹剑及同伙拒捕被击毙；周飞被批捕后，对其所犯罪行供认不讳。

潇雨神情呆滞，凝视着窗外，像是没听见，似乎对这些事已不再关心。

潇雨父母和白智妍对潇雨这种状态非常担心，医生诊断过后说，潇雨患了抑郁症，需要采用心理治疗、药物治疗和物理治疗。白智妍只要有时间，就带着心甜陪伴潇雨，还给他养了一条聪明乖巧的金毛。在多方努力下，潇雨逐渐走出了丧妻的阴影。

律师按照流程把平大集团的股权签署到了潇雨名下，潇雨没有接受，他和白智妍商量成立夏千姿基金会，主要关注婴幼儿的重大疾病问题。基金会聘请王嘉为会长。

律师告诉潇雨，法院收到检察机关的材料，美臣集团名下所有财产都是套用平大集团资金构建的，现已查实，法院判决美臣集团归平大集团所有。潇雨解散了美臣集团，将其资产并入夏千姿基金会，其业务并入平大集团。

千姿的葬礼结束后，众人陆续告辞，潇雨、白智妍和孤儿院的孩子久久不愿离去。

突然，有个孩子大声读起千姿母亲写的那首诗，孩子们一起跟着朗诵，整个墓地回响着孩子们清脆悦耳的朗诵声。潇雨握着白智妍的手跟着一起朗诵：

……

你要替我深深地爱着自己，我也一样。

假如明天遇见了，我们就换过来。

如果总是寻不见，就按我们的约定，

你连着我，我连着你，爱连着爱……

图书在版编目（CIP）数据

心灵契约 / 庄在心著. -- 北京：作家出版社，2020. 5（2023.1重印）
ISBN 978-7-5212-0832-0

Ⅰ. ①心… Ⅱ. ①庄… Ⅲ. ①长篇小说－中国－当代
Ⅳ. ①I247.5

中国版本图书馆CIP数据核字（2019）第284855号

心灵契约

作　　者： 庄在心
责任编辑： 韩　星
装帧设计： 刘红刚
插　　画： 徐　海
出版发行： 作家出版社有限公司
社　　址： 北京农展馆南里10号　　**邮　　编：** 100125
电话传真： 86-10-65067186（发行中心及邮购部）
86-10-65004079（总编室）
E-mail:zuojia@zuojia.net.cn
http://www.zuojiachubanshe.com
印　　刷： 中煤（北京）印务有限公司
成品尺寸： 152×230
字　　数： 280千
印　　张： 21.75
版　　次： 2020年5月第1版
印　　次： 2023年1月第2次印刷
ISBN　978-7-5212-0832-0
定　　价： 39.00元